文春文庫

黄昏のベルリン

連城三紀彦

文藝春秋

目次

黄昏《たそがれ》のベルリン

一章　最後の一日

壊れた日除《ひよ》けから、太陽は容赦なく押しいってきて、壁を、床を、寝乱れたベッドを、闇と光に細かく刻み分けながら、部屋の隅々までを夏の熱気で埋めつくしている。窓辺の、一昨日市場で買った赤い蘭はもう萎《しお》れかけていて、その最後の匂いと、テーブルの上に倒れた、瓶からこぼれだした酒の匂いとがぶつかりあって、熱気をいっそう堪え難いものにしている。彼女はいらだった指で髪を掻きむしり、日除けの紐を何度も引いてみたが、半開きになったままビクとも動こうとしない。

光と闇とで切り分けられた狭い部屋は、鉄格子に閉ざされた監獄に似ている。ただし今彼女を囚人としてその部屋に閉じこめているのは真夏の太陽だった。日除けのすき間から起きたての濁った目で覗くと、実際太陽は、囚人のわずかな自由も赦《ゆる》そうとしない監視人のように傲慢な光で睨み返してくる。彼女は生まれてから三十年間一度もこの国のこの町を離れたことがないのに、今でもまだこの国の太陽に慣れていなかった。ブラジル。リオデジャネイロ。二つの名の響きには、太陽の光が混ざり、それらが遠い異邦の国や見知らぬ町の名としか感じとれないことがある。

そう感じるのは、自分の体の中に流れる東洋人の血のせいかもしれないと時々彼女は思った。国籍はこの国であり、リタといういかにもこの国の女らしい名前をもち、ほぼ一年中照りつける太陽に焼けて肌はポルトガル人やイタリア人と変わりなく褐色をしているが、黒い髪と黒い瞳と小さな鼻や唇が、彼女の顔を一目で中国人とわかるものにしている。もっとも東洋人だということは確かでも、自分が本当に中国人かどうか彼女は知らなかった。正確に言って今の自分が三十歳であるかどうかも。まだ這いずりまわることしか知らない頃に、グワナバラ湾を望む岬の陰の小さな教会の前に棄てられたのを、拾われた教会の牧師に拾われ、使用人であるポルトガル人夫婦の手で育てられたのだが、拾われた時、泣き声の合間に一語だけ中国語らしい言葉を何度も口にしたので、牧師が彼女を棄てた両親は中国人だと決めたのだった。それがどんな言葉だったか、もちろん彼女は憶えていないし、牧師も彼女が物心ついた頃にはその言葉を忘れてしまっていた。それで漠然と自分の体には中国人の血が流れていると信じて生きてきたのだが、一度だけ、今の商売を始めるようになって間もない頃、もしかしたらこの血は日本人のものかもしれないと考えたことがある。この部屋に今でも埃《ほこり》をかぶったまま飾ってある紙製の扇を見て、客としてやってきた日本人観光客が、「君は日本人か」と片言の英語で尋ねたのだった。その日本人の男から、扇にピンクで点々と描かれている小さな花も隅に書かれた署名の文字も、みんな日本のものだと教えられた。彼女がそれを買ったのはサンパウロの露天市場でだったが、世界各国の扇が小さな屋台店から溢れるようにおかれていた中で、何故かその扇だけが彼女の気持ちを惹《ひ》きつけ、気がつくとそれを手にしていた。神秘さの中に意識では感じとりきれないような淡い懐しさがあった。もしかしたらこの体に流れている日本人の血があの懐しさを覚えさせたのかもしれない……

ただそれはほんの一瞬、頭の隅をよぎっただけの考えで、十年経った今では埃をかぶった古い扇など何の意味もない。それに、この国際見本市のようにさまざまな人種が集まり混ざりあった国で国籍について考えることほど馬鹿馬鹿しいことはなかった。彼女がわざと中国人らしく振舞うのは、街角や酒場で日本人観光客の男に見つめられる時だけだった。日本人はそのほうを喜ぶ。白人の客にはどうでもいいことだった。アメリカ人やヨーロッパ人たちは彼女が濡れた黒い髪と瞳をしているだけで、満足げに三百クルザードから四百クルザードまでの金を払ってくれる。あのハンスもそうだった。ハンス……彼女の黒い髪や瞳を愛してくれたあのハンスも一度も彼女が中国人か日本人かなどとは尋ねなかったのだ。四十を過ぎたとは思えないような若々しい金色の髪をし、この国の蝶々よりも深く透き通った青い瞳をしていたハンス・クラウゼ。大使館の男とは信じられない優しい声で、「君を初めてあの酒場で見た時、一瞬のうちに恋をしてしまった」と言ってくれたハンス。彼は彼女を「黒いヴェールのリタ」と呼び、この部屋で、人気《ひとけ》のない海岸で、植物園の熱帯樹の陰で、彼女の日に焼けた黒い肌のヴェールをはいでその裏にもう一つの本当の肌の色を探りあてようというように念入りに柔らかい指で愛撫し続け、一ヵ月後、突然自分の国へと帰っていったのだった。「ベルリンから手紙を書く。必ずまた戻ってくるよ」そんな言葉を残して。

あれは七年前だったのか八年前だったのか。この部屋の窓から空を横切っていく飛行機を見送った時から、結局、絵葉書き一枚さえ送られてきていないが、それでも彼女はまだ彼の最後の言葉を信じていた。帰って来ないのも手紙を送って来ないのも、ベルリンという、彼女がこの町の名に感じる響きよりももっと遠い響きをもった町で何か事情が起こっているからなのだし、その事情が解決すれば、すぐにもこの町へ戻ってきて、この部屋の戸を叩いてくれる——そう信じて生きてきたのだった。この国の人たちにとって、生きるという言葉は太陽のことだった。リオの太陽は二月のカーニヴァルだけでなく、この町のすべてを原色の祭りに変えてしまう。人々は一年中その祭りを楽しみ、夜が訪れてもネオンの色彩やサンバのリズムの中に太陽の光を探し求め続けている。

　彼女が信じられる太陽は、あの一ヵ月間の思い出の中に輝いている太陽だけだった。あのひと夏、彼の髪が金色にきらめき、彼の瞳が青く輝く時だけ、彼女は太陽が恵む原色の祭りを楽しんだのだった。彼女はその思い出のためにだけ、あれからの何年間かこの町を離れず、ただ待ち続けていたのだった。そして一週間前の降誕祭《ナタル》の夜、とうとう待ち望んでいた一つの報《し》らせを耳にした。

　この二ヵ月ほど時々部屋にやってくるイタリア人の若者が、ドイツ大使館に知り合いがいて、ある時彼女がハンス・クラウゼの話をすると、それなら今どうしているかを調べてもらってやると約束してくれ、その結果を降誕祭《ナタル》の晩教えてくれたのだった。

ハンス・クラウゼは今でも独身で、近いうちにまたこの国へとやってくる――

彼女が「いつ？」と尋ねると若者は、「それはまだわからない。明日かもしれないし、一年後かもしれない」と答えた。彼女はその若者が気弱な優しすぎる性格をしていることを見ぬいてはいたが、まさか彼がその性格からハンス・クラウゼが既に故国で結婚し、二人の子供をもうけ幸福に暮らしていることを告げられず嘘をついたなどとは考えることもできず、一瞬のうちにその言葉を信じた。あれほどいつか戻ってくることを確信していたにもかかわらず、彼女にはそれが夢のように思えた。そして一週間のあいだ、街で金髪の背の高い男を見かけると、今まで以上にハンスなのかもしれないと思い胸をときめかせた。夢見心地の中で、彼女は「一年後かもしれない」という言葉より、「明日かもしれない」という言葉を、より信じたのだった。昨日の男もそうだった――

彼女は日除けを直すのを諦めると籐椅子《とうい す》に座り、テーブルの上に投げ出されている何枚かの硬貨をかき集めた。硬貨の半分近くは瓶からこぼれ出した酒に濡れていた。今朝、夜が明ける少し前までこの部屋にいて、帰りがけにその金《かね》をおいていった男も、目がハンスに似ていた。ただその男の目を見たのは酒場で一度、この部屋に来てから一度、ともに数秒のほんの短い間に過ぎなかった。あれほど彼女が見たがったにもかかわらず、男は褐色のサングラスにその目を隠し続けていたのだった。

昨日の晩、いつものように「グランデ」の酒場のカウンターによりかかって客の方から声をかけてくるのを待っていた時、その男はすぐ隣りで一人酒を飲んでいた。二、三度わざと肩をぶつけてみたが、冷たそうなサングラスの奥の目は何の反応も見せなかった。それなのに何かの拍子に男がサングラスをはずし、彼女が深く沈んだ青い瞳を見つけ、思わず「ハンス」そう呟いてから、突然、男の態度は変わった。彼女に親しげに言葉をかけてきたのだ。数秒、実際ハンスそっくりの青く光る目で驚いたようにじっと彼女を見つめ続け、慌ててサングラスをかけ直し、媚びるような声をかけてきた。いや、驚いたのではない。何か別のものが、その目にはあったのだが、彼女がやっとただの人違いだと気づいた時には、既にその目は褐色のガラスに隠されていた。

男が親しげな口をきいたのは、二人の間で一晩の額がとり決められるまでだった。この部屋に来てからは、声が冷たくなった。サングラスで目を隠してしまうと男はちっともハンスに似ていなかった。細く尖《とが》った鼻や顎、白い皮膚には石膏で固めたような人工的な冷たさがあった。薄い唇は、彼女が何を尋ねても答えようとせず、時々思い出したように質問を放った。彼女が何年この部屋に住んでいるのか、客をとっている時以外どんな暮し方をしているのか。尋ねるというよりもその声には命令するような響きがあった。澱《よど》みなくポルトガル語を喋るが、一語一語の語尾が鞭を打つような鋭い切れ方をした。それには相手に有無を言わせない力がこもっていて、かなり他人に命令するのに慣れている男だとわかった。事実この部屋で男はあれこれと彼女に命令を下した。「ハンス、その青い目を見せて」彼女が何度目かにそう頼んで、サングラスへと伸ばしかけた手を、声と同じ鞭のような厳しい手で払いのけると、彼女に着ている物を全部脱ぐように命じ、ベッドの上に上がるように命じ、それから夜が明ける間際まで、自分の方は窓辺の籐椅子に座ったまま、彼女にさまざまな姿態をとるように命じ続けた。そのこと自体は何でもないことだった。そういう客は今までにも何人かいたし、もっと恥かしいことをさせる客もいる。ただ籐椅子に座った男の体は実際石膏像のように微動だにせず、静止したサングラスがどんな風に彼女の体を楽しんでいるのかはわからなかった。時々唇の端と肘かけに乗せた手をかすかに攣《ふる》わせ、それを誤魔化すように煙草をとり出して喫《す》ったが、それがなければ死体としか見えなかった。

表通りから聞こえてくるギターと唄がやんで夜明けが近いことを告げると、男は立ちあがり、約束の金額分の硬貨をテーブルの上に投げ、最後に、「何故、私のことをハンスと呼ぶのだ」と尋ねた。彼女は目が青いからだと答え、最後にもう一度だけその目を見せてと頼んだ。彼女が伸ばした手を振り払った時、男の指はサングラスのふちにあたって、青い目が覗いた。ほんの一瞬だったが、酒場の暗い灯《ひ》の中では気づかなかった皺《しわ》が青い目を包んでいるのがわかった。せいぜい五十ぐらいの男だろうと思っていたが、実際にはもっと年齢がいっているらしい、髪の褐色の艶は染料のせいかもしれないし、頬の皮膚の張りは化粧のせいかもしれない、それがこの男の顔を人工的に見せるのだろうか。もっとも年齢を若く見せたがる男は他にも多いのだし、男がすぐにサングラスをかけ直して部屋を出ていくと同時に、彼女には男が残していった硬貨とハンスに似た青い目以外は何の意味もなくなってしまった。

蠅《はえ》が一匹、うるさくテーブルの上を飛び回っている。倒れている瓶をもとに戻そうとして、彼女は前夜の男にもう一つハンスとの共通点があるのに気づいた。灰皿に棄ててある煙草の吸殻である。男はあのハンスと同じドイツ煙草を喫っていたのだった。鼻を近づけると、熱気が部屋中に漂わせている腐臭の隅にあのひと月間、ハンスがいつもこの部屋に残していったのと同じ匂いがした。あのハンスがまた戻ってくる——そう思うとテーブルに縞模様で落ちている激しい光へのいら立ちも消えていくような気がする。蠅が彼女の睫《まつげ》をかすめ、それを追い払った時、ドアが二度続けて叩かれた。

また一階下のレナータが人形を抱いて遊びにきたのに違いない。一昨年母親を亡くしてから、五歳のレナータは彼女が起きるころを狙って毎朝ドアを叩くのだ。

彼女は体に何もつけていないことに気づいて真っ赤なサテンに金銀の刺繍をほどこした中国風のガウンを羽織ると、ドアを開けた。

男が立っていた。

「ハンス——」

数時間前と同じ白い服を着た男は彼女が思わず呼びかけた声に唇の端をかすかに痙攣《けいれん》させ、「何故、私をハンスと呼ぶんだ」と尋ねながら押し入るように部屋に入ってきた。その質問は数時間前とは違って何の返答も期待していなかった。男は後ろ手にドアを閉めた。錠をおろす錆びついた音が聞こえた。その音の意味も、男が窓辺に行き日除けをおろそうとして壊れていることに気づき、ベッドのシーツを剝《は》いで窓に掛けた意味も、薄暗くなった部屋で彼女をベッドに倒した意味も、彼女のガウンの紐をほどいた意味も、彼女は間違えて受けとった。それでもその紐が彼女の首に巻きつけられる寸前、男の手がたかってきた蝿を払おうとして薄闇を鋭く引き裂いた瞬間、彼女は男が自分を抱くために戻ってきたのではないと察知して、恐怖に襲われた。そしてその時になってやっと昨日の晩、あの酒場で彼女が「ハンス」と呼びかけた声に男の目が見せた反応が何だったかわかった。男の目は怯《おび》えていたのだった。今、彼女が男を見つめている目と同じように。

だが恐怖はすぐに意味がなくなった。サングラス越しの目が、青いのが嘘のような暗い光を放ち、次の瞬間ガウンの紐は彼女の首に巻きつき、苦痛だけしか意味がなくなってしまったのだ。彼女は抵抗する暇《いとま》もなかった。男が手に全身の力をこめていたのは、ほんの数秒のことだった。蝿の羽音が耳鳴りに飲みこまれた。まだ正午前だというのに陽が白いまま沈もうとしている——それ以上は何も考えられなかったし、何もわからなかったし、何も知らなかった。ハンスという名前の男が二度もこの町で彼女を裏ぎったこと。その男が彼女の生まれる以前にこの国からは何万キロも離れた大陸の一隅で六百万人の死に間接的に関わり合い、そのうちの四万人の死には直接に関わり合い、どんな些細な理由でも人間を殺せる男だということ。リタの黒い瞳にもう一枚の黒いヴェールがゆっくりとおりてきて、あれほど嫌っていたリオの太陽から彼女を解き放った。

ハンス・ゲムリヒが名前さえ知らない東洋人娼婦の首の紐から手を離したその時刻、ニューヨークのケネディ国際空港の大時計の針は午前九時二十三分をさし示していた。ロビーの隅のベンチに座って語り合っていた二人の男のうちの一人が、かすかにいら立たしそうにその時計へと視線を投げた。

「何時の飛行機だね」

もう一人の男が尋ねると、相手は「もうすぐだ、そろそろ行かないと」と言って誤魔化すように微笑した。事実誤魔化したのだった。正確な離陸時刻を答えれば、五分前に「バカンスでチューリッヒへ行く」と言ったのが嘘で、実際には別の場所へ行こうとしているのが露《ば》れる心配があるのだ。

旅立とうとしている男はマイク・カールソン、ニューヨークに四十六階建てのビルをもつ世界的に名高い清涼飲料水会社の社員であり、見送ろうとしている男はエディ・ジョシュア、十二番街のレストランでウェイターのアルバイトをしながら芝居を勉強している演劇青年。共に二十七歳であり、共にアメリカ国籍だが、マイクの方はいかにもヤンキーらしい背の高さと短い巻き毛と屈託のない笑顔をもった青年であり、エディの方は小柄な体と臆病そうだがよく見ると顕微鏡を覗くような無機質な冷たい光を隠した灰褐色の目と、一目でユダヤ人の血をひいているとわかる長い鉤鼻《かぎばな》をもっている。二人は五分前、空港の入口の回転扉の所で偶然出会った。ロビーへ入って来ようとしたマイクとロビーから出ていこうとしたエディは、昨夜一晩中降り続けた大雪が信じられないような眩しい朝の光が渦巻く回転扉のガラスごしに目を合わせ微笑を投げ合った。マイクはそれをただの小さな偶然だと信じ、「伯母がカナダへ帰るのを見送りに来た」というエディの言葉を疑おうともしなかったが、実際にはエディはマイクが小さめの旅行鞄をもって五十二番街のアパートを出た時からずっとその後を尾《つ》けていたのだった。一歩先に他のドアからロビーに入り、伯母を見送って帰ろうとする役柄を演じた。一年前までエディは本当に演劇青年だったからその程度の芝居なら簡単だった。この朝だけではない、ひと月前日本映画をやっている映画館前の行列の中で声をかけて以来、ずっとマイクを観察し、監視し続けている。マイク・カールソンについて、エディは当人が語った以上のことを知っている。マイクは、頻繁にニューヨークの本社と西ベルリンの支社を往復しながら、仕事に忠実で上司からも適度な信頼を得て将来のある程度を約束された典型的なアメリカ人社員を演じていた。実際、彼の陽気な笑顔は、彼の勤めている会社が世界中の街角に貼っているポスターの、泡の中で寝転んでいる水着姿の美女の笑顔と同じ軽薄ささえ感じさせたが、その裏に、八歳の時学校の図書室で見た一枚の写真に大きな衝撃を受け、その衝撃を二十年近く経った今も忘れられずにいる、ナイーヴな顔が隠されているのである。その写真のために、六年前初めて仕事で西ベルリンへ行った際、マイクは自分からある組織に近づいた――

もっともマイクはエディがそこまで知っており、そのために自分に近づいてきたのだとは知るはずもない。エディの誰もが信用してしまう人なつっこい笑顔はマイクを安心させているはずだった。他人の人なつっこい笑顔をそうも簡単に信じてしまうという点では、確かにマイクは何事も楽天的に考えるアメリカ青年なのだろう。ただわずか一ヵ月のつき合いではマイクから真実の言葉を全部引き出すわけにはいかない。マイクは依然エディには裏の顔を隠し続けている。自分がどんな組織に入っているか、今どんな任務についているか、そして今からどこへ旅立とうとしているか——

マイクが「スイスへ行く」と答えた以上、スイスは除外できる。ドイツも除外していいだろう。クリスマスの晩、「この冬の休暇が明けたら、早々にまた西ベルリンへ行かなければならない」と聞いている。

スイスとドイツ以外のどこに行こうとしているのかとなると、エディは見当もつかなかった。

小さな手懸りが一つだけある。

この一ヵ月の間にマイクの部屋をエディは三度訪ねているが、二度目の時、マイクはちょうど手紙を書きかけたところだった。机の上に航空郵便用の薄い封筒と便箋がおいてあった。マイクが他の部屋に行った際、こっそり盗み見ると、封筒はまだ白いままだったが、便箋には短い文が書かれていた。

「愛するＥへ。君と逢わなくなって一年が過ぎようとしている。昨日の晩も君の夢を見た。ただ、君が、いや、我々がそれを発見した以上、僕は間もなく君に逢えるだろう。おそらく冬の休暇のうちに飛んでいくことになるだろう」

マイクの丸味のある文字はそこで終わっていた。そのすぐ後どこへ飛んでいくかを書くつもりだったらしいのだが、エディは一秒早くドアをノックしてしまったのだった。あと一秒遅ければ、マイクはそのEのいる国の名を記したはずだ。Eというのはほぼ女だと見当はつく。「我々」というのはEとマイクとが属している組織のことだとも想像がつくが、その組織が発見したという「それ」が何のことかもわからなかった。おそらくマイクは今からそのEに逢いに出かけるのだろう。Eが今どこにいて、その国で何を発見したかを知るのがエディの役割りだったが、何も聞き出せないうちにマイクは旅立っていこうとしている。

マイク・カールソンはもう一度、今度は腕時計で時間を確かめ、立ちあがり、握手のための手をさし出してきた。エディも立ちあがり、その血色のいい大きな手を握ると「いい旅を。帰ってきたらベルリンへ発つ前に一度会いたいね」と言い、マイクが肯《うなず》くのを待って自分から先に背を向けた。出口へとゆっくり歩いて進み、充分距離をおいてからふり返った。

その年の最後の一日である。ケネディ空港は昨日一日雪のために欠航になっていたせいか、たくさんの人間と万国旗さながらのさまざまな皮膚の色とで埋まっていたが、パンナムの搭乗カウンターにマイクのベージュ色のコートを着た高い背は簡単に見つかった。マイクはカウンターを離れるとゲートに向けて走りだした。エディはそのカウンターへと足を向け、栗色の髪のマネキン人形のような顔をした女係員に、「マイク・カールソンを見送りに来たのだが、もう飛行機は出ただろうか」と尋ねた。

「その方なら今搭乗手続を終えたところです。走れば追いつくかもしれません」

そう答えた女係員に、「トウキョウ行きの飛行機だったね」エディは何気なさそうに尋ねた。彼はその時思いついた適当な町の名を口にしただけだったが、彼女は、「そうです」と答え、彼が知りたがっていた情報を教えてくれたのだった。

トウキョウ？

この一ヵ月間、マイクとそのアジア最大の都市とを結びつけるような物は何一つ見つかっていない。ただ一つあるとすれば一ヵ月前エディが偶然を装って近づき隣り合わせの席で見た映画がニホン映画だったことだけだが、その後コーヒーショップに誘った際、マイクは今見た映画にもニホンにも何の興味ももっていない様子だったのだ。それどころか、マイクの属している組織がニホンに何らかのつながりをもっているなどと聞いたこともない。そのトウキョウでEは一体何を発見したというのか。

出口に向かおうとして彼は足をとめた。壁に世界地図を描いた大きなボードがあり、各国の大都市とニューヨークとを、何本もの空路を示す直線が結んでいる。ニューヨークとトウキョウとを長い線が太平洋を大きく斜めに切ってつなげていた。トウキョウの名の下に23：30という時刻が示されている。彼が見ている間に30は31という数字に変わった。この年最後の一日、ニューヨークはまだ朝の光に溢れていたが、トウキョウでは間もなくその一日も終わろうとしている。午後十一時三十一分——その時刻を東京の都心にあるホテルの一室では青木優二が自分の腕時計で確かめている。青木は窓から、間もなく新しい年へ移り変わろうとしている東京の夜を眺めながら、野川桂子からかかってくる電話を待ち続けていた。桂子は青木が講師として週に一度通っている美術大学の学生だった。青木は二つの意味で今年の四月から桂子に興味を抱いていた。画家として教師として、桂子が描く寒色と暖色が大胆に混ざり合い反撥し合う不思議な抽象世界に惹かれていたし、一人の男として二十歳以上も年齢の離れた若い娘がいつも見せる大人と子供とが大胆に混ざり合い反撥し合う不思議な微笑に惹かれ続けてきた。教師と学生の立場を離れて交際し始めてもう四ヵ月になるが桂子が絵の中に使う赤と青とのどちらが成熟しきった女の顔であり、どちらがまだ熟しきれずに堅い殻に閉じこもってためらっている少女の顔なのかわからずにいた。

今夜二人は、そのホテルの最上階の展望レストランで食事をしながら新しい年を迎える約束になっていたのだが、今日の午後になって、桂子は突然、「今夜は家族と一緒に過ごさなければならなくなりそうなんです。もしかして出かけられないかもしれません」そんな電話をかけてきたのだ。ためらいがちな声には少女の方の顔が覗いていて、青木には家族のことはただの口実で、桂子がホテルという言葉にこだわっているのだと思えた。秋からの交際は美術館をまわったり芝居を見たりの健全さを守ってきている。

もっとも青木はその年齢でまだ独身を通しているし、自分の父親の顔も名前も知らず物心つく前に母親も亡くし伯母夫婦に育てられ、その伯母夫婦も十年前に相次いで失った青木には、家族という言葉のもつ意味の大きさについては何も言えなかった。普通の家庭では、大晦日《おおみそか》の夜を未婚の娘が一人外で過ごすのは許されないのかもしれない。桂子は両親に青木との交際をまだ話していないと言った。それは逆に桂子が青木との関係を単なる画家と画学生の関係だけではないと考えている証拠のようにも思えた。

二人の関係の片隅には確かに結婚という言葉があったし、桂子がそれを意識しているのは、たとえば「先生と一緒に朝御飯食べてる夢を見たわ」と言ったりする言葉でもわかったが、青木の側では結婚を匂わせるような言葉を口にしたことはなかったし、自分の年齢や育ち方を考えると、むしろそんな深みへと関係がおちこむのを避けようという気持ちが働く。

今夜だって一緒に食事をしながら年を越すだけの軽い気持ちだったし、部屋をとったのも横浜のアパートまで帰るのが面倒だったからにすぎないのだが、桂子の方にはやはりこだわる所があったのだろう。青木を先生として見る気持ちと男として見る気持ちとが半分ずつで、その間で揺れているのだろうし、それは青木の側でも同じだった。午後の電話の声にあったためらいを考えると、青木は自分がホテルを予約した気持ちの半分ではやはり桂子を抱きたかったのだという気がした。「ともかく夜十時半にホテルの方へ電話を入れますから」電話で桂子はそう言ったが、約束の時間をもう一時間もすぎているのに電話のベルは鳴らなかった。

その時刻になっても窓のすぐ下を流れる高速道路には車が走り続けている。白いヘッドライトの流れと赤い尾灯の流れが、永遠に交わることを拒むように断固としてそれぞれの方向を目ざして突き進んでいく。今年ももう終わろうとしている。新しい時間が白い光で訪れ、古く褪《あ》せた時間が赤い光で過去へと流れ去っていく。大都会の無数の灯《あか》りが、ビルの谷間を流れ続けるその二色の時間を静かに見守っている。年末年始の休暇に入り、この二、三日空気が澄んでいて、東京の夜空は珍らしく星をちりばめている。同じ夜に紛れこんで、果ての方で空の光と地上の光とが混ざりあっている。

近くの高層ビルの斜め上方にオリオン座が見えた。その三つ星を遠い視線で見あげながら、青木はふと、今年最後のこの日、地上のどの国で既に夜が始まっていて、何人の人間が今自分と同じようにこの星を見ているのだろうと考えた。国境線に切りとられつぎはぎだらけになった地上で、もしかしたらかなりの人たちが、果てしなく広がりながら一つに繋《つな》がっているこの空を見上げているのかもしれない。

腕時計をもう一度見ると、さらに四分が過ぎている。部屋は静かだった。その静寂に桂子が彼女なりに二人の関係に出した結論を聞いた気がして、ため息をついた時、電話のベルが鳴った。セミダブルのベッドの枕元におかれたクリーム色の電話を、スタンドの和紙のシェード越しの柔らかい光が包んでいる。

「青木先生でしょうか」

取った受話器から桂子の声が流れ出した。桂子だと思った声は、だが次に、「私、桂子さんの友達ですが」と続けた。それでも声の感じがひどく桂子と似ている。桂子が悪《いた》戯《ずら》をしているのかもしれないと思った。

「桂子さん今夜どうしても都合がつかないので、私がかわりに食事の相手をするように頼まれてきました。私で構わないでしょうか」

桂子でないことは確かになったが、突然そう言われても青木はどう答えたらいいかわからない。黙っていると、女はかすかに笑い声をあげ、「構うか構わないかは私をご覧になってから決めることでしたね」そう言い、

「先生は私を知らないんですから。私の方では桂子さんからいろいろ聞いてますし、お顔も知ってますけれど。今ロビーに来てます。十分ほどでレストランに上がりますから、先に行って待っていていただけませんか」

滑らかな声には切れ目がなく、青木は何とか「わかりました」とだけ答えた。声というより弦楽器が聞いたことのない美しい旋律を奏でたような謎めいた響きが受話器を置いた後も耳に残っていた。ひと月ほど前、桂子が、「私の友達に先生の絵にとても興味をもっている人がいるの。一度紹介してほしいと言われているのだけど」そう言った言葉を思い出し、その友達かもしれないと思った。それにしても何故桂子は自分でまずそのことを連絡してこなかったのだろう――

不思議に思いながらも、今の女の声は実際弦か何かのようにもうしっかりと青木の気持ちを縛っていて、青木の手はひとりでに動き、電話の横に放りだしてあった部屋の鍵を掴んだ――青木がその部屋を出た時刻、マイク・カールソンは空港の出国ゲートを通

過しようとしていた。黒人のまだ若い係官が愛想よく白い歯を見せて笑い「いい旅を」と言いながらパスポートを返してよこす。マイクは微笑を返し、何気なく一歩踏みだす。ただの一歩だが、その一歩が彼をアメリカ合衆国から引き離す。そしていつものように一枚の写真が記憶の中から浮かびあがってくる。

二ヵ月に一度はベルリンに行くために、その地点を通過するのだが、何故かその瞬間、必ず、暗い記憶の闇の沼からその写真は、浮かびあがってきて、彼の胸を包みこむのだった。彼がその写真を見たのは、八歳の時だった。ボストンの小学校の図書室で、何故まだ八歳に過ぎなかった自分が、その分厚い重い本を手にとり、ほとんど読むことのできない難しい言葉で埋まった頁をくり続けていたのかは忘れてしまっている。ただ憶えているのは、その何頁目かに突然現われた一枚の写真を、見過ごそうとしてふと指がとまってしまったことだけだった。この時は、だが、掘られた穴の中に折り重なり縺《もつ》れ合って棄てられている奇妙に白い物を壊れた人形だと思って数秒視線をとめただけだった。

その晩、食事の際、彼は父親に、その写真の横に書かれていた幾つかの単語のうちで不思議にはっきりと頭に残っていた言葉の意味を尋ねた。「B—O—D—I—E—S」父親は口髭を撫でながら、戸惑ったような微笑を浮かべ、「人体《ボディーズ》」というその言葉をゆっくりと発音した。三時間後、彼はベッドの白いシーツの上に食べたものを全部吐き、それから三日間頑なに閉ざされた唇はどんな食べ物をも拒み続けた。

四日目に母親は彼を医師の所へ連れていき、その紹介でボストンの市立病院に入院した。一ヵ月後、彼は普通の子供よりも明るい笑顔をもちハンバーガーの好きな昔通りの「可愛いミッキー」に戻っていたが、医師たちの手は彼の体の奥底に地雷のように埋めこまれた一枚の写真を取り除くことはできなかった。彼がそれについて医師にも家族にも何も話さなかったからだった。彼はスーパーマーケットからこっそり盗んできた玩具のようにその写真を胸の一番奥底の誰にも、自分にさえ覗きこめないような闇の中に隠し、時々自分の手が泥だらけになるのを承知で、闇の沼の底からその写真をひきずりあげては見つめ続けた。郵便局に勤める父親と一年中庭に出て花を育てている母親は共に熱心なキリスト教徒だったが、結局、その茶褐色に変色した一枚の古びた写真のために、成長しニューヨークで勤め始める頃、彼は両親がずっと押しつけてきた神よりも自分を選んだ。神の意思が彼らをあの穴に壊れ物同然に棄てるほど残酷なものなら、自分の意志を信じていた方がまだましだった。彼が見た写真の何十万倍もの人間を神は平然と見棄てたのだった。

六年前彼が仕事でベルリンに赴《おもむ》くことになったのはある意味では運命的なことではあったが、彼がその町である組織に近づいたのはあくまで自分の意志だった。それもあの一枚の写真のためだったし、今日本に向かおうとしているのも結局はその写真のためだった。八歳の時食べ物を吐きだすかわりに飲みこんだ一枚の写真をこの体から吐きださなければならない——

滑走路へと繫がる最後の通路に、彼が棄てた神の恩恵としか思えない優しく穏やかな光が投げかけられている。滑走路の周囲にはまだ昨日の雪が厚く残っていて、白く眩《まば》ゆい光を滑走路へと撥ね返し、彼が今から乗りこもうとしているボーイング機を現実とは思えない巨大さで浮かびあがらせている。数歩先を歩いていた少年の手からボールが落ち、彼の方へ転がってきた。彼はそれを拾いあげ、少年に投げ、少年が向けてきた笑顔よりももっと陽気な笑顔を返す。そして今別れたばかりのエディの顔を思いだす。エディはまだ何も知らずにいる。かつてエディの体に流れている血と同じ血を流して死んでいった人々、その無数の死を償《つぐな》うために、彼、マイク・カールソンが今から日本へと向かい、そこで間もなく開始されようとしている一つの計画に参加しようとしていることを。だがそれでいいのだとマイクは自分に言い聞かせる。あの山羊のような優しい小心な目をしたエディが何も知る必要はない。臆病なエディを、途方もない計画をうち明けて怯えさせ悩ませる必要は何もないのだ——そのエディは車で空港を離れ、最初に見つけた電話ボックスで、いら立った指でガラスを叩き続けながら電話をかけていた。「そうです、トウキョウです。いいえ、休暇が終わればベルリンへ行く前に一旦ニューヨークへ戻ってくるはずです。スーツケース一つの軽装でしたし、五十二番街のアパートはそのままになっていますから。目的はわかりません。ただトウキョウで何かが見つかったのです。マイク・カールソンが休暇を犠牲にしてわざわざ飛び立っていかなければならないほど重大な何かが——」

アメリカ青年が、国境と海を越えるために飛行機のタラップをその長い脚で一段とびに駆けのぼっているその時刻、ベルリンでも彼とほぼ同年齢の一人の若者が国境を越えようとしていた。十二月三十一日の午後三時四十三分。その時刻、しかしまだ一つの橋が国境線と彼とを隔てている。自由の町への国境線は橋を渡った向こう側にあり、彼はまだ橋のこちら側に、東ベルリンの側に立っている。長い石の橋、といっても橋の長さなどただの数値に過ぎず、現実には永遠に似た果てしない距離が、まだ彼と国境線との間にはあった。なぜなら、オーバーバウム橋と呼ばれるその橋には、三ヵ所に検問所があり、砦《とりで》のように積みあげられたコンクリートの塊《かたまり》と張りめぐらされた有刺鉄線とが橋を三つに大きく切断しているからだった。

橋の上には以前はベルリンを一つの町として繋いでいた地下鉄の線路が残っていた。鉄路は錆びついていて、それがまた、あの一九六一年の夏の一日以来もう長い間二つの町が切断されてきたことを語っている。昔は二つの町を繋いでいた橋が、今は西ベルリンをとり囲む壁よりも遠く二つの町を引き離している。壁が築かれた一九六一年当時に較べれば二つの町の行き来の自由は増しているが、それでも西の自由を求めて国境を突破しようとする者にとって依然それは頑丈すぎる鉄のカーテンだった。

ベルリン市街を三メートル以上の高さで、その上二重になって流れる壁には数ヵ所に検問所があって、どの検問所でも厳重なチェックを受ける。東から西へ逃げる者は壁を越えるにしても例えば車のトランクに潜んで検問所を突破するにしても現在でもまだ死を覚悟しなければならなかった。死か、東の刑務所での長い苛酷な生活か――

彼、ブルーノ・ハウゼンもオーバーバウム橋の第一の検問所へとゆっくりと歩き進みながら、死と刑務所のどちらをも覚悟していた。特に今から彼がとろうとしている方法は無謀すぎて死の危険が大きいものであり、わずかなミスを犯せば、一分以内にでも彼は銃弾を蜂の巣のように浴びた無残な死骸となってこの橋の冷えきった石の上に斃《たお》れることになる。だが死と監獄生活の可能性の片隅にわずかでも自由を把《つか》みとる可能性がある限り、彼は一歩を踏み出さなければならなかった。

その時刻、冬のベルリンにはもう夜が訪れていた。その日は朝からどんよりと重い雲が空を鉛色に覆っていて、一時間近く前から降りだした雪が、橋の上をうっすらと白く覆っている。橋の中央の鉄路がところどころ雪の白さにかき消されながらも、橋の灯を鈍く錆びついた光で撥ね返している。いつもより低い夜空から信じられない白いかけらで落ちてくる雪片は、地上に降りしくと東と西に振り分けられる。雪は国境のシュプレー川にもその橋の上をゆっくりと歩き始めた彼の肩にも降りかかってくる。雪がこの町のコークスの匂いを含んでいるせいか、夜風はいつもより燻《くす》んだ匂いがする。橋の上に積もった雪にはこの一時間以内にその橋を行き来した人々の足跡が残っている。足跡の大部分は老人のものに違いない。ベルリン市街にあるいくつかの検問所は、それぞれ通れるのが外国人だけだったり西ドイツ人だけだったり、細かく分かれて制限されているが、その橋を渡れるのは西ベルリン在住者と老人のみに限られている。女性なら六十歳以上、男性なら六十五歳以上の老人はほぼ自由に往来が許されていて、橋の上には大抵いつもそんな老人の姿がある。彼が他の検問所を避け、その橋を選んだのはそのためだった。

彼が近づこうとしている第一の検問所から、西ベルリンの親類でも訪ねてきたらしい老人が一人こちらへと帰ってくる所だったし、彼の背後二、三メートルにもこれから西ベルリンへと向かおうとしている老女が一人いる。黄色いネッカチーフをかぶり厚い灰色のコートをまとった背の低い小柄なその老女を、彼は橋の手前で追い越したのだった。彼は雪で足を掬《すく》われるのを気遣うようにゆっくりと歩いたが、それは背後にいるその老女との距離を細心に計算しているからだった。彼が最初の検問所に到《たど》り着いて数秒後にその老女が検問所の彼のすぐ傍らに並んでくれるように仕向けなければならない。老女は杖をつき、もう一方の手に籠《かご》をさげ、足を引きずるようにのっそりと歩いている。背後から断続的に聞こえてくる杖の音に合わせて足取りを緩めながら、同時にまた眼前に迫ってきた警備兵の目にはごく自然な足取りで歩いているように見せなければならない。

老人以外にこの橋を渡れるのは西ベルリン在住者に限られているから、彼はこの日の朝東ベルリンの友人を訪ね今から西へと戻ろうとしている男を装わなければならなかった。そのために彼は日頃着ている共産圏の工場員にふさわしい分厚いだけのセーターとジーンズを脱ぎ棄て、一目で自由圏の在住者とわかるようにイギリス製のコートを着ていた。検問所の外に警備兵が一人立ち、窓ガラスに点《とも》った灯がもう一人の影を映し出している。外に立っている男は鉄兜《てつかぶと》の下から鉄の無表情な目で彼を見ている。彼は自分が生まれる以前の戦時下の緊張しきった空気の中に投げこまれたような気がした。それでも、

「こんばんは《グーテン・アーベント》」

何気ない笑顔を向け、パスポートをとり出すふりで手をコートの内ポケットに入れる。そして当惑を浮かべる。「今までカール・マルクス通りの友人を訪ねていたのですが」そう独り言のように呟きながら、パスポートが見つからないふりで体中のポケットを探る。その間彼の耳は背後に近づいてくる杖の音に神経を集中させている。杖の音が止まる。「パスポートを《ライセパス・ビッテ》」警備兵がどんな些細なミスも許そうとしない鉄の鞭に似た声を放つ。わかっているというように彼は肯きながら、もう既に汗ばみ始めた手をもう一度コートの内ポケットに突っこむ。その些細な動作と共にこっそりと目を斜め後ろに投げる。ネッカチーフに包みこまれた顔は皺と無表情の厚い布でもう一枚包みこまれているように見えた。その顔は彼の計算よりもずっと近くにある。これなら体を動かさなくとも手を伸ばすだけでいい。

次の瞬間、全部が一度に起こった。皺だらけの唇は嗄《しわが》れた悲鳴をあげ、その声が跡《と》ぎれた時には彼はもうその体を背後から羽交《はが》いじめにし、コートからとり出した拳銃をネッカチーフに包みこまれた耳のすぐ上に当て、検問所からもう一人の警備兵が跳び出し、彼らの銃口がピッタリと彼に向けて照準を定めていた。それまで以上の静寂が襲いかか

り、その中で雪が音もなく降り続けた。彼の腕の中で人質がもがき、その手から籠が落ちた。

　卵や果物が雪の上に散乱した。卵の一つが警備兵の足もとに転がっていった。その一つだけが不思議に割れなかったのだが、警備兵の軍靴がそれを踏みつけた。砕けた卵は黄色い血を流したように見えた。動いたのは足だけで、警備兵は銃を彼の方に向けたまま、寒さで凍りついてしまったように動かなかった。

「撃たないで《ニヒト・シーセン》。撃たないで《ニヒト・シーセン》」

　人質はまだもがきながら、思い出したように二度そう叫んだ。警備兵たちの銃に向けて言ったのか、彼の銃に向けて言ったのかわからなかった。彼は警備兵たちに向けて言う。

「銃を棄てて離れなさい。この橋を渡らせてくれれば、この女性には何もしない。ただ私を逮捕しようとしたり射殺しようとしたりすれば、すぐにもこの女性を撃つ。この女性が死んだら、それは私の責任ではなく、あなたたちの責任だ」

　自分でも驚くような冷静な声だった。血が逆流し厚着の下で全身が汗を噴いているのに気持ちは握りしめた銃のように冷えている。警備兵たちは銃を棄てなかったが、それでも押し黙ったまま彼に道をあけるように二、三歩退いた。

「静かにしなさい。そうすればあなたには何の危害も加えない」

　彼はそう言うと、その声と共に不意に抵抗をやめ静かになった年老いた人質の体を自分の体で押すようにして歩きだした。こうして橋の手前でその老女を追い越した時から わずか二分足らずのうちにブルーノ・ハウゼンは最初の検問所を通過した。通過した所には二番目の検問所の警備兵たちが既にやって来ていて銃を向けていた。微動だにしない彼らのマントに雪がみるみる降り積もっていく。ブルーノは第一検問所の警備兵たちに背中から撃たれないように用心して体を横にした。人質の頭部にあてた銃を握る手が雪をかぶりながらも汗まみれになっている。足が滑ることよりも手が滑って銃を落としてしまうことを彼は気遣い続ける。――リオデジャネイロでは、電話機に伸ばしたままの、ハンス・ゲムリヒの手もまた汗でまみれている。あの娼婦の部屋を出たあと、二年間住んでいた裏通りのアパートには戻らず、海岸近くのホテルまで走ってきた。ホテルで部屋をとり、部屋に入るとすぐパリへ国際電話をかけた。電話が繫がるのを待ちながら、彼はあれからまだ数分しか経っていないのに、もう、三つの通りを隔てたあの部屋で自分のした行為を後悔していた。

人を殺したことは何とも思っていない。首から手を離した瞬間に何故か、あの女が彼の恐れていたようなスパイではなくただの娼婦に過ぎなかったことも、あの女が昔ハンスという男を愛していたと言った言葉が真実だったこともはっきりとわかったのだが、それでも殺したことには何の後悔も罪悪感もなかった。世界中の誰一人、彼をハンスと呼んではいけないのにあの東洋人の女は一晩のうちに何十回となく彼をその名で呼び続けたのだ。誇らしげに、まるで自分だけがその名を口にする権利があるかのように。それだけでも殺す理由があるのだ。殺されるために生まれてくる人間がいるし、あの女もそうだったのだ。彼はそう割りきっていた。二度顔に整形手術を受け、十三度名前を変えたが、その意味では、彼は四十数年前と少しも変わっていなかった。ただ部屋に残っていた煙草の吸殻を紙に包んでポケットにねじこみ、ドアのノブと錠の指紋をぬぐいとり、部屋を出ようとした際、廊下に二人の子供がいたのだった。それが一人の少女とその少女の抱いている大きな人形だと気づくのに数秒を要した。少女はスペイン系の黒い長い髪をし、薄汚れた貧しい身装《みなり》をしていたが、その短い間、彼がサングラス越しに見ていたのは気まぐれに地上へと舞いおりた天使の姿だった。真夏の太陽が光の乱反射の中にそんな天使の幻を結晶させたかのようだった。少女は人形と同じ見開いた、何を考えているのかわからない目で彼を見あげていただけだし、彼は無視して逃げだしたが、裏通りを駆けぬけながら、一刻も早くこの町から逃げださなければならないと考えた。少女はあの娼婦に会いに来たところだ。今頃は死体を発見しているだろうし、それが白い服を着てサングラスで目を隠した白人の男の仕業《しわざ》だと証言するだろう、そんな男などこのリオ中には何千人といるだろうが、警察が動きだす以上逃げださなければならない。この一年中太陽の照り続ける国には、こっそりと身を潜ませる物陰もないのだ。だがどこへ？　彼はさんさんと降り注ぐ眩しい光の中をこのホテルへと走りながら、彼を救ってくれそうな幾つかの顔を思い浮かべた。そしてためらうことなくその中からパリに住んでいる一人の女の顔を選んだ。あの女なら助けてくれるだろう。他の連中は二ヵ月前、ペルーの密林の村で仲間の一人が捕まってからひどく用心深くなっている。彼が今犯したばかりの不始末を咎《とが》めるだろうし、彼のような小物の口から自分たちの現在の名前がばれるのを恐れ、彼を抹殺しようとするかもしれない。だがあの女だけは別だ。あの女なら必ず助けてくれる。パリへの国際電話は、もう繋がっているのだが、相手がなかなか出ず、コール音だけが響いている。

彼は人一人を殺したことなど依然何とも思わず、ただ昨日の晩あの娼婦に出逢ってしまった運命と、ついさっき一人の少女に偶然彼を目撃させてしまった運命とだけを悔み続けている。彼はいつも自分のした行為に後悔することはなく、自分に与えられる不運だけを悔んだ。そしてその意味でも彼は戦中のあの頃と少しも変わっていなかった。当時もあのガウアーの収容所で自分がした行為について何も後悔しなかった。あの収容所でのことは全部、灰色のくすんだ祭りだったし、祭りの好きな彼は思いきりそれを楽しんだのだった。それに奴らは一人残らず殺されるために生まれてきた人間だったのだ。彼はただ、あれほど信じていた勝利を裏ぎって彼の祖国を敗北に導き、将校として皆から恐れられていた彼をただの惨めな逃亡者に変えた運命だけを今も悔み続け、許せずにいる。電話はまだ空しいコール音を響かせている。手が汗をかき、それなのに冷えきったように細かく攣《ふる》えている。あたかも手だけが、今犯してきた罪に気づいているように。彼は、自分の左手がいつの間にか小さな扇を広げ、バタバタと煽《あお》っているのに気づいた。何だろう、この東洋風の扇は？

すぐにはそれをあの娼婦の部屋からもってきたことが思い出せなかった。思い出しても何故あの部屋に飾ってあったそれを、部屋を出る前に咄嗟《とっさ》に摑んだのかわからなかった。一人の女を殺した直後、手が突然、何か美しいものを摑みたかったのか。耳にはまだコール音だけが響いている、その音に、あの娼婦の声が聞こえてくる。ハンス、ハンス……その声に遠い昔の奴らの声が重なる。奴らはいつも陰で彼の名を悪魔の名として怯えながら呪《のろ》いながら口にしていたのだ。ハンス・ゲムリヒ、ハンス・ゲムリヒ……

ブルーノ・ハウゼンの頭の中でも一人の娘の名が囁かれている。彼の体は何とか第二検問所も通過し、最後の検問所に近づいている。依然幾つもの銃口が、闇の中で、また検問所から漏れてくる灯火の中で、彼に向けられ、いつでも火を噴く準備をして静止している。事実、次の瞬間には火を噴き、橋の三分の二まで何とか進んできたことなど何の意味もなくなってしまうかもしれない。今、彼を護《まも》っているのは夜と激しくなった雪だけだった。人質は体の重みを全部背後から抱きすくめている彼の腕に預け、今では彼の歩行を阻む邪魔な存在になっている。小柄な体とは思えないその重みのために彼の足はふらついている。雪の上で足は何度も滑りかけ、汗で銃を握る手は滑り、顎が人質のネッカチーフのつるつるした生地で滑った。周囲に目を配り続けることと転ばずに一歩でも余分に歩くこと以外、彼はもう何も考えていない。自分がこんな無謀な賭けをしているのが、今西ベルリンにいる一人の娘のためだということさえ忘れていた。ただ空っぽになった頭に、その娘の名前だけがこだまし続けている。

今年の三月までその娘は、彼と同じ壁のこちら側に住む東ドイツの国民だった。菩提樹の並木道として名高いウンター・デン・リンデン近くの小さな部屋に一人住み、一年前の降誕祭前夜、彼はその部屋で彼女が作った料理を食べながら、彼女が大学を卒業したら結婚してくれないかと申し込んだのだった。彼女はこんな素晴らしいクリスマスプレゼントを貰ったことはないわと言って微笑した。彼女はいつも彼の前で微笑していた。笑うと唇が赤みを増してゼラニウムの花のように見えた。それなのにそれから三ヵ月後、三月の最後の日に、菩提樹の連なる通りを散策しながら、彼女はその微笑のまま、突然、「今夜、あと四時間後に西ベルリンへ逃げることになっているの」と言ったのだった。理由をいくら尋ねても微笑のまま首をふり続け、ただ彼がそれなら自分も一緒に逃げるというと、「西ベルリンではアメリカ人の青年が私を待っているの。彼は時々こちらへ遊びに来ていて、私たち昨年の夏から愛し合うようになったの」と言った。その青年のことも執拗に尋ねてみたが、彼女は何も答えなかった。ただそのひと月ほど前、彼女の部屋への階段を上る途中で、下りてくるアメリカ人らしい背の高い一人の男とすれ違っている。彼が部屋へ入っていくと、彼女は驚いた顔で、「疲れているので、今からシャワーを浴びて眠ろうと思っていたの」と言った。下着姿だった。彼が初めて目にする肌はその時窓の外に降っていた雪よりも白く柔らかかった。あの日彼女が下着姿だった意味と驚いた意味とがやっと彼にわかった。彼が歪《ゆが》めた顔に伏せた目を慰めるように見て、彼女は、「でも私は今でも彼よりあなたのことを愛しているに違いないわ」そんな他人《ひと》事《ごと》のような言い方をし、「彼とあなたの間で選択したんじゃないわ。東と西の間で選択したのよ」そう言い、微笑のまま背を向けた。灰色の曇り空に冬枯れた菩提樹がむきだしの枝を連ねている。枝は暗い空から春の気配を摑みとろうとしているようだった。今でも彼は何故大学で優秀な成績の彼女のような綺麗で頭のいい娘が、工場で設計図どおりに機械を作るしか能のない自分のような男を愛してくれるのかわからなかったが、同じように何故彼女が突然去っていったのかもわからないまま、その菩提樹の道を遠ざかっていく後ろ姿を見送った。それが最後だった。どんな方法をとったのかはわからなかったが、一週間後、西ベルリンから偽名で届いた手紙で、彼女が無事に壁を越えたことを知った。手紙には、「あの時別れの言葉を言うのを忘れていました」という言葉と共に、ただ「さようなら《アウフビダゼン》」とだけ書かれていた。そして便箋の下の隅に、いつもの癖で頭文字のEだけを大きくして自分の名を記していた。

今、その名が心臓の動悸にからんで体の中で反響し続けている。あの日菩提樹の並木道で彼はすぐにも彼女を追いかけるべきだったのに、ただぼんやりと見送ることしかできなかった。見送りながらあの時既にいつか自分もまた西ベルリンへ行くのだと決心していた。決心してから九ヵ月がかかった。九ヵ月が過ぎ、今やっとあの冬枯れた道を彼女の後ろ姿を追って彼は走りだしたのだった。

もっとも今の彼にはそんなことを考えている余裕はなかった。最後の検問所の手前で、足を滑らせかけた人質の体を片方の腕で何とか支えきることだけしか考えられなかった。

雪は降り続けている。それを雪だと意識することもできなかった。ただあの時まだ枯れていた菩提樹が今やっといっせいに花を開かせ、純白の柔らかい花片を舞い狂わせているのだと彼は意識の遠い隅でそう思い続け――リオでは一人のナチの残党が受話器を握りしめ、コール音がとぎれるのを待ち続け、ニューヨークでは一人のアメリカ青年が乗りこんだ飛行機が離陸するのを待ち続け、東京ではホテルの展望レストランの端の席で、まだこの段階ではただの画家にすぎない男が電話をかけてきた女を待ち続け――ベルリンの国境の橋の上では一人の若者が一秒も早く自分の足が国境線を越えるのを待ち続けている。彼は最後の検問所を通過した。あとは橋のたもとにある監視所の警備兵が既に彼に向けている銃口をどう逃れきるかだった。国境線まで、自由まで、あと数メートル。

その時刻、パリではベルリンと同じ午後三時四十八分だった。灰色の冬の雲がいつもより早く夕暮れの気配を窓ガラス越しに忍びこませているその部屋で、マリー・ルグレーズは牛のように大きな体をビロードのソファに沈めながら、ラジオから流れてくるワーグナーに聴きいっている。耳だけでなく肥った体は、全身の皮膚で、その荘厳な調べを吸いこんでいる。彼女の顔には充ち足りた者だけが持つ穏やかさが浮かんでいる。事実彼女はワーグナーの曲にも、そのロテル・ドゥ・ヴィル河岸にある豪華なアパルトマンにも、窓辺に立てば真下に見おろせるセーヌの流れにも、憂いを帯びた深みのある赤を基調にした調度類にも、ルイ王朝時代の机の上にたてかけられた写真立ての中の夫の微笑にも、その夫が十年前かなりの遺産と共に遺していった二人の子供にも満足している。そのうちの一人ピエールは父親が死んだあとルグレーズ病院の院長の座を継ぎ、去年二度目の結婚をし、彼女はその息子夫婦と一緒に暮している。もう一人のベルナールは実業家になって、パリの郊外で妻と暮し、時々二人でこの部屋を訪ねてきてくれる。共に彼女の子供ではなかった。終戦から半年後、彼女が当時まだルグレーズ病院の副院長だった男と結婚した時、彼には死んだ妻との間にできた二人の男の子がいたのだった。だが、血の繋りは何の意味ももたなかった。二人の子供は彼女のことを本当の母親のように慕ってくれたし、彼女の方でも上のピエールの真面目さを頼もしく思い、今年四十二歳になってもまだ子供っぽさのぬけきれないベルナールをただ可愛く思っていた。

彼女はまた、去年ピエールと結婚したニコルにも満足している。まだ三十前だというのに院長夫人の名に値するしっかり者で、年齢の離れた夫を充分支えているし、その母親である彼女にも敬意と優しさをもって接してくれる。一昨年ピエールが離婚したリュクセーヌよりすべての点でニコルの方が優れていた。ただ一つ、リュクセーヌは子供を身籠らなかったのに、ニコルが結婚して半年後には妊娠してしまった点を除いては——

ニコルは半月前に子供を産み、昨日退院してこの部屋に戻ってきた。もちろん生まれた赤ん坊を連れて。その泣き声が今も隣りの部屋から聞こえてきて、時々鋭くワーグナーの曲を切り刻んでしまう。カン高い泣き声はワーグナーの尊厳ばかりでなく彼女の尊厳をも馬鹿にして嘲笑《あざわら》っているようで、彼女はそのことだけは不満に思い、いら立っている。ドアを開け、「もう少し静かにさせて頂戴」と一言言えば済むのにそれができなかった。病院に見舞った時も、昨日ニコルが戻った時も、彼女は赤ん坊を抱いて祖母にふさわしい幸福そうな微笑を見せたのだし、ついさっきニコルが心配げな顔を覗かせ、「お義母《かあ》さまが音楽を聴く邪魔にならないかしら」と言った時も、「何を言っているの。赤ん坊の泣き声が私には最高の音楽なのに」と答えたのだった。

彼女はいらいらしながらワーグナーの曲が早くクライマックスにのぼりつめてその泣き声を飲みこんでほしいと願っているのだが、その不満は彼女の顔からは誰も見ぬけないだろう。彼女は相変わらず充ち足りた平穏な顔をしているのだ。結婚して四十数年、彼女は自分の本心を一度も顔に出したことはないし、今では自分でも時々本当に、優しく物分かりのいいマリー・ルグレーズだと信じてしまうことがある。

メイドが入ってきて「電話がかかっています」と告げた。「こちらに回して頂戴」彼女はそう答え、手を伸ばしてソファの脇のテーブルの上の電話をとり、そして受話器の底で相手がしばらく執拗に「マダム・ルグレーズか」と念を押した後、突然、「ハンス・ゲムリヒだ。今、ブラジルのリオのホテルにいる」そう告げた時も穏やかな顔をみじんも壊さなかった。

「何故わかったの、ここの電話番号が」

「一年前、フランスの雑誌で君の写真を見た。慈善家としてどこかの孤児院を訪ねている写真だ。懐しくなって電話をかけてみようと思って、調べたんだ」

「どうやって？」

「パリのルグレーズ病院の電話番号は簡単に調べられたからね、病院にかけてみたら、電話に出た娘が、院長は既に死んで息子が後を継いでいると教えてくれた。君が息子夫婦と一緒に住んでいることや今の電話番号も——大丈夫だ。偽名を使ったし、昔ただルグレーズ病院で世話になった者だと嘘を言ったから。ただその時は結局、電話をかけるのはやめた。まだブラジルを離れる気持ちはなかったから。だが……もう我慢ができない。この国の太陽に疲れた……」

彼女は一分後に、「こちらからすぐにかけ直すから」そう言い、相手のホテルの電話番号と今使っている偽名を聞き出してメモにとり、電話を切ると窓辺に立った。ハンスはパリに逃げたいと言った。今から二分のうちにハンスをどうするか決めよう、いや一分でいい、ハンスの将来など一分もあれば充分決定できる。家族も周囲の誰も知らずにいるが、彼女は意志の強さと決断の早さとではおそらくヨーロッパ中のどの女にも負けない。その決断力で、終戦の年、彼女はそれまでの過去をすべて抹殺し、別の国の別の女に生まれ変わって今の幸福を築きあげたのだった。彼女が抹消した過去には彼女の容姿も入っていた。彼女と一緒に逃げた仲間の中には整形手術を受けたり髪の色や目の色まで変えた者もいるが、彼女が頼ったのは自分の意志の強さだけだった。終戦後の半年間、彼女は自分の体に食欲増進剤をうち続け、半年後には、「鉄釘《ぜいにく》」と呼ばれていた細い骨ばった男のような筋肉質の体は、その三倍もある柔らかい贅肉だけの体に変わっていた。あの収容所の飢えた囚人のようにぎらぎらとしていた大きな目は、肉を分厚くつけた瞼《まぶた》と頬に沈んで兎《うさぎ》のように小さくなり、昔の仲間でさえ彼女が「鉄釘のマルト」だと言っても信じなかっただろう。それに昔の仲間たちでさえ、彼女が逃亡途上の国境の村で火事に巻きこまれて死んだと思っているのだ。ドイツの敗色が濃くなった時、それまでの立場が逆転することをいちはやく察知して、彼女は弟のように可愛がり愛していたハンスに「この収容所と祖国とを棄てて逃げよう」ともちかけた。あの時も一分間で決心したし、フランスとの国境近くの村まで逃げのび納屋に潜んだ時も数秒でその村に火を放つ決断をした。彼女は自分と似た体軀の村の女をハンマーで殴り殺し、その死体に自分の服を着せ、上半身を焼いたのだった。自分の身分証と勲章の入った鞄をその死体の近くに転がして。国境を越え、フランスに入った瞬間から、彼女は戦火で家族や身寄りの全部を失ったマリーという名のフランス女に変わった。解放後のパリに行き、それから一年間、ハンスとは連絡をとり合っていた。彼女が結婚して半年後、ハンスが接触していた昔の仲間とともに南米に逃げたいと言いだした時もすぐに決断した。彼女はそれを熱心にすすめ、三千フランを与え、万が一逮捕されたりした時にもマルトは自分と一緒に逃げる途上で死んだと言うように誓わせた。リュクサンブール公園の片隅のベンチで、ハンス・ゲムリヒは「一緒に逃げてくれないか」と言い、彼女は「何故私が逃げなければならないの。私はジャック・ルグレーズの妻だし、ドイツとも鉤十字とも無関係なフランス女なのよ」と答えて立ちあがった。それがハンス・ゲムリヒとの最後だった。

あれから四十何年かが過ぎようとしている。今頃になってそのハンスが突然連絡をとってきた意味を彼女は考えた。彼女はまずそれが何かの罠かもしれないと疑い、自分の方から電話をかけ直すと言ったのだった。次にハンスが追われているのではないかと考えた。短い電話でハンスは「パリに行きたいと言ったのはこの暑い国に飽きたからだけだ」と言ったが、昔に較べてすっかり嗄《か》れている声にはどことなく焦りが感じとれた。彼が追われているのなら、パリに来させ彼と一度でも接触するのはこの上なく危険なことだった。だが彼女はもう一つの可能性を考えてみる。ハンスがこのマルトに嘘をつくはずはない。小心なハンスは電話で言ったとおり、長い逃亡生活と南国の太陽に疲れ果て、ノイローゼ気味になっており、死も近づいてきて最後の憩いをパリと昔自分が愛していた女に求めたがっているだけだとしたら……

その可能性が一番大きい、そう感じとった瞬間、彼女はその可能性に賭けてみることに心を決めた。まだあのハンス・ゲムリヒが生きていた。南米の片隅で、別の名でもう死んでしまっただろうと思っていたあのハンスがまだ生きている。マルト・リビーがまだ生きていることを知っている人間が世界中にまだ一人だけいたのだ。彼女が自分でさえ忘れてしまった過去をまだよく憶えている男が一人だけ残っていたのだ――

それを赦してはいけない。当時だって彼女はハンスが生きていることが赦せなかった。パリに来てから一年間、結婚してからも半年間、彼女が彼と連絡をとり続けたのは、自分の過去を知っている唯一の男を葬る機会を狙い続けていたからだとも言えた。彼女は自分の死を仲間たちに信じこませるためにもハンスを利用した。仲間たちにハンスの口からマルト・リビーは自分の眼前で火に巻かれて哀れな死を遂げたと伝えさせた。仲間たちの口から外部の者にも必ずその死は伝えられ、人々は彼女の死を信じるはずだった。それが一応の成果をみた段階で、ハンスという男は彼女にとっては何の意味もないばかりか、始末した方がいい邪魔者にすぎなくなったのだった。だがその機会が訪れないうちに彼から南米へ逃げる話を聞かされ、どうせ葬るチャンスがないのならどこか自分から遠い所へ行ってほしいと考え、その逃亡をすすめた。考えてみると、あれは彼女の生涯でのたった一度の間違った決断だった。だが四十何年かが経ってその間違いを修正する機会は向こうから訪れてきたのだった。

彼女はあのハンスがたとえ逮捕されても彼女のことを暴露するはずはないと確信している。ただ彼女は自分よりも自分の過去をよく知っている人間がこの世界にいることが赦せないだけだった。そして彼女は自分が赦せないものにはそれ相応の罰を与えることをあの収容所での四年のうちに体で覚えこんでしまったのだった。

窓から見おろすパリには、いつもより早く夕暮れが灰色の帳《とばり》をおろそうとしている。街並は白く淋しそうで、水の底に沈んだ廃墟のように見えた。彼女は冬の空が、死に似た安らぎでこの町を包むこんな夕暮れ時が好きだった。夕暮れはいつも彼女が安らいだ微笑で残り少なくなった余生を送ることを保証してくれる。それなのに突然、二つの邪魔者がその幸福な余生に割りこんできたのだった。ハンス・ゲムリヒと今、部屋を満たしているワーグナーの美しい旋律をぶち壊している赤ん坊の泣き声。

ハンスのことは葬る決心をした時からもうどうでもよくなっていた。ハンスはいつも彼女からみれば青くさい生意気な声で「殺される運命を背負って生まれてくる人間がいる」と言っていた。愚かなハンスは自分もまたその一人だとは知らずにいただけだ。彼女が気にし、いら立っているのはまだ続いている赤ん坊の泣き声だけだ。その声が自分でも忘れてしまった過去へと彼女を引き戻す。そう、本当に忘れてしまった。今ではあの収容所での出来事は全部、自分の産み出した妄想だと思っている。自分はフランス人でありながら戦時中ナチを信奉していて毎晩のように自分が女将校となって囚人たちを虐《いじ》める夢を見続け、その夢があまりに鮮やかだったから現実の記憶のように思いこんでしまったのだろうと。夫が死んで間もなく彼女はテレビでアウシュヴィッツだったかダッハウだったかの収容所が今では煉瓦の瓦礫《がれき》と化して夏草に覆われているのを見た。その時も夢の中の遠い出来事のようにしか過去を思い出せなかった。彼女のいたガウアーの収容所はドイツの北部だったから、たとえまだその跡が遺っているとしても今の季節には厚い雪に覆われているだろう。四十数年の歳月はその雪よりももっと厚い闇で彼女の中の廃墟と化した過去を覆いつくしている。それなのにあの赤ん坊の泣き声だけが、街角でも列車の中でもいつどこにいても、彼女を過去へと引き戻してしまう。——ドイツの敗色が濃くなり彼女が収容所を棄てた一ヵ月前、あの女は収容所に送りこまれてきた。臨月寸前に醜く腹のせりだした妊婦だった。彼女はその女に他の囚人たちのような残酷なことはしなかった。赤ん坊を無事に産ませてやったし、自分の腕に抱いてやりさえもした。彼女は赤ん坊が生まれて間もなくに逃走している。だからせいぜい十日間しか赤ん坊の泣き声は聞いていない。それなのに何故その泣き声だけが、四十年以上を通り越して今もまだ彼女の体に残ったのだろう。彼女の命令で死んだ囚人の数も、鉄条網も、雪の上の軍靴の跡、泥濘《ぬかるみ》に転がっていた死骸も、すべてを記憶から拭い去ったというのに……彼女はその理由を自分でも説明できず、だからこんな風に赤ん坊の泣き声にいら立ち、怯え続けなければならないのだった。一分が過ぎた。窓を離れ、実際水牛のような重い体をのっそりとソファまで運び、彼女はメモの数字を頭に叩きこみ、そのメモを破り棄て、電話をとる。国際電話を申しこみながら、彼女はハンスに言うべき言葉を胸の中で呟いてみる――今夜にでもリオを離れなさい。そしてパリへ来て頂戴。パリへ来たらサンジェルマン通りにレールドールってホテルがあるからそこに泊っていて。一週間以内に私の方から連絡するから。大丈夫よ。何も心配はないわ。「鉄釘のマルト」がついてれば何も心配はないわ。懐しいわ、ハンス。きっと素晴らしい再会になるわ……

足が雪の上で滑った。人質が彼の体を離れようとする。次の瞬間、彼の体は雪の上に倒れたが、それはただ足が滑ったせいではなかった。一発の銃声と同時に彼の足に凄まじい衝撃がぶつかってきたせいだった。痛みは感じなかった。それを感じている余裕もなかった。倒れた彼は銃を握っていない方の手を咄嗟に伸ばす。手は、雪に埋もれかかった白い国境線に届く。橋を渡り終え、国境まであと二メートルという最後のドタン場で一発の銃声が彼を裏ぎったのだった。彼は這いずろうとする。だが体は数センチ動いただけで、衝撃でしびれている足は、むしろ何か凄まじい力に摑まれ引きずり戻されるように思える。全身の力をふり絞ってもまた一センチ動けたかどうかだった。警備兵たちの足音が用心しながらゆっくりと近づいてくる。足音はすでに彼の体を踏みつけているように思える。自由に手が届きながら、彼はそれを摑みきれず、死か長い刑務所生活のどちらかに引きずり戻されようとしている。だがそんなことはどうでもよかった。彼は頭の中でただあの娘の名を叫び続けている。雪にまみれた顔をわずかに起こすと、逃げだそうとする人質の足が見えた。それが先刻までの人質だったことも意識できず、彼はあの娘が今度こそ本当に自分から逃げだそうとしているのだと考える。彼は必死に手だけを伸ばし、その足を摑もうとする。

その時だった。その老女の足は突然停止しくるりとふり返ると国境線の方へと彼の方へと走って戻ってきた。警備兵たちが驚いて足を停めた。驚いたというより、何が起こったかわからず茫然としたのだった。人質だった老女が片脚だけを国境線から東側に踏み出し、倒れた青年の上に屈みこみ、その腕のつけ根に両手をさしこんで、青年の体を引きずりこみ始めたのだった。国境線の西側へと。彼にも何も意識できなかった。ただ頭が、肩が胸がみるみる国境線を越えていくことだけがぼんやりわかった。そして人質だった女が彼の体を抱き起こした時、血まみれになった足が国境線を越えたのを見た。

一人の太った男が近づいてくる。その男は腰にさげていた拳銃を抜いて彼に向けている。それは西側の税関の男だったが、その男はまだ事態がのみこめず、彼が握ったままになっている銃から老女を守らなければいけないと考えているのだった。老女がその男に向けて「撃って《ナイン》はいけない《ナイン》」と二度声を張りあげる。

「この若者の銃には弾丸が入っていない《ダス・ゲヴェール・ディーゼス・ユングリングス・イスト・ミット・カイネン・ゲショッセン・ゲラーデン》。彼は私の逃亡を手伝ってくれただけだ《エア・ハット・ミーア・ヌーア・バイ・デア・フルフト・バイゲシュタンデン》」

税関の男はそれでもまだ何も理解できないらしく、ネッカチーフに包まれた小さな顔が男としか思えない野太い声を出したのに驚いていた。降りしきる雪の中を車のライトが近づいてきて停まった。二つの人影が跳び出し、税関の男や国境線のむこうにまだ銃をこちらに向けたまま突っ立っている警備兵を無視して、二人を車の後部座席に押しこんだ。

車はすぐに走りだした。

「まずどこか病院へ連れていってほしい。この若者の足を手当てしなければ」

その声に運転している男は「わかりました」と答え、助手席の男がふり返って、笑顔で「成功でしたね《ヘル・ギュンター》、ヘル・ギュンター」と言う。

『ギュンターさん』と呼ばれた男は、ネッカチーフをとり、深く息を吐き出す。長い白髪に包まれた小さな顔は依然年老いた女の顔を思わせる。

「この若者のおかげだよ。彼は完璧に演じてくれたのだ。誰もむしろこの若者の方が実は私が逃げるための人質の役割を務めてくれていたなどとは気づかなかっただろう」

そう言うとギュンターは彼の体をその細い腕で抱きしめ、二度、「ありがとう《フィーレン・ダンク》」と言った。


展望レストランのテーブルは年越しのパーティのために家族連れで埋めつくされている。外国人客の姿も見えた。そのほとんどが正月をこのホテルで過ごす宿泊客である。イヴニング・ドレスや振袖姿が華やかな色彩で場を飾っている。ステージがもうけられ、支配人らしいタキシードの男が、「あと七分で今年も終わろうとしています。只今より乾杯の準備にシャンパンを係の者が各テーブルに注いでまわります」と言っている。一番隅の窓際の席で、内側の賑やかさと外の静かな夜景とを二重に映し出したガラスを見守っている青木の所へもウェイターがシャンパンを注ぎに来た。

「もう一人来るんだよ」

そう言いながら前の席のシャンパングラスに手を伸ばした時、

「青木先生ですね」

肩に女の声がかかった。ふり返っても、だが、声の主が見つからない。そこに立っているのはブロンドの髪の若い外国人女性だけである。その女性がにっこりと微笑みかけ、その唇から、「お待たせしました。座っても構いません」さっきの電話で聞いたのと同じなめらかな声がこぼれ出しても、青木はまだ馬鹿げた誤解をしている気がして、すぐに「どうぞ」とは言えなかった。

娘は席に座ると、突っ立ったままのウェイターに向けてグラスをさし出した。純白のほっそりとした指にグラスのカットの葉の模様が光と影で描かれた。シャンパンがグラスに満たされていくにつれてその一枚の葉は少しずつピンク色に染まっていく。彼はその娘が桂子の友達だとはまだ信じられないまま、何か素晴らしい画材を見つけたかのように、濃くなっていくピンクの影の葉を見守り続けていた。

「傷は大丈夫かね」

ギュンターの声に彼はかすかに肯いた。

「病院はもうすぐです」

運転している男が言う。ギュンターは自分のことのように大きな安堵の息をつき、もう一度彼の方を見ると、「さあ、もういいだろう、約束どおり、何故君が私の亡命を手伝ってくれたか話してくれないか。無事に壁を越えたら教えてくれる約束だった」そう言った。彼が何も答えずにいると、

「君は政治的な意図で私の亡命を手伝ってくれたわけではないはずだが。他の若者のようにただ自由が欲しかったのかね」

「――いいえ、今年の春までは東に何の不満も持っていませんでした。自由を欲しいと思ったことはないし、今度のことも自由を求めていたからではなく、ただ」

次に彼は「エルザのために」そう言おうとしたのだが、その時になってやっと痛みが襲いかかってきて、喉から出た時その言葉は呻き声に変わっていた。「済まなかった。

そんなことは今はどうでもいいことだ」ギュンターはそう言うと慰めるように彼の肩を叩いた。ホルスト・ギュンターは十五年前まで東ドイツの政治の要職についていた男だが、そんなことはブルーノにはどうでもよかった。三ヵ月前政治活動をしている友人に「西へ出たいが何かいい方法はないか」と尋ねると、彼は三日後に一人の男を紹介してくれた。その男から別の男に引き合わされ、最後にホルスト・ギュンターに引き合わされた。彼は自分も名前をよく知っているかつての大物政治家が目の前に現われた際にはさすがに驚いたが、ギュンターがどんな政治的理由で亡命を企んでいるかなど彼には何の興味もなかった。ブルーノの側からすれば、ホルスト・ギュンターも彼の西への脱出を手伝ってくれるだけの男に過ぎなかった。

車は壁沿いの道路を走っている。東には絶対に見られないペンキの落書きの文字で壁は埋めつくされている。「我々は一つだ」そんな白い文字が読みとれた。今のブルーノにとって、我々とはドイツ国民のことではなく、自分とエルザのことだった。昨日まで彼とエルザとを別々の夜に引き裂いていた壁が、今は二人を同じ夜に繋げている――

彼にはまだ西へ逃げてきたのだという実感はない。車が今走っている壁沿いの道路は夜と雪に包まれて暗く、東ベルリンと変わりはなかった。エルザ、エルザ――彼は胸の中でその名を叫び続けている。足から流れ出している血より熱い声で。雪の流れと痛みが彼を混乱させ、依然エルザと自分がまだ遠く引き裂かれているような気がした。そして彼は正しかった。ただそれを彼はまだ知らずにいる。

今年の三月の終わり、菩提樹の道で背を向けたあと、彼のエルザが西へ逃げたのではなく、東ベルリンの大学の正規の留学生として遠い異国へと旅立ったことを――

「私の名はエルザ・ロゼガーと言います。ベルリンからの留学生です。今年の四月一日に日本へ来ました。日本の文化を研究するためです」

その娘は自分の名とベルリンという名だけをドイツ語風に発音して言った。灰色の混ざった水色の目やブロンドの髪と、澱みのない日本語の流れとが、青木にはまだちぐはぐに感じられる。娘は幾何学模様のレリーフがある石の壁を背にして座っており、壁に影が浮かんでいる。その影がもう一人の別の女で、その目には見えない女が日本語を喋っているような不思議な錯覚がある。灰色の地味なセーターを着ているだけだが、両肩に波うっている髪の金色の輝きが娘の印象を華やかに見せていた。当たっているライトの光の方がその輝きを眩しがっているように見えた。

髪の燦き《きらめ》はまた、突然現われたその遠い異国の娘を謎めいたものに見せている。

「ずいぶん日本語が上手ですね」

「ベルリンの大学で四年間勉強しましたから。今では一番の教師は桂子ですけれど。桂子と友達になってから私の話し方はずいぶん自然になりました。だから私の話し方は少し桂子に似ているでしょう」

さっきの電話で桂子と間違えかけたのを青木は思い出した。確かに相手に甘えるように語尾を引きずるところは桂子と似ている。

「彼女とはいつから？」

「今年の――」

そう言ってから彼女は「秋の初めを日本語ではどう言いますか」と尋ねてきた。

「初秋ですか」

「そう、そのショシュウに美術館で出会ったのです。私は一枚の絵にとても興味をもって見つめていましたが、私と同じように長い時間その絵を見つめている女性がいました。私は日本人の黒い瞳が何を考えているのかよくわかりません。でもその女性の目の意味はすぐにわかりました。その絵に描かれている一人の女性か、それともその絵を描いた画家に心の何かを奪われている目でした。私はこの女性ならきっとこの絵を描いた画家のことをよく知っているに違いないと思って、『この画家のことを教えて下さい』と声をかけました。それが桂子でした。――先生の『ひなげし』という題名の絵です」

その絵なら青木には思い出深いものである。二十六の時に描き、有名な賞を受けて青木を世に出してくれた作品だった。花の名が題名になっているが、空想の中に浮かんだ一人の女性の顔を描いた絵だった。

初秋というと青木と桂子とが交際を始めた頃である。桂子がその絵が好きで、青山の美術館に展示してある原画を時々見にいくと言っていたのを思い出した。桂子が言った「紹介してほしいと言われている」という友達というのが、この女性に違いない。ただその時も桂子は、その友達というのが外国人女性だとは言わなかったし、その時一度きりでその後は彼女について触れようとしなかった。何故だろう――青木は不思議に思ったが、一つだけ思い当たる理由がある。桂子はつまらないことにこだわっていたのかもしれない――

「驚かれたでしょう？　私のような女が突然現われて。でも先生を驚かせたかったんです。実を言うと、今夜私が桂子の代わりにここへ来ることは、もう一昨日に決まっていたんです」

ベルリンから来た娘は、青木を見つめる水色の目に小さな光を点《とも》した。

「一昨日桂子から先生と今夜会うことを聞かされました。私と桂子はとても親しくて、私は桂子からいつも先生のことを聞かされています。一昨日の桂子は少し困っていました。一年の最後の夜は日本ではとても大切な夜で、桂子が外出すれば家族は淋しいだろうと――だから私が、『代わりに行かせてほしい』と頼んだのです。今日の午後、桂子が先生に電話をかけている時、私は桂子のそばにいたのです。桂子は、ヨツヤにある私のアパートの部屋であの電話をかけたのですから。そして私の頼んだとおりに言ってくれました。桂子は私が代わりに行くことも先生を驚かせることも気が進まないようでしたが、私の強引さに負けたのです——そう、私はとても強引でした」

「どうしてですか」

「桂子より私の方が先生をずっと必要としているからです」

そう答えて、娘は微笑した。口紅も何もつけていないただ透き通るように白い顔が、微笑が化粧だというように、色彩を滲《にじ》ませた。青木はとまどった。

「必要と言いましたが、あなたは僕に今初めて会ったばかりでしょう？」

「ええ」

微笑のまま、唇はそう答える。その微笑が悪い冗談を言って自分をからかっているのだとしか青木には思えない。娘が日本語の「必要」という意味を間違えているとしか思えなかった。

「それなのに何故僕を必要としているのですか」

そう尋ね返した時、遠いステージから「あと一分ちょっとで今年も終わります」という声が聞こえてきた。

「シャンパンはゆきわたりましたでしょうか。それでは乾杯の用意をなさって下さい」

ステージで演奏されていたピアノが、それまでの陽気な曲から静かな曲に変わった。すぐ近くの席に座っていた子供が誤ってクラッカーを爆《は》ぜさせ、母親の叱責の声と共にあちこちから失笑の声が起こった。クラッカーの音を機にざわめきが消え、それまでざわめきの中に潜んでいた時間の流れが、その静寂とガラス一枚を隔てた東京の夜の中を、一年の最後の瞬間に向けてゆっくりとカウントダウンしていくのがわかった。エルザ・ロゼガーと名乗った娘はシャンパングラスを手にとり、もう一度青木を見つめる。微笑に包みこまれた目に、まだ小さくその光がある。水色の闇の中に点るその果てしなく遠い灯を、青木はこの娘が生まれ育ったベルリンの灯だと思う……自分が一度も訪れたことのないベルリンの灯だと。

「私たちは『それ』を見つけたわ《ウィ・ヴ・ファウンド・イット》」

飛行機がゆっくりと滑走を始めた時、隣りに座っていたアメリカ人の老夫婦の女性の方が歓声をあげた。シート・ベルトをつけたあともその白髪の女性はハンドバッグの中をかきまわしていたが、そう叫びながらバッグの中から小さな鍵をとり出す。家の鍵らしかった。マイク・カールソンは「私たちは『それ』を見つけたわ」という言葉を胸の中でもう一度くり返す。

半月前から何度も耳にした言葉だった。半月前、国際電話をかけてきた彼女は、真っ先にそう言ったのだった――「私たちは『それ』を見つけたわ」緊張した声は喜びを隠しきれなかった。

「彼《ヒー》なのか彼女《シー》なのか」

マイクはそう尋ね返した。

「もちろん、彼《ヒー》よ。マイク、私が喜んでいるのがわからないの？」

彼女《シー》だった場合には今度の計画には大きな修正が必要になるから、マイクももちろんそれを喜んだ。

「でも彼か彼女かはどのみち重要ではないわ。私たちにとっては『それ』に過ぎないのだから」

その言葉を一昨日の夜明けにかかってきた国際電話でも彼は聞いている。

「私は明後日に『それ』に近づくことになったわ。だからできるだけ早くトウキョウへ来て。一日も早く」

その電話で彼女は細心の用心で「彼《ヒー》」という言葉を避け「それ《イット》」という言葉を使い続けた。

「私は『それ』を私のものに、いいえ、私たちのものにするためにはどんな手でも使うわ。ただマイク、これだけは知っておいて。どんな方法を使おうと、私が決してあなたを裏ぎらないこと。私はあなたのために一人の若者を裏ぎったわ。だからもう二度と人を裏ぎりたくないの。私が『それ』に近づくのはあくまで今度の計画のためだわ」

「そのことについてはもう今年の三月、君がベルリンを発つ前に充分話しあっただろう」

「ええ、でも最後にもう一度確認したかったの。マイク、私たちは愛し合っているわね」

彼は二、三秒沈黙し、「それに答える必要もないほどね」と言った。

「私は『それ』に私を愛させる自信があるわ。その意味でも私たちは完璧な『それ』を見つけ出したのよ」

彼の頭の中で反響する彼女のその熱い声を機体の発する轟音が消し去った。飛行機の振動がマイク・カールソンの大きな体を揺り動かす。スピードが力となって彼の全身にのしかかってくる。その轟音と振動の中で、彼はあの若者の名を思い出そうとする。九ヵ月聞かずにいたその名前はなかなか記憶に蘇ってこない。その若者の顔を、彼は東ベルリンの彼女の部屋に続く薄暗い階段で一度だけ見たことがある。子供のような純粋さを残した目をしていた。若い娘が夢中になっても不思議ではない目だった。彼女も夢中になっていた。それなのに西ベルリンから時々遊びに来る一人のアメリカ青年のために彼女はためらうことなくその若者の少年のような褐色の目を棄てたのだった。

マイク・カールソンは東ベルリンの彼女の部屋での夜を思い出す。正確にはそれは夜ではなく、夕暮れ時から夜にかけての短い時間だった。西ベルリンから東ベルリンに出る際にはその日の夜十二時までに西へ戻ってこなければならない。それに彼女が西側の人間と接触しているのが見つかれば彼女は日本への留学を許されなくなるかもしれない。その危険がいつもあって、彼は彼女の部屋で過ごす時間をいつも最小限にとどめなければならなかった。二人はその短い時間にたがいの情熱を凝縮し、あの部屋の隅の貧しいベッドの上で激しく燃えた。その激しさも、ベルリン中の人々の目を、あの若者の目を欺き続けた秘密めいた行為も、灰色の夕暮れより夜に似合っていた。彼女のことを思い出すと、その純白な体がいつも夜の闇に浮かびあがっているような気がしてしまう。それは彼女の方でも同じだったのだろう。ある時、ベッドを離れ服を着始めた彼に、彼女は「あなたは西から時々吹いてくる夜の風ね」そう言って笑った。

彼女が彼に惜しみなく与え続けた夜を、間もなく彼女は「それ」に与えようとしているのだろうか――

機体が大きく傾いて突然浮上を始める。飛行機にはもう飽きるほど乗っているのに、いつもその瞬間、彼は自分の体がバラバラに壊れて大空へとふり撒《ま》かれる気がする。あの一枚の写真の中の無数の人体のように。機体は地上を斜めに切って空へとのぼりつめていく。そう、ブルーノ・ハウゼンだ――彼はその名をやっと思いだす。「ブルーノに結婚を申し込まれたわ。私は『ええ』と答えたわ。三月までブルーノとのことはそっとしておきたいの。ブルーノにあなたのことを気づかれないために。私は自分でも信じられないほどの悪い女だわ」「ブルーノだけではなく、私はあなたのためにこれからどれだけのものを棄てることになるのかしら」……

マイク・カールソンは腕時計をトウキョウの時刻に直す。トウキョウは間もなく、あと何十秒かで今日が終わろうとしている。彼女はもう自分の体の中の夜を「それ」に与えているのだろうか。九ヵ月抱いていないその体が彼の頭をまっ白に満たす。窓に冬の朝の光が同じ白さで溢れ、傾いていた摩天楼の町をかき消す――太陽は窓にかけたシーツを突き破って流れこみ、部屋の薄闇をどんどん白く変えていく。リオのその部屋では、ベッドの上にあお向けに倒れた一つの死体とともに夏が腐り落ちていく。一匹の蠅が飛ぶのに疲れて、その頬にとまる。ベッドのそばで、少女は人形を抱きながら、ぼんやり突っ立ち、何故リタが今日に限って目を見開いたまま眠っているのかわからずにいる。何故その名を呼んでもリタがいつものように笑いかけてくれないのか。少女はもう一度その名を呼びかけ、ベッドの上から垂れた脚を揺すってみる。その時、突然、鐘の音が響きわたった。正午を告げる鐘の音だった。いつもその教会の鐘の音が嫌いで耳を塞ぐリタが、何故今日に限ってひっそりと静かに鐘の音を聞いているのか少女にはやはり、わからない。じっと動かない耳にもう一匹の蠅がとまる。黒い頬の上を最初の一匹が歩き回っている。鐘の音の残響の中にもう一つの音が打ちこまれ、部屋の中につまっている光と熱気が砕け落ちる。蠅は驚いて飛びあがり、少女は逃げだしたくなる。それなのにリタだけが動かない。じっと動かない……

「五秒、四秒、三秒、二秒、一秒――」

ステージの上で突然ピアノが和音を奏で、「蛍の光」を奏で始める。「乾杯」の声、グラスのぶつかり合う音、クラッカーの爆ぜる音の中で、時間はまだ去ったばかりの一年の余韻を引きずったまま、新しい年へと流れこむ。外国人客が立ちあがってキスをし合っている。

青木のグラスに自分のグラスをぶつけ、ピンクの酒に少しだけ口をつけると、娘は立ちあがり、上半身を屈めてテーブル越しにその唇を青木の頰に押しあてた。甘い香りが青木の頰に染《し》みた。

シャンパンの香りか娘自身の香りかわからないまま、青木も腰を浮かして娘の頰に唇を返した。

「新しい年をドイツ語ではどういう言葉で祝うんですか」

「アイン・グリュックリヒェス・ノイヤール――先生はドイツ語は話せないんですか」

「全く駄目です。若い頃にパリには三年行ってましたが、ドイツには一度も足を踏みいれたことがないから」

青木の返答に娘は微妙な反応を見せたが、それがどんな表情なのか摑めないうちに、微笑がそれを隠してしまった。

「蛍の光」の演奏が終わると客たちの大半が立ちあがってレストランの中央の大テーブルに豪華に飾って並べてある料理をとりに行ったが、二人は立ちあがらなかった。青木はさほど食欲がなかったし、「何かとってきましょうか」と尋ねると娘も首を振った。

「だったらさっきの答えを聞かせてもらいましょうか。何故僕を必要としているのか」

娘はその質問を無視して、しばらく東京の夜景を眺めていたが、やがてふり向くと、

「その前に先生のことを話してもらいたいのです。桂子から詳しく聞いていますが、先生の口から直接聞いてみたいのです」

「ぼくのどんなことを――」

「主に子供の頃のこと。どこで生まれたか、両親がどんな人だったか」

青木は首を振った。

「生まれたのは東京ですが、桂子から聞いているなら知ってるでしょう。父親は僕の生まれる前に死にましたし、母親も僕が生まれて間もなく、この東京の大空襲で――空襲という言葉はわかりますか」

娘は無言で肯いた。

「その空襲で死にました。火に飲まれて。僕だけが奇跡的に助かったのです。今でも火傷《やけど》の痕《あと》がここに残ってます」

青木は腕時計をはずした。手首の一部分がそこだけうっすらと白い模様を描いて皮膚が死んでいるのがわかる。

「その後、伯母夫婦に引きとられて育ったんです」

「伯母というのは先生のお母さんの姉さんですね」

「ええ」

「先生は今横浜の家に住んでいますが、育ったのもその家ですか」

「ええ、伯父が横浜の貿易会社に勤めていて――伯母と共にもう十年前に死にましたが」

「先生が絵を描き始めたのはいつからですか」

「子供の頃からです。物心つく前から落書きが好きで、伯父がもしかしたら才能があるかもしれないと考えて絵を習わせたのです。伯母夫婦は優しい人たちで、いろいろな意味で僕は幸福に育っています」

「お父さんは何をしていた人ですか」

「戦前は伯父と同じように貿易会社に勤めていたと聞いています」

「東京の会社ですね。先生が生まれた家は東京のどこですか」

「永田町です」

「それはどのあたりですか」

重い海原のように広がった夜景に東京タワーが光の塔となって建っている。その近くを青木は指さした。

「今もその家は残っていますか」

「いいえ、空襲で焼けてしまいました」

「お母さんはどんな人でしたか」

「伯母と同じように優しくて、僕のことを何よりも大事にしてくれたそうです。空襲の際にも母は僕を火から守るために自分の生命を棄てたのです……でも両親のことでわかっているのはその程度です。どうしてそんなことを知りたがるんですか」

取り調べを受けるように続いた質問に疲れて、青木はそう尋ね返した。娘はその質問が耳に届かなかったように、青木がいま指で示した光の塔のあたりを見守っている。夜景に浮かんでいる灯に似合った淡い視線だった。その横顔のまま、「何故わかるんでしょう？」そう呟き、娘はふり向いた。青木を見つめる目には、今までと違う張りつめたものがある。

「今先生はわかっているのはその程度と言いましたが、先生には何故わかっているんでしょう。お父さんが東京の貿易会社に勤めていた人だとか、東京の空襲でお母さんが死んだとか、家がナガタチョウにあったとか——伯母さんたちが先生に嘘を教えたのかもしれないでしょう？」

「——」

「いいえ、その伯母さんが、本当にお母さんの姉かどうかもわからないはずです。先生は東京ではなく、いいえ日本でもなく、どこか遠い国で生まれて、モノゴコロがつく前に日本に連れてこられ、先生とは血のつながりのない夫婦に引きとられ育ったのかもしれません。人には生まれて間もない頃の記憶があるはずはないですから、それとも何か証拠があるのでしょうか。たとえばその頃の写真とか」

今、青木の手もとに残っている写真のうちで一番古いのは小学校にあがる前、伯母夫婦と横浜の港を背景にして写したものである。青木は首を振った。

「桂子は、先生がお父さんの顔もお母さんの顔も知らないと言いましたが、それは二人の写真が残っていないということですね」

「空襲で全部焼けてしまったんです」

娘はかすかに笑い声をあげた。

「だから何故それがわかるかと尋ねているのです。お母さんが空襲で死んだことも、先生もまたその空襲を体験しているということも、全部伯母さんから聞いた話にすぎないでしょう?」

「でもここに……手首に火傷の痕があります。物心ついた時からずっと――」

「その火傷の痕だって空襲ではない別の理由があるのかもしれません」

四十を越した今でも夢の中でその火を見ることがある。彼の周囲を覆いつくし、彼の体を飲みこもうとしている火と、彼を必死に庇《かば》おうとしている一人の女の腕……だがその腕がどんなに力をこめて彼を包みこんでも、火はその腕をも燃えあがらせ、彼へと迫ってくる。夢の中だけでなく、夜の闇の中で鮮やかにその火の色を青木は思い出すことができるし、死ぬまでには必ずその火の色を絵に描きたいと思っている。現実に体験したとしか思えないほどその火は生々しいのだが、生まれて間もない時の記憶があること自体、それが嘘の火だという証拠だった。青木の誕生日は昭和二十年二月三日で東京大空襲はそれよりほぼ一ヵ月後のことである。伯母から話を聞いて、その後何年もかけてその記憶を作りあげてしまっただけなのかもしれない。それとも確かに何かの火が彼を飲みこもうとしたのだろうか。それよりもっと後に。娘が言うように空襲とは別の何かの火が……

「いったい、君は――あなたは何が言いたいのです? 両親のことで、僕の知らないことを知っていると言うのか」

何もわからないまま、青木には突然現われたこの異国の娘が、彼の過去を強引に奪いとっていこうとしているような気がし、その強引さにかすかにいら立っていた。

いつの間にかピアノ演奏が消えて、鐘の音がレストランの空気を打っている。ラジオの除夜の鐘をスピーカーを通して流しているらしい。その荘厳な響きがレストランの喧《けん》噪《そう》を鎮め、ガラスの向こうの夜景がまだ引きずっている去年の時間を、一音ごとに拭《ぬぐ》い去っていく。

娘の髪のブロンドの輝きがその東洋的な響きを撥ね返している。娘は何も答えず、その鐘の音を邪魔しないようにしばらく黙っていたが、やがてバッグから葉書きぐらいの大きさの一枚の写真をとり出した。

青木の方にさし出されたその写真は絵を撮《うつ》したものである。着物をまとった一人の日本の女を描いた絵だった。

「原画はある人の所有物ですから、写真しかもってこられませんでした。原画はこの十倍ほどです。ただ色彩はほぼ原画どおりに撮れています。——似ていますね、先生のあの絵に」

青木は胸の中で肯いた。「ひなげし」の女と似ている。ただし、「ひなげし」は空想の女を描いたもので顔も服装もぼかしてあり、赤いものをまとっていることはわかるのだが、それが洋服か着物かもわからないように描いた。娘がさし出してきた絵の女は、細面の輪郭や円らな瞳《つぶ》、薄い唇、耳を隠すように流して後ろでまとめた髪が、水彩のスケッチで写真のように刻明に描かれている。ただ全体の印象はどこか、似ている。ちょうど写真の絵のピントをはずしてぼやけさせたら、そのまま「ひなげし」になりそうだった。写真の女が着ている着物の方がくすんだ色だが、同じ赤系である。いやそんなことより、その写真を一目見れば感じとれる女の表情にある憂いが、青木の描いた「ひなげし」からも感じとれるはずだった。

「ひなげし」を描いた時、青木が空想の中で摑みきれなかった女の顔が、突然細かい目鼻だちを与えられて目の前に提示された、そんな気がして青木はとまどった。

「誰が描いたものですか、この写真の絵は」

青木が歪めた顔を女は冷静な目で見つめ、突然、「先生がこの話に興味をもたれたら、詳しい話は、後で部屋の方でさせて下さい」と言った。

青木はゆっくりと肯いた。

「ただこのことだけは言っておきます。先生はドイツの歴史を知っていますか」

「いや――」

「でもドイツの現代史が、鉤十字で黒く塗りつぶされていることは知ってますね。六百万人のユダヤ人の死や当時ドイツに数えきれないほどあった収容所――毎日のように貨物列車に乗せられてたくさんの人が死へと送りこまれたこと――西ドイツの北部にあるその収容所はとり壊されて今はもう野原になっていると言います。緑の草や夏の光に美しく装われて、知らない人は誰も、昔そこが地獄よりも恐ろしい場所だったとは気づかないでしょう」

「――」

「そこに収容所があったのは一九四二年から一九四五年の三月までです。その収容所で殺戮《さつりく》をくり返していた連中はその三月、連合軍がそこにやって来る半月ほど前には全員逃げだしました。自分たちの犯した罪の証拠をことごとく焼き払って――あの辺の三月ですから深い雪に覆われた寒い日だったでしょう、連合軍がやってきて、生き残っていた四百三十人近い囚人を助け出しました。ただしそのうちの一人はまだ人数に加えるには幼なすぎたのです。生まれて間もない赤ん坊でしたから」

そう言うと娘はブロンドの髪をかきあげ、その指でテーブルの上の写真をさし示した。髪のきらめきを掬いとったように爪が光っている。そして娘は言った。

「その赤ん坊を、この絵を描いた画布と貧しい布が包んでいたのです」

青木はさらに顔を歪めた。

「君は――本当にいったい何を言いたいんだね」

青木には何もわからない。ただ今の言葉で娘が彼の過去を奪いとるだけでなく、まったく別の物に作り替えてしまおうとしているのだという気はした。娘はやっと微笑を顔に戻した。

「先生はさっきドイツには一度も足を踏みいれたことがないと言いましたが、それは先生にその記憶がないだけかもしれないと言いたいだけです」

青木がさらに何かを言おうとしたのを、「何も召しあがらないのですか。何かとって参りましょうか」男の声が唐突に遮った。支配人らしい男が立っている。青木は胸につかえていたものを息で吐きだし、

「そうですね、何か軽いものを」

と言った。娘も、「私にも何か適当に」と言い、支配人は微笑で肯きながら、

「お二人とも日本語がお上手ですね」

と言った。

「僕は日本人ですよ」

青木がそう答えると、「そうですか。外国の方のような彫りの深い顔だちをなさってますからてっきりむこうの方とばかり」と言った。

お世辞のつもりだったのだろう、支配人はその言葉が青木を傷つけることを知らずにいた。確かに青木の体には半分外国人の血が流れている。青木はガラスに映った自分の顔を見た。夜景と二重映しになった顔だが、それでも髪には褐色が目には碧《あお》みが混ざっているのがわかる。そして桂子が今までこのベルリンから来た娘を自分に紹介するのをためらい続けてきたのは、たぶんその青木の髪や目に混ざった色のためだったのだ。桂子は街で青木が外国人を見かけるとごく自然に視線を逸《そ》らせてしまうのを知っていたのだろう。父親はイタリア人だった。そのイタリア人は母親の体に青木を遺して病死した。

だが本当にそうだろうか。自分はただ伯母からそう聞かされてそれを今日まで信じていただけではないのか。伯母？　いつも実の母親以上に可愛がってくれたあの一人の女は、本当に母親の姉だったのか……

ガラスに映った彼の目には夜景の灯が一つ小さく点っている。向かい合って座っている娘の瞳の光と似て、青い翳《かげ》に包まれたその小さな灯は遠い異国の灯のように見える。今日まで四十年近く、鏡を見るたびに感じとっていた遠い、見知らぬ町の灯——

二章　過去への国境線

夜はただの果てしない闇の広がりだった。かなりの高度を飛んでいるとしてもそこは地上から見える空に過ぎないのだが、闇の深さは、大気圏を突き破ったむこうに広がる永遠をさえ感じさせた。

飛行機は地上の時間を無視して飛び続け、窓のむこうの夜だけの世界では迷路に迷いこんだように時間がさすらい続けていた。時間の乱れによって引き起こされた乱気流が、夜をかき混ぜているようにも見える。自分の気に入った色を見つけ出すために絵の具を混ぜ合わせていくうちに黒へとゆきついてしまうことがある。夜は、それと似た取り返しのつかない一つの色だった。かすかないら立ちを覚えながら、青木は窓の外をぼんやりと眺め続けた。

日本を発って既に五時間がすぎ、パリまであと七時間。厚い金属に閉ざされた機体の中では時間は混乱することもなく、確実に一秒ごとに青木をパリへと運んでいく。時間ではなく、まだ正体を摑みきっていない一つの劇的な運命が、その手で確かに自分を摑み、パリへと少しずつ手繰《たぐ》り寄せている、青木にはそんな気がする。

考えてみると、今年の始まったその日から今日までの三ヵ月間、何かに突然体を摑まれ迷路の中へと放りこまれ、それが何なのかわからないまま、さまよい続けたようなものだった。具体的に言うなら、彼を摑み迷路の中を引きずり回したのは、エルザ・ロゼガーという名のドイツ娘の手だったが、彼には、彼女の水色の瞳がその燦《きらめ》きの裏にもっと巨大な手を隠している気がしてならなかった。巨大な手の正体が、今もまだ彼には見えてこない。そうして、見えないままその影の手に引きずられ、今、自分は単身ヨーロッパへと向かおうとしている——

「パリに着いたらまっ先にどこへ行く？　私はシャンゼリゼを歩きたいけど」

隣りに座っている女子大生らしい二人連れが、そんなことを話している。スチュワーデスが飲み物を運んできた。

「ウィスキーを下さい」

彼がそう答えると、隣席の娘たちは驚いて顔を見合わせた。子供の頃から四十年近く、彼が日本語を喋り出すと、見知らぬ者が必ず見せるその驚きの表情にはもう慣れている。子供の頃はずいぶん傷ついたものだが、成人してからはそういうこともほとんどなくなった。ただこの三ヵ月は別である。彼は否が応でも自分の体に半分流れている日本人ではない血を再び意識させられ、子供の頃のように傷つき、いら立つ。父親から受け継いでいる血が、今まで信じていたようなイタリア人の血ではないと突然言われたのである。父親の顔を知らない彼は、今までも体に流れている半分の血の色を漠然としか意識できなかった。ただそれでもイタリア人と聞いていたから、地中海の青とかオリーヴの緑とかイタリアらしい原色で自分の血の色を考えることがあったが、不意にそれが嘘の色で、父親から受け継いだ血は別の人種の血だと聞かされたのである。その人たちの血の色を彼は想像することさえできなかった。その人たちについて、彼には二つしか知識がない。紀元前後、ローマ時代という遠い、歴史というより物語の絵空事としてしか意識できない時代に彼らが受けた迫害と、今世紀に入ってからのいまだに生々しさを残している歴史の中で彼らが受けた迫害。第二次世界大戦中に鉤十字がダビデの星を葬りつくそうとした陰惨きわまる歴史については、彼も一応の知識をもっていたが、三ヵ月前、今年が始まったその時まで、彼にはやはりそれも物語に似た無関係な世界の出来事だった。それなのに突然、その暗黒の歴史が、彼の体の中にも血となって流れていると言われたのだった。

エルザの言ったとおり、本当にこの体にはユダヤ人の血が流れているのだろうか――青木はウィスキーに少しだけ口をつけると、隣りの席の娘たちの好奇の目を避けるように目を閉じ、もう一度、今年の一月一日からの出来事を思い出してみた。

「つまり、そのガウアーという収容所で生まれた赤ん坊が、この僕だとそう言いたいんだね」

展望レストランで簡単な食事を終えた後、自分の部屋に戻り、彼は後から続いて入ってきたエルザ・ロゼガーがドアを閉めきらないうちにそう尋ねた。彼女は肯き、後ろ手にドアを閉め、部屋を見回して「素敵な部屋」と呟き、それから彼の勧めた窓際のソファに座りながら、「少なくとも先生が信じている過去よりも私が今から与えようとしている過去の方が、より確かな証拠があります」と言った。

彼が煙草を口にくわえると、エルザは手を伸ばしてきて、その煙草を抜きとり、自分の唇にくわえた。そうして灰皿の上に置かれていたホテルのマッチを擦って火を点けると、その煙草をまた青木の唇に戻した。とまどっている青木に、こんなこと別に大したことじゃないわと言うように微笑みかけ、自分の肩にふりかかっている髪を息を吹きかけて払った。息に混ざっていた煙が、髪の金色の輝きを揺らした。この時エルザが何気なくその金色の揺《ゆら》めきへと短い間伏せていた目を、青木は一瞬のうちに絵筆で頭に描きつけてしまったように、今でも鮮やかに思い出せる。彼女はもう一度視線を青木に戻して微笑みかけた。青木は煙草を吸った。煙草の味に見知らぬ香りが混ざっていた。

「証拠というのはどんな？」

青木はやっと尋ねた。娘はしばらく黙っていたが、

「その前に、約束してもらいたいことがあります。先生がこの話に必ず興味をもつという確信を私はもっていますが、もし興味をもたなかった場合は、私の言葉の全部を忘れてほしいのです。一言も記憶に残さないで下さい。そしてどちらの場合にも、この話は他の人にしないで下さい。ケイコにさえも」

「その心配は要らない」

青木はそう言ってため息と共に笑った。

「僕は自分にとって一番重要なことさえ他人には喋らないことが多いのです。僕がそういう男だということは桂子から聞いてるでしょう」

青木は、桂子にだって言わなければならない言葉を一度も言ったことがなかった。

エルザは彼を見つめたまま肯いた。

「それに、興味をもつかもたないかというのなら、もう既にこの話には充分すぎるほど興味をもってますよ」

彼女はもう一度肯き、バッグからさっきの写真をとり出し、「この絵が、まず証拠の一つだということは認めてもらえますね」と言った。

彼は肯いてから、「しかし、確かな証拠と言えるかどうか」と言った。

「世界中に絵を描く人間は無数にいるんです。この写真の絵と僕の絵とは確かに似ているけれど、これぐらいの偶然はよく起こることです」

「ええ、でも私たち」と言ってから、彼女はすぐに訂正した。「私はこの二枚の絵を美術鑑定の専門家に較べてもらったのです。その人は二枚の絵が同一人物によって描かれた可能性が高いとさえ言ったのです。そうでなければ『ひなげし』の作者が模倣の天才でこの写真の肖像画のタッチを故意に真似たとしか思えないと——でも先生はこの絵を見たはずはありませんから、そうすると、二枚の絵の類似性を説明するには二つの理由しかありません。先生が今言ったような奇跡的な偶然か、それとも二枚の絵の作者に遺伝学的意味での似た血が流れているか。――偶然ということは、少なくとも私には考えられないのです」

「何故です」

「この写真の肖像画を描いたのはユダヤ人で、モデルになっている日本人女性はその男の奥さんです。今の所わかっているのはガウアーの収容所でその日本人女性が子供を産んだこと、その子供が連合軍に救い出されたことだけです。救い出された後、その子供がどうなったかはまだ正確にはわかっていません。片方にはそういう子供がいて、もう一方には自分の四歳までの過去を知らずにいる子供がいるのです。二人の子供は共に日本人女性を母にもつ混血児であり、しかも子供の一人はもう一人の子供の父親と酷似した絵を描くのです。これをただの偶然と片づけてしまえるでしょうか」

エルザの声には熱っぽいものがあったが、青木はそれには何も答えず、ただ、「他の証拠は？」とだけ訊いた。

エルザは肯き、バッグから小型のテープレコーダーをとり出し、ボタンの一つを押した。しばらく雑音が続いた後、男の声が聞こえ、それはすぐに終わって、女の声に変わった。女の声は嗄《しわが》れていてかなりの高齢を想像させた。息切れしてとぎれとぎれになった声は、テープの回転が狂ったように、ゆっくりと喋り続ける。所々に男の声がはさまれ、女の声は男の質問に答えているものだとわかる。フランス語だともわかったが、雑音が混ざりすぎてフランス語ならある程度理解できる青木にも何を喋っているのかほとんどわからない。ただ何度か、「日本人女性《ラ・ジャポネーズ》」という言葉と「赤ん坊《ベベ》」という言葉が出てくるのだけを、青木の耳は拾った。

「この女性はソフィ・クレメールというフランス系ユダヤ人で、ガウアー強制収容所の生存者の一人です」

エルザは音量をさげてそう説明し、一枚の写真をとり出して青木に見せた。声から想像した通りの、深い皺を刻んだ年老いた女が、病院の一室らしい部屋のベッドに横たわっている。落ちくぼんだ目に、老人特有の生への執着を忘れてしまったような虚ろさがあった。

エルザは説明を続けた。

「ガウアーの収容所長はマックス・シュヴァインという男ですが、日本人でその名を知っている人がいるかどうか。ベルリン陥落の一ヵ月前に他の将校らと共に収容所を棄てて逃走したマックス・シュヴァインは戦後十五年経って南米で逮捕されたのですが、その直後にアドルフ・アイヒマンという大物が逮捕されて、その騒ぎの陰に隠れてしまっていますから。それにマックス・シュヴァインの方は逮捕されて、祖国に戻され裁判が始まって間もなく心筋梗塞で獄中死してしまったのです」

確かに三十年近く前、南米で逮捕されたアイヒマンの事は、日本のマスコミも騒いだし、新聞に載った顔写真も青木は憶えている。ただほんの一時間前まで、その顔もその名も彼とはまるで無関係な世界のものに過ぎなかった。

「ガウアーの収容所の実態については正確なことはわかっていません。四万人に上る虐殺が行われたといわれていますが、それも推定値です。ただしそれに近い大人数の殺戮が行われたことは間違いないですし、マックス・シュヴァインや当時彼を筆頭にガウアーでの事実上の支配権を握っていた何人かの将校たちは虐殺者の名にも大物戦犯の名にも値しているのです。ただガウアーの大物戦犯のうち二人は戦後間もなくに死亡が確かめられていますし、マックス・シュヴァイン以外の戦犯は今も行方が知れません。マックス・シュヴァインの逮捕はガウアーで何が行われたかを解き明かす大きな鍵となりえたのですが、彼はわずかな自白を残しただけで死んでしまいましたから。それにシュヴァインを始め大物将校らは、収容所から逃走する際、自分たちの残虐行為の記録や証拠となる物をことごとく焼き棄てたのです。これと同じことはアウシュヴィッツや他の収容所でも将校らが逃亡の際にしているのですが、ガウアーでは特に徹底してそれが行われたようです。書類や証拠品だけでなく、収容所の実態を知っている被収容者のほとんどを逃走前にガス室に送りこみ、そのガス室も焼き払ったのですから。生存者のほとんどは、収容所に送りこまれてまだ間もない人たちでしたが、それでも彼らや、逮捕された下級将校の証言で、ガウアーでもアウシュヴィッツやダッハウと変わりない事が行われていたのはわかっています。貨物列車で運びこまれた人たちが、まず受ける選別について先生は知っていますか」

青木は肯いた。アウシュヴィッツに関する知識なら青木も他の日本人程度にはもっている。窓のない、闇に鎖《とざ》された貨物列車に貨物と変わりなく詰めこまれて収容所へ送られてきた囚人たちは、列車から降ろされ、何日ぶりかの陽の光にとまどっているうちに並べられ、二組に選り分けられる。即刻ガス室に送りこまれる組と強制労働につかされる組と。労働力とならない高齢者や子供、それに病人や体力のない者はガス室へと、ガス室を免れた者も家畜同然、いや家畜以下の扱いを受けて働かされる――

「ガウアーでもガス室と隣り合わせていた焼却所の煙突からは絶え間なく黒い煙が吐き出されていたのです。空が陽の光を美しく雫《しずく》としてふらせていた夏の日にも、暗い雪雲に覆いつくされた冬の日にも。もちろんガス室だけでなく収容所のどこにも死がありました。わずかでも反抗した者に即座に与えられる銃殺。彼らの加虐趣味《サディズム》を満足させる様々な死の遊戯――現在わかっていることだけでもとても一晩では語りつくせません」

彼女はそう言うと、流れ続けていたテープの音量を少しあげ、「今ちょうどその残虐行為の一つが語られています」と言い、テープの声に合わせて、ゆっくりと訳し始めた。

「……ある日……私たち女性は焼却所の裏手に並べられました。……また死の選別が始まるのかと恐れていると……というのは、収容所に着いた時だけでなくその後も三日に一度は列を作って並ばせられ、少しでも体の弱っている者や不満を表明した者は選び出されてガス室に送られたのですから……たいていそれは私たちを虐《いじ》めるために真夜中を選んで行われたのですが、その時は朝早く……陽が昇り始めて間もなくでした。私たちは全員囚人服を脱ぐように言われました。……体をさらすことにもう屈辱感はなくなっていました。恐怖と疲労と飢えとに飼い馴らされ、私たちは実際もう、彼らが望むとおりの家畜のようにしか自分たちを意識できずにいたのです。ただ狂いでもしない限り……依然、恐怖と生への執着はまだ残っていて……私はそんな風に裸にされたのは、これでとうとう全員がガス室に送られるのだと考えて、怯えました。私たちが立っていた空地には新しい穴が掘られていましたし……ただその穴には別の意味がありました。別の恐怖です。彼らは穴から一メートルほど手前に……二つのハードルを置くと、私たちに、好きな方のハードルを選んで二列に分かれるように命じました。ハードルは片方が数センチ低く、大抵の者はそちらを選んで並びました。誰にもそのハードルの意味がすぐにわかったからです。跳び越えた者には生命が、跳び越えられなかった者には死が与えられるのです。彼らはまたも残酷な遊びを思いついたのです。……脚に自信があった者は、一人でも犠牲者を少なくするために高い方のハードルの列につきました。十人以上がその方に並びましたが、皆同じ気持ちだったと思います。一人でも体力のない人間を救いたい……皆が低い方のハードルの前に並べば、彼らが無差別に何人かを引きずり出して高い方へと並ばせることはわかっていたのです……低い方のハードルには高い方の何倍かの女たちが並んだのですが、跳び始める直前になって、その列のあちこちから悲鳴が起こりました。二つのハードルが直前になって入れ替えられたのです。何人かが叫びながら低いハードルの列の方へと行こうとしたのですが、一発の銃声がそれをとめました。自分たちが最初に選んだ列を離れてはいけないという、メチャメチャな命令が下され……低い方の列の者はそのおかげで全員その死のハードルを越えることができたのですが、最初に簡単な方のハードルを選んでしまった人たちのほとんどは……跳び越えるのに失敗し、倒れると同時に銃の音がして……東の空に雲を割り砕きながら赤い太陽が少しずつ昇っていき、朝焼けに体を赤く染め、まるでその太陽に向かって突進するように……死へと駆けだしていった人たちの姿を私は忘れようとしても忘れることができません……それから四十何年、私は日が昇る瞬間を一度も見たことがありません。一日への出発を告げる輝かしいはずのその瞬間が、私にはあの時死へと夢中で駆けだしていった人たちの真っ赤な影の意味しかないのです。その姿を忘れることができません。同じようにあの時マルトが見せた微笑も今でもはっきりと思い出せます。彼らと言いましたが、あの残酷な競技を考案し、采配をふるい、その競技を誰より楽しんでいたのは……やはり……彼女でした。彼女が一番楽しんだのは、ハードルを倒した四人が射殺される瞬間よりも、いつものように鉄のステッキの一振りで……無言のまま……二つのハードルを入れ替えさせた瞬間です。マルトの目的は死そのものよりも、四人たちが死に対して怯える、その表情を楽しむことにありました。そんな時、彼女は考えごとをするように人さし指を顎にたて、唇の端をかすかに捩《よじ》るだけですが、日頃は鉄を彫ってできているように動かない顔が、はっきりと笑ったとわかるのです。目の冷酷な光が、至福の瞬間を味わっているのを伝えていました」

エルザの声は冷静だが、テープの声は感情が激してきたらしく慄《ふる》え始めた。その慄えが嗚咽《おえつ》のためか、当時の恐怖を今もまだ生々しく思い出してしまうせいなのかはわからなかった。エルザはそこでテープをとめた。

「そのマルトというのは？」彼は尋ねた。

「マルト・リビー。ガウアーの副所長で、囚人たちばかりでなく男性将校たちからも恐れられていた女です」

エルザはバッグの中から雑誌や新聞の切りぬき、それに薄い本を一冊とり出した。雑誌の切りぬきだけが英語で、『ヒトラー第三の愛人』という見出しが大きな赤い活字で書かれている。

「彼女については戦後、さまざまな噂が流れ、これらの記事もそういう噂をもとに書かれたものです。アドルフ・ヒトラーが総統になる以前の愛人だったとかナチス党の幹部が昔酒場の歌手に産ませた子供だとか。少なくとも後者の噂は否定できます。彼女の出生に関しては確かなことがわかっていますから。ボンの靴屋の娘として生まれ、男ばかりの五人の兄弟の中で育っているのです。ただそんな噂が出てもおかしくないほど、マルト・リビーはガウアーで権力を握っていたのです。彼女は当時三十代後半でしたが、実際には所長のマックス・シュヴァインも彼女に操られていた人形に過ぎなかったのではないかという証言も出るほどほとんどの決定権をその手に握っていたと想像されています。特に収容所での残虐行為に関しては――今のソフィの言葉にあった死のハードル競技など彼女がガウアーでの四年間の勤務期間のうちにやり続けたことの、ほんの一例にすぎません。軍服を着る以前、彼女はナチ党機関紙の記者をしていたのですが、その後ナチの台頭と共に、その内部でどんな風に力を握っていったか、ガウアーで何故彼女が陰の支配者として君臨できたか、は今も謎に包まれています。この本では」

エルザはドイツ語の薄い本を手にとると頁をくった。

「彼女がガウアーに赴任する以前、いつも総統の陰にくっつくようにしていたということから、総統の重要な助言者であって、もし彼女が終戦間際まで総統のそばにいたなら、第三帝国の運命も変わったかもしれないと断言していますし、ヒトラーの身近にいた大物戦犯の二人が、確かにヒトラーが彼女の言葉を参考にして大きな決断をしたことが二、三度あったと証言しています。ガウアー以前の彼女についてはただ詳しいことは何もわかっていないのです。彼女はドイツの敗色が濃くなった時、一番先にガウアーを見棄てて逃げだしたのですが、その後間もなくに死んでしまいましたから。それでも――いろいろな証言を総合してみると、何が彼女に力を握らせたか、その確かな答えが一つだけあります」

「――――」

「彼女の性格です。小柄な痩せた体でしたが、その体が人間の血や肉ではなく、鉄でできていると言われていました。それは鉄のように頑丈で揺ぎない意志と神経をもっていたという意味です。彼女はどんな決定をする際にもためらうことをしませんでした。〝ヤー〟か〝ナイン〟どちらかの言葉が一瞬のうちにその鉄の唇から発せられたのです。

実際もし彼女が総統の身近にいて、総統でもためらったに違いない問題に〝ヤー〟か〝ナイン〟をはっきりと答えていたら、ドイツの未来は変わっていたかもしれません。彼女の存在そのものが銃であり大砲であったのです」

雑誌の切りぬきには不鮮明な写真しか載っていない。小さな写真を拡大したものらしいが、それでもこけた頰から顎へかけての線にナイフのような危険な鋭さが感じとれる。

「その写真しか残っていません、二十代後半の頃のものです」

「第三の愛人というのは？」

男のような顔で、愛人という言葉にふさわしくないように思えた。

「エヴァ・ブラウンを知っていますね。もとファッションモデルでヒトラーと十年以上にわたって交際を続け、ヒトラーが自殺する直前に結婚した女を……ヒトラーは女優たちやワーグナー一族の未亡人やさまざまな女たちとの関係を噂されていますが、その中で彼が確かな関心を抱いていたのは二人だけだというのが定説になっています。さきのエヴァ・ブラウンとそれから姪のゲリ・ラウバルと。もう一人初恋の相手がいますが、それはまだ思春期ともいえる十七、八の頃のことです。姪のゲリについては知っていますか」

青木は首をふった。

「十六も年下の姪で、ヒトラーと十年近い交際を続けた後、まだ二十代半ばの若さで自殺しました。その死もヒトラーとの関係も謎に包まれていて、これは臆測にすぎませんが、一般にはヒトラーはこの姪に異常ともいえる激しい愛情を抱いていたと信じられていて、死という形で彼女を失ったことが彼を大きく歪め、それがあの狂気の戦争へとつながったと考えている人もいます。金色の髪をした美しい少女でした」

「ヒトラーが性的に欠陥があったと聞いたことがあるが……」

「ええ。女性を抱けなかったとかさまざまな噂が流れています。確かにエヴァ・ブラウンも彼と交際するようになって二度自殺未遂をしていますし、彼が女性に対して普通ではない一面をもっていたというのは容易に想像できるのですが……でも逆にエヴァとの間に子供があったという噂もありますし、真実は何もわかっていないのです。マルト・リビーが愛人だったというこの雑誌の記事も興味本位に書かれたデタラメと考えた方がいいでしょう。ヒトラーが彼女を必要としていたとしても、それは一人の女としてではなく一人の有能な部下としてだったに違いありません」

「それでその女が僕に何の関係があるのですか」

「それを今から話そうと思っていたところです。疲れていませんか」

「いや、僕の方は大丈夫だけれど――少し酒を飲みませんか」

エルザは肯き、彼は備えつけの冷蔵庫からウィスキーとビールをもってきた。ビールはドイツ製の缶ビールで、彼女はそれを選ぶとグラスに注いだが、一口飲んだだけで、すぐに「続けても構いませんか」と言った。

彼は肯く。

「先生は、当時の収容所で特に妊婦や赤ん坊が生きのびることのできる可能性はゼロだったことを知ってますか。労働力にならないばかりか、ユダヤ人の血を絶滅させたがっていた連中にとって、新しい生命とかそれを腹の中に宿した女というのは最も穢《けが》らわしい存在だったのです」

「ええ、聞いたことがあります。妊婦や赤ん坊は収容所に着くとまっ先に選別されて、ガス室に送りこまれると——」

「そうです。アウシュヴィッツでも他の収容所でもそうでした。ところが、ガウアーでだけはかなり事情が違っていました」

「というと？」

「妊婦は赤ん坊を産むことを赦《ゆる》されていたのです。それについては確実な証言がいくつかあります。ただそれは出産も近くなった妊婦だけが受けられた特権であって、他の妊婦は皆、即座にガス室に送りこまれました。ガス室行きをまぬがれた妊婦は労働もまぬがれ、無事に赤ん坊を産むことができましたが、母親として赤ん坊にしてやれることは授乳だけでした。生まれた赤ん坊はとりあげられてどこか収容所の他の場所へ連れていかれ、授乳の時間だけ、母親のもとへ戻されたのです。それが、しかし、子供にとっても母親にとっても幸福だったかどうか。二、三週間もすると赤ん坊は母親のもとに戻されなくなり、母親も連れ去られていきました。赤ん坊が死んだので、不要になった母親はガス室へ送られたようです。赤ん坊に何が行われたかはわかっていません。ただガウアーにはかなりの人数の医師がいて、大きな病棟があったことは確認されているのです。アウシュヴィッツと同じほどの規模で生体実験が行われていたことは事実のようですし、おそらくは赤ん坊たちも何かの実験のために使われていたのだろうと考えられています。しかし、それが何の実験だったかは、逃亡した医師たちの誰一人捕まっておらず、死んだ赤ん坊も焼き棄てられてしまった以上わからないのです。——ガウアーで生き残った赤ん坊はひとりだけです」

「——」

エルザは青木の胸もとを見つめた。視線が針のように青木の胸を突いてくる。この娘はきっと桂子から聞いて、私の胸に手術の痕があることを知っている……

「ソフィがその赤ん坊について語っている箇所があります」

彼女はテープレコーダーのボタンを押した。テープの声はまだすすり泣いている。彼女はもう一度ボタンを押し、テープを早送りさせながら、

「このソフィ・クレメールのことを簡単に説明しておきますが、彼女は二十三の歳に両親、兄と共に逮捕され、ガウアーに送られました。ガウアーが解放されるおよそ一年前です。家族は最初の選別でガス室に送られましたが、彼女は体力と生への執着とで何とか一年を生き延び、解放時の一握りの生存者の一人になることができたのです。ただ彼女はその後、強制収容所に入っていたことを隠し続けたので彼女の身近にいる人は、誰一人彼女がユダヤ人であることさえ知らずにいました。収容所体験のあるユダヤ人の中

にはかなりの人数でそんな風に自分の体験を隠そうとする人がいるのです。隠すというより、忌《いま》わしい記憶を何より自分の頭から拭い去ってしまいたいのでしょう。ところが去年——いいえ、もう一昨年になりましたね、一昨年の春の初めに、突然彼女はフランスのある出版社に自分の収容所体験を記した手記を送り、これを公表してほしいと申し出たのです。出版社はそれを四万フランで買いとりましたが、いろいろな事情があってまだ公表せずにいます。ベルリンのある組織がその手記のコピーを入手し、その手記の最後に書かれている一つの事に注目して、彼女を訪れてインタヴューを試みたのです」

「それがこのテープですね」

「ええ。もちろんこのテープはコピーしたものですけれど」

彼女はボタンを押し、しばらく早送りや早戻しを続けてから、「ここからです」と言ってテープをスタートさせた。部屋の静寂に再び嗄《しわが》れたフランス語の声が絡み始める

——

「ソフィのいた収容棟にある朝、一目で東洋人とわかる黒い髪と黒い目と黄色い肌の女が囚人として入ってきました。ガウアーが解放される二ヵ月前のことで、後でわかったのですが、それが最後に送られてきた囚人の一団でした。——ソフィはこう語っています——その東洋人はニホン人で、ドイツ語を喋りましたから、私も片言のドイツ語で何とか気持ちを通じさせることができました。年齢は、私より十歳近くは年上だったと思います。名前は……もう思い出せません……東洋的な響きのある名前だったと思います

……細かい事は忘れてしまいましたが、確か、医学かその他の何かを勉強にベルリンへ渡ってきて、ユダヤ人の画家と結婚をし、戦争が始まってからは地下に潜り夫と共に抵抗運動を続けてきた。……そして逮捕され夫と一緒にガウアーへと送られてきたということでした。夫とは収容所に着くと同時に引き離されたと聞いて、私はその男がどうなったか見当がつきましたが、彼女を苦しめたくなかったので黙っていました。私は一年間のうちに何人かの東洋人の囚人を収容所内で見かけましたから、彼女が東洋人であることにはあまり驚きませんでした。……彼女が妊娠していたことにも。私たちの監房にはその少し前まで常時二、三人の妊婦がいたのです。赤ん坊が生まれるとしばらくして母子の姿は消え、そうするとまた別の妊婦が送りこまれてきて……その時は確か彼女一人だったと思いますが……彼女が来てから、毎日のようにマルトが姿を見せ、妊婦の体を点検し、いつもの唇の端を捩るだけの微笑で、「もっとたくさん食べて元気な赤ん坊を産むのよ」と言いました。事実、それまでの妊婦と同じように彼女にも特別な食事や薬品が与えられ続けました。もちろん、それはマルトの優しさではありません。マルトの目的はお腹の中の子供でした。その子供を使って何かをするために、一日も早く子供が生まれてくるのを楽しみにしていたのです。後になって考えれば、それはマルトにとってその収容所での最後の遊び、彼女が何年間かにわたって続けた残虐行為のフィナーレでした。収容所に来た時、ニホン女性の体力は消耗していましたが、それでも何とか無事に子供は誕生し……そうして、私の恐れていたとおりのことが起こったのです。今までの赤ん坊と同じように、その赤ん坊の小さな体にも何かが行われたのです」

エルザはそこでちらりと目をあげた。相手の反応を見たかったらしいその目を、青木は黙って見つめ返しただけだった。

エルザは、

「ここで、インタヴューをしている男性が、『あなたの手記にはその赤ん坊は何か特別な手術を受けたと書かれていたが』と質問して、彼女がこう答えています」

と言い、その答えを再び訳し始めた。

「……そう、手術か何かの実験か……他の収容所では囚人たちをさまざまな医学の実験材料にしては殺しているという噂を聞いたことがあったし、ガウアーでもおそらくそれと似た何かが行われていたのです。私が収容所に入れられた最初のうちは、体の変調を訴えることは即座にガス室に送られることを意味していましたが、ある時将校がやってきて、『病棟のベッドに余裕ができたから、病人はそちらに移すので手を挙げるように』と命令しました。誰一人手を挙げる者はいませんでしたが、そうすると将校は一人一人の体を点検し、ちょっとした腫れ物ができている者まで全部で二十人ほどが無理矢理連れていかれました。そして……戻って来たのはただ一人です。その人はこう言いました。病棟に連れていかれてすぐに貧血状態がひどいからという理由で輸血を受け、それと一緒に催眠剤らしい薬を注射されて意識を失った、意識が戻るとまたすぐに注射をうたれ、ただ何日も眠らされていたのだが、目を覚ますたびに一緒に連れていかれた仲間の姿が病棟から、一人、二人と消えていったと……その人も結局、しばらくして高熱を出して苦しみ、看守に連れ去られ二度と戻ってこなかったのですが、その人の口からまた、病棟のすぐ隣りにある手術室からいつも赤ん坊の泣き声が聞こえていたと教えられていました。そう、確かに何かの実験がガウアーでも行われていたのです。特に赤ん坊を使って……。マルトはそのニホン女性の赤ん坊も何かの実験に利用したのだし、それがその赤ん坊を無事にこの世に送り出した理由に過ぎなかったのです。生まれたばかりの彼を、マルトは一日に何時間もどこかへ連れ去り、やっと戻されてきた子供は薬品くさい匂いの中で死んだようにぐったりと眠っていました。マルトはその子供を何かの実験に利用しただけでなく、それをまたその子の母親を苦しめて楽しむことにも利用しました。自分の子供が何か残酷な仕打ちを受けていることを感じとって、母親はマルトがやってきて自分の腕から子供を奪いとろうとするたびに、涙を流して訴えたのですが、マルトはただいつもの鉄の微笑を見せるだけでした。その微笑や何時間か過ぎてその子を連れて戻ってくる時にマルトが見せた勝ち誇ったような微笑――それを見ると、マルト・リビーは、むしろその黒い髪の囚人の気持ちを悲しみで引き裂くために、子供を生き永らえさせているだけのようにも思えました。……そういったことが何日ぐらい続いたのかはもう憶えていません。一秒後には突然死が襲いかかってくるかもしれないあの場所では、時間の流れなど何の意味もなかったのです。ただ最後の日のことはよく憶えています。その日、私とそのニホン女性は子供と共に病棟になっている建物へと連れていかれました。雪の降っていた日です。雪といっても灰色の泥がまき散らされるように汚れた破片となって降り続ける中を、私はその子供を片腕に抱き、もう一方の腕で出産後、以前以上に弱り果てていた母親の体を支えながら、ぬかるみを歩き続けました。私はマルトがとうとう遊びに飽きて、その親子と、ついでに私にも死を与えようとしているのだと思い、その瞬間を一秒でも遅くするために、何度かわざとぬかるみで足を滑らせ転ぶふりをしました。

泥だらけになった私たちは、窓のない、狭い部屋に入れられ、そこにマルトが待っていました。マルトは何も言わず、私の腕から子供をもぎとり、隣りの部屋につながったドアへと姿を消しました。隣りが手術室になっているのは簡単にわかりました。壁は木でしたから、隣りで交わされる会話がかすかに聞こえてきます。医師らしい男の声が、『麻酔をこれ以上うてば死んでしまう』と言うと、『だったら麻酔なしでやればいいわ。何をためらっているの』マルトのそんな声が聞こえました。歌うような弾んだ楽しそうな声……私たちが閉じこめられていたのは電球一つだけの殺風景な部屋で、ただ部屋の隅に鎖や鉄の奇妙な形をした道具が放り出されていました。私は拷問《ごうもん》室ではないかと想像しましたが、そこが本当に拷問室だとしたら、マルトは道具を何一つ使わずに拷問に成功したのです。隣りから木の壁を裂いて聞こえてくる泣き声だけで、母親の口から自分の望む悲鳴をひき出したのですから。マルトがドアから顔を覗かせました。電灯の光を鉄の鎖と同じ鈍い光ではね返し、その目はいかにも満足そうに見えましたが、満足しきったのではなく、そのために彼女は耳を塞いでいるニホン女性に近づき、力ずくでその耳から両手を剝がしました。抵抗するその体を私に手伝わせて床の上に押さえつけ、叫びながらその叫び声で隣りから聞こえてくる赤ん坊の泣き声を消そうとしているニホン女性の歪んだ顔をまるで自分が作りあげた芸術品に見惚《みと》れるような目で覗きこんでいました。後から思うと、それはマルトの収容所での最後の日で、マルトはガウアーでの楽しかった日々の最後の頁を囚人の悲鳴と赤ん坊の泣き声とで飾りたかったのです。……ニホン女性は虚ろな黒い目で、もう悲鳴をあげることもなく、隣りからの泣き声もやんで、それ以上に恐ろしい静寂が訪れた中に手術道具の金属音だけが冷たく響き続け……長い時間が経ってから、マルトが子供を抱いて出てくると、私にその子供を渡しました。かすかに動くこともないその体は石の塊《かたまり》のようで、私はその子が死んでしまったのだと思いましたが、マルトは『不思議なことにまだ生きているわ』と言いました。この時のマルトの言葉と顔つきは記録のように正確に思い出せるのですが、彼女は、『あなたたちのユダヤ教の神もこのガウアーで一つだけ小さな奇跡を起こしたのね。そう、こんな小っぽけな奇跡を』そう言って意地悪く笑いましたが、その微笑にはいつもと違うものが混ざっていました。それで私はその顔を見知らぬ人の顔のように感じました。いつもと同じ冷酷な微笑が何故そんな風に感じさせるのか、しばらくはわかりませんでしたが……そのうちにやっとわかりました。それが冷酷な人間の微笑だったからです」

青木もテープの声が、「人間の」という単語を発音したのをはっきりと聞きとった。

「冷酷とはいえ、それは人間の顔だったのです。わずかとはいえ人間らしさがその顔にはあったのです。おそらくマルト・リビーは、収容所を去るにあたって、自分が人間であり女であることを、ほんの少しだけ思い出したのでしょう。私の方でもマルトが人間だったことを少しだけ思い出したのですが、しかし、私はむしろそんな彼女の顔に、その後もずっとおびえ続けなければなりませんでした。

マルト・リビーは人間などであってはいけなかったのです。悪魔が創り出した鉄の怪物でなければならなかったのです。人間ではない、鉄製の人形、悪魔に操られている人形に過ぎないのだと思うことで、私は何とかマルトの犯した非道な罪を我慢することができたのです。それなのに、最後の時、マルトは一人の人間であり、一人の女でした。私とニホン人女性に見せた微笑は、いつもとまったく違うものでした。残忍な悪魔の微笑ではなくただの意地悪な普通の女の微笑でした。私は、笑うはずのない人形が闇の中で突然笑ったような恐怖を覚え、マルトがまた不意にさし出してきた手の意味がわからず、一歩退《しりぞ》きました。

マルトは私に握手を求めてきたのです。私がその手を握り返さなかったのを、マルトは自分が手袋をはめているからだと考えたようです。そう、その日もマルトは白い手袋をしていました。ユダヤ人と同じ空気に触れるだけでも濆《けが》らわしいというように、マルトは真夏でも手袋をはめていたのです。

その手袋をとり、素手で、まず、ほとんど気を失いかけているニホン人女性の手を握り、それからもう一度その手を私へとさし出しました。私は初めて見るそのむきだしになった手を、やはり恐怖に捉われただ見守っていただけでした。その手は窓一つない部屋に吊された電球の光が、突然目の前に一瞬のうちに彫りあげた石膏の作品のようでした。実際、白い、血の気のない、石膏か金属のような手でしたが、私は今咬《か》みつけば、この手からも血がにじみ出すのだと、そのことだけを考えていました。そう、私はその場で、ガウアーに連れて来られてから初めてマルト・リビーもただの人間だということに、銃かナイフで襲いかかれば血を流して死ぬ人間だということに気づいたのです。私の恐怖は何故今までそれに気づかなかったのだろうという後悔に変わりました。自分の生命を犠牲にしても私はそれまでに何とか機会を狙ってマルトを殺しておくべきでした。マルトの死は、充分私の生命を犠牲にするのに値したでしょう。マルトが死んでいれば、私は少なくともあの収容所にいたユダヤ人の半分の生命は救えたのですから。ガウアーで行われている殺戮の半分の責任はマルト・リビーにあると私はつねづね考えていたのですから――その後悔のために、私は、今マルトがさし出してきた手を握り返さなければ、彼女の機嫌を損ね、その場で射殺されるかもしれないという恐怖を忘れていました。

記憶の中ではそれは長い時間の出来事のように思えますが、実際には二、三秒のことだったでしょう。マルトは私が敵意から握手を拒んでいるのだと考えたようです。自分がせっかく示した好意を無にされた者が見せる、ひるんだような戸惑いを一瞬顔に浮かべ、手袋をはめ直すと、聞きとれないほどの小声で『さようなら《アウフビダゼン》』と呟き、それからくるりと背を向けて手術室のドアに消えました。——それが私の見たマルトの最後の姿です。もっともそれが最後になることも、彼女が最後にふと、気まぐれのように人間らしさをとり戻して私たちに別れを告げたのだということも、その時の私は知りませんでした。それがわかったのは、次の日から彼女の姿を見かけなくなり、やがて彼女が、確かもう一人の将校とガウアーを逃げだしたらしいという噂が広まるようになってからです」

テープの言葉を訳していくエルザの声はあくまで冷静だったが、テープの女の声は少し前からかなり乱れ始めている。息遣いが苦しそうになり、言葉がとぎれては喘《あえ》ぎ声に変わったりした。

テープはしばらくの間、何の言葉も発さずその喉から絞りだしたような息の音だけを部屋の静寂に響かせていた。

「——このあたりから、ソフィは何かに怯えたように体中を痙攣させ始めたと言います」

エルザの声が終わると同時にテープに声が響いた。沈黙の間にソフィに一段と大きな変化が生じたことが声だけでもわかる。すすり泣くような声は機械が壊れてしまったように震動し続け、ソフィの体が荒波のように揺れているのがわかった。

「私は、今でもあの時のマルトの微笑を、その目を、その唇を忘れられません。……あれから四十年も経った今でもその顔は私の夢に現われて、私を苦しめるのです……」

ソフィは一種のヒステリー状態に陥ったらしい、男の声がそれを宥《なだ》めるように、

「心配はいりません。マルト・リビーがその後間もなく、ドイツ・フランス国境の村で、自分の犯した罪の酬いを受けて焼死したことは知っているでしょう」

と言う。その言葉には、ただ獣の咆哮のような激しい息遣いが答えるだけである。

「それでそのニホン人女性はどうなったんですか」

男の質問にもいよいよ乱れたリズムで息の音だけが返されていたが、それでもかすかに言葉らしいものが聞こえた。

エルザはそこでテープをとめ、巻き戻し、今度は音量をあげてもう一度その箇所を青木に聞かせた。短い言葉だということははっきりしたが、青木にはやはり聞きとれない。

「インタヴューをしている男性にもよく聞きとれなかったらしいのですが、『彼女はま《エレ・タンコ》だ生きている《ール・ヴィヴァント》』どうもそう言っているようです」

もう一度テープが巻き戻された。青木は耳に神経を集中させた。

「確かにそんな風に聞こえますね。つまり、その日本人女性がまだ現在も生きているということですか」

エルザは肯いてから、「恐らくそうなのでしょう」と言葉で補った。

「でもそれを確かめることはできなくなりました」

「死んだんですか、そのソフィという女性は」

「いいえ。ただそれ以上インタヴューを続けることが不可能になったのです。彼女は固

くロを閉ざし、まるで出口を失った言葉が体の中で暴れまわるように全身を震わせ、そしてそれから長い間、一言の言葉も口から出さなくなったのです」

「失語症ですか。言葉を喋れなくなる病気のことですが」

「そうです。完全に言葉を失っていたのは半年近くのことで、その後は以前より無口にはなりましたが、日常生活に困らない程度の言葉は喋るようになりました。ただインタヴューの続きを試みることはできませんでした。彼女はあの時代の話になると、再びまた喉と唇を痙攣《けいれん》させ言葉を失ってしまうのです。――ソフィ・クレメールは戦後ユダヤ人だということも収容所体験のあることも隠して、リヨンにある慈善施設で老人たちの世話をして働き続け、六十歳になってからは反対にその施設で世話を受ける立場に変わって、暮らしています。今のところ生命に別条はないのですが……」

青木は、そのソフィ・クレメールの写真を改めて手にとって見た。話を聞いたせいか、深い皺や虚ろな目に悲劇的なものが感じとれる。

「その写真はインタヴューの後、発作で寝ついてしまった時のものです。今では日常生活に困らない程度に動きまわることもできるようになっていますが、依然、日常の受け答え以外の言葉は彼女から奪われてしまっています」

青木は写真から目をあげ、話の続きを促した。

「ただ私たちは全く別のルートから、その子供のその後の行方をつかむことができました」

エルザの水色の瞳は緊張を強いてくる。青木はごまかすために、ウィスキーのグラスを手にとった。

「この絵です。――ガウアーを解放したのはイギリス軍でしたが、軍曹の一人がユダヤ人の女性から赤ん坊を預けられたのです。その軍曹は今では退役軍人として、ロンドン郊外で子供や孫に囲まれ幸福に暮らしていますが、この絵はその書斎に四十年近くずっと飾られてきたものです。赤ん坊はボロ着とこの絵とで二重に包まれていました。その軍曹の記憶では赤ん坊は最終的には終戦後もベルリンに在住していた日本人のもとに引きとらせたということでした。おそらくソフィから母親が日本人だと聞かされていたのでしょうね。どんな日本人だったか、彼の記憶にはもう残っていなかったのですが……私たち――」

今度も何気なくその言葉を使ってしまったことにエルザは気づいたらしい。

「私には仲間がいるのです」

と言った。

「どのみちわかることですから話しておきますが、私はある組織に入っています。危険な組織ではありませんから安心して下さい。ただ私がそんな組織と関わり合いをもっていることは東ベルリンでは誰も知りません。先生も知っているでしょうが、東ドイツはとても不自由な国です。私とその組織との関係が大学にわかれば、今の留学はただちに取り消されるでしょうし、今後、私は何の動きもできなくなってしまいます。だから私の口からそれがどんな組織かを話すわけにはいきません」

「しかし……」

スパイとか政治的闘争とか面倒な問題に巻きこまれるのは避けたかった。青木の口にしようとした言葉を、だが、エルザは激しく首を振って遮った。

「だから問題は、先生が私のこの話に興味をもってくれるかどうかだけなのです。先生が何の興味ももたないというのなら私はすぐにもこの部屋を出ていき、二度と先生に会うこともありません」

青木はしばらく考えてから、

「わかりました。ともかく話の続きを聞きましょう」

と言った。青木の顔を注意深く探っていた瞳にかすかに安堵の色を浮かべ、エルザは続けた。

「私たちはその子供を引きとったという日本人を捜しました。そしてイシジマセイタロウという当時の日本帝国大使館員で、終戦後も三年間ベルリンに居残った男の存在を知ったのです。一九四五年二月十八日、ベルリンが壊滅する二ヵ月以上前に日本帝国大使館は祖国へと引き揚げていますが、何故そのイシジマがその後もベルリンに残ったかはわかっていません。私たちが発見できたのは、イシジマがまだ大使館員だった頃に交友のあった一人のドイツ人だけで、彼は戦争が終わった後もイシジマとは何度か会っているのですが、イシジマの身辺に一人の子供がいたかどうか、そういう子供を自分が見たかどうか、確かな記憶をもっていないのです。今ではもう八十に近い老人ですから。イシジマが終戦三年目の七月三日に帰国したことはそのドイツ人の古い日記からわかっているのですが、日記の記述にも子供のことが出てきません。ただ、そのドイツ人の昔のアルバムから彼の記憶にない一枚の写真が見つかったのです。私たちがイシジマに目をつけたのはその写真のせいでした。これです」

そう言ってエルザはまた一枚の写真をとり出すと、青木に渡した。

三十前後と思われる男とその腕に抱かれて一人の幼児とが写っている。男の方は冬物のような厚い生地の背広を着ているが、幼児の方は丸い襟の半袖の白いシャツである

――

「この人がイシジマです。この写真は複製ですが、もとの写真の裏には日付が書きこまれていました。一九四八年七月一日。帰国の二日前です。私たちは彼が、その子供を連れて日本へ帰ったと考えました。――イシジマという名前かこの写真の顔か、どちらかにでも記憶はありませんか」

青木は首を振った。

「だったらこの子供の方は？」

「――――」

エルザの見つめてくる目の意味は、青木にもわかっている。変色した不鮮明な写真だが、確かに目の線には青木が一番よく知っている男の俤《おもかげ》ともいえるものが読みとれる。

一番よく知っている男？　本当に俺は自分を知っているのだろうか——

「私から見ても先生と似ています」

「しかし、幼ない時の顔など他人と同じだから、僕自身にも何も言えない。だいたい、この写真では男の子か女の子かもはっきりしないし——本当にこの人の子供かもしれないでしょう」

「さっき言ったドイツ人は、イシジマが結婚していなかったことは確かだと言っています」

「でもこの子が強制収容所で見つかった赤ん坊だという証拠はあるのですか」

「私は、それを調べに日本へ来たのです」

エルザはきっぱりと言った。

「この父子と、実はもう一組の親子の行方を探すために」

「もう一組というと？」

「この父子が日本に渡ったその四年後に戦前からドイツで医師をしていた日本人の夫婦が八歳の女の子を連れて帰国しているのです。年齢から見てその女の子もまたガウアーの赤ん坊である可能性があったのです」

「しかし、その赤ん坊は男の子だったんでしょう？」

「いいえ、私がベルリンを出発する段階ではその赤ん坊の性別について確かなことは何も言えなかったのです。ソフィ・クレメールも赤ん坊を救いだした軍曹もその点での記憶が曖昧《あいまい》でしたから。ソフィは女の子だったような気がすると言っていましたし、軍曹は逆に男の子だったと思うと言っていたのです。彼なのか彼女なのかわからないまま私は日本へその子供を探しにきたのです。そしてまず医師の娘の行方から探し始めました。その娘が問題の赤ん坊だという可能性も充分ありました。何故ならその医師夫婦はベルリンを去る当時で既に六十歳近くになっていて、八歳の子供というのは年齢的に不自然に思えましたから。私は日本に来てまず医師夫婦の方から捜索を始めましたが、そのために三ヵ月を無駄にしてしまいました。やっと見つけたその娘は一目見ればどこにも西洋人の血がまじっていないことがわかったのです。ドイツで調べた際には夫婦がともに日本人だったのにその子が混血児のようだったという話が出ていたので、私は大使館から夫婦がその子供を引きとって育てた可能性が大きいと思っていたのです。私は次にイシジマの方を調べ始めたのですが、この方も調べるのは困難でした。イシジマは帰国すると同時に外務省をやめ、行方がわからなくなっていたのです。イシジマセイタロウという名前だけが頼りでした」

電話帳で同姓の者を探し出し、東京だけでなく全国に電話を掛けまくったという。八月半ばになってやっと問題のイシジマが見つかった。

石島清太郎というその男は帰国後、すぐに京都の遠い親戚の家に行き、間もなくに結婚して奈良に移り住み、十二年前癌で死亡するまでずっと大学でドイツ語を教え続けていたという。

「死んでいたんですか、もう」

「ええ。私が掛けた電話に出たのは未亡人です。未亡人は見知らぬ者から掛かってきた電話にも丁寧に応対してくれました。確かに夫の名はセイタロウと言うし、終戦後三年目まで大使館員としてベルリンにいたと――」

真夏の一日、エルザ・ロゼガーは奈良にその未亡人を訪ね、写真の顔を確認してもらった。間違いなく彼女の探している男だった。彼女は未亡人からいろいろな話を聞き、石島が帰国後二ヵ月間身を寄せていたという京都の伯父夫婦のもとも訪れ、そこでもまた石島の帰国後間もなくの話を聞き出した。

「それで、この子供はどうなったんですか」

「そのことなのです」

エルザは思わずドイツ語を口にしようとして、慌ててそんな日本語に変えた。

「奥さんも京都の親類もその子供を見たことはないし、イシジマから話を聞いたこともないと言うのです。それどころか確かに帰国の時は一人だったと言っていたような気がするとも――未亡人はこの写真を見て、本当に不思議そうな顔で、『この子は誰なんですか』と私に尋ねました。私はベルリンで撮った写真だからむこうでのちょっとした知り合いでしょうと誤魔化しておきましたが」

「――――」

「イシジマは日本へこの子供を連れて帰った。それなのに日本へ着いてから、その子供はイシジマの周辺から消えてしまっているのです」

　沈黙が落ちた。部屋の静寂が耳に痛くなったので青木は言葉を探したが何を言ったらいいかわからなかった。ただ女の声を待つ他なかった。

「確かに証拠は何もありません。でも想像はできます。どんな事情があったのかはわかりませんが、イシジマは彼を連れて日本へ戻ると、彼を他の人に預けたのです。そして恐らくは彼の将来を守るために、彼についてはいっさい口を噤《つぐ》んだんでしょう」

「その想像は当たっているかもしれない。だが、だからといって依然、その〝彼〟は僕ではないかもしれないでしょう。イシジマ氏が東京の誰かに彼を預けたのが事実だとしても、その彼が僕である必要はないはずです。僕と同年齢の混血児で両親以外の人たちに育てられた者は、この日本に他にもたくさんいます」

　青木の反論を無視するようにエルザは立ちあがると窓辺に立った。

「私が先生の名前を知ったのは、いつ、どこでだと思いますか」

　しばらく窓ごしに夜景を眺めていたエルザは、その横顔のまま、そう口にした。

「私はベルリンの大学で日本の文化について研究していましたから、日本の絵画に関してもたくさんの知識をもっています。でもそれは浮世絵や明治大正時代の日本画に関する知識で、現代絵画については何も知りません。私が先生の名を知ったのは、夏にイシジマ未亡人を訪ねて奈良へ行った時のことです」

「というと？」

「未亡人は本棚に死んだ夫の本を昔のまま残していました。どこかに寄贈したいのだけれど、一番夫の匂いがしみついている気がして手放せずにいると。ほとんどが学術書でしたが、一冊だけ場違いにひどく目立つ本がありました。ある画家の画集です。未亡人はその画集が特に大事な形見だと言うので、私は死んだご主人が絵に興味をもっていたのかと尋ねてみました。未亡人は首を振りながらこう答えました。――『夫が、倒れる二ヵ月ほど前に買ってきてとても嬉しそうな顔をして見ていたのです。画集を買ってくることなど珍しいことなので、どうしたんですかと尋ねてみると、あの人、その画家とは以前面識があったって』未亡人は、あんなに顔をほころばせて見ていた画集だから、棺の中に入れてあげようかとも思ったそうです」

「それが僕の画集だと言うんですね」

確かにその石島が死んだという十二年前、青木の初めての画集が世に出ている。

「そうです。私はその画集を見せてもらい、ある絵に目をとめました。それがロンドンの退役軍人の家に飾ってあるという日本人女性の肖像画と似ていたからです。東京に帰って、私は早速その画家について調べ、彼が絵を教えているという大学にも行ってみました。でも私は直接に彼に接触することよりも、まず彼が交際している女子大学生と接触して彼女から彼についていろいろな話を訊き出す方を選びました。そのために、ある日彼女の跡を尾《つ》けて、ある美術館で偶然を装って彼女に近づいたのです」

「――――」

「先生はさっきこのイシジマを知らないと言いましたね。先生が知らないのに何故イシジマの方では先生と逢ったことがあると言ったのでしょうか。簡単なことです。先生がイシジマに逢っているのは、まだ記憶に残らないほど幼なかった時だからです」

そう言ってふり向いたエルザの目には、これでもまだ先生は否定しますかと言うような挑戦的な光があった。確かに今、この異国の娘が言ったことがすべて事実なら、自分とこの写真の幼児とは一本の線でしっかりと結ばれるだろう。頭はそう納得しても、だが気持ちの方は追いつかない。自分の記憶にない歳月について突然今まで信じていたのとはまったく別の真実を知らされても、闇の法廷に突然連れていかれ、身に覚えのない罪で判決を受けたようなものだった。強制収容所、鉤十字、殺戮、ユダヤ人……それらは依然、活字でしか知らない他国の歴史であり、実感にはならなかった。テーブルの上の二枚の写真も、窓辺に立っている異国の女の金色の髪も、それに冷めた明かりの中に浮かびあがった殺風景なその部屋さえも夢の中のように現実感がなく、青木はぼんやりとしている他なかった。

ただ、この時、ふっと記憶の中にある風景がぼんやりとした意識の中に蘇ってきた。記憶と呼べるほど確かなものではない。だが子供の頃から、時々ふっと幻想のようにその風景が頭の隅をかすめて消える。それを何とか摑もうとするのだが、いくら焦ってもそれは確かな輪郭にならないまま、頭に浮かんだかと思うと一瞬のうちに消えてしまう

——

「君は、その画集を見たというなら、『古城』という題の絵を憶えていますか」

青木の質問の仕方が唐突すぎたのか、エルザは肯いたが、顔に不思議そうな表情を浮かべた。

「あの絵の城に似た建物が、ドイツにないだろうか」

エルザはしばらく必死に思い出そうとしている様子だったが、やがて首を振った。

「あの絵は暗い湖に沈んでしまったような、ぼんやりとした線で描かれているでしょう？　あれだけではわかりませんわ。題名が『古城』だからお城かもしれないと思いましたが、題名がなければ、何とか巨《おお》きな不思議な建物らしいとわかる程度ですから。先生が実際に見たお城なのですか」

「現実に見たかどうかはわからない。物心ついた時から頭の隅にその建物が残っていた。絵に描いた通りで自分でもそれが城かどうかもわからないんだが……ただ子供の頃からそれがどこか遠い外国の建物ではないかという気がしていた……」

夜明けか夕暮れかわからない薄闇の空を背にそれは黒い巨大な影で聳《そび》え立っている。遥か下方から仰ぎ見るような恰好で、青木はそれを思い出す。それが蘇るたびに、一瞬だが青木は説明のつかない不安を覚える。その黒々と空を突きあげて聳えている建物が次の瞬間には瓦礫となって崩れ落ち、自分に襲いかかってくるような、恐怖に似た不安である。

その不安については何も言わず、ただ、

「もしかしたらそのガウアーという収容所に、似た建物があるかもしれないと思ったんだ。今、君の話を聞いていて、何となく」

とだけ言った。

エルザは少し考えてから、首を振った。

「いやたとえそうだとしても赤ん坊の時見た物を憶えているはずはないんだが……」

青木が何気なしに口にした言葉は、エルザには別の意味があったらしい。

「先生は、ソフィ・クレメールがガウアーの収容所で抱いた赤ん坊が自分だと認めてくれたのですね」

と言った。今までの熱っぽさが消え、ひとり言を呟くような静かな声になっていた。

青木は首を振った。

「認めるわけにはいかない。今は、たとえもっと確かな証拠をつきつけられたとしても僕は首を振る他ないだろうね。ただ……君の話を否定するわけにもいかなくなったし、話には充分興味をもっている。もしかしたら僕の母親がまだ生きているかもしれないと言われたら、興味をもつ他はない」

青木はそう言うと、

「それで君が、いや君たちが何故僕を必要としているかを教えてもらいたいんだが……」

と尋ねた。

「先生の母親を、その、ユダヤ人と結婚していた日本人女性を探し出す手伝いをしていただきたいのです。そのためにまず、パリに渡ってソフィ・クレメールと逢ってもらいたいのです。ソフィは、さっきも話したように失語症気味ですが、もしその子供を探し出して連れてきてくれるのなら、母親について自分がまだ知っていることを話してもいいと言っているのです。その子供にだけは話す義務があると——私たちは『彼女はまだ《エレ・タンコール》生きている《・ヴィヴァント》』というソフィの言葉の続きを知りたいのです。ソフィが彼女についてもっと多くのことを知っているに違いないと、私たちは考えています」

「彼女を——つまり、その日本人女性を君たちが探し出そうとしている目的は？」

青木がそう尋ねた声に襲いかかるようにこの時、電話のベルが鳴った。部屋の静寂を破って鳴りだしたベルに驚いて、二人は同時にベッドの枕もとの電話機を見た。

青木が立ちあがると、その背に、

「もしケイコだったら、私はもう帰ったと言って下さい」

エルザの声がかかった。

青木はそれには何も答えず、受話器をとった。聞き慣れた幼なさと成熟のいりまじった声が受話器の底に響いた。

桂子はまず新年の挨拶をすると、

「ごめんなさい。やっぱり行かれなくて……エルザが代わりに行ったでしょう？」

「ああ」

「驚きました？　ごめんなさい。彼女、ひとりでどんどん決めていって、私、黙って肯いている他なかったんです」

「いや、楽しかったよ。一緒に食事して、彼女はもう帰った」

「どんなことを話したんですか」

「大したことは何も……雑談しただけだ」

「彼女、とても先生の絵が好きでしょう？　まだ逢わないうちから先生に恋してるみたいだったわ。逢って想像したとおりの素敵な男性だったら私から奪ってしまうわって、冗談でそんなこと言ってました。いいえ本気だったかもしれないわ。彼女とても情熱的だから。外国人だからただはっきりしているだけなのかもしれないけれど、時々あの目が水色の火になって燃えているように見えることがあって」

「君はどう答えたんだ」

「何にですか」

「彼女の冗談に。やっぱり黙って肯いたの」

受話器の声は、とまどったように沈黙した。この無言が今の二人の関係だと思いながら、青木が何かを言おうとした時、

「私、彼女に、それは私が答えることでなくて先生が答えることだって、そう言ったんです」

桂子は言った。今度は青木の方で一瞬返答につまったが、それを笑い声でごまかし、

「ともかく雑談をしただけで何もそんな話は出なかった。——もう眠りかけたところだ

から、今日の午後にでももう一度、横浜の方に電話をくれないか」

そう言い、思い出して新年の挨拶をした。

「今年一年が先生の素晴らしい年になるように祈ってます」

電話を切る前に桂子は言ったが、ベルリンから来た女の登場で幕を開けたこの一年がいったいどんな年になるのか、青木にはまったく予想がつかなかった。

「それで、さっきの続きだが、君たちは何故僕の母親かもしれないというその日本女性を探しているんだ」

青木は椅子に座り直し、窓辺に立ったままのエルザに尋ねた。

「――私の役目はこれで終わったんです。私の役目というのは先生を見つけ出し、先生にこの話に興味をもってもらうことだけでしたから。今の質問についてはまた別の人が答えることになるでしょう」

そう言うと、エルザは青木に次の質問の余裕を与えたくないと言うように、「今の電話はケイコからでしたか」と尋ねてきた。

青木は肯いた。

「ケイコは私のことで何か言っていましたか」

「情熱的な人だと言っていた」

「そう……」

エルザは両腕で体をかばうようにして、じっと窓の外を見守っている。白い灯が点々と散らばった夜景の淋しさが、その横顔の視線を見ていると青木にも伝わってくる。

「でも私はいつも情熱的だというわけではないわ。それにふさわしい男に出逢った時だけだし、それはまだ三度しか私の人生に起こってはいないわ。去年、いいえもう一昨年ですね。一昨年の春、一人のドイツ人の若者と出逢った時、その年の夏、東ベルリンの町角で一人のアメリカ人と出逢った時と、去年の終わり、まだ二時間前、このホテルのレストランで一人の日本人と出逢った時と」

エルザは横顔のままだった。青木はその横顔をただ黙って見ていた。

「ここへ来てくれませんか」

エルザの声に数秒待ってから、青木は椅子を離れ窓辺に立った。東京の町が白い灯だけを残して、新しい年の最初の闇の中に広がっている。実際の夜景より、今までこの異国の娘の横顔の視線を通して想像していた夜景の方が美しかった気がした。事実エルザの水色の瞳には、青木には見慣れてしまっているこの東京の灯が、異国の灯として実際以上に美しく淋しく映っているに違いない。

「本当は最初に先生を誘惑して、その後で今の話をするつもりでした。でも先生に逢って気持ちが変わったわ。誘惑の方が後になってしまったわ」

「どうして」青木はそれだけを尋ねた。

「最初に誘惑すれば、それも私の役目になってしまったでしょう。そのつもりでホテルに来たのです。最初に先生に私を抱かせておけば、その後私は話がしやすくなると思ったのです。私を抱いた後なら先生は私を信じるより仕方がなかったでしょうから。でも先生に逢ったその瞬間に気持ちが変わりました。私は、今、もう自分の役目を忘れています」

そんな言葉と静かな声とが似合わなかった。口での誘惑とは反対に、相変わらず自分の心を頑なに閉ざすように、娘は両腕で体をかばっていた。

「ケイコに先生が想像どおりの素敵な人だったら奪ってもいいと尋ねたら、ケイコはそれは先生に尋ねることだと答えました」

青木は何も答えず、ただ東京の灯だけを見つめ続けた。それが少しずつ青木の目にも異国の灯として映ってくる。自分がドイツで生まれ父親がユダヤ人かもしれないということなどその時の青木には何の問題にもならなかった。ユダヤ人にしろイタリア人にしろ、ともかく彼の体には日本人でない血が流れているのだった。その半分の血が、このベルリンから来た娘の目と同じように彼の目にも、見慣れたはずの東京の灯を異国の見知らぬ灯のように感じさせるのだった。それはこの四ヵ月間、絶えず桂子に感じ続けたものと似ていた。彼の体は間違いなく半分は日本人の血をもっているのだが、その血は桂子を前にすると不意に意味がなくなってしまい、青木はいつも桂子の黒い髪や瞳を外国人のように遠く感じていた。自分は桂子を愛しているのだろうか、――桂子と交際を始め四ヵ月が過ぎ、今やっとその質問を青木ははっきりとした声で自分にぶつけてみた。そして胸の中ではっきりと首を振った。自分はただ桂子を愛そうとしただけだった。愛する前に、彼の半分の血が桂子の中に流れる日本人の血を拒み続けた。桂子にそのことを話せば、「そんなことには何の意味もないわ」桂子がそう答えるのはわかっている。桂子と同じ若さだったなら、そんな言葉も彼の生き方を変えてくれたかもしれないが、今の年齢ではそれも彼の耳に空しく響くだけだろう。そしてそれをいくら桂子に説明しても無駄だろう。それは彼のように四十年間、日本人でありながら日本人とは違う髪の色と目の色とで生きてきた者でなければわからないことだった。

今夜のこの水色の目をした娘の突然の登場にも娘がした話にも彼は驚かされたが、ただこの二時間、その、自分と似た色の目は彼に不思議な安らぎを与え続けた。目の色が似ているというだけで、二時間前に会ったばかりの娘が、桂子よりずっと近く感じられる。窓越しに東京の灯へと投げ続けている二人の視線が一つに混ざり合っている。彼は金色の髪がふりかかった肩へと手を伸ばした。その手が二人の間にそれまであったぎごちない間隔を埋めた。

エルザはその手に彼の答えを読みとったらしい、体をくるりと半回転させ窓を背にすると、やっと彼の顔を見つめた。水色の瞳は、彼の目の中に遠いベルリンの灯を探しているように見えた。その目は冷たく、同時に熱かった。桂子の言った水色の火という言葉を青木は思い出した。彼女の顔の背後の窓ガラスに、東京の灯が散らばっている。それは金色の髪が東京の夜にまき散らした光の屑のようだった。

「もう一つだけ役目が残っています」

彼女は囁くような声で言った。

「先生が彼だという最後の証拠が、今この先生の体にあります。二つ……その一つは手首の火傷で、それはさっき先生が自分から見せてくれました」

「何故、手首の火傷が証拠になる」

「ユダヤ人だということを隠し続けてきたソフィ・クレメールにも同じ手首に火傷の痕があります。彼女はユダヤ人であることを隠すために、収容所で手首に入れ墨された四桁の囚人番号を焼き消さなければならなかったのです」

「赤ん坊の細い手首にも囚人番号が入れ墨されていたというのか」

「その可能性があります。いいえ、さっき先生の手首を見た時、私は確信しました。先生がガウアーで生まれた事実を葬り去るために誰かがわざと火傷を負わせたのです。もう一つ、先生は胸にも――」

エルザは手を彼の上着のボタンにかけた。エルザは青木の上着を脱がせ、ネクタイを解き、シャツのボタンをはずした。むきだしになった胸の中央部に小さく十字を切って、それは残っている。子供の頃はくっきりと胸を切っていたそれも、今ではちょっと見にはわからないぐらいの薄い色になっている。

「これは子供の頃、ちょっとした手術を受けた際の痕だ」

「何歳の頃ですか。先生にはその手術の記憶がありますか」

「――」

「記憶に残らないほど幼ない頃の手術だったのでしょう？　伯母さんか伯父さんからそう聞かされただけのことでしょう？　ソフィの証言で彼がガウアーで何か残酷な手術を受けたことはわかっています。これを、その手術の痕だと考えて何故いけないのでしょう？」

「いったいどんな手術が――」

「それを私たちも知りたいのです」

「残酷な手術だというが、それなら何故、僕はこうも元気に生きている――僕の体には何の異常もない」

「それは既にケイコから訊き出しました」

「僕が健康だということ自体、そんな手術を受けなかった証拠じゃないか」

「だから言いました。一体どんな手術が行われたか、私たちも知りたいと――」

エルザの指は胸の十字の痕をなぞり、さらに手首の火傷の痕をなぞった。まだかすかに残っている青紫色と共におよそ四十年前のある一瞬、幼ない体に襲いかかってきた火の色とその時自分があげただろう叫び声とがまだかすかに残っている。思い出せるはずのないその一瞬を何かが今も彼に思い出させる。夢の中で四十年近く苦しみ続けてきたその火が、今まで信じていたような空襲の火ではないのだとしたら……幼ない彼の体を火から守ろうとしていた手が、本当は泣き叫ぶ彼を押えつけ何かの火で焼こうとしていたのだとしたら……この青紫色がただの火傷の色ではなく、彼の出生の秘密を覆い隠すための色だったとしたら……少なくとも生後間もなくの空襲の火の記憶があると考えるより、終戦三年目に日本に連れてこられ、日本人夫婦に引きとられた後、その夫婦によって焼かれたものだと考えた方が……エルザの指は、その透き通るほどの白さからは想像もできないほど熱かった。その指が青紫色の中から四十年前の火を掘り起こした。彼の体はまずその青く翳った胸から燃え始めた。四十年前のその火は、夢の中と同じようにまっ黒な煙を吐きながら燃えあがり、彼を飲みこもうとしている。恐ろしさと息苦しさから逃れるように、彼は自分の唇を思いきり強くエルザの唇に押しあてた。驚いたように大きく見開かれたエルザの瞳の色に自分の目の色を溶けこませながら……

その日の昼すぎにホテルを出て横浜の自宅に戻ると、夕方になって青木は港沿いのホテルに向かった。夜明けが迫る前にベッドを離れたエルザ・ロゼガーが部屋を出る前に、都合がつくなら今日の午後五時に横浜のそのホテルの喫茶室へ来てほしいと言い残したからだった。

喫茶室は混雑していた。一月一日なので日本髪や振袖姿も交じっている。外国人客もかなりいるが、その中に青木の体にまだ染みついて残っている金色の髪はなかった。約束の時間より二十分も早い。夕暮れの港をぶらついてみようと思ってそこを出ようとした時、青木の耳は英語で喋っている女の声を拾った。入口から入ってすぐ右に観葉植物が並び、その生い繁った葉の陰になってテーブルが一つ隠れている。葉の緑のすき間に、眩しくその髪は燦《きらめ》いている。誰か連れがおり、エルザは夢中でその連れに英語で話しかけているらしいのだが、連れの姿は観葉植物に邪魔されて見えない。青木はエルザの声がとぎれるのを待って、そのテーブルに近づいた。

緑の葉陰から突然現われた青木に、エルザは一瞬とまどったが、すぐに微笑にかわった。エルザと対《むか》い合って黄褐色の髪とブルーの目をもった青年が座っている。エルザはその青年を青木に紹介した。マイク・カールソン、ニューヨークに本社をもつ清涼飲料水会社の社員で、今日の午後に東京へ着いたばかりだと聞かされた。

エルザはそう紹介してから声を落として、

「私たちの一人です」

とつけ加えた。

マイクは典型的なアメリカ青年で、背が高く、黄褐色の髪は柔らかく波うち、頬の白い皮膚にはかすかにソバカスが浮かび、笑顔になるとブルーの目はいっそう澄んで明るさが増した。ビジネスマンらしく濃いグリーンの背広を着ていたが、日本のビジネスマンと違い丁寧に結ばれたネクタイにもどこかゆとりが感じとれる。笑顔を向け握手のための大きな手をさし出した最初の瞬間から、青木はそのアメリカの若者に好感を抱いた。

彼はしばらく初めて訪れた日本の印象を語り、日本についての質問を青木に向けた。青木はある程度なら英語を理解できるが、所々に聞き慣れない単語が出てきて意味がつかめなくなる。その時はエルザが通訳となって助けてくれた。エルザは英語も堪能のようだし、マイクもドイツ語を話せるらしい。時々二人は青木を無視して英語で喋り合ったが、その会話にドイツ語が混ざったりする。

マイクはちょっとした言葉にも大袈裟に反応し、陽気な笑い声をあげた。その笑い声を聞いていると休暇を楽しんでいるただの観光客にしか見えなかったが、やがてその屈託のない笑顔のまま、「彼女からもうすべてを聞いてもらっていますね。私たちがあなたとあなたのお母さんを探している理由を話しましょう」突然話題を切り替えた。

「あなたはアンネ・フランクを知っていますか」

意外な名前が出たことにとまどいながらも、青木は肯いた。思春期をオランダの狭い隠れ家に閉じこもって過ごし、結局は秘密警察《ゲシュタポ》に逮捕されて強制収容所に送られて死んだユダヤ人少女の話は、青木もよく知っている。

「死後に発見された彼女の日記は世界的なベストセラーになり今も名作として読みつがれています。十六歳で死んだ少女の書いた日記は、歴史の書物よりもアウシュヴィッツの記録よりも大きな力をもってユダヤ人迫害の残酷さと戦争の悲劇を世界に訴えました。日本でも彼女の名は広く知れ渡っているでしょう」

青木が肯くのを待って、マイクは、

「私たちは第二のアンネ・フランクが欲しいのです」

と言った。

「私はユダヤ人保護を目的とした組織の一員です。全世界に散らばっているユダヤ人を相手にした組織です。保護と一口に言っても、仕事は、ナチSSの残党の摘発から今もって世界の一部地域に根強く残っているユダヤ人差別問題の解消まで、さまざまに取り組んでいます。モサドというイスラエルの諜報機関をご存知ですね、私たちのある部分はモサドと関係をもち、政治的活動もしていますが、しかし、ミスター・アオキ、あなたが関わり合っている話に関しては、どんな政治的な意図もなくその意味で何らかのトラブルに巻きこまれる心配は全くありません。それを保証しておきます」

エルザが「そのことならもう彼に話してあるわ」と口を挟んだ。マイクは肯いて、

「私がその組織の一員としてこの数年ついてきた任務は、強制収容所の生存者の証言をできるだけたくさん集めて、ジャーナリズムを通して広く世界に訴えることです。ただ正直に言ってナチが第二次世界大戦の際に犯した大罪への世界の関心は年ごとに薄れてきています。SSの大物はもう全員逮捕されるか死亡しているし、ナチの残虐行為についても語り尽くされています。いや、依然強制収容所の実態については不明瞭のまま残されていることがたくさんありますし、殺された人々の六百万人という数字を思えば、幾らその残虐さをくり返し語っても語りきることはないはずですが、ジャーナリズムはもう新鮮味がないという理由で、そういった記事をどんどん縮小していくのです。ユダヤ人以外の人々、いやユダヤ人の若い世代にとっても、それはもう過去の歴史になりつつあるのです。ところがそれと反比例して、この数年、世界は再び第二次世界大戦前と同じ不安を膨張させてきています。それはニホンにいてもわかることでしょう？」

マイクの声はいつの間にか熱を帯び、そのぶん早口になっている。その英語についていけなくなった青木のために、エルザが途中から訳し始めてくれたが、そこまでくるとマイクの声を遮《さえぎ》って「場所を変えましょう」と言った。入口のレジの女性がしきりに好奇の視線を投げかけてくるのが気になったらしい。

ホテルを出ると、エルザが「もう一度外人墓地へ行ってみたい」と言ったので、三人はその方へと足を向けた。エルザは二ヵ月前にも一度桂子と横浜に来たことがあって、教会や洋館の並んだ外人墓地の周辺が故郷の街並を思い出させて懐しかったのだという。マイクは初めての日本の街並には何の興味も示さなかった。石畳の坂をのぼりながら、坂の上の公園をぶらつきながら、熱っぽく、今、世界がどんな不安な状況にあるかを語り、過去にナチがユダヤ人に行った残虐な行為を、様々な例をあげて語り続けた。

「一つの出来事が歴史の中の事件になってしまうと同時に、人はまた同じ過ちをくり返します。今世界を覆い尽そうとしている経済危機の暗雲は日本の空にも重く垂れこめているでしょう？　その暗雲を切り開く活路として、ファシズムという忘れ去ってしまわなければならない言葉が再び湧きあがってきています。第三帝国の崩壊後も、ドイツにはナチの信奉者が亡霊のように根強く残っていて、今でもまだ第三帝国の復活を夢見ているのです。その他にもネオナチと呼ばれる、ヒトラーの魅力にとりつかれた若い連中がいて数々の暴力事件を引き起こしています。ファシズムは世界の不安を吸って黴《かび》のように繁殖し始めています。ドイツだけでなく全ヨーロッパに、アメリカに……恐らくはこのニホンにも。ベルリンに今、ナチの亡霊の集団があって、その連中は若いネオナチと手を結んで、ある男を第二のアドルフ・ヒトラーに仕立てあげようとしています。ほんの小さな組織だと言って安心してはいられないのです。ナチだって最初は少数党に過ぎなかったのに、時代の不安を吸ってあの恐ろしい繁殖力をもったのですから。我々はこういう動きに対抗するために、第二のアンネ・フランクをこの世界に送り出したいのです。あの日記と同じだけの感動を世界に与えることができる実話を――ジャーナリズムがユダヤ人の被害記録にもう新鮮味がないというのなら、新鮮で人々の興味をそそるようなドラマを世界に与えたいのです。それを求めて我々はこの二年、躍起になって新たに強制収容所の生存者を探しまわりました。しかし残念ながら、世界中の人々を今の時点で揺り動かすほどの物語を発見することはできませんでした。ソフィ・クレメールがパリの出版社に送った手記もその意味では新鮮なものとは言えませんでした。彼女のような、収容所体験がその後の人生をも狂わせてしまった例は他にもたくさんありますからね。ただ我々はその手記に書かれた日本人女性の囚人と赤ん坊に興味を抱きました。あのガウアーで奇跡的に生命が誕生したという事実、しかもその母親が日本人であるという事実、さらに新たなソフィの証言でわかったマルト・リビーとの関係。マルト・リビーは、もし彼女がヒトラーの側近の一人でい続けたなら第三帝国の運命は変わっていたかもしれないと一部では言われているほどの女です。これらの事実には、我々だけでなく、世界中が関心を寄せるはずです。我々はその赤ん坊の行方を早速に探し始め――

そして今、彼を目の前にしているのです」

エルザから既に聞いているが、青木が彼であることを自分も確信しているとマイクは言った。この時三人が立っていたのは、横浜港を眼下に見おろす公園の見晴らし台で、夜は海面を黒い底光りのする敷物のように広げ、町の灯が、糸の切れた真珠の首飾りのようにまばらに散っている。外国の貨物船が何隻も停船し、風が貿易港特有の異国の匂いと見たこともないその国への不思議な郷愁とをからみ合わせて、丘の上にまで運んでくる。冬の風は冷たく、エルザも青木もコートの襟を立てていたが、マイクだけがその寒さを忘れたように熱っぽく喋り続けた。結局、自分たちが青木に望んでいるのは、ただフランスに渡ってソフィ・クレメールに逢い、もし彼女の口から母親の行方についての鍵となるような言葉が引き出せたなら、それをもとに母親を探し出してほしいということだけだと彼は言った。

「何も大袈裟に考える必要はありません。少なくとも今の段階では。我々はソフィの『彼女はまだ生きている』という一言だけに賭けているのですから、本当に生存しているかどうかについても確実なことは何も言えません。生きているとしても見つかるかどうか。我々はその子供だけが日本に渡っていることから、彼女が生きているならヨーロッパのどこかにいる可能性が大きいと考えていますが、それも正確なことは何も言えないのです。たとえ見つかっても、それが我々の望むような物語にならなければ、その話を公表することは諦めます。ただし、どんな結果になろうと、かかる費用についてははすべて我々が負担します。ただフランスに渡り、その後引き続き彼女の捜索をしてもらうことになるかもしれないので、最低半年間は体を空けてもらいたいと思います。実際、気軽に引き受けていただきたいものです。あなたが我々の目的に協力するというのではなく、あなたが母親を探すのに我々が力を貸すだけだと考えて下さい。そして、すべてはまずソフィ・クレメールに逢いその結果を見てから決めればいいことです」

マイクは青木を見つめ、思い出したように笑顔を作った。この典型的なアメリカ青年にはそんな子供っぽい笑顔の方が似合っていた。自分でもそれに気づいているのか、微笑した青い目は今までの真面目くさった顔や熱っぽい口調を恥じているように見えた。

マイク・カールソンは、その後、外人墓地へと回った時、もう一度真摯《しんし》な顔になった。

「ナチに殺された六百万人の墓をたてるとしたら、この町の何倍もの広さになるでしょう」

鉄柵のむこうに、丘の斜面をすべり落ちるようにしてたくさんの十字架が立っている。日本という異国の空の下で死んだ者たちが眠る墓地を吹きぬけていく夜の風には讃美歌の清冽な声が聞こえそうだった。十字架の林がとぎれたあたりに、町の灯が広がっている。木々の暗い影がその広がりを押えつけるようにとり囲み、狭い夜に無数の灯がひしめき合っているように見える。マイク・カールソンの目にはその一つ一つがナチの犠牲者の生命に見えるのか、鉄柵によりかかり、長い間無言の視線を投げ続けていたが、それが青木の見た最後の真剣な顔だった。

「今すぐには答えられません。少し考える時間がほしい」

「——私は明後日の朝にはニューヨークに戻らなければなりません。その時までにできれば返事を聞かせて下さい」

そんな言葉を交わすと同時に、マイクは笑い、ただのアメリカ青年に戻った。その晩、中華街におりて食事をした時も、翌日三人で鎌倉に出かけた時も、彼は単なる観光客として振舞い続けた。

鎌倉の寺はどこも初詣《はつもう》での客で賑《にぎ》わいを見せていた。その賑わいの中で、日本の寺の造りの緻密さや仏像の美しさの一つ一つに大袈裟なほどの感嘆の声をあげるマイクには特別な目的で日本を訪れている気配は微塵も感じられなかった。ただ普通の外国人観光客と違って、マイクはカメラをもっていなかったし、土産物屋に入って扇子や櫛や日本的な品々に一応の興味を示しながらもそのどれも買おうとはしなかった。寺に入る際にくれる案内書などもすぐに棄ててしまう。ニューヨークの知人たちにこの日本訪問は隠してあって、日本を訪れた証拠になるようなものは何一つもち帰れないのだろうと青木は想像した。

その日それでもマイク・カールソンが一度だけ、観光客としての顔を壊したのを青木は見ている。あじさい寺として名高い明月院を訪れた際だった。

紫陽花《あじさい》は空しく枯れ枝をからめ合っているだけで、寺までもが灰褐色に冬枯れて見えた。その淋しさを冬の陽ざしは慰めるように柔らかく包みこみ「ミステリアスな寺だ」

と何度も呟きながら崖の土肌に彫られた石仏や竹林の深い緑の美しさに満足げな視線を送っていたマイクは、最後に山門近くにある洞穴の中に入り、その瞬間、眉間《みけん》に皺を寄せ、険しい顔つきになった。狭く暗い洞穴に背の高いマイクは青木たちよりも大きく体を屈め、大袈裟に笑い声をたてたが、その笑い声が一瞬のうちに消え小さい呻きに似た声が唇からこぼれ出した。

安産のための地蔵様を祭った土の壁から地下水がしみ出し陰湿な暗さで、参拝客が供養のために奉納したのだろう、かなりの数で並んだ古いこけしや童女を模した日本人形は、暗い蠟燭の灯に浮かびあがって確かに薄気味悪くはあったが、恐怖を引き起こすほどのものではなかった。それなのにマイクは、はっきりと恐怖に顔を歪め、次の瞬間には外に跳び出していた。

「どうしたのか」と青木は尋ね、エルザも心配そうな視線で見守ったが、この時はマイク・カールソンは理由を言おうとせず、ただ「何でもない」と首を振っただけで、すぐに明るい顔に戻った。

その理由を聞かされたのは、翌日の朝エルザと二人、成田空港まで見送りに行った時である。前日までの晴天が突然とぎれ、空港の滑走路には冬の雨が落ちていた。弱いが、通奏低音のようにいつまでも単調なリズムで降り続きそうな雨だった。自分が乗りこもうとしているパンナムの巨大な機体がその雨に灰色のヴェールをかぶったように濡れているのを空港のレストランの窓から眺めながら、マイクは、少しいら立たしげに何本かのマッチの軸を小さな箱からとりだして折っていた。横浜の中華料理店でも同じ癖を青木は見ていた。マッチを折り続ける指には、顔からは想像できない神経質さが覗いた。

「先日の返事をする前に一つだけ教えてもらいたいことがある。君は何故こういう仕事をするようになったのだ」という青木の質問に答えて、

「一枚の写真のためです」

とマイクは言った。

「子供の頃、ある写真でアウシュヴィッツの囚人の死体の山を見たのです。まだ幼なかった私はそれが人間だとわからず、壊れた古い人形だと思っていました。昨日あの寺でとり乱したのも、日本の人形にその写真を思い出したからです。その写真が私の生き方を——すべてを決定したのです」

マイクの青い目は、青いまま無彩の雨に翳っている。前日までの青すぎる、透明すぎる目に青木はどこか信用できないものを感じていたが、逆にその翳りの色は信じていい気がした。「わかりました」青木は彼らへの協力を約束し、「ただ——」と続けた。

「三月末までは日本を離れることができないのです。大学の仕事が残っていますし、今描いている絵を完成しなければなりません。パリに向かうとしても三月末になります」

マイクは数秒考えてから、「それで結構です」と言った。

「我々には一日も早い方が望ましいのですが。ただその頃なら、私も、もしかしたらエルザもヨーロッパにいられるかもしれませんし」

マイクが向けた視線にエルザは肯き、「その頃ならちょうど東ベルリンに戻っているわ」と言った。マイクがさし出してきた手を、青木は握り返し、こうして一つの契約は成立したのだった。アメリカ青年の手は青木の手より一回り大きく、青木はただの握手というより、運命がこの瞬間、自分の体をしっかりと包みこんだという気がした。実際、二日前からの事態の流れを考えると、それまで彼の血の中で四十年以上眠り続けていた運命が不意に目をさまし、激しい流れで自分を押し流し始めたようにしか思えなかった。まだ誰にも言ってなかったが、彼はこの四月からどのみち一年間ヨーロッパに渡ろうと思っていた。父親の祖国だと聞いていたイタリアで一年絵を描いて暮らしたいと考えていた。この前ヨーロッパに渡った際はまだ若かったから、わざとイタリアを避けた。体の中に流れている半分の血を若さが拒んだ。だがあれから十数年が経ち、四十を過ぎた今では、その半分の血にごく自然に自分を委《ゆだ》ねてもいい気持ちになりかけている。イタリアに行く前に一ヵ月近く十数年ぶりにパリにも滞在してみようと考えていた。だから、マイク・カールソンから「フランスに渡ってほしい」と言われた時から、青木はただの偶然ではない、もっと大きな力を今度の話に感じとり続けてきたのだった。いやすでにその前日、突然現われたベルリンの娘の目の中に遠い異国の灯がきらめくのを見た瞬間から——

「一つだけ聞いておきたいことがある」

マイク・カールソンとは税関の前で別れ、三十分後、東京に戻る電車の窓から、マイクの乗りこんだ飛行機が雨雲に白い絵筆を走らせるように飛び立っていくのを見送りながら、青木は、エルザに尋ねた。

「君が彼の仲間になったのは、彼を愛したからなのか。君が言った二番目に出逢ったアメリカ人というのは彼のことじゃないのか」

「そうよ。でもそれはさっき終わったわ」

冷淡ともいえるはっきりした声でエルザは答えた。

「さっき税関の前で私たちが抱き合ったのを見ていたでしょう。あの短い間に私は彼に別れを告げたわ。彼の方は、ただの別れの挨拶だとしか思っていないはずだけれど。もちろん今も私は彼の仲間だけれど、それ以上の意味はもう何もなくなったわ。彼は今ではもう遠い昔に出逢った二番目の男よ。仕方がないことだわ。私は三番目の男に出逢ってしまったのだから。私の愛には出逢いしかないの。あれほど私を感動させた青い目だって、今ではもう遠い思い出のように懐しさだけしか感じられないの。いつか三番目の男だって遠い思い出になってしまう日が来るかもしれないけれど、でも今の私はあなたを愛しているのだし、それがすべてだわ。終わることを予想して誰かを愛することなどできないでしょう？」

言葉の傲慢さを、窓に流れる雨を見守っている淋しそうな眼差しが消して、むしろこの時のエルザを不思議に優しい女に見せた。エルザはふり向くと、思い出したように、

「何故、私たちの依頼をあんなにも簡単に引き受けたの」と尋ねてきた。

「あなたがもっと迷うだろうと想像していたの。何故なの。お母さんに逢いたいから」

「そう、もちろんそのためだよ」

青木はそう答え、それから少し笑った。エルザはしばらく、その言葉を信じていいかどうか決めかねたように、青木をじっと見つめていたが、やがて自分も微笑すると、肩に落ちていた髪をかきあげた。髪は窓ガラスをかすめ、伝い落ちていた雨滴がその色に染まって一瞬金色に輝いた。

その時も、自分が今度の話を引き受けた一番の理由はその髪の色なのかもしれないと考えたし、三ヵ月が過ぎ約束どおり機中の人となってパリに向かおうとしている今も、その考えはますます確かなものとなって青木の中にある。エルザとは今日までに五度夜を共にしている。

だが回数など意味はなかった。エルザは一瞬のうちに全てが決まったと言ったが、青木がその情熱的すぎる言葉を信じたのは、自分の方でも最初の一晩で全部が決まったからだった。服のかわりに夜の淡闇をまとうと生き返ったように輝きを放つ白い体、その一本一本の絵筆では決して描くことのできない神秘的な曲線、彼の欲望をどこまでも深く受けいれる体の柔らかさ。闇の中では深い湖のような色となり、傲慢さと優しさが溶け合うようにいり混ざる目。金色の光が夜の中から美しい香りを探りあてたように、白いシーツの上で不意に甘さを増す髪。最初の晩、彼はその体を抱きながら、初めて自分の体に流れる日本人ではない血を忘れることができたのだった。彼女の体の柔らかさには、今までのどの女にも感じなかった安らぎがあったし、同時にまた髪の眩しさには、どの女にも感じなかった危険な誘惑が潜んでいた。そしてそのどちらもが、彼がそのベルリンからやってきた娘を愛してしまった証拠だった。最初の晩、二人は行為が終わった後も長い間、体を重ね合っていた。たがいの体があまりに熱かったので、行為が完結してしまったことが信じられなかったのだった。カーテンが空のほの白さを映して夜明けを告げるまで、火が燃え盛ったまま化石に変わってしまったようにじっとそうしていた。その熱さは、彼にまた年齢をも忘れさせた。桂子に対していつも彼が重く背負い続けてきた年齢差を、青木はエルザとの関係には感じずに済んだ。同じ年頃といってもエルザには、日本人の桂子にはない成熟があった。その成熟を通して、青木にはヨーロッパの大陸の広がりを感じることがあったし、その広がりの中に桂子は小さく飲みこまれてしまった。

成田空港からの帰路の電車の中で、エルザが口にした傲慢とも思えるほどの情熱的な言葉を、青木がやはり信じたのは、青木の方でもエルザを知ったその瞬間から、桂子をもう遠い思い出のようにしか思い出せなくなっていたせいだったのかもしれない。

野川桂子――

隣りにすわっている女子大生二人は会話をやめ静かに雑誌を読んでいる。その姿に、青木は半月前、奈良に行った際、新幹線の車中で黙って雑誌を読んでいた桂子の姿を思い出した。

三月の半ば、三学期が終わった翌々日、青木は桂子を奈良への日帰りの旅に誘った。それまでにヨーロッパへと旅立つ準備は万端整えていたが、旅立つ前にどうしても一度エルザから聞いた奈良の石島清太郎の家を訪れたかったのだった。それに桂子とは一月一日、横浜のホテルへエルザとマイク・カールソンに会いに出かける直前、かかってきた電話で短い会話を交わしただけで、三学期の間、忙しさを理由に教室以外の場所で逢うのを避け続けた。パリへと発つ前に、桂子との関係にも一つの終止符をつけておきたかった。

朝早くに東京を出て、奈良に着くとまず車でいろいろな寺を回り、最後に奈良公園に出ると桂子を一人車からおろして散歩させ、その間に公園から車で五分ほどの石島清太郎宅を訪れた。

奈良駅前から繋がっている繁華街の細い路地を入ったところに御影石の小さな門構えでその家はあった。繁華街がすぐ近くにあることが信じられないような閑静さの中に豪《ごう》奢《しゃ》な古い家が並んでいて、その中では粗末な家だったが、狭い庭に松が品良く植わっている。その庭から想像したとおりのもの静かな老婦人が出てきて、笑顔で青木を迎えいれた。

その一週間前に、青木はエルザから電話番号を聞き出し、子供の頃亡くなった御主人に可愛がってもらった者ですがと言って電話を入れたのだった。青木の名に心当たりがなさそうだった石島未亡人は、「ご主人が僕の画集をもっていて下さったはずですが」

と言うとやっとわかったらしい。

「ご主人が亡くなったと聞いたので一度御霊前に挨拶させてもらいたいと思っていました」

そんな口実で家を訪れた青木に未亡人の方でも興味を抱いている様子だった。

「あの人とあなたのような絵描きさんとがいったいどういう繋がりにあったんでしょうか」

エルザに見せられた古い写真と同じ顔が飾られた仏壇に手を合わせた後、青木は応接間に通され、そんな質問を向けられた。適当な作り話で誤魔化しながら、三十分後、書斎の本棚の中に間違いなく自分の画集がおさめられているのを見せてもらって、青木はその家を出た。未亡人からは、エルザから聞いた以上のことは何も聞けなかった。ただ青木がその家を訪れた一番の目的は、去年エルザが本当に一人の子供の行方を探してその家を訪ねたかどうかを知ることだったし、それは未亡人の口から間違いないとわかった。未亡人の方から、「去年の夏、ドイツの留学生だというお嬢さんが来て石島が戦後ドイツから帰国した際男の子を連れていなかったかと尋ねていかれましたが、そのこととあなたにもしかして何か関係が——」そう尋ねてきたのだった。

青木は曖昧に返答をぼかすしかなかった。事実青木自身にもまだ石島がドイツから連れ帰った子供が自分かどうか断言はできなかった。ただ少なくともその一件に関してエルザが語った言葉に嘘がなかったことだけは確かめられたのだった。

桂子は約束した猿沢の池のほとりで、青木を待っていた。池の波紋に枯れた柳の枝が細く揺れている。その隣りに同じ細い頼りなさで桂子の影が揺れるのを眺めながら、青木はまだ何も言っていないが、桂子は今日が二人の最後の日になることにもう気づいているのかもしれないと思った。その想像は当たった。

奈良公園へと繋がる坂道を上りながら、青木が「四月からパリに行くことになった。今日がだから最後なんだ」と言うと、

「わかってました」

落ち着いた声を返してきた。

「誰から聞いたんだね。パリに行くことはまだ大学にしか話していないが」

「パリのことは知らなかったけれど、今日が最後だってことは、三日前に奈良に誘って下さった時から気づいてました」

そう言うと静かな声のまま「エルザのため？」と尋ねてきた。

「どうしてそんな風に思うんだ」

「元日以来、エルザも私を避けているみたいだし、先生もそうだったから」

青木はそれを否定しなかったし、桂子もそれ以上何も尋ねてこなかった。道路沿いの石垣の上に寝そべった鹿の群れが、肩の間に距離をおいて歩いている二人を無言で見守っていた。「さっき一人で散歩している時餌をやったら手を咬まれそうになって。でも可愛かったわ」普通の娘と変わりないはしゃぐような声で言い、それからその日別れる

まで、いつもと変わりない声と顔で通した。

「前からずっと聞きたかったことがあるんです。先生の子供の頃のこと……先生はどんな子供だったのかなって」

公園を特別な目的もなくぶらつきながら、桂子はそんなことを尋ねてきた。

「どんな子供だったと思う？」

「そうね、おとなしくて友達とつき合うより一人で絵を描いているほうが好きで。家族や先生や大人たちの目なんか気にしないで、いいえ、他の子供たちの目なんかも気にしないで、ただ自分の世界だけにひっそりと閉じこもっていて。でも本当は優しくて、困っている友達がいたりすると助けてあげたいと思うんだけど、それをうまく行動に出せなくて」

「まるきり正反対だよ」青木はいつも通りの声で笑った。「いつも他人の目ばかり気にしていた。自分の髪や目の色が違うからというだけじゃなくて、自分が友達や大人たちの目に優れた子供として映っているかどうかを絶えず気にしていた。絵が巧いことや成績がいいことに優越感をもっていたからね。それは、もしかしたら髪や目の色が違う劣等感の裏返しだったのかもしれないが。ただそういう所を表面に出したら損だともわかっていたから、表面上はあくまで温順《おとな》しいいい子として振舞っていた。友達にも優しくしたけれど、それは見せかけだけで、本当は、友達だけでなく大人たちのことも馬鹿にしていたし、嫌っていた。ちょっとでも誰かが気に障ることをしたりすると、一人で部屋に閉じこもって絵筆を画板に叩きつけながら、頭の中でそいつと喧嘩をしている所を想定してそいつを打ち負かして自分を慰めていた。いつも自分が一番だという意識があったから、絵のコンクールで賞が他の生徒にいったりすると、どうしたらそいつより自分の方が絵が上手いことを大人たちに認めさせられるか、いろいろな言葉を考えて頭の中で大人たちが肯くまで納得しなかった。もしそういう激しさをコントロールする力をもち合わせていなかったら、きっと自我意識の強い、野心的な、自分のためなら周囲のどんなことだって犠牲にできる冷酷な男になっていただろうね。いや、大人になってもそれは変わらなかったと思う。二十代からすでに画家としてのしあがってきたのも、才能だけじゃなくて、そういう性格のせいだと考えている。——その性格は今も変わっていないと思う」

ただ桂子に自分を忘れさせるために、自分をわざと悪く言っているわけではなかった。他人に語るのは初めてだったが、今日までずっとそう思ってきた。エルザに覚える安らぎもそのせいだろう。エルザはそういう性格を見ぬいていて、それでも自分を愛してくれているのだと青木は思っている。エルザはマイク・カールソンを裏ぎったことは何とも思っていない様子だったが、桂子を裏ぎったことだけは気にしていた。三度目に抱き合った時、「それは気にしなくてもいい」と青木が言うと、「あなたはきっと私が想像している以上に冷たい残酷な人だわ」胸の火傷の痕を労《いたわ》るように撫でながら、エルザはそう言ったのだった。少なくとも桂子と違って夢見ることなくエルザは自分を愛してくれている——

「今はわからないかもしれないが、会わなくなったら、きっと君にも僕のそういう所が見えてくるはずだよ」

桂子はその言葉に、「そうかもしれませんね」とだけ答えてかすかに笑った。

その時である。何気なく上方を見あげながら、「そう、きっとそうなる」呟きかけた言葉を青木は最後まで続けられなかった。奈良公園は興福寺という名高い寺の境内に繋がっている。その五重の塔の真下まで、いつの間にか二人は歩いてきていたのだった。

夕暮れが迫っていて、先刻までまだ天平の昔を思わせるような褪せた青みを残していた空は、墨色を滲ませていた。空よりも地上の方が闇が濃くなっていて、その中に、周囲の木々や伽藍《がらん》を押しつぶすようにして一際高く、塔は聳え立っていた。巨大な屋根が梁《はり》に闇を吸いつかせながら、段々に重なって空を突いていく。その屋根の重みに崩れ落ちそうになりながらもそれは、張りつめた緊張を支えにしてぎりぎりの均衡を保っている。

「どうかしたんですか」

桂子の声に我に返ると夕暮れの冷たさの中で首から背すじにかけて汗をかいていた。

「いや、奈良に来たのは初めてだったと言ったが……この塔に記憶がある。子供の頃、間違いなく一度、こんな風にこの塔を見あげたことがある」

そうだとすれば、それは歩くのもままならないほどの幼ない頃だったろう、幼ない頃誰かに連れられて……

夕暮れと塔の巨大さに飲みこまれ、青木は、本当に幼ない子供としてそれを見あげていた。時間が遠い記憶へと逆流し、何かを摑もうとするが摑みきれない。何かをはっきりと感じとりながらもそれが何なのかわからないいら立たしさを覚えながら、青木はただその巨大な一つの建造物を見あげ続けていた。

もう一度桂子が心配そうな声をかけてきたので、青木は「何でもない」と答えて歩きだしたが、その夕暮れの塔は頭から離れなかった。

二時間後、京都駅の新幹線ホームで二人は別れた。

「成田空港へは見送りに行きませんから、ここで見送ります。私は一台あとの列車に乗りますから」

二人で乗るはずだったひかり号がホームに滑りこんでくると、不意に桂子はそんなことを言いだしたのだった。やはり何気ない声だった。その何気なさのままで別れていきたいと言っているようだった。この最後のときも桂子の笑顔には幼なさと大人っぽさとがいり混ざっていた。そのどちらの顔でこうも何気ない別れ方を選んだのかわからなかった。「パリから手紙を書くよ」とか「君もパリに遊びに来ればいい」とか一言言えばこれが別れでなくなることはわかっていたが、青木はただ黙っていたし、何も言わなかった。客の乗降と騒がしいアナウンスの中で二分間はあっという間に過ぎ、発車のベルが鳴ったので、青木は列車に乗りこんだ。その時になって、桂子が、コートの下に白い大きな襟のついた紺のワンピースを、去年の秋に青木が「君にはそれが一番似合うよ」

と言った服を着ているのに気づいた。ドアが閉まり、二人をホームと列車に距《へだ》て、桂子がいつもの別れの挨拶と変わりなく小さく手をあげ小さく笑った顔は次の瞬間にはもう車窓の流れに消えていた。

座席に座った時、青木はもう桂子のことを忘れていた。一人になった瞬間、頭に焼きついていた塔の巨大さが、最前までの桂子の顔を飲みこみ、青木は新幹線の車中でずっとそのことばかりを考え続けた。

あの古城の絵、記憶にしみついていた暗い巨大な建造物、あれは城ではなくあの塔だったのではないか。五重の塔は他にもまだあるはずだが、間違いなくそれが二時間前に見た興福寺の塔だという確信が青木にはあった。言葉では説明できない何かが、その塔を見あげた瞬間、襲いかかるように自分の体のどこかに蘇ってきた……間違いなく、自分は幼ない頃誰かに連れられて、あの位置から同じ夕暮れ時に、あの塔を見上げている。誰かと言うなら、それは伯母夫婦しかないだろう。伯母夫婦は間違いなく一度、幼ない自分を連れてこの奈良へ来ている。ただそのことを伯母たちから聞かされたことはなかった。伯母たちは子供の頃の自分を連れてあちこちへ旅をしたようである。その頃の話を自分にするのが好きだった。それなのに奈良の地名だけはその口から聞いたことがない。伯母たちがただ忘れていただけなのか。

そうではない。伯母たちはわざと隠していたのだ。奈良に行き、誰に逢ったかを子供に知られないために……おそらく奈良に来てあの家の仏壇に飾ってあった写真の男に逢ったのだろう。自分たちが引き取った子供が順調に育っていることをその男に見せるために……輪郭は何一つはっきりしないまま、それは揺ぎない確信となって青木に襲いかかってくる。あの塔を見あげた瞬間に青木には幼ない頃の自分と石島清太郎とのつながりがやっと実感となったのだった。淡闇の中に黒々と聳えたった塔は、エルザから話を聞かされて二ヵ月半が過ぎ、やっと青木を、石島清太郎という男に、ベルリンに、ガウアーの強制収容所につなげたのだった。一九四五年の三月のある日、雪と泥にまみれた極寒のユダヤ人収容所で暗い産声《うぶごえ》をあげたのは、自分だったのだ——あの古い褪せきった写真に写っていた、死の収容所で奇跡的な生命を得た幼児の小さな顔は、間違いなくこの自分だったのだ。

青木が最終的にフランスに渡ってソフィ・クレメールに会ってみようと決心したのはこの時である。準備を万端に整えながらも、まだ青木の中に残っていた逡巡《しゅんじゅん》を、あの塔が押し潰《つぶ》し、消し去ったのだった。少なくともその点に関してエルザの所属している組織は嘘をついていない——新幹線の中で何度も腕時計をはずし、手首にかすかに残った火傷の痕に自分の記憶に一かけらも残っているはずのないガウアーの収容所を想い描いてみた。エルザから、ガウアー強制収容所の写真は一枚も残されていないが他の収容所と大差はなかったと聞かされている。鉄条柵、バラック小屋、いつも黒い煙をあげている焼却炉、鉤十字の旗——見たはずのない光景が青木の目に陰画の暗さに包まれながらも鮮やかに見えてくる。

青木は今別れたばかりの一人の娘のことをもう忘れ去っていることに気づき、そんな自分を自分が想像している以上に冷たい残酷な男なのかもしれないと思った。

その新幹線の中でも、半月が過ぎた今この飛行機の中でも、桂子のことは実際もう遠い昔の色褪せたアルバムの写真のようにしか思い出せなかった。昨夜も、東京のホテルで抱いたエルザのことだけが、生々しく今の青木の体に溢れている。エルザは青木より一日遅れて東ベルリンに戻ることになっている。ヨーロッパへと青木を追いかけるように。一日遅れて旅立つ彼女を、だが、青木は自分の方が追いかけてヨーロッパへと向かおうとしている気がしている。エルザの美しいカーヴを描く体の中には、青木がいくら手で摑んでも摑みきれないもう一本の曲線が隠されている。エルザの水色の瞳の裏には、青木がいくら激しい眼差しを向けてもとらえきれないもう一つの色が隠されている。だからこそ、青木はカンヴァスの中に未知の線を探り当てる時のように、いっそう情熱を駆りたてられるのだった。

青木は腕時計をはずした。この、そこだけ皮膚が青ざめているような火傷の痕は、ある数字を隠している。この手首がまだもっと細かった頃、本当に収容所で彫られた囚人番号を消し去るために焼かれたのだとしたら、いったいそれはどんな数字だったのだろう。青木が今からパリに向かおうとしているのは、もちろんエルザを愛したためだけではなかった。今の名前と石島清太郎という名とその囚人番号と——彼の人生をつなぐ一本の線を見つけたいためでもあった。ただ「母親に会いたいためだ」一月三日、アメリカ青年を空港へ見送りにいった帰路の電車の中でエルザに答えたその言葉だけは嘘だった。

　青木は、ガウアーで二つの国の血が混ざり合った子供を産んだという日本人の女に逢いたいと思ってはいなかった。いやたとえ逢いたいと願っても、その女に逢うことはできないのだ。何故なら、青木はもうその日本人の女が既に死んでしまっていることを知っているのだから。

「彼女はまだ生きている《エレ・タンコール・ヴィヴァント》」

　そう呟いたソフィ・クレメールのテープの声を青木は確かに聞いたが、その時すでに、その「彼女《エル》」というのが本当に日本人女性のことなのか、疑いを感じていた。ソフィが言った「彼女《エル》」とは、青木を産んだという日本人女性とは別の女のことではないのか。別の誰か――

　その、胸に小さく湧いた疑問は、その日の夕方横浜のホテルの喫茶室へエルザに会いにいった時確かめられた。あの時、観葉植物の陰の席にいたエルザをすぐには見つけられずにいた青木は、エルザが他の男と英語で話しているのを偶然立ち聞きしたのだった。

「彼の母親は既に死んでいるわ。そのことで嘘をつき続けるのは、私にはとても辛いことだわ」

　エルザの声にあった翳りとその言葉を青木の耳ははっきりと聞きとっている。やはりあの「彼女《エル》」というのは別の女のことだったのだ。自分を産んだという日本人女性はやはり既に死んでいるのだ。おそらくはガウアーの収容所で連合軍の手で救い出される直前にでも。エルザはあの時、テープレコーダーのボタンを何度もいじったが、そんなちょっとした小細工で、「彼女はまだ生きている」というソフィの言葉の「彼女」を青木に自分の母親のことだと思わせようとしたのに違いなかった。

その日本人女性は既に死んでいる。それなら、その後のマイク・カールソンの話は何の意味もないことになってしまう。「われわれは第二のアンネ・フランクを探し求めているのです」アメリカ青年が真摯な声で語ったその言葉も、青木に母親を探し出させるという話も、全部嘘だった。横浜港を見おろす公園で冬の夜の風に体をさらして聞いたあの長い話には何の意味もなかったのだった。意味があるとしたら、何故、彼らが、そんな嘘をついたかだけだ。何故彼らが、そんな大胆な嘘をついてまで彼を、ガウアーの収容所で生まれた子供をフランスに渡らせ、ソフィ・クレメールに引き会わせようとしているのか。第二のアンネ・フランクに仕立てるつもりなど全くないのなら、彼らは何故彼を必要としているのか。マイクやエルザのあの真摯な声と目までが嘘だとは思いたくなかった。確かに彼らは真剣に彼を必要としているのだ。彼らが口にしたのとは全く違う目的で――青木は成田空港からの帰路の電車の中で「そう、母親に会いたいからだ」彼がそう答えて、見せた微笑を、じっと見つめ返していたエルザの目を思い出した。彼がその嘘に気づいていることに、彼らの方ではまだ気づいていない。その時も、それからまた今日までの三ヵ月間、彼が騙されたふりを続けてきたのは、その嘘の理由を、彼らが自分をヨーロッパへとおびき寄せようとしている本当の目的を知りたかったからだった。マイクもエルザも「何の危険もないことを保証する」と言ったが、その嘘に、青木は何かの罠にも似た危険な匂いを感じとっている。それなのにその危険さは、エルザの眩しすぎる金色の髪が秘めた危険な香りと同じように彼を誘惑している。

　窓ごしの視界は、依然、夜のひと色に閉ざされている。この夜の行きついた所に、どんな運命とどんな罠が待ち受けているのかはわからない。ただたとえそれがどんな危険な罠であるにしろ、今度の旅は必ず自分の出生の秘密を解き明かしてくれるだろう。そうすればこの四十数年間、日本という国で日本人にはなりきれず半分は異国人として生きてきたこの四十数年間に一つの決着がつけられる気がしている。今までの人生を清算するためにも、彼は今からパリに向かおうとしている。彼の体に依然二つの影が棲《す》んでいる。顔も知らない父親と母親との影は、去年までとはまた別の無彩のヴェールで包まれている。その時刻、パリはまだ遠かった。飛行機は日本とフランスとの間の、目には見えない国境を越え、その遠い都へと夜を裂いて突き進んでいく。彼もまた自分の中の一つの国境線を越えようとしている。四十数年間、彼の体を父親の国と母親の国とに分けへだててきた一つの国境線を——

　青木はふと十数年前日本に戻るためにパリを去ったのがちょうど今頃だったことを思い出した。その最後の日にパリの町を濡らしていた音のない灰色の雨を。そうして理由もなくパリがあの時と同じ沈黙した雨で十数年ぶりの自分を迎えいれるだろうと思った。

日本はもう春になっていたが、パリの雨にはまだ冬の匂いがするだろう。その冷たさとともに一つの罠が自分を待ち受けているだろう。

三章　亡霊たち

一九四五年四月二十八日、土曜日、六日間にわたった攻防戦が終結し、ベルリンは敗滅した。町の路という路はすべて瓦礫《がれき》に覆いつくされ、ほとんどの建物は破片同然の残骸と化し、広くさらけだされた空を恥じるように灰燼《かいじん》が時おり風に舞いあがっては隠そうとした。その黒煙にも似た灰燼の中を、ソ連の戦闘機がまだその町に生き残っている部分がないかを探るように低く飛んでいた。瓦礫と死体の山をなめつくそうとするように。ソ連兵の軍靴が最後の息の根をとめるように死に絶えかけた町を荒々しい音で踏みつけていく。時々不意に静かになった町が退屈だというように銃声を気まぐれに放ちながら。

その銃声のあい間に、生き残ったベルリン市民が地下室から這い出そうとしては、ソ連兵の姿におびえ、再び地下室へと逃げこんでいく。ついひと月前までこの町でユダヤ人の演じさせられた溝鼠《どぶねずみ》の役を今度は彼らが受け継ぐことになったのだった。一人の狂人が夢見た帝国の、華麗な都となるはずだった町はその粧《よそお》いの途中であっ気なく葬られ、焼け焦げボロボロになった屍衣をまとわされ、黒い死臭を放っていた。わずか十回の空からの爆撃と六日間の市街戦があっただけだとは信じられない完全な潰滅《かいめつ》だった。焼け落ちた瓦礫からは余熱がふきあがり、この町がまだ死んで間もないことを物語ってはいたが、爆弾と砲火の嵐が突如遠のいた不気味な静寂の中で、ベルリンはもう遠い昔に死滅し、その後も長い歴史に侵蝕され風化しきってしまった廃墟のように見えた。

プラハではまだドイツ軍が最後のあがきともいえる戦闘を続けていたが、事実上、この冬から春に移り変わろうとする季節の中の一日が、第三帝国の終焉《しゅうえん》の日だった。市街戦が終結して二日後、四月の最後の日、月曜日、ベルリンに約束した勝利を与え損ねた狂人は自殺し、この狂人の重臣の一人だったゲッベルスは妻子を道連れにして服毒自殺した。第三帝国の象徴だった総統府の建物もまた残骸と化し、窓のかわりに爆弾の穴が虚ろな目で瓦礫の湖となったヴィルヘルム広場を見つめ、その夢の残骸の中で、十二年前首相になって以来、ドイツの象徴だった狂人はピストルで頭を射ちぬいて死に果てたのだった。

鉄道も地下道も破壊しつくされ、橋のほとんどが水中に没し、外からのどんな救援も期待できない孤立した島となってベルリンは不安と絶望のどん底で喘いでいた。

それから四十年余が過ぎ、今日ではもうそんな廃墟の俤《おもかげ》をほとんどベルリンで見ることはできなくなっている。町を二つに分かつ頑丈な壁に戦争はまだ色濃い影を残していても、四十数年のうちに当時を知る者にとっては奇跡としか呼び様のない復興をなしとげ、特に資本主義圏に属した西ベルリンは第二のニューヨークとも呼べるほどの文化都市としての繁栄を見せるようになった。高層ビルとネオンの燦きが敗戦の記憶までを拭い去り、今日西ベルリンに戦争の爪痕を探そうとすれば、それはただ一ヵ所、町のほぼ中央に位置する広い動物園の一画と対《むか》い合ったカイザー・ヴィルヘルム教会の建物にしか見つけることができない。あの敗戦の日の記憶を繁栄した町が決して忘れきらないように、その教会だけが当時のままの残骸同然の姿で保存されている。西ベルリンで、その教会の崩れ落ちた壁だけが今日の繁栄とあの日の絶望とを繋いでいる。

ブルーノ・ハウゼンは、いつも通りすぎるだけのその教会の前で西ベルリンに来て以来初めて足をとめた。前夜のまだ真冬のような寒さが嘘のような柔らかい陽ざしが教会の、四十年以上が過ぎてなお痛々しく生々しい壁の崩れへと降り注いでいるのにふと視線をとめたのだった。

その日のベルリンは実際奇跡と呼ぶしかないほどの美しい太陽に彩られていた。北緯五十二度三十一分に位置するこの町は四月の終わりまで冬の影を残すが、それまでまだ一ヵ月も待たねばならないというのにその日の陽の光にはすでに春の匂いがした。西ベルリンの街並は光と影とにくっきりと分かたれ、冬の沈黙を破って甦った光は、新時代を謳歌する高層ビルのコンクリートや古い歴史を誇る建物の煉瓦からいつも以上に自由な空気を抽き出し、町自体が今までとは別の美しさと活気の中に蘇ったように見えた。

カイザー・ヴィルヘルム教会の崩れた壁を、ブルーノが生まれるより前にこの町が受けた歴史的戦傷を、陽の光は優しく労《いたわ》っている。ブルーノは同じ太陽の光がもう一つのベルリンにも降り注いでいるのだろうかと考えながら、自然に足を、西ベルリンで一番賑やかなクーダム通りへと向けた。

通りを歩く人々の中にはコートを脱ぎ棄てた春らしい軽装の者も多く、時々空を見あげては自然がおそらくはほんのつかの間空に起こした奇跡を話題にしていた。ブルーノは交差点の前で信号待ちのために足をとめた。何の予感もなかった。今日もまた意味もなく街をさまようだけだと思いながら、わずかにいら立った目でぼんやり車の流れを見守っていた彼は、数秒後、運命がもう一つの奇跡を彼のために起こそうとしていることを知らずにいたのだった。

信号が青に変わり、道路を渡りきった所で、ブルーノはその足をとめた。交差点を大きく左折してきた車が信号機のすぐ近くに停まり、中から一人の背の高い男が降り立ったのだった。

彼と同じ年恰好だが、まだ東ベルリンの匂いを拭いきれず厚い野暮な外套を着こんだ彼に較べ、その青年は洗練されたスーツを気軽に着こなし、いかにも西ベルリンの町に似合った自由の匂いを長身に漂わせている。陽ざしと同じ金色の髪をし、車の運転手に明るい笑顔で二言三言語りかけた。英語だった。「ここでちょっと待っていてくれ」というような言葉だ。背丈や表情や、その英語からアメリカ人に間違いないとわかったが、ブルーノは最初いつものように人違いをしているだけだと考えた。

西ベルリンに来て三ヵ月が過ぎようとしているのに依然エルザの居所は摑めなかった。

去年の最後の日、あの雪の夜、身分も年齢も違いすぎる二人の越境者を乗せた車は、壁づたいに走り続けた後、国立図書館近くの病院の前で駐まり、彼はその病院にその後二週間入院して右脚に負った傷が癒えた後、動物園の裏手の古いアパートに一室を借り、まだかすかに痛む脚を引きずりながら、街をさまよい歩き、エルザを探し続けた。

彼が亡命を手伝ったホルスト・ギュンターとは病院の前で車を降りて以来会っていない。助手席にいた男に抱きかかえられるようにして降りたブルーノの手を、大物政治家は車の中から皺だらけの手を伸ばしてきてしっかりと握りしめ、礼の言葉を三度続けざまに言い、それからブルーノを抱きかかえていた男に向かって、この若者の世話を十全にするように、この若者の要求をできる限り聞きいれるように命じ、車と共に雪にかき消された町のどこかへ消えていった。

彼はその大物政治家がどんな理由で自由圏へと亡命したかには何の興味ももてなかったし、命令通りその後二日に一度は病院に顔を出し、彼の脚の傷を心配してくれた男が何者であるか、知りたいとも思わなかった。実直そうに背広をきっちりと着こみ、優しく笑いかけてきながらも灰色の目に観察するような冷たく乾いたものを残した男が、エドワルト・ヘルカーという名で四十少し前であることしかブルーノは知らなかった。何か政治的な組織の一員だという見当はついた。

普通、壁を越えた者は、まず特別な施設に入れられその後さまざまな手続きを経てやっと自由圏の市民になれるのだが、そういう面倒な手続きをすべて省き、ヘルカーはブルーノがまだ入院している間に新しい国籍と西ベルリンの市民権とを手に入れてきてくれたのだった。アパートを世話してくれたのもヘルカーだったし、そのヘルカーから退院したその日、ブルーノは西ベルリンでも半年は何もせずに暮らしていけるだけのマルクを受けとった。金はブルーノが要求したものではない。多額のマルクと引き換えに、ブルーノはギュンターの亡命についていっさい他言しないよう誓わされたから、いわばそれは亡命を手伝った謝礼だけでなく口どめ料を意味する金でもあったのだろう。

ギュンターの亡命は何らかの政治的な動きの背後で秘密裡に行われたものらしい。西ベルリンの新聞にはいっさい報道されなかったし、それはまた東側でもその亡命について口を噤《つぐ》んでいることを意味している。だがそんなことはどうでもよかった。

「一日も早くオーバーバウム橋での出来事は忘れるように」

執拗に同じ言葉をくり返すヘルカーにもう何度目かに肯きながら、ブルーノの方でも

「一日も早くエルザの居所をつきとめてほしい」と同じ言葉をくり返した。

ブルーノが相手に要求したのはそのことだけだった。そのためにだけオーバーバウム橋の上で生命を賭したひと芝居をうったのだった。

ヘルカーはブルーノが西ベルリンに来た最初の晩、「それは簡単に調べられるだろう」と言って病院を出ていったのだが、翌日の夕暮れどき困惑した顔で再び病院を訪れ、越境者や亡命者の名は当然こちらのさまざまな書類に残ることになるのだが、この一年間のどの記録を調べてもエルザの名は見つからないと言った。

「どういうことですか」

思わずそう叫んだ彼を、ヘルカーは微笑と「落ち着きなさい」という言葉とでなだめ、「可能性は四つある」と言った。

「まず彼女が偽名を使った場合——ただし記録には写真も残っているから、昨日君から借りた彼女の写真とつき合わせてみてみたが、……」

それ以上の言葉は首を振るだけで伝え、

「次は彼女が壁を越える前に捕まり投獄されている場合だ。その場合でも家族やもちろん君たちが何も知らされていない可能性は充分ある」

ブルーノは首を振り、西ベルリンからの彼女の手紙を受けとっているから壁を越えるのに成功したのは間違いないと言った。

「それなら三つ目の可能性だが——。彼女はこの西ベルリンに確かに来たのだが、新国籍をまだ申請していない場合だ。何らかの理由で彼女が西ベルリンへ逃亡してきたことをまだ秘密にしておく必要があるのだとすれば」

ヘルカーの言葉を遮ってブルーノは首を振った。そんな理由があるとは考えられなかった。エルザはただ自由圏の一人の男を愛し、その愛のためにだけ壁を越える危険を冒したのだ。

「四つ目の可能性というのは？」

ブルーノの質問にヘルカーはすぐに答えるのを渋って時間を稼ぐように窓辺へと行き、

しばらく意味もなく窓に流れる雪を眺めていたが、やがてふり返り、「彼女がこちらに来て間もなくに死亡した場合だ」事務的な声で言った。ブルーノは顔を歪め、首を振った。橋で受けた弾丸は脚の骨をかすめていて、一日が経ちいっそう痛んだが、死という言葉はそれ以上の痛みを彼に与えてきた。

「いや、それはただの可能性に過ぎないのだよ」

ヘルカーはそう言って彼をなだめ、二日後に再び病院を訪れると、「この一年の変死者の記録を全部当たってみたが、彼女に該当するものはなかった」と言って彼を安心させた。

「彼女がまだ新国籍を有していないというのはむしろ君には幸運なことなのかもしれない。パスポートも身分証明書も手に入れられないのだし、彼女はまだこの町のどこかにいると考えてもいいわけだから」

この時ヘルカーは微笑みながらも、「ただこの人口百九十万人の町からたった一人を捜し出すことはなま易しいことではないがね。自由というのはこういう時厄介なものでね。東のように人間の地図が区画整理されていない町だから」眉をひそめて言ったが、その言葉どおり三ヵ月が過ぎた今も、エルザが確かにこの町に来たという痕跡すら見つかっていない。ヘルカーは方々に手を尽くして捜索を続行してくれているらしいが、ブルーノは退院後、自分でも捜索を始めた。

捜索といってもブルーノにできることは、一日中まだ痛みの残った足を引きずりながら街をさ迷い歩き、エルザと出遭う偶然の機会を待つことだけだった。西ベルリンで一番人通りの多い中心街のクーダム通りを何度も往復しては、東からもってきたただ一つの物、エルザの写真を通行人の一人一人に見せて、「この女性を知らないか」と、もう何万回と同じ質問をくり返した。夜は夜で若者たちの集まる盛り場を歩き、ヘルカーから「あの辺りは危険だから近づかない方がいい」と言われたクロイツベルク地区にも足を踏み入れた。中心街のクーダム通りから大して離れていないのにトルコ人などの外国人労働者が住みつき、一種雑居地区の様相を呈したその地区は、また芸術家志望のヒッピーや彼が噂でしか聞いたことのないパンクと呼ばれる奇怪な服装をした若者たちの吹き溜まりとなっていた。金属の突起を飾りにした黒いレザーの光や、ペンキを吹きかけたような髪のどぎつい色彩が、見知らぬ獣のそれのように酒場のネオンが渦巻く中に集まり、流れ、蠢《うごめ》いていた。

高層ビルや最新型の車の流れや歩く人々の洗練された服装を誇るクーダム通りが文明の陽画とするなら、異民族の音楽が流れ、無国籍の夜の中に麻薬の匂いのたちこめたクロイツベルクはいわばその陰画だった。自由という言葉を裏から覗くと、そんな頽廃にも似たざらざらした陰画しかないことに、ネオンの色にも自由という言葉にもまだ慣れていない彼は、一種、恐怖に近いものを覚えた。

しかし、どのみち自由など彼にはどうでもいいことだった。ブルーノ・ハウゼンは依然、鉄の鎖に繋がれていた。わずかでも身動きすれば体の肉や心臓を抉《えぐ》るように食いこんでくる重い鉄の鎖が、彼をエルザ・ロゼガーに、そのブロンドの髪や白い輝くような体に、彼女が最後に見せた微笑に、あの時の冬枯れた菩提樹の枝に縛りつけていた。ブルーノは自分が本当に自由を手に入れるとすれば、それはこの町の無数の顔の中からエルザの顔を見つけ出した瞬間からだと考えていたし、そのためにだけ重い鎖を引きずりながら、何度もクロイツベルク地区の危険な夜へと足を踏みいれ、若い娘たちの奇怪な化粧の裏に、エルザの顔を捜そうとしたのだった。

彼が見せる写真をパンクの連中たちは蔑んだ目で無視するだけだったし、一度などは黒光りするレザーのグループにとり囲まれ、路上に叩きのめされたこともある。彼らは野暮な外套をまとった彼を笑い声でからかうだけでは足りずに、彼の手からエルザの写真を奪いとると破ろうとしたのだった。奪い返そうとし反射的に彼はその若者に突進していき、次の瞬間には顎を思いきり殴りつけられ、石畳の上に倒れていた。若者の手にナイフが握られていた。その、今にも自分の生命へと襲いかかってきそうな危険な光が、しかしブルーノには不思議に怖くなかった。そうして恐らく彼が無言の静かな目で見返し続けたからだろう、鶏のとさかのように赤く髪を盛りあげた若者は、悪態をつき唾を彼の顔へと吐きつけると、写真を投げ棄て、変わり身の早い蝙蝠《こうもり》のように逃げ去ったのだった。屈辱感も惨めさも、恐怖すらもなかった。ナイフが光った瞬間、彼は自分のエルザへの愛が生命と引き換えにできるほどのものだと確認し直しただけだったし、頬を伝い落ちる唾を、エルザを見つけ出すまでは自分が流してならない涙だと考えただけだった。そして翌日の晩には再びその危険な地区へと向かった。

それなのに、彼のこれほどまでの情熱を無視して日々は無駄に流れすぎ、エルザと別れた日から数えると既に一年が過ぎようとしている。

街でもう何度も彼は若い娘をエルザと見間違え、心臓の動悸を高鳴らせている。同じようにまた背の高い金色の髪をしたアメリカ人の青年を見かけるたびにそれが彼からエルザを奪いとっていったあの男だと思えて足と目を停めた。あの男とはエルザの部屋への階段の途中で一度視線を交えただけである。思い出そうとすればするほどその顔は記憶の闇に逃げこむし、さらにブルーノにはアメリカ人の顔はどれも同じように思える。「エルザをどうしたんだ」アメリカの青年を目にするたびにそう声をかけ、もう何度、馬鹿にしたような目と失笑と怒りとを浴びせられたことだろう。

だからその奇跡のように美しい太陽の輝く昼さがり、クーダム通りの交差点で、その青年を見た時も自分はまた人違いをしているだけだと考えたのだった。しかし、それは最初の一瞬だけだった。次の瞬間には二メートルほど離れた所にあるその顔と記憶の中の顔とが火花を散らすようにぶつかり合い、ブルーノは間違いないと胸の中で呟いていた。

男の方は彼には気づかず、車を待たせたまま交差点の角に建ったルフトハンザ航空のビルへと入っていった。やっと偶然の機会が訪れたのだった。ブルーノは半分の興奮と、半分は自分でも信じられないような冷静さを同時に覚えながら、すぐにその男の後を追い、澄んだ光に溢れたガラスのドアから中へ入った。

男はカウンターの一ヵ所に近づいた。

「――ですが、さっき電話で予約した航空券を――」

流暢なドイツ語でカウンターの中の女性に語りかけた。名前の部分が聞きとれなかったが、その航空券がすぐに見つからなかったのが幸いした。女性は棚の中を探しながら、三度彼に名前を問い直し、そのたびに、「マイク・カールソンです」と答える男の声がはっきりと一メートルほど離れて背を向けたブルーノの耳に届いた。

やっと見つかった航空券を代金と引き換えに受けとると、青年はすぐに出ていった。ブルーノはその後を追おうとしたが、慌てたためか近くに立っていた男とぶつかり、男の手にしていた上着が床に落ちた。それを拾いあげる余裕もなく、「すみません」とだけ言って、ガラスの扉から跳び出したがその時にはもう、アメリカ青年が乗った車は追跡が不可能なほど遠ざかっていた。

「今、航空券を受けとっていったカールソンさんの住所か電話番号がわかれば教えてもらいたいのですが」

航空会社のカウンターに戻り、そう尋ねると、細い目をした女はその目に警戒の色を浮かべ、表情を硬《こわ》ばらせた。

「どんな理由で？」

「今、それを説明している時間はありません」

女は無言で冷たく首を振った。彼の貧しげな身なりに不審感を抱いているらしい。

「それなら、彼がどこ行きの切符を買ったかだけでも」

今度も女は厳しい顔で首を振っただけだった。適当な嘘でその女の貝のように固い口を開かせようとも思ったが、ブルーノは考え直してカウンターを離れた。カールソンの乗っていた車はタクシーではなかった。車のナンバーを憶えなかったのを多少後悔はしたが、ともかくマイク・カールソンという名前はわかったのである。ヘルカーに頼めば、アメリカ大使館にでも問い合わせてくれその名前からだけでも簡単にカールソンが何者かは判明するはずだった。

彼は近くのカフェに入り、ヘルカーに電話を入れた。その電話番号が町のどこに位置しているのかブルーノは知らないし、知りたいとも思わなかった。ただいつも中年女らしい嗄《しわが》れた声が電話に出て、ヘルカーにとりついでくれ、そうすればブルーノの困っている問題をヘルカーが簡単に解決してくれるのだった。

「今は連絡がつけにくいので、一時間後にもう一度電話を下さい」

女の声がいつも通りの事務的な口調で言った。彼はカフェの隅に座り、焦ることはないと何度も自分に言い聞かせながら、光に彩られた街路を眺めていた。その日の光が、数分前起こった奇跡の予兆だった気がしている。そう実際、焦る必要がどこにあるだろう、この三ヵ月に較べれば、いやこの一年に較べれば、一時間など一瞬の短さなのだ。あの日雪の上に倒れ国境線へと必死に伸ばした手は、やっとあともう少しの所でエルザに届こうとしている——ブルーノは通りを眺め続ける。三ヵ月で初めてゆっくりと眺める街は、写真で見たニューヨークと似ていた。彼が東ベルリンで住んでいた所と十キロも離れていないはずなのに華やかな祭りを思わせるその通りは遠い異国と変わりないのだった。そして三ヵ月で初めて彼は、数分前の小さな偶然のためだけでもこの街を愛せそうな気がしていた。

正確に一時間後、彼はもう一度カフェの奥の電話ボックスに入った。女の声は今度はすぐにヘルカーと代わった。

「あのアメリカ青年を見つけたんです。僕からエルザを奪った――ルフトハンザで航空券を買っていました。マイク・カールソンという名前しかわかりませんが、名前だけでも調べがつくでしょう」

短い沈黙。

「わかった。一時間もしたらこちらから電話を入れるから、部屋で待っていてくれないか」

いつも通り事務的に言うと電話は切られた。ブルーノはヘルカーの電話での声と話し方が好きではなかった。最小限の言葉で用件を伝え、いっさいの無駄を省略した喋り方は、患者に癌を宣告する医師の声を連想させ、聞く者を病人になったような気にさせる。だがその声が一時間後には彼が知りたがっていることを全部教えてくれるのだ。ブルーノはカフェを出た。クーダム街はもうところどころに灯を点している。午後の美しい光をかすかに残して、薄いカーテンをそっと閉じるように夜が始まろうとしていた。——セーヌに灰色の帳《とばり》がおりてきた。予想していた雨は降っておらず、パリは春が近いことを告げる優しい陽ざしで十数年ぶりの青木を迎えいれたが、午後の光を断ちきって突然降りてきた暮色にはまだ冬の冷たさしかなかった。

　青木はいったんソルボンヌ大学に近いサンジェルマン通りの三つ星のホテルに落ち着いてから、散歩に出てきた。明日の朝までは何もすることがない。すべては明日の午前十時ルーヴル美術館から始まることになっている。「サンジェルマンのホテルが既に予約してあるわ。あなたはただ到着した翌日の朝十時にルーヴル美術館へ行ってくれればいいの。あなたがいつかルーヴルの中で一番好きだって言ってたあの絵の前で待っていれば、私たちの仲間の一人が近づいてきて、次の行動を教えてくれるわ」出発前にエルザからそう指示を受けている。実際には組織が発した指令で、エルザはそれを青木に伝えただけなのだろうが、ともかくその指令通りに行動する他なかった。

　この数年のパリはアメリカ文化に塗りつぶされかかっていると聞いていたが、パリで一番若い自由の息吹きが感じられる学生区《カルチエ・ラタン》にも英語とニューヨークの色彩が忍びこみ、そのぶん古いパリは押しせばめられていて息苦しさがあった。十数年前目立ったヒッピーの群れは今はパンクの過激なファッションに変わり、自由はただの猥雑さになっていて、パリもまたニューヨークや東京と似た町になりかけている。それでも昔と変わりないたたずまいを見せる本屋に立ち寄っただけで、彼はセーヌ川に出ると左岸沿いに、川の流れと逆の方向に歩いた。

左手にセーヌの中央に大きく浮かんだシテ島が見える。シテ島には、裁判所や警視庁の古い建物と共に、ノートルダムがある。八百年前に建てられたその大聖堂は西陽を撥ね返し、パリの歴史のすべてを自分だけが担ったように誇らしげに聳えている。その大伽藍もセーヌの流れも昔と変わりないはずなのに、学生区に時代の推移を見すぎた目には懐しさがうまく湧きあがってこない。空を圧している寺院の巨大さに、青木は奈良の興福寺のあの塔を思い出しただけだった。それでも夕暮れが灰色の帳をおろす頃になると、セーヌの流れは十数年の歳月を消し去り、青木にあの当時のまだ若かった眼差しが戻ってきた。

三十分も歩くと、トゥルネル橋と呼ばれる橋まで来た。シテ島とつながるように浮かんだサン・ルイ島の真ん中へとかかった橋である。彼はその古風な美しい橋を渡り、サン・ルイ島を横ぎり、さらに右岸へとつながるマリー橋を渡り、その橋の下へ降りて空を見あげた。東京と違ってパリはいろいろな場所からいろいろな空が見えるが、彼はその橋の下から見あげる空がいちばん好きだった。光に溢れた日でも雨に濡れた日でもそこから見あげる空は繊細なガラスに似ていて、そのガラスを通して、彼が知るはずもない遠い昔のパリが見えてくる。何故かいつも自分が生まれる以前から体にしみついていたような郷愁が湧いてきて、当時はその郷愁を絵にしようと、毎日のようにカンヴァスをもってきては何枚もの絵を描いたものだった。十数年ぶりにその橋の下から見あげる空は、当時と少しも変わることがなく、淡闇《うすやみ》をさまざまな濃淡に塗りわけ、無彩のステンドグラスのようだった。その空がもっている不思議な郷愁と、十数年前の思い出とを、二重に喚び起こしながら、彼はしばらく、この国を訪れた目的も忘れ、その空に見惚《みい》っていた。目的？　だがその目的とは何だろう。彼はまだ自分が何故この国へと呼ばれたのか、エルザが、マイク・カールソンが、その背後にいる人間たちが、何故自分をこの国へと呼んだのか、その本当の目的は何なのか、知らずにいる。母親の死を知っていながら、彼らが母親が生きていると彼に信じこませ、母親を捜させるという理由で彼をこの国へと呼び寄せた本当の目的とはいったい何なのだろう――部屋に戻り一時間が過ぎてもヘルカーからの電話は鳴らなかった。窓にはもう夜が濃密に貼りついている。昼間の陽ざしが、つかの間の幻影に過ぎなかったかのように夜は真冬のような暗さと冷たさとでベルリンの町を閉ざしていた。ストーヴが壊れかかっているのかしきりに耳障りな音をたてる。ブルーノが調べてみようとストーヴへと屈みこんだ時、ドアにノックがあった。電話ではなくヘルカーは詳しい話をするために直接訪ねてきたのだ、ブルーノはそう考えてドアを開けた。

見知らぬ男が廊下に立っていたがそれに特別な不審も覚えなかった。男が帽子の庇《ひさし》と丸眼鏡とで目を隠すようにしていたことにも。髭が顔の下半分を覆い隠していたことにも。以前もヘルカーは二度ほど自分の代わりに使いの者を寄越している。

「ヘルカーさんの使いの人ですか」

そう尋ねた彼の顔を、男は二、三秒無言のまま眼鏡ごしの上目遣《づか》いで見ていたが、やがて短く「そうだ《ヤー》」とだけ答えた。小動物を連想させる気弱そうな目をし、その目とつり合った小柄な体をしていた。ブルーノはその男を中に入れ、食卓用の木の椅子をすすめた。

男が革の手袋をとってテーブルにかけた右手にブルーノは目をとめた。人さし指に双頭の蛇を象《かたど》った真鍮の指環がはまっていて、その指環を前にもどこかで見た気がしたのだ。だが、その時鳴った電話のベルが、それがいつどこでだったかを思い出す余裕を彼に与えなかった。

「失礼」

と言ってベッドの枕もとの電話をとると同時にヘルカーの声が耳に流れこんできた。ヘルカーは「ブルーノだね」と確認すると、即座に用件に入った。いつものように最小限の時間で最大の効果をあげようとするように。そのためにブルーノは「今、ちょうど使いの人が来た所です」と言う機会を逸した。

「マイク・カールソンについて調査する必要はなくなった。君がマイクを調べてくれと言ったのはエルザの居所を知りたいからだろう。エルザがどこにいるかわかった」

「どこです」ブルーノは叫びに似た声をあげた。

「実は君から電話がかかってきて五分後に偶然情報が入ったんだ。今まで時間が掛ったのはその情報を確認していたからだ。それを聞く覚悟をしてほしい。私も驚いたが、君はもっと驚くに違いないから」

「大丈夫です」

そう言ったが、声がかすかに慄えた。死という言葉が頭をかすめた。

「あの時エルザがこの西ベルリンの記録のいっさいに名を残していない理由を四つ考えたね。だが、私たちは五つ目の可能性を忘れていた」

「何ですか、それは。早く教えて下さい」

「エルザが君に嘘をついた場合だ」

「嘘？　何のことです」

「エルザは君に壁を越えて西へ逃げると言った。それが嘘だったんだ。エルザは東ベルリンにその後も残っていたらしい。そしてしばらくして大学からニホンへ留学した。正規の手続きをとってね」

「嘘です」

それこそが嘘だとしかブルーノには思えなかった。

「だったら――それなら彼女は何故西ベルリンから手紙を送ってきたんですか」

「西ベルリンにいる誰かに頼んだんだろう。それぐらいのことは簡単にできる」

「何故そんな真似をするんです。何故僕にそんな嘘を言う必要があったんです」

理由がなかった。そして理由がないことこそ、ヘルカーの言葉が嘘である証明のようにブルーノには思えた。

「理由はわからないが、この情報は確実なんだ。もっと早くその可能性に気づいていれば、もっと早く調べられたんだが。私もまさか大前提に嘘があったなどとは想像できなかったからね。これから言うことは、今となってはむしろ君には残酷なだけかもしれないが、近々彼女はニホンから帰ってくるそうだ。もちろん残念ながら東ベルリンへと。もしかしたら今頃ちょうど飛行機の中かもしれない。これは忠告だが、こうなった以上、君は一刻も早く彼女のことを忘れた方がいい。せっかく西の自由を得たのだから、その自由を精いっぱい享受して幸福に暮らした方がいい。仕事は私が紹介する。どんな仕事でも君の望みどおりに」

ヘルカーはその後、明日にでも会ってまた詳しく話し合おうと言い、彼が茫然として何も返事ができずにいるうちに電話を切った。電話が切れたことを遠い意識で感じとりはしたが、ブルーノはまだ受話器を耳に押しあて、ヘルカーが突然笑いだし今の言葉は全部君を騙すための冗談だと言いだすのを待っていた。嘘だ、悲鳴に近い声が胸を裂き続ける。

ストーヴのたてるすりきれた音がやっと耳に戻ってきて、ブルーノは受話器をおくと客があったことを思い出した。

「今の電話でヘルカーさんからもう話は聞きました」

テーブルに戻りそう口にしてから、彼は自分の馬鹿げた間違いに気づいた。電話をかけてきたヘルカーが使いの者を寄越すはずがない——

「あなたは本当にヘルカーさんの使いなんですか」

男は戸口で見せたのと同じ無言の上目遣いでブルーノの顔を見つめ、それから今度は小さく首を横に振った。唇の端を捩《よじ》り、ブルーノの間違いを馬鹿にして笑ったように見えたが、頬を覆いつくした髭がその微笑を飲みこんで顔全体としては無表情のままだった。

「私はヘルカーとは何の関係もない。ヘルカーとはエドワルト・ヘルカーのことかね」

ブルーノは肯き、「だったらあなたは誰なんだ」と尋ねた。男はそれには答えず、

「君は英語を話せないか」

と訊いてきた。眼鏡と髭とで年齢はまったく摑めないが、口調には年下の者を見下す傲慢さがあった。ただ眼鏡のレンズごしの上目遣いの目は、小鼠のような臆病さが覗いていて、それが口調の傲慢さを消し、ブルーノはあまり不快な感じは受けなかった。ブルーノは首を横に振り、

「フランス語なら少し喋れる」

と答えた。

「だったら私の下手なドイツ語で我慢してもらうしかないな。私はルフトハンザ航空からこの部屋まで君の後を尾《つ》けてきた」

その言葉でブルーノは思い出した。ルフトハンザ航空でマイク・カールソンを追いかけようとした時、すぐ背後に立っていた一人の男とぶつかった。顔は見なかったが、床

に落ちた上着へと男の右手が伸び——その人さし指に真鍮製の蛇がからみついていたのだ。

「だったらあの時——しかし何故？」

男はその質問を無視し、「寒いな、この部屋は」と呟き、立ちあがるとゆっくりと歩きまわりながら、さり気ない手つきで簞笥の上の箱を開けたり棚の上の本の頁をくったりして部屋を点検した。ブルーノはただじっとして、男の返答を待った。

「君は、カールソンについて知りたがっていた。場合によっては、カールソンのことを全部教えてやってもいいと思っている」

ベッドの毛布の埃を払うような手つきをしながら背中を向けたまま、男は言った。

「場合によっては、というと？」

「君が何故マイク・カールソンを捜しているか、それからエドワルト・ヘルカーとの関係を正直に喋るならだ。実は既にこの部屋の家主から大体の話は聞いたが、君自身の口からもっと詳しい話を聞きたい」

一階に住む家主のシュミット夫人は今年六十六になる戦争未亡人で、夫だけでなく家族のほとんどを戦争でなくし唯一の血縁だった甥とも壁が築かれて以来一度も顔を合わすことなく孤独に暮している。その甥の代わりのつもりなのかブルーノをひどく可愛がってあれこれ世話をしてくれ、ブルーノが恋人を追って命がけで壁を越えてきた話にも深い同情を寄せていた。

「これが君が捜している娘だな」

ベッドの枕もとには、ヘルカーに頼んで複写してもらった写真の一枚が飾ってある。それを手にとって男は言った。ブルーノは一分近く迷った末、男の言う通り全てを素直に話す方を選んだ。ヘルカーはマイク・カールソンのことを調べる必要はなくなったと言ったが、依然ブルーノは自分からエルザを奪っていったそのアメリカ青年には単なる興味以上のものを抱いている。認めたくなかったが、ヘルカーが言ったとおり、エルザが嘘をついたというのならその理由をカールソンなら知っているはずだ——そうしてブルーノは三十分後にはウンター・デン・リンデンで突然エルザが別れを告げた時から今のヘルカーの電話の内容まですべて真実を話していた。たった一つ、オーバーバウム橋で大物政治家の亡命の手伝いをしたことを除いて。壁を越えた方法については、それを専門の仕事にしているプロの輸送業者に一千マルクを払ってトラックの荷物に潜んで越えたと嘘を言い、ヘルカーについては遠い血縁だと嘘を言った。

男は目の臆病さを細心の用心深さに変えてブルーノの話を、単語の一つ一つまで点検するようにして聞き続け、話が終わってからも長い間無言でブルーノの話をもう一度頭の中で反芻《はんすう》しながら点検をくり返している様子だったが、やがて、

「ヘルカーのことについてはもっと重要なことを君は隠しているようだ」

と言った。ブルーノは返答につまったが、

「まあそのことはいいだろう。今から私の話すことを聞けば、君はそのことについても

真実を喋る気になるだろうがね」

　男はそう言って再びかすかに笑った。

「どういうことですか」

「君は、そういう事情ならマイク・カールソンを憎んでいるだろうな」

　唐突な質問に、ブルーノは数秒ためらった後はっきりと肯いた。

「それなら、エドワルト・ヘルカーについても憎むことになるだろうからね。――煙草をもらうよ」

　男はそう言うとテーブルの上においてあった煙草の箱から一本を抜きとり火をつけ、煙を吐き出しながら、

「ドイツの煙草は皆ナチの匂いがする」

　そう呟き、この時初めて無表情だった顔が笑顔に崩れた。まるでその褐色の煙ほど自分が愛しているものはないと言うように。真鍮の蛇はその二つの舌で指にはさまれた煙草の吸い口を嘗《な》めているように見えた。ブルーノは自分の生まれる以前の歴史に登場するその政党について大した知識はなかったが、その真鍮の蛇に鉤十字を連想した。その指環があのナチ将校の軍服とひどく似合うように思える。第三帝国の崩壊後もナチの信奉者は後を絶たないと聞いたことがあるが、この男もその一人だろうか――

　いや、ブルーノは頭をかすめたその考えをいったんは否定した。この一年間のことを話して聞かせていたうちに、ブルーノは男の顔の大きな特徴に気づいている。鼻がいか

にもユダヤ人らしい鉤鼻だった。ユダヤ人だということは間違いない。ナチの被害者だったユダヤ人がナチを信奉することなどありうるだろうか。いや――彼はその考えをまた否定した。ありうることだった。鼻だけは隠しようがないとはいえ、眼鏡と髭とで顔の他の部分は隠しているので、逆にその鼻だけが異常に目立ってしまっている。眼鏡と髭は顔を隠すための変装らしいが、それはただの変装というより、鼻を人目に強調するためのようにブルーノには見えてきた。その鉤鼻で自分がユダヤ人であることを強調するために――ユダヤ人であることを何かの隠れ蓑にするために……

「そういえば君はルフトハンザで、カールソンがどこ行きの航空券を買ったかを知りたがってたね。彼は明日の午後の便でリヨンに旅立つことになっている」

男はポケットの中から航空券をとり出しブルーノに見せた。

「君も客を装うべきだったね。君の質問に答えるのを頑固に拒んだあの女も、客として航空券を買った私にはひどく愛想がよかったよ。私は君の後を尾けてこの部屋を確かめておいてからルフトハンザのビルへ戻って、あの女にこう言ったんだ――私はさっき航空券を買ったはずのマイク・カールソンの友人だが、同じ便に乗る約束をしてある。同じ便の搭乗券を至急用意してくれないか。いや隣りの席でなくてもいい。私は禁煙席がいい――」

「あなたもカールソンを追っていたんですか」

「そう。ニューヨークからずっと。ところが今日ルフトハンザのビルで私の前に突然もう一人あいつを追っているらしい若者が現われたというわけだ」

「カールソンというのは何者なんです」

「さっきルフトハンザの女に言った言葉は嘘じゃない。カールソンは去年の末からの私の友人だよ。もっとも彼の方がそう信じているだけだが」

男は腕時計を見ると、

「そろそろ、君とヘルカーの関係について本当のことを話してもらおうか」

「――――」

「心配はないんだ。今から話すことを聞けば、君はヘルカーよりも私の方を信じなくてはならなくなるだろうからね。ヘルカーが今の電話で言ったこと、君の愛する娘が君には嘘をついて東ベルリンから日本へ留学し今また東ベルリンに戻ろうとしているというのは本当だろう。だが、どうやら君はヘルカーに騙されているらしい。君の愛する――そう、エルザ・ロゼガーという名だったね、彼女について今の電話でヘルカーが言ったことは恐らく真実だろうが、ヘルカーは彼女の居所をもうずっと以前から知っていたはずだよ。彼女だけでなく君の憎むべきアメリカ青年、マイク・カールソンの居所もね。ただ君にはそれを隠していたんだ」

「どうして？」

「エドワルト・ヘルカーがマイクの居所を知らないはずはなかったんだ。ヘルカーとマイクは仲間同士なんだから。もうずっと以前からね」

「仲間？」

「そう、たぶん、君の愛するエルザもだ」

男は短くなった煙草をまだ大事そうに吸い、相変わらずその褐色の香りに酔い痴《し》れるように機嫌よく笑っていたが、ふっと真面目な表情に戻って口を開いた。その一瞬、男は不思議な目をした。天を見あげ神に祈りを捧げるような目の光、熱っぽい何かに憑《つ》かれたような、そう、狂信者に似た目。その目と共に唐突に男は言った。「ところで君はもちろん、総統アドルフ・ヒトラーを知っているね」——学生区《カルチエ・ラタン》に戻り、十数年前にも何度か入ったことのあるセルフ・サービスのレストランで食事をしている時だった。青木はふと誰かの視線を背中に感じてふり返った。だが、それらしい目はどこにもない。客は連れと喋っているか、一人うつむいて黙々と食べているか、どちらかだった。ただ彼があまり執拗に背後をふり返っていたせいだろう、すぐ後ろに座っていたアルジェリア人らしい若者が顔をあげ、二、三秒不思議そうに彼の顔を眺めた。

青木はその目が、「この男は東洋人なのか、西洋人なのか」と考えている気がした。日本にいる間は、人の視線は彼の顔から西洋の血を探り出そうとし、こんな風に異国に出れば、人は彼を東洋人だと見ようとする。外国人ばかりの目に囲まれると、日本にいるときとは逆に自分が日本人であることを意識させられた。褐色の髪と碧《あお》みがかった目に実は黒い翳りがあることを、日本にいる時には白人のように見える皮膚に黄色い翳りがあることを。彼は十数年前と変わりなくこのパリで、自分が二つの世界をさすらっている蝙蝠のような気がしていたが、この蝙蝠はどちらかというとこんな風にヨーロッパ人の視線に囲まれた世界の方が安心できた。日本で育ち、日本の風習の全部を身につけ、鏡を見る時以外は日本人として暮らし、何より自分を日本人だと思いたがっている彼は、西洋人の茶色や青や灰色の目には自分がより日本人として映っていることにホッとするのだった。

ついさっき、背中に感じたのは、だが、そういう類の目ではなかった。もっと危険な、もっと冷たい、突き刺すような視線だった。誰かが自分を監視している、そう感じた。その感じは、レストランを出て、闇に包まれたサンジェルマン教会の柵沿いに歩き、細い路地へと曲がり、ホテルに戻るまで続いた。誰かに後を尾けられている、そう感じて何度も背後をふり返ったが、夜の静寂の中にそれらしい人影はない。いや、ホテルに帰り、古い黒褐色の床や石の壁に歳月のしみついた小さな部屋に入ってからも監視されている気配がつきまとっていた。疲労と十数年ぶりのパリの空気に神経が高ぶっておかしなことを考えるのだ、そう思いながらも、彼は三階の部屋に入ると灯をつけず、窓辺に近寄り、カーテンの透き間から外を覗いた。だがやはり何もない。無関係そうな通行人と野良犬と、斜め前の酒場の扉の前に、毛皮を羽織った下からどぎつい色彩の衣裳を覗かせた若い女が立っているだけだった。女は酒場に客を引きこもうとして通行人に声をかけている。酒場のネオンが、石畳に落ちた夜の影を、そこだけ赤く濡らしている。

壁はコンクリートの厚い刃となってベルリンの夜を二つに大きく断ち切っている。その壁がある限り、ベルリンの夜が一つに繋がることはないのだ。同じようにエルザと自分が繋がることも――

ブルーノは鉤鼻の男が部屋を出ていった後、三十分もすると部屋の中でじっとしているのに耐えられなくて外に出てきた。そしていつの間にか、ベルリンの東と西を結ぶ一番大きな通り、六月十七日通りと名づけられたその通りを東に向けて歩き始めていた。その道はしかし、ブランデンブルク門の所で跡《と》ぎれている。いや道はさらに東へとつながるのだが、門の手前に国境線とバリケードがあって、自由の道をそこで断ち切るのだった。十八世紀の末、プロシャ軍の凱旋を祝って建てられ、かつては勝利の輝かしい象徴だった石の門は、今は多くのベルリン市民にとって、ドイツ人にとって敗北と悲劇の象徴と変わっている。冬の夜が巨大に聳え立った石の門を暗く閉ざし、門は東ベルリンへの鉄の扉を重く閉ざしている。門の上には古代ローマの戦車に乗った女神の石像が立っている。夜にまぎれこんではいてもその女神が東ベルリンを向いていることを彼は知っている。ちょうど昇る太陽へと突進していくかのように。国境のバリケード越しに見つめているブルーノには背を向けて――神と運命とエルザとが、つまり彼が生きている理由のすべてが、彼を見棄て背を向けているように思えた。

バリケードが壁に変わるあたりに、検問所がある。西ベルリンを出る検問所だが、たとえそこを通過できたとしても、さらにその先にもう一つ今度は東ベルリンへと入るための検問所があるのだ。検問所と監視塔の兵士たちの鉄兜《てつかぶと》と銃と軍服とが、今のこの夜をブルーノが生まれる以前の戦時下の夜のように感じさせる。十一時をまわっているのに、検問所からは人が吐き出されてきて、西ベルリンの夜へと散っていく。西から東へ入るのは比較的容易ではあるが、それでも多くの人に一日だけの査証しか与えられず、午後十二時前には西へと戻ってこなければならない。東にいる家族や友人を訪ねた人たちだろう、制限時間が近づき東に未練を残しながら帰ってきたのだ。トラックが一台、西から東へ帰ろうとして、彼のすぐそばを重苦しいエンジンの音をたてて通りすぎていった。トラックの吐き出す白い排気ガスと人々の吐き出す白い息。夜は昼間のあの奇跡に似た光など完璧に忘れ去り、ただ黒い冷たい塊となって彼を圧《お》しつぶそうとしている。

ブルーノは壁づたいに歩きだしていた。東ドイツ内でただ一ヵ所だけ自由圏として孤立しているこの西ベルリンは、その自由の名とは逆に周囲を厚い壁で囲まれている。ひと晩かかって壁づたいに歩き続けたとしても、またもとの地点へ戻るだけだった。

やっとその時刻になって彼は、自分がエルザに騙されたことを認める気になった。いや、依然信じられなかったが、あの鉤鼻の小男、部屋を出ようとして思い出したように、エディ・ジョシュアと名乗った男から聞いた話を信じるなら、エルザの裏ぎりは明白だった。それも彼が信じていたようなただ他の男に心を移しただけの単純な裏ぎりではなく、もっと卑劣で残酷な裏ぎりなのだ。ヘルカーが騙していたとわかった以上、ブルーノにはもうオーバーバウム橋で誰の亡命の手助けをしたかを隠す必要はなくなった。そして彼が全部を話すと、双頭の蛇をもう一方の手で撫でながら、エディはこう言ったのだった。「おそらくエルザには君の存在が邪魔になったんだよ。マイクを愛しただけではなく――それが君に西ベルリンへ脱出するなどという嘘をついた理由だろう。いやエルザ一人というより、彼ら全部にとって。彼らが企んでいる計画にとって君は邪魔な存在だったんだ」

「どうして、僕なんかが。僕はただ彼女を愛し彼女を追いかけているだけだというのに」

「それが邪魔だったんだ。エルザは恐らくもっと自由に行動したかったのだろう。マイクを愛した以上君の存在は邪魔だったし、それ以上にマイクから命じられた任務を完全に遂行するためにも君が邪魔になった。彼女には君の性格がわかっていたと思う。『別れてほしい』という言葉だけでは君が絶対に納得しないこと、その後も彼女につきまとうだろうこと――だから君を一番遠い所へと遠ざけてしまいたかったんだろう。つまり壁のむこう側、この西ベルリンへと」

「僕は自分の意志で壁を越えたんだ。エルザに動かされたわけではない」

「そうだろうか。君は自分の意志だというが、その意志はエルザに操られたものではないかね。君はさっき自分でエルザを追いかけるためにだけ壁を越えたと言ったじゃないか。彼女にとって君を壁のむこう側へ追いやるのは簡単すぎることだっただろう。君が命を賭けてでも自分を追いかけてくる男だとわかっていたから、自分が西ベルリンへ行ってしまったと思わせればよかったのだから——それに君に西ベルリンへ脱出する手助けをしようと申し出てきた男がいたというが、その男も彼らの組織の一人だろう。手助けをするどころか、君をエルザから引き離すだけではもの足りず、君にホルスト・ギュンターの脱出まで手伝わせたのだ。君は邪魔にされただけでなく、利用されたんだ。奴らに——もちろんギュンターも奴らの一人だ」

今、西ベルリンを中心に一つの組織が一つの計画を企てている。ホルスト・ギュンターが西へと逃げこんできたのはそのためだ、とエディは言い、それからひとり言のように、

「そうか。ギュンターの亡命を一人の若者が手伝ったという話は聞いていたが、それが君だったのか」

そう呟いた。

「エルザというその娘が何故ニホンへ行ったかについてヘルカーはもちろん何も言わなかったろうね。君にはその理由を想像できないかね」

「彼女はもう何年も前から東洋に、特にニホンに興味をもっていると言っていました。ニホン語も得意でしたし、ニホンに留学したがっていました」

「だったら、カールソンたちの何かの目的に丁度彼女は都合がよかったのかもしれない。カールソンも今年の初めにニホンを訪れている。エルザと逢ったのだろうが——今度の計画には何らかの形でニホンが関連している。それが何か我々にはまだわからないんだ

が……その何かのために彼女はニホンへ派遣されたんだろう。もちろん大学側はただの留学だと信じきっているだろうが……」

エディの言った「我々」は、エルザの加担している組織と敵対している組織のことらしかったが、そんなことはブルーノにはどうでもいいことだった。最後に一つだけまだ納得のいかないことがあった。

「ヘルカーは何故、今頃になってエルザの居所を話す気になったんだろうか」

「君がカールソンを偶然見つけてしまったからだよ。ヘルカーはそれを知って慌てたんだな。カールソンから君の注意を少しでも逸《そ》らすために、エルザに関する切り札を君に与えたんだ。それにどのみち、君が西へ来てしまった以上君はもう彼女には近づけないからね。君はもう二度と東ベルリンに戻るわけにはいかないのだから」

そう、もう二度と東ベルリンには戻れないのだ。たとえこの壁を越えて東に入ったとしても、すぐに逮捕され、投獄され、別の壁に閉ざされるだけだ。自由を求め壁を越えようとする者への東ベルリン側の処罰は依然厳しい。知人の一人は五年前に脱出に失敗して今もまだ投獄されているはずだ。おまけにギュンターの亡命を手伝ったことはもうバレているはずだから、政治犯として扱われ、いっそう厳しい処罰と頑丈な牢獄の壁とが待っているだけだろう。正規のルートで戻るわけにはいかない。戻るとしても再び壁を越えなければならない。彼はそんな立場に立たされた自分を笑う他なかった。かつて西から東へとこの壁を越えようとした者がいるだろうか。東から西へ出るのに較べ、西から東へ出るのは容易だから、誰もそんな風に逆方向へと壁を越えるような愚かな真似はしない。たとえ万が一誰にも見つからずこの壁をのり越えることができ、エルザに逢うことができたとしても、エルザは一言警察に通報するだけで彼を刑務所の檻の中へと遠ざけることができるのだ。この西ベルリンの壁か刑務所の壁か、どちらにしてもそれは無意味な選択だった。それでもいいという気持ちがブルーノにはある。あともう一度だけエルザのあの柔らかい体をこの手で抱くことができるのなら、残りの何十年かの人生を刑務所の壁に閉ざして葬ってもいい、ブルーノの若い体はそれさえも望もうとする。だが、同じ若い激情でまた、ブルーノは自分をこうまで無視し、裏ぎったエルザを憎んでもいた。エルザにこの手で死を与えるためだけにでも、やはりこの壁をのり越えられそうな気がした。「結局君の愛する女はヤンキーの体の方が君の体よりもよかったただけだろう。君がしなければならないことは、そんな女を愛することではなくて、憎み仕返しすることだと思うが」エディと名乗った男がそう言った時、ブルーノはまだ聞かされた話、特にエルザに関する話が何一つ実感にはなっていなかったが、それでも一秒の躊躇もなく肯いたのだった。若さは理解よりも先に怒りの激情を彼に与えていた。突然部屋に侵入してきた鉤鼻の男にはどこか異常なものが感じとれたが、この西ベルリンで唯一の頼りだったヘルカーが自分を騙していたとわかった以上、その男の言葉をすべて信じる他なかった。

彼はどこまでも歩き続け、壁はどこまでも続いている。時々壁のむこうから監視灯の光が投げかけられてきて壁のこちら側の夜をも白く薄めて通りすぎていく。壁の落書き文字へと夜の風がひからびた落葉を叩きつけている。風はまた乱暴な指でブルーノの髪をかきむしった。彼はヘルカーを憎み、あの、彼が一度も他人に見せたことのないような明るい笑顔をもったアメリカ青年を憎み、エルザを憎んでいた。ベルリンを憎み、何より三ヵ月前までは壁のむこう側からこちら側へと逃げだすことを考え、今は壁のこちら側からむこう側へと逃げ戻ることを考えている愚かな自分を憎んでいた。鏡の中の虚像をつかもうとして鏡を割り砕いたような、自分の尻尾を追いかけてぐるぐる回転している鼠と変わりないような自分を。そして自分を憎むことはエルザを憎むことだった。何故なら今の彼にはエルザしかないのだから。

彼は足をとめた。その瞬間を狙っていたかのように風が凄じい勢いで襲いかかってきた。その風よりも激しく彼はエルザを憎んでいる。一枚の落葉が冷えて石膏のようになった頰をかすめ、彼は一年前と変わりなく間違った場所に立ち、正反対の方向を夢見ている。壁のむこう側を、本当の人生のある場所を。本当の人生――それはつい数時間前まではエルザへの愛だったが、今それはエルザへの憎悪に変わっている。「彼女に仕返しをするつもりはないか」あの鉤鼻の男の言葉に、ブルーノは今度こそ決意を固めて肯こうとする。そしてその前に最後にもう一度だけエルザとの幸福だった日々を思い出す。死刑囚が最後の一瞬に今までの人生の日々のすべてを回想するように。初めてその眩いブロンドの髪に手をすべりこませた時、「何故そんなに震えているの」そう言いながらブルーノを安心させるために見せた微笑、初めてその体を抱いた時、闇の中からエルザは「私が今どんな顔してるかわかる」と尋ねてきた。ブルーノがわからないと答えるとエルザは彼の手をとり自分の顔をなぞらせた、その指が闇の中に探り当てた微笑、「私、あなたに抱かれながらずっとこんな風に微笑んでたのよ」そう呟いた言葉、クリスマスイヴの晩、彼のプロポーズに返して見せたあのどんな言葉よりも心強かった微笑、そして一年前、冬枯れた菩提樹の道で無言の別れを告げた微笑、彼を裏ぎるために計算しつくされたあの偽りの微笑——同じ時刻、エディ・ジョシュアはベロストル通りに面して建った煉瓦造りのアパートの一室でつけ髭をとっていた。眼鏡をはずし、鏡の中に蘇った自分の本当の顔からエディはすぐに目をそむける。

変装していた時よりもその本当の顔の方が変装のような気がした。典型的な鉤鼻は彼の顔をいつも無理矢理ユダヤ人らしく変装させたように見せるのだ。ユダヤ人の血を石膏に混ぜて鋳型にはめ作りあげたようなその顔を、彼は子供の頃から見続けていながら今でも慣れることはなかったし、今後も死ぬまで慣れることはないだろう。そして自分が今の組織に入ったのはその顔のせいだろうと彼は考えている。そうでなければこのナチへの異常な執着を説明できなかった。自分が生まれる十数年前に既に崩壊していた一つの帝国への……エディは壁の鏡を離れ、窓に近寄り、閉じたブラインドの一ヵ所に小さな透き間を作って外をうかがう。夜が風といっしょに流れている。細い通りをへだてて近代的なコンクリートのアパートが建っている。この部屋と同じ三階に並ぶ窓の一つに彼の視線は釘づけになる。真っ正面より一つ右隣りの部屋の窓に。その窓には今カーテンがひかれているが、部屋にはまだ灯が点っていてカーテンの青色の中に淡く、男の長身の影を映しだしている。マイク・カールソンは今電話をかけているのだ。今年の一月にマイクを追って西ベルリンに来て、マイクの部屋を監視できるこの部屋を借りたその日のうちに、双眼鏡で電話機が窓際におかれているのを確かめてある。おそらく電話はヘルカーからだろう。あのブルーノという青年がマイクを見つけてしまったことでヘルカーは用心するように警告しているのだ。いや、それとも明日リヨンに行くことで誰かと何か打ち合わせでもしているのか。

今年に入ってからのマイクの行動をエディはすべて把握している。一月三日、ニホンからニューヨークへと戻ったマイクは三日後には西ベルリンへと旅立ち、二月半ばに再びニューヨークに戻って二週間近くを過ごし、三月六日からまたこの西ベルリンへ来ている。ニューヨークとベルリンの往復自体には大した意味はない。表向きのマイクはあくまで清涼飲料水会社の社員であり、この往復は会社命令の仕事だった。その仕事を忠実に果たすふりをしながら、その合い間を縫ってもう一つの任務についているのだ。マイクの組織はこの西ベルリンだけでなくニューヨークにも大きな核をもっている。マイクが二つの都市の仲間たちの連絡係を務めていることは間違いないが、重要なのはそんなことより、この一年近く何か大きな計画を奴らが企てており、マイクがその先端の手足となって行動していることだ。

エディは今年に入ってからもニューヨークで何度もマイクに近づいたが、マイクの口からその計画について何一つ聞き出すことはできなかった。マイクはユダヤ人鼻をした友人をまだそこまで信じてはいない。だがマイクはエディを信じきってはいないものの疑ってもいない。つけ髭と眼鏡とで変装したエディがこの西ベルリンでも絶えず自分のそばにくっついているとは想像もしていないだろう。

エディは今年に入り生まれて初めてヨーロッパの土を踏み、このベルリンへ来たのだが、ベルリンの町で知っているのはほんの一部だけだった。マイクが毎日通う会社とマイクが入る喫茶店やレストラン、スーパーマーケットや食料品店、つまりはマイクの行動する範囲だけだった。この町でもマイクは完璧にアメリカから出張してきているビジネスマンを演じているが、それでもヘルカーと五度、ホルスト・ギュンターとは二度接触したのを彼は見届けていた。だがそれらの接触は他人が近づけないような場所で行われ、いったい彼らの間にどんな会話が交わされたかはわからなかった。わざわざこの西ベルリンまでマイクを追いかけ、四六時中マイクの動きを監視し続けながら、まだ彼は何も情報を手に入れてはいない。

唯一の成果は、つい数時間前、偶然が彼に与えてきたブルーノという名の若者だけだった。あの若者の話で、エディはいよいよ奴らが何かを企んでいること、その遂行の日が近づいていることを確信した。去年の最後の日ギュンターがこの西ベルリンへと亡命してきたし、同じころマイクはニホンに渡っているのだ。ニホンへはエルザ・ロゼガーという娘に逢いにいったのだろう。ニューヨークのマイクの部屋で見つけた手紙のEとはエルザのことだったに違いない。そのエルザが留学生を装ってニホンで何かをしていた……その何かも、しかし、無事に終わったのだろうか。エルザは間もなくニホンを離れ東ベルリンへ戻ってこようとしているのだ。

この三ヵ月での唯一の成果だが、この成果は大きいとエディは考えている。少なくとも奴らの手先となって何か重要な役割を果たしていそうなエルザという娘の存在がわかったのだし、奴らを憎み、その憎しみのためならどんなことでもしそうな血気盛んな若者を一人この手に摑んだのだ。あの若者はヘルカーに自由に近づける立場にあるのだし、いくらでも利用価値があるだろう……

夜が氷点下でも凍りつかない黒い水のように揺れるむこうに、マイクの長身の影がまだ浮かんでいる。背が高く、いつも明るい笑顔をふりまき、誰からも愛されそうな、つまりは自分と正反対のものをもったヤンキー青年にエディは吐き気を覚えるほどの嫌悪感を抱いている。だが、それでもこの三ヵ月絶えず陰の位置からマイク・カールソンを観察し続けながら、時々小さな親しみを覚えることがあった。それは、組織からマイクを尾行するよう指令を受けた時に聞かされた言葉だった。「マイク・カールソンが今の組織に入ったのは子供の頃アウシュヴィッツの写真を見たからだと言われている」偶然にも、エディもまた今の組織に入ったのがハイスクールを出る頃に見た一枚の写真が理由だったからだ。そうとしか言い様がなかった。彼の両親は共にユダヤ人ではあっても戦前からニューヨークで雑貨店を開いていて戦時中もナチとは無関係だったし、終戦後十数年が過ぎて生まれたエディにとっても鉤十字は歴史の中の錆ついた記号にすぎなかった。彼をナチに結びつけたものがあるなら、それはある日マサチューセッツの祖母の家を訪ねようとして西セントラル駅の待合室で列車の到着を待つ間にたまたま買った雑誌に載っていた一人の男の写真だけである。今でもエディはその写真の男の目を見た時の気持ちをはっきりと思い出せる。息が苦しくなるほど胸の動悸が高まり、指がふるえ、しばらくはその瞬間自分の体を襲ってきたのが感動だとは気づかなかった。その男の顔はユダヤ人の彼の顔とは似ている所は何もなかった。目の形も全然違う。それなのにエディはその目が自分と瓜二つだと気づいたのだった。エディはそれまでも何度かその男の顔写真を見たことがあったが、それに気づいたのはその時が初めてだった。気弱な、臆病そうな目。ただしエディの目と違ってその男の目は気弱さを必死に隠そうとしているだけだった。嘘つきの目だった。その嘘で誰をも、世界中のどんな人間をも、騙せると信じている目だった。西セントラル駅の一隅で感動に全身をふるわせながら、十七歳だったエディはその写真の目を見ながら、やっと自分の生き方を見つけた気がした。事実その男は自分の嘘で世界中の人間を騙そうとしたのだった。世界はたった一つの嘘でも壊すことができる——列車の発車時刻が近づいたのも忘れ、エディはその写真を見つめ続けていた。気弱さを隠し、鋼《はがね》のような強靭《きょうじん》な表情で顔を覆いつくした男の顔、頑なな気難しそうなその顔、世界を自分の手につかみ損ねたその瞬間から狂人と呼ばれるようになった憫《あわ》れな男の顔、アドルフ・ヒトラーの顔——

マイク・カールソンは電話を切ると、「ヘルカーは神経質になりすぎているのだ」電話で当のヘルカーには言えなかった言葉を口に出して呟き、ガウンを脱ぎベッドに入った。確かにあの若者が毎日のようにうろついていると聞かされていたからクーダム通りには近づかないようにしていたのに、ちょっとした油断で見つかってしまったのは失敗だったが、あの若者のことなどとるに足りないはずだ。エルザに棄てられた、ただの哀れな男なのだ。マイクにとってはそんなことよりもアオキが予定どおりこのヨーロッパの土を踏み、一昨年ソフィ・クレメールの手記を手に入れて以来練り続けてきた計画が明日やっとその第一幕を開けることのほうがはるかに重要に思えた。母親さがしの劇的なドラマとエルザの体とを与えておいたとはいえ、アオキが本当にこのヨーロッパへ来るかどうかは依然大きな賭けだった。「大丈夫よ。昨日の一晩だけでも彼はもう私から離れられなくなってるわ」今年が始まった最初の晩、アオキが帰ったあとあのヨコハマのホテルの一室でエルザはそう言うと、その言葉をそう簡単には信じられずにいたマイクに向けて、「何を心配してるの？　あなただって、最初の一晩だけで私の全部を手に入れたって自信があったんでしょ」その彫像のような美しい顔には似合わない下卑た微笑を浮かべて言ったのだった。九ヵ月ぶりに抱かれた男の腕の中で、汗に濡れた白い肌はその言葉どおりの自信をみなぎらせて眩しいほど光っていた。実際、この体を無視できる男が世界中に一人としているはずはないようにマイクにも思えた。いや、たった一人、この自分を除いて。

　昨日、トウキョウを発つ前にかけてきた国際電話でもエルザは、「大丈夫よ。この三ヵ月で彼はもう完全に私に夢中だわ。私は彼を思いどおりに動かす自信があるの。それは若いブルーノほど簡単にはいかないかもしれないけれど」と言った。ブルーノ・ハウゼンを狂わせ、今また二十も年上のニホン人の男を虜《とりこ》にしたと誇るあの白い体が、何故自分の目にだけはただの欲望の吐け口としてしか映らないのか不思議だった。エルザの魅力は体だけではなかった。口にする言葉や、ちょっとした仕草や目の動き、それが男を惹きつけずにおかないことはわかっているし、マイク自身の目にも時々エルザが感動的な娘として映ることはあった。

　最初に東ベルリンの街角で見かけた時がそうだ。その頃、マイクはソフィ・クレメールの手記に出てくるガウアーで生まれた子供を捜す任務の他に、もう一つ別の任務を任されていて何度か国立歌劇場や美術館を訪れるふりで東ベルリンに行き、東の人間に近づく機会を狙っていた。そしてある午後、国立歌劇場の近くを雑談しながら歩いている女子大生のグループと行き交ったのだった。エルザは若い笑い声をたてている娘たちの間で、ただ一人うつむいて自分だけ別の世界に閉じこもっているように見えた。ブロンドの髪がゆるやかに波うって顔を隠していた。後になってマイクはこの瞬間の出逢いが運命的なものだったと考えるのだが、ブロンドの髪の眩《まぶ》ゆさに視線をひきつけられたその瞬間、すでに予感のようなものが働いていた。一昨年の夏、白夜のような淡い夏の陽が時おり吹きぬける風に揺れながら東ベルリンの褐色の街並を彩《いろど》っていた。すれ違いぎわ、風が陽の光をブロンドの髪に混ぜこむように吹きつけ、金色のヴェールを剥がしてエルザは顔を現わした。想像通りの美しい顔は眩ゆすぎる髪から想像した通りのものうげな表情を浮かべていた。マイクの体の中で何かが、「この女だ」と囁き、マイクはそのグループの後を尾けると、エルザが皆に別れを告げて一人になった所で声をかけた。西ベルリンに戻る地下鉄の駅を探しているうちに道に迷ったふりをすると、エルザはその駅まで送ってきてくれた。地下鉄は昔通り西ベルリンと東ベルリンを繋いでいるがちょうどその駅が国境になっており、西ベルリンからの来訪者はその駅で降りて検問を受け、地下鉄で来た者は帰途の際もその検問所を通ってしか西へ戻れなかった。地下鉄におりる階段の途中でエルザは「私はここまでしか行けないのよ」と言い、マイクが、次の日曜にベルガモン博物館で逢わないかと誘うと、しばらく無言の目で見知らぬ西からの来訪者の顔を見つめ、「いいわ」と答えた。後になってエルザもまた、その最初の出逢いに運命的なものを感じたし、地下鉄駅でマイクを見つめたその時、自分はこの男のために今つき合っている若者を棄てることになるかもしれないと思ったと言ったが、その言葉を疑う余地はなかった。日曜日に美術館を一緒に見回り町を散策した後、「西からの人と一緒に歩いている所を見られるのはまずいわ。今度からは直接私の部屋を訪ねてきて。誰にも見られないようにこっそり」エルザはそう言い、三度目にはその部屋で自分の方から挑むように身をまかせてきたのだから。

夏の風が金色の髪を巻きあげた最初の一瞬を今でもマイクは鮮やかに思い出せるし、初めての行為を終えた後、夕暮れのほの白さのままいつまでも日が暮れずにいる窓辺に裸身の影を刻んで立ち、「あなたで二人目のはずなのに、ずいぶんたくさんの男を通過した後、やっとあなたにめぐり逢った気がするわ」と呟いた言葉にも心を動かされた。何より、一ヵ月が過ぎ夏の終わろうとする頃、マイクが東ベルリンを訪ねていた本当の目的と計画の一端をうち明けて協力を頼んだとき、「何か秘密の目的があることはわかっていたわ。でも最初に私を抱いた時から私が肯くことはわかっていたんでしょう」そう言ってすでに遠い昔から共犯者だったかのような微笑を見せた時は感動的であったが、だからといってそれが愛情には繋がらなかった。

任務のためにだけ、また若い欲望を吐き出すためにだけ、気持ちの乾いたままエルザを抱きながら、だがマイクはこれでいいのだと考えていた。もし愛情があれば、彼女を即刻この無謀な計画からはずさなければならなくなるだろう。彼とは永遠に無関係な世界で、壁のむこうの世界で、あたりまえの結婚をし夫と子供に囲まれ平凡だが幸福な人生を歩いてくれることを望んだだろう。たとえ彼女の情熱的な性格にはそんな平凡な幸福など似合わないこと、その眩ゆすぎて死の香りさえ漂わせている金色の髪や暗い火に燃えつきようとして時にものうげに見える水色の瞳には危険な人生の方がはるかに似合っていることがわかっているとしても。

マイクは自分を愛しそのためならどんなことでもしようという理想的な仲間を手に入れたのだった。エルザとの出逢いが運命的なのは、だが、そのことだけではない。エルザと識りあって間もなく、ソフィ・クレメールの手記にあったガウアーの子供が終戦後ニホンに渡ったことが判り、ニホンへその子供を捜しにいく人物を組織は必要としたのだが、エルザほどの適任者はいないのだった。エルザに最初近づいたのはもっと別の小さな目的からに過ぎなかったのだ。「私はニホン人よりニホン語をうまく話せるし、来年四月から一年間ニホンに留学する話があるのよ」彼女がそう言いだした時、彼は運命がこうも完璧に自分の味方をしてくれていることが、逆にむしろ恐ろしいほどだった。エルザという娘が、運命の、いや神の奇跡に似た贈り物のような気がしたし、神に感謝の祈りを捧げたいほどだった。

だがしかし、彼は神に祈りを捧げなかった。八歳の年、あの一枚の写真と共に彼は神を見棄てたのだった。成長し親もとを離れて以来彼は一度も教会に足を踏み入れたことはないし、寝る前に神に祈ったこともない。

今夜もそうだった。壁の時計の針が十二時に近づいているのを見ると、彼はスタンドの灯を消し、枕に頭を埋め、目を閉じた。彼はいつもできる限り十二時までにはベッドに就き、明日という日に備えるようにしている。その意味ではマイクは周囲の皆が信じている通りの健康的な青年だった。ベルリンの夜が、ニューヨークの夜よりも深い静寂で彼を包みこむ。あと一分もすれば夜と同じ深い眠りが襲ってくるだろう。神への祈りのかわりに、彼はいつも通りの一日の最後の言葉を暗闇にむけて呟く。今世界に千五百万人いるユダヤ人をこの手で救わなければならない、彼らに二度とあの写真と同じ運命を与えてはならないのだ、神が半世紀前、人間を裏ぎって彼らに与えたあの酷《むご》たらしい運命から彼らを救わなければならない、そう、彼らを救えるのはもちろん神ではない、イスラエルでもモサドでもなく、このマイク・カールソンの手だけなのだ――アウシュヴィッツ収容所の殺戮死体の山が目にとびこんできた。一瞬その写真から目をそむけ、青木は本を力いっぱい閉じ、同時にベッドの上に起きあがった。夕方学生区の本屋に立ち寄った際、偶然目に入ったその本を買い、寝つかれないまま、開いてみたのだった。表紙にはフランス語で「第三帝国の興亡」と題名が記され、鉤十字のナチ旗が風にひるがえる様が写真のような精密さで描かれていた。ホテルに帰るまでむき出しでもち歩いていたせいで、その旗の一隅で表紙は破れめをつくっている。ガウアーという文字がないか探しながら頁をくっていると、突然その陰惨な写真にぶつかったのである。

その写真やこの本のフランス語の一語一語が本当に自分の出生と関わり合っているのだろうか。

依然彼にはそれが実感にならなかったし、今夜一晩は何も考えずぐっすり眠りたかった。それなのにベッドに横たわった瞬間から逆に目が冴えてきて睡魔がよりつかなくなった。そしてその理由が時差や十数年ぶりのパリや明日への不安のせいだけでないことが彼にはわかっていた。自分の体がまだあの娘を生々しく憶えているからだった。横になった体にあの白い肌と金色の髪が今もまだまとわりついているのだ。それなのに彼はしばらくはあの体を抱くことができない——青木は起きあがるともう一度服を着こんだ。ホテルを出て、通りかかったタクシーを拾い、運転手に「サン・ドニへ」と告げた。既に午前零時をまわっている。こんな時刻からそのパリで一番いかがわしい下町へ行こうとしている客の目的はすぐにわかったはずだが、肥った運転手は「ウィ」と気軽な声を返しただけだった。車が動きだすと、すぐに彼は後窓をふり返った。尾行はやはり気のせいだったのか、流れ去っていく冬の街路に人影はなかった……

横顔になった母親がまだ小さな赤ん坊を両腕の中に優しく抱きかかえ、慈愛深い眼差しで包みこもうとしている。いや本当にそれはただの母親の優しい慈《いつく》しみの目なのか。横顔の、閉じるように伏せられたその目は、むしろ悲しげであり虚ろであり、死児を抱えてでもいるように青木には思える。腕の中の赤児も母親の目が秘めた悲しみに気づいて、その顔をひどく遠くに追うような淋しげな目をしていた。

ルネサンスを代表する画家、ボッティチェリの「聖母子と少年聖ヨハネ」と題されたその絵は、他のルネサンス期の画家の代表作に混ざり、ルーヴルの「国家の間」と呼ばれる広い部屋の一隅に飾られている。

その母子のすぐそばにまだ少年の羊飼いヨハネが描かれ、題名を見るまでもなく母子が聖母マリアとキリストだとわかるが、ルネサンス期の絵画特有の人間的な血を与えられたその聖母子が青木の目にはいかにも人間的な悲しみを訴えているように見えるのだった。悲しみだけでなくその赤ん坊の将来の死を既に見とったような深い諦めが聖母の伏せられた目にはある。

十数年前初めてパリに来てこのルーヴルを訪れた時、他のどの絵よりも青木がその絵に惹《ひ》かれたのは、その聖母子の姿を通して自分と母親との姿が見えてくる気がしたからだった。母親の顔は記憶に残っていないが、記憶以前の闇に青木が想像の筆で描きつける母親の顔も同じように悲しげに目を伏せていた。

今自分がナチの強制収容所で生まれたのかもしれないという可能性をもって改めてその絵を見てみると、母子の目に宿る悲しみはいっそうの現実性を帯びて青木に迫ってくる。母親の目は死へと葬り去るためにだけ生まれてきたような赤児に悲しみよりも深い諦めを抱き、赤児の方は自分が囚人として生まれてきたことを本能的に悟り、なす術もなく母親の顔を見守っている——

本来ならば祝福されるべき聖母子の美しい姿に悲しみを感じとったのはすでに十数年前初めてこの絵を見た時自分の出生の秘密を予感していたのだろうか。聖母とキリストの顔に、陰惨な収容所の片隅にいる自分たち母子の姿が重なって見えてくる気がし、マイク・カールソンの話はその点に関しては間違いなく事実なのだと、奈良の五重の塔を見た時以来二度目の確かな実感が体の中に湧きあがるのを覚えた。

十数年ぶりに再会したその絵を二分近くは見つめていただろうか。青木は辛くなって目を逸らし腕時計を見た。

指定された十時にはまだ六分ある。昨夜、というより今朝ホテルに戻り寝たのは三時近かったが、窓に夜明けが忍び寄る頃には目がさめ、八時にはホテルを出た。昨日の夕方と同じコースでセーヌの岸辺を散歩し、マリー橋のたもとで長い時間空を見あげ、そんな風にずいぶんと遠回りして来たのに、ルーヴルの入口で入場券を買った時はまだ九時半になっていなかった。「サモトラケのニケ」と呼ばれる名高い、顔の欠けた勝利の女神像が飾られた大階段から二階に上がり十時ちょうどにその絵の前に立つために、ギリシャ彫刻を展示した部屋をゆっくり時間をかけて見回ってからその部屋に入ったのだが、やはりどこかに焦る気持ちがあったのかもしれない。

まだ開館して間もないのに、その「国家の間」と呼ばれる舞踏会場のように広い部屋には相当数の客がいて、それぞれの名画の前に群れ集っている。前に来た際はこの間から続くグランド・ギャラリーと呼ばれる長い廊下にあったはずの「モナ・リザ」が、この間の一隅に移っていて、その前には何重もの人垣があった。

「聖母子と少年聖ヨハネ」の前にも十人近くがいたが、全員がアメリカからのツアー客らしく、彼に接触してきそうな人物は見当たらなかった。

青木はその部屋の絵を一つ一つ見回って、十時ちょうどになるのを確かめ、再びその絵の前に戻った。さっきのアメリカ人団体客が半分近く残っている他に、キャメル色の分厚いコートを着た四十五、六の男が一人立っている。

フランス人らしい。背はさほど高くないが頑丈そうな肩をしている。アメリカの観光客は老後の気ままな旅に出てきたという高齢者ばかりだが、その部屋を支配する荘厳な空気をものともせず鳥のさえずりに似た騒がしい声で喋り合っている。その中でただ一人その男の目だけが不気味に沈黙して絵へとまっすぐに注がれている。ただ絵を鑑賞しているだけの目ではなかった。

この男だ――

青木はそう感じて何気なく男と肩を並べた。男はだが、横顔のまましばらく絵を見続けると、やがて青木と離れ他の絵の方に歩いていった。違うのだろうか、青木は視線だけでその男の背中を追い、その視線を腕時計に戻した。

その時、すぐ前にいたアメリカ人団体客の婦人が絵を離れようとして青木に肩をぶつけた。

「エクスキューズ・ミー」

婦人は軽くそう声をかけ、次の瞬間には青木から離れ仲間と一緒に次の部屋に移動していった。ぶつかったのはほんの一瞬であり、青木には驚いている余裕も、その婦人の顔を確かめる時間もなかった。認めたのはいかにもアメリカの老婦人らしい派手な銀髪と、皺だらけの、パウダーをふりかけたような妙になま白い手だけだった。ぶつかった瞬間、その手が青木のコートのポケットへと薄い封筒を突っこんだのだった。青木はポケットの中に手をさし入れ、手探りでその封筒を確かめてから、その老婦人を追って

「国家の間」を出るとグランド・ギャラリーに足を踏み入れた。細長い広間のようなそのギャラリーの壁にも名画が並び続き、アメリカ人の団体はラトゥールの「マグダラのマリア」の絵の前に群がっている。問題の老婦人は背の高い老人の体に隠れるようにして何気ない様子で他の婦人に喋りかけている。青木のことなど完全に無視している。自分に近づいてはいけない、氷細工のような冷たい銀髪がそう警告している気がして、青木はアメリカ人の団体を追いこし、ギャラリーの先までいき、それから「国家の間」へと引き返した。すれ違い際に鋭い一瞥を投げてみたが問題の老婦人は肩を並べた仲間の老人に夢中で話しかけていてこの時も青木のことなど眼中にないようだった。日本人から見ると派手すぎる化粧をしたごくありきたりのアメリカ女性である。

青木は、入ってきたのと同じ入口から建物の外に出た。

宮殿に囲まれた庭はまだ冬の色を濃く残し、草木が枯れ果てた中に、雨ざらしになったさまざまの黒い彫刻だけが目立った。その中庭で青木は一度封筒をとり出しかけたが、宮殿の物々しい窓から無数の視線が集まってくるような気がして、セーヌの川岸の道路まで出てからにした。

封筒から出てきた便箋にはには日本語でこう書かれていた。

「ホテルを引き払い、荷物をもって、セーヌ右岸のリヨン駅から午後四時三十分発のリヨン行きの列車に乗って下さい。リヨンのパール・デュ駅で降りれば、改札口にあなたの知っている人物が迎えにきています」

固有名詞だけはフランス語で書かれているが、後は達者な日本の文字で、おそらく日本人が書いたものだろう。その便箋と一緒にリヨンまでの切符が入っていた。

リヨンに行くことには問題はない。リヨンのソフィ・クレメールと会うという理由で彼らは青木をこのヨーロッパへ呼んだのだから。問題は、たったこれだけの指示と切符の受け渡しに何故今のようなスパイ小説じみた手のこんだ方法を彼らがとったかだった。考えてみるとわざわざルーヴルを指定してきたのにも意味がありそうだった。これだけの封筒ならホテルへ直接に届けにきても格別危険だとは思えなかった。いやそれとも彼が考えている以上にそれは危険なことなのだろうか。

誰かがやはり昨夜から自分を尾行しているのか。彼らがこんな秘密めかした切符の受け渡し方をしてきたのは、その尾行者の目を欺くためなのか。

彼は背後をふり返って見た。だが通り沿いにルーヴル宮殿の壁が沈黙して続いているだけでそれらしい人影は見つからない。考えても仕方がないことだ。青木はともかくリヨンに着くまでは何も考えないでおこうと心に決めた。彼らは母親を探させるという名目で彼をこのヨーロッパへと呼び寄せたのだが、その根本の名目に嘘があるのだ。しかも今の所彼らが何故そんな嘘をついたか、想像する手懸りは何もないのだ。ともかくリヨンに着き、この馬鹿げた母親探しのドラマが幕をあけるまでは何を考えても仕方がないのだ。セーヌに沿って歩きながら、今ルーヴルで十数年ぶりに対面した絵が脳裏に蘇ってくる。誰がどんな接触をしてくるかに気をとられていたはずだが、その間にも画家としての目は働いていたらしい。いや、それは男の目というべきなのか。エルザに初めて逢った時、誰かに似ていると思ったが、それがボッティチェリの描いた聖母の顔だったことにその絵の前に立ってみてやっと気づいたのだった。

エルザも時々ふっと虚ろな目をすることがある。「私、ケイコを裏ぎることに決めた」三度目にホテルで抱いた時もエルザはその目を見せた。

「私は自分を裏ぎりたくないから、そのためなら他の誰をも裏ぎることができるの」

代々木公園を肩を並べて歩きながら、ふと自分の両親の話をし始めた時もそうだった。

「私は両親をも裏ぎっているの。私の父は国家民主党の議員で、子供の頃から私を自分の政治の理想どおりに育てようとしたの。でも私は父の押しつけてくる政治にも赤い世界にも興味をもてずにいたわ。そういう意味では、私は子供の頃から、もう、父のことも父をすべてだと信じていた母のことも裏ぎっていたのよ。私はひとり娘だったから──ニホン語では激しく愛することを……そう、デキアイだったわね、ある意味で私は両親に溺愛されていたのよ。でもその中で私はいつも淋しくて、孤独だったわ。私は両親が押しつけてくる生き方が私とは無関係なものだと知ってたの、少女の頃すでに。まだ髪にリボンや花を飾っていた頃から私は自分の生き方を主張し続けたので、父は私を愛しながらも私を非難し続けたわ。いいえ、非難しながらも私を愛し続けたと言った方が正確ね。結局、最後には私の主張を受けいれる他なかったのだから。父は私をモスクワに留学させたかったのだけれど、私はニホンの美しさに興味、いいえ情熱をさえもっていて、赤い広場よりニホンの庭園を選んだのよ。ニホン語を勉強したいと言いだした時も、家族と離れて一人で生活したいと言いだした時も、ニホンに留学したいと言いだした時も父は反対したけれど、結局、私の愛情を失いたくなくて肯いたわ。私は父を愛してもいないのに、愛していると言って父を喜ばせたわ。マイクと出逢ったことで私のニホンへの留学は全く違う意味をもってしまったけれど、もちろん両親は今もそれを知らずにいる。——不思議ね、私は子供の頃から運命って言葉を信じたことはないの。運命なんてなくて、私の人生があるだけだったわ。私がたとえば数分後に事故に遭って死んだとしても、それは私の生き方だわ。でも、二度だけ私は運命という言葉を信じようとしたのよ。マイクと出会った時と、それからあなたと出会った時と——」

自分にとって一番重要なはずのことを他人事《ひとごと》のように語りながら、エルザは道に伸びた自分の影へと目を落としたのだった。

目を伏せると顔に滲む憂愁の翳りが、聖母のそれと確かに似ている。青木は自分がこうも異邦の女に魅《ひ》かれるのは、彼女の言ったとおり自分にも異邦の血が流れているからかもしれないと考えたこともあるが、今ルーヴルでその絵の前に立ち、別の理由に気づかされた気がした。エルザは、自分が子供の頃から想い描いていた母親の顔に似ているのだ。あの「ひなげし」の顔にも——

青木は首を振った。二十歳も年齢の離れた娘に自分が母親を感じとっているはずがない。たとえそうだとしてもそれを認めたくなかった。エルザが自分を魅きつけるのは、ただその美しさとまだ若い、類まれな体のせいだけなのだ――ルーヴルの壁は道路をへだてたむこうにまだ続いている。ルーヴルの絵を見回りながら青木が考えていたことがもう一つある。

彼はナチという狂気の集団をまるきり理解できないつもりでいたが、ナチがワーグナーを愛し、歌劇を、バレエを愛し、絵画や彫刻を愛し、美に狂っていた集団だと考える時だけ、その狂気の集団が身近なものに思える。いや十五分前、ルーヴルの絵画や彫刻の一つ一つにある永遠の重みに圧倒されながら、これだけの美術品と交換にするのなら、何百万というユダヤ人の生命の犠牲も仕方がないのかもしれないという恐ろしい考えすら一瞬気持ちを掠《かす》めたのだった。

もっともそんな考えがたった一瞬でも起こったのは、自分がナチの被害者だという話をまだ信じきってはいないからだろう。子供の頃から自分がナチの強制収容所で死と隣り合わせにして生まれた話を聞かされて育っていれば、ナチのすべてを憎む人間になっていただろう。

そう、子供の頃の出来事はすべてを変えてしまうものだ。マイク・カールソンはたった一枚の写真で生涯をナチへの憎悪に塗り変えてしまったのだし、この自分も両親のいない淋しさと半分だけ日本人の目の色を生涯の烙印《らくいん》として気持ちにも体にも残してしまったのだから……

いつの間にか、またもマリー橋まで来ていた。橋の下におり、もう一度青木は空を見あげた。一時間前は灰色の雲がそれでも光を透かしていて昨日と同じ春を予感させる一日になりそうな気配だったが、今、空は黒い絵の具を流したように暗く、雨でも降りそうに変わっている。いやすでに降り始めている。青木は空の色で、初めていつの間にか細かい雨が、降るというより霧のように淡いヴェールでセーヌを包んでいるのに気づいた。髪やコートの肩がかすかに濡れている。パリの雨は十数年前と変わりなく傘もいらないような静かさで、青木はやっとこの町が十数年前とは全く違った目的で訪れてきた自分を優しく受けいれてくれたのだという気がした。

　列車が出るまでにまだ七時間近くある。それまでどう時間をつぶすか、ひとまずホテルに戻って考えよう、そう思ってふり返り、次の瞬間青木は体を硬直させた。

　数歩離れた石段の下に一人の男が立ち、じっと彼の方を見つめている。先刻ルーヴルであの絵に注いでいたのと同じ目で――青木が最初接触してくるのはこの男に違いないと感じたあのキャメル色のコートを着た肩幅の広い男である。

　男がゆっくりと青木に近づいてきたので青木は一歩足を退いた。昨夜からやたら視線を感じ続けてきたが、何故この時だけ背中に何も感じなかったか不思議だった。

　男は愛想いい笑顔を作っているが、目だけはあの絵に向けていたのと変わりなく頑なに沈黙している。

「フランス語を話せますか《パルレ・ヴ・ル・フランセ》」

　青木が「少し《アン・プー》」と答えると、

「あなたはニホン人ですね《ヴ・ゼット・ジャポネ》」

そう尋ね、本当にニホン人かどうかを点検するかのように青木の顔の目や鼻や唇を探った。ルーヴルでは気づかなかったが髪に白いものが混ざっている。その髪は雨に湿っていた。

青木が「ウィ」と答えると、男は「いくつか尋ねたいことがあるが」と言った。

「あなたは誰ですか《キ・エット・ヴ》」

青木が露骨に顔に出した警戒の色を和らげるつもりだったのか、男はさらに大袈裟な笑い顔になり、

「ノートルダムのすぐ隣りにパリ警察があるのは知っていますか」

そう前置いてから、自分はそこのロスタン警部だと名乗った。

「警察が何故私に？《ブルクワ・ラ・ポリス・ム・ドゥマンド》」

彼のフランス語が聞きとれなかったかのように、男はしばらく何も答えず周囲を見回していたが、やがて大きくため息をついてその目を青木の顔に戻した。

「あなたの今立っているこの場所で一ヵ月前殺人事件があったのです。あなたはその場所に昨日からもう三回立っています。昨日の夕方、それから一時間前、そして今――」

その殺人事件に関してこの男は自分を疑っているらしいとはわかったが、青木はすぐには何も答えられなかった。空を見たかっただけだという理由と殺人事件という生々しい言葉があまりにかけ離れている気がした。

「それで、私がここに立った理由を話せばいいのですか」

「他にもまだあります。もし通訳が必要なら警察へ来てもらいたいのですが、その必要がなければ近くのカフェで話しませんか」

青木はゆっくり話してくれれば通訳はいらないと答え、男のあとについて石段をあがった。

ロスタン警部と名乗った男は近くの細い路地を入ってすぐにあるカフェに青木を誘った。顔馴染みの店のようだった。店を一人で切りまわしているらしい肥った中年女が気軽な挨拶を警部に送ってきた。外は煉瓦造りだが、店内は古めかしい木で覆いつくされている。店の真ん中に昔風のストーヴがあり、火が燃えている。その暖さで、やっと青木は外がまだ真冬のように寒かったことに気づいた。こんな寒い中を雨に濡れながらただ空を見ていたと言っても信じてもらえるか心配だったが、事実を話すより他なかった。

青木は、あの場所から見る空の色がパリで一番好きで、自分は画家だからその空を一度絵に描いてみたいと思っているだけだ、パリにはまだ昨日着いたばかりで、その殺人事件が一ヵ月前に起こったものなら、自分はその頃東京にいたのだし何の関係もない、と説明した。

「それはもう調べがついています。あなたに関しては格別疑う点もないことも」

「昨日から私を尾行していたのはあなたですね」

青木の言葉に男は肯いた。

「あなたが尾行に感づいていたのはわかっていました。何度もふり返りましたから。実はそれでいっそうあなたのことを疑わしいと思ったのです。あなたが尾行されることに細心の用心を払っている様子に見えたのです。あなたが私の尾行に気づいたというのは、もともと誰かに尾行されるのを気遣っていたからだと考えたのです。私は尾行に関してはパリ警察でも一番だと言われていて、今まで気づかれたことはないのです」

「だとすれば、今度が初めての失敗ですね。私は何度も尾行の気配を感じましたから」

警部は笑い声をあげて「そのことは黙っていて下さい。私は来月三十年間の功績を表彰されることになっていますから」と冗談を言い、その笑い話の続きだったのか、

「私もあなたが昨日遅くにサン・ドニに出かけてブロンドの髪の女と一時間過ごしたことは黙っていますから」

と言ったが、目だけは笑っていなかった。鉛のようなその重い目は青木が誰の身代わりに街娼を抱いたかまでを見ぬいているような気がした。

「ただ、ホテルであなたの名とパスポート番号を聞き出し、ニホン大使館に問い合わせ、さらにニホンに問い合わせてもらって、あなたが名のある画家であり、身元も確かで、事件当日はニホンにいたことも確認しました。ただしあなたは殺された男と何か関わり合いがあるとしか思えなかったのです。具体的に言うと三つの点で。その一つはさっきも言ったようにあなたが事件の発生した場所に三度も立ったことですが、それは今聞いた芸術的動機で納得しましょう。あと二つの点を説明してもらいたいのです」

「待って下さい。一体それはどんな事件なんですか。私は殺されたのが男だということも今知ったのです。パリの殺人事件が日本にまでニュースとして伝わることはそうしばしばあることではないのですから」

警部は煙草をとり出し「いいですか」と許可をとってから吸い始め、それから思い出したように一本を青木に勧めてきた。青木は首を振った。ジタンの苦いがどこかにフランスらしい繊細な甘い香りを感じさせる味は、十数年前、彼がこのパリで唯《ただ》一つ好きになれなかったものだった。青木はパリではアメリカかドイツの煙草を吸うことにしていたし、今も昨日の晩学生区で買ったゲルベゾルテをもっていた。彼はそれを自分のポケットから出して火をつけた。

「ドイツの煙草ですね」

警部は意味ありげな目をゲルベゾルテの箱に向けてから、男の射殺死体が発見されたのは正確に言うと二月二十四日の午前六時だと言った。

「上着のポケットから出てきたパスポートでは名前はハワード・グレイヴス、国籍はイギリス、年齢は六十三となっていました。一月初めにブラジルからやってきて、このパリのホテルを転々として最後に泊っていたモンマルトルのホテルをその日の午前一時頃に出ています。男か女かわからない声でそのホテルに電話がかかってきて、どうやらその人物にマリー橋の下へ呼び寄せられたらしいですね。その橋の下で落ち合って間もなくに射殺されたようです。死体が発見されたのは午前六時頃で、その四、五時間前に殺されたと推定されていますから」

　そう説明してから、それは豪雪でこのパリが白い鎧《よろい》をまとったように見えた夜だったとつけ加えた。

「その男と私にどんな関係があるというのですか」

「パスポートは偽造だったんです。名前も国籍も年齢もすべて嘘でした。ブラジルから来たらしいのですが。顔に整形の跡があって、どうやら何かの追跡から逃れるために名前も身元も偽っている男だと想像できました。今の所、まだこれは確実というわけではありませんが、元ナチ親衛隊のハンス・ゲムリヒではないかと考えられています」

　親衛隊という単語がわからなかったので聞き直すと、警部はテーブルの上に太い指でＳＳという文字を書いた。

「モサドが追いかけているナチ戦犯の一人です。死体の額にはダビデの星が血で描かれていましたから、ナチ狩りの組織に殺された可能性は大きいのです」

　ナチという言葉を聞いた時から、青木には何故この警部が自分とその男とを結びつけて考えたか、わかっていた。

「私が昨日、第三帝国の本をもっていたのがあなたに不審を抱かせたようですね」

「そうです《ウィ》」警部は短くそう答える。

「しかし、あれは日本にいる友人に頼まれて買ったものです。その友人は大学で二十世紀のドイツの歴史を教えていますから」

真実を話すわけにはいかないので、青木はそう誤魔化した。警部はいかにも納得したというように大きく何度も肯いたが、その大袈裟さが逆に今の答えを疑っている気持ちを覗かせた。

「あの本だけではなく、あなたとその男をもう一つのものが繋げています」

「何ですか、それは」

「殺された男の上着のポケットからパスポートと共に扇が出てきたのです。ニホンの扇です」

「扇？」

単語を聞き違えたのではないかと心配して、青木は手であおぐ仕草をして見せた。警部は肯く。

「サクラを描いた小さな扇です。我々はそのニホンの扇を何故彼がもっていたかを知りたいのです。何が彼とその扇とを——ニホンとを結びつけているかを」

「このパリにいる日本人は私一人ではありませんよ」

青木の言葉に今度も警部はもっともだというように大きく肯いた。

「私はその男とも事件とも何の関係もありませんが、もしよければその男のことをもう少し詳しく説明してもらえませんか。いやさっき言った友人はナチについて研究をしているので何か面白い話を提供してやれたらと思うものですから」

もちろんその言葉も嘘であって、その男がナチ狩りの組織に殺された可能性があると聞いた瞬間から青木はその事件に興味を覚えている。同じ組織かどうかはわからないが、青木をフランスに呼んだのも反ナチの組織なのである。

「彼がもし本当にハンス・ゲムリヒならば、彼の本当の年齢はパスポートの記述よりももっと上だと想像されています」

警部がそんな話を始めて間もなく、激しい雨音が耳を襲い、青木は窓へと視線を向けた。警部の方はそれには構わず喋り続けているが、青木は窓の湯気の曇りをぬぐって街路を見た。パリで初めて聞く雨音だった。ただ音は激しいのだが、窓ガラス越しに見る雨は不思議に細く静かである。パリにはいろいろな色彩の雨が降る。青木はふと耳を留守にしてそんなことを考えた。モンマルトルには白い雨が、ブローニュの森には季節ごとに緑や黄色や赤色に変わる雨が、今の季節なら冬枯れた褐色の雨が、セーヌには灰色の雨が降っているだろう。そして今窓の外の街路には家並の煉瓦の色とセーヌから吹いてくる風の色とを混ぜ合わせて灰褐色の雨が降っている……そんなことを考えていた青木の耳にその時、突然のように一つの言葉がとびこんできた。「今、マルト・リビーと言いませんでしたか？」――降る雨はまだ正午前だというのにセーヌを日暮れに似た暗い無彩色で包んでいる。このまま本当に夜になり、何もかもが闇の中に消えてしまえばいい、彼女は窓から雨のセーヌを見おろしながら、何度も胸の中でそう呟いた。そうすればこの朝だけしか知らずに終わる一日を私は死ぬ直前に生涯の忘れえぬ一日として思い出し神を祝福するだろうに。一九四一年のベルリンでのあの日と同じ生涯最高の美しい輝かしい一日として……

彼女はセーヌではなく、今彼女が使っている名前と同じ名のついたその橋の下を見守っている。犯罪者は現場に舞い戻るものだというが、私にはその必要はないのだ、この窓に立てばいつだってその罪の現場を眺めることができるのだから……窓の左下方にかかったその橋の下の一点にむけて彼女はそう口に出して呟く。誰にも聞かれる心配はない。嫁のニコルは三ヵ月になった子供を連れて買い物に出かけているし、メイドは母親が死んだので郷里のシャモニに帰っている。部屋に誰もいなくなると彼女はこんな風に無意識のうちにその窓辺に立ってひと月前ハンスを殺した現場を確認するのだった。去年の最後の日、夕方、ブラジルからの電話を切った後やはり窓辺に立ち、ハンスを殺すならそこにしようと決めた場所を――そして窓辺に立っているその短い時間だけ、彼女はまたあの戦争が終わるまで自分がマルト・リビーであったことを確認するのだった。戦後四十数年にわたって自分がマルト・リビーであることを否定し続けてきたのに、ハンスの血をその手で流した夜以来、何故か「鉄釘のマルト」と呼ばれた日々がこんな風に懐しさの波となって不意に胸へと押し寄せてくる瞬間がある。ハンスを殺したことは彼女に後悔も罪悪感も何も残さなかった。その自分でも説明のできない懐しさだけが、あの豪雪の一夜が彼女に残したものであり、それだけが彼女がハンスを殺した証拠だった。窓辺を離れれば、自分のこの手があの夜間違いなく一人の男に向けて拳銃の引き金を引いた、その記憶さえ失くしてしまう。

今、激しい雨にかき消され、その場所はいつもより遠く感じられる。実際にはこのアパルトマンとその場所とが何メートル離れているかはわからないが、彼女の足で歩けばきっかり六分かかる。あの夜彼女はコートのポケットに拳銃だけでなく夜光の針のついた小さな置時計を潜めていて、倒れた死体の側《そば》を去ろうとした時、時刻を確かめたのだった。午前一時三分。そして部屋に戻りまっ先にまた時刻を確認した。午前一時九分。雪は厚く白い鉄の絨毯《じゅうたん》のように橋を道路を覆っていたが、彼女は足でしっかりとその鉄の絨毯を踏みつけ、いつもと変わりない速度で歩くことができた。あのガウアーの収容所の雪のぬかるみを歩き慣れた足で――

彼女は窓から視線をねじって、部屋のソファを見る。今年に入って四日目、ブラジルから電話がかかってきてから五日目のその午後ハンス・ゲムリヒが座っていた葡萄酒色のビロードに黄金の糸で刺繍のほどこされたそのソファを。その午後、息子夫婦は赤ん坊とメイドを連れて田舎にある叔母の家を訪ねていた。本当は彼女も同行するはずだったが、足首が痛むという言い訳をして一人部屋に残り、窓から息子夫婦の乗った車が出ていくのを確かめ、すぐにサンジェルマンのホテルに電話を入れた。ホテルの従業員に向けて彼女は声を低くして喋った。声を低くすると彼女は男とよく間違えられる。受話器からハンスの声が流れ出すと彼女は普通の声に戻ったが、ハンスはその声を聞いて大袈裟と思えるほどの安堵のため息をついた。前日の朝すでにパリに着いていて、まる一日ただ彼女からの連絡を待ち続けていたと言った。

彼女は自分の住所を教え今から三十分後に訪ねてくるように言った。建物に入る時誰にも顔を見られないように、部屋にあがるのにエレベーターではなく階段を使うように、三度念を入れて注意し、約束どおりきっかり三十分後に入口のドアのベルが鳴った。昔ガウアーで彼女は他のことと同じように時間についても厳しかったし、ハンスは彼女の命令に誰より忠実だった。

四十何年かぶりの再会は、「誰にも見られなかったわね」「ヤー」という言葉で始まった。ドアを開けてから彼女がその言葉を口にするまでの数秒間、ハンスは目に警戒の色を浮かべていた。肥った水牛のような彼女が別人としか思えなかったのだ。声を聞いていくらか安心したようだったが、ソファに座ってからもまだしげしげと彼女の顔や体を見ていた。どこか一ヵ所でも今の彼女と昔の鉄釘のマルトとをつなげるものを探り当てようというように。その目から警戒の色は消えず、すぐに彼女にはそれが自分の変貌のためではなく、ハンスが四十数年逃亡者を演じ続けたために身につけてしまったものだとわかった。彼女の方ではそんな彼が、昔とほとんど変わっていないように思えた。四十年以上もの歳月の流れや整形手術を受けたことが信じられないほど——青く透きとおった瞳はどのみちガウアー時代にもいつも何かに怯えるように小刻みに震えていたのだし、整形して細くしたという顎の線は、昔の角張った印象をさらに強調し、いっそうハンスの顔らしくなっただけのように思えた。唇にある幼なさや細い神経質そうな鼻すじ。

ただ彼は口を開く前に必ず頬の皺をひきつらせ左目をしばたたき、それと手に浮かんだ老人特有のしみだけが彼女の記憶にはないもので、二人が長い間かけ離れた遠い世界にいたことを物語った。

二人はお茶を飲みながら、たがいが四十数年間どうしていたかを、つまりは彼女にとって何の意味もないことを喋り合い、一時間もして彼女から五千フランを受けとり彼は出ていった。その金で三日ごとにホテルを変えその都度どこに泊っているかを、ジョン・ニールソンという偽名を使って電話で連絡してくるように命じ自分の方からホテルに連絡を入れる時はロジェ・マルタンという男の名を使うことにした。彼女の命令に、ハンスは軍服を着ていた時のように体を硬くし、「ヤー」と何度も答えた。勇気づけられたような顔色で、彼が余生のすべてをこのパリで彼女の命令にゆだねる決心だとわかった。それは敗戦の直前、今夜中にこっそりとこの収容所から逃げだした方がいいともちかけた時と同じ顔だった。彼はドアから出ていく間際にも軍隊式のキビキビした動きで敬礼をした。そういう動きを見せると、さすがに年齢がめだった。ドアが閉まり、顔から微笑を消し、彼女は一日も早くハンスを始末するよう自身にむけて命じたが、それを実行に移すまでに結局二ヵ月もの月日をかけてしまったのだった。

それをただ、いい機会が訪れないからだと自分に言い訳し続けてきたが、二ヵ月間何故実行をためらい続けてきたか、その本当の理由に彼女は二月二十四日午前一時、ハンスを殺したその瞬間に気づいたのだった。

その十二時間前、子供を連れて息子夫婦がニースへ旅立った直後にメイドのもとへ故郷の母親が倒れたという電話が入った時、今夜中に実行しようと決心した。もうこれ以上は待てない。二ヵ月のあいだ方々のホテルを転々としながらハンスは少しずつ元気をとり戻していった。外で逢うのを避け、その間に五回一人になる機会を狙ってハンスを部屋に呼んだが、パリへ来た直後は心労のためか死も間近いと思わせるほど老いさらばえて見えたのに、逢うたびごとに元気と若さをとり戻していった。それが久しぶりのヨーロッパの空気とマルト・リビーという心強い盾のせいだと、当のハンス以上に彼女にはよくわかっていた。ハンスが若返っていくぶん彼女は自分が老けこんでいく気がした。ハンスには「マリー」と呼ぶよう厳しく言い渡したが、ハンスは何度も間違えて昔の名で彼女を呼んだ。一度間違えるたびに、彼女の余生は一年ずつ削られていくのだった。そんな不安に耐えながら何故今日まで決行をためらっていたのか。その日今夜中に済ませようと決意した時そのことが彼女には自分ながら不思議で仕方なかった。ハンスはブラジルで殺人を犯して逃げてきたのだ。その方面から追及の手が伸び彼女までが巻き添えをくう危険があったというのに。彼女の決心を喜ぶように夕方からパリに雪が降り始めた。殺人現場に決めた橋の下までの往復には大した時間は要しなかったが、この雪は彼女の巨体をさらに人目から庇《かば》ってくれるだろう。一度決心すると彼女はもうわずかもためらわなかったし、何もかもがあっ気ないほど簡単に上手くいくと固く信じていた。その意味ではあの時代の自分を少しも失っていなかった。そしてあの当時と同じように信じていたとおり事は簡単に運んだ。午前零時に彼女はハンスの泊っているモンマルトルのホテルに電話を入れこう告げた。「困ったことになったわ。夕方見知らぬ男から電話がかかってきて、私のことを昔の名で呼んだの。目的も何もわからない電話だったけどあなたがこのパリへ逃げてきていることも知っているみたいだったわ。すぐに逢って何らかの打つ手を考えましょう。家族がやっと今全員眠ったわ。いいえ、私は足を痛めているからそう遠くへは行けないから、あなたの方でこの近くまで来てちょうだい」彼女は場所と時刻を指定し、雪で車はほとんどストップしているから、地下鉄で来るように指示すると、三十分待ち、身支度をした。厚い靴下を二枚重ねてはき、息子のはき古した靴をはいた。この雪なら十分もすれば足跡は消えるだろうが、万が一のための用心だった。彼女はコートを着るとポケットに拳銃と置時計を忍ばせ、午前一時五分前に部屋を出た。置時計をもったのは昔どおりすべてを一秒の狂いもなく運びたかったからだ。引き金を引きやすくするために手袋はしなかった。顔をマフラーで覆い隠していたが、その必要もないほど、町は麻痺し車の灯はもちろん人影ひとつ動いていなかった。アパルトマンを出るとゆっくりと通りを横ぎり、彼女は予定していた一時一分に河岸への石段の最後の段をおりきり、これも予定どおりハンスの影を橋の下に見つけた。橋の上の灯が雪にかき消されて届ききらず、ハンスの顔はほとんど闇に包まれていたが、体が小刻みに震えているのがわかった。それが寒さのためではなく不安と恐怖のためだと彼女はすぐに読みとった。あの時もそうだったのだから——あの時？　何かが彼女の脳裏をかすめ通ったが、それがいつのことかを思い出すためには、二分後拳銃の引き金を引くまで待たなければならなかった。その最後の二分間にハンスは「一体どういうことなんだ。誰がどうして俺たちのことを知っていたんだ。説明してくれ」と言い、彼女は安心させるように右手を彼の頰へと伸ばした。闇に包まれた頰へと。雪よりその闇のほうが冷たかった。「大丈夫よ、ハンス。私ならあなたを救ってあげられるわ。あなたを心配から解き放ってあげるわ」彼女は同じ言葉を二度くり返し、二度目の言葉の途中でハンスは襲いかかるように彼女の体を抱きしめてきた。ハンスの体とともに不意に悲しみが彼女を襲ってきた。風が橋の下にいる二人にも雪を容赦なく叩きつけてきて、彼女は頰に流れるものが雪か涙かもわからずにいたし、突然襲ってきた悲しみの理由も知らなかった。いやそれが正確には悲しみなのかもわからなかった。彼女は生まれてからその日まで一度も涙を流したことはなかったし、人並みな悲しみを味わったのは遠い昔に一度しかなかったのだから。愛撫するように彼女の体を必死に抱きしめてくる彼に、「大丈夫よ」子供を宥《なだ》めるような優しい声を何度もかけながら左手だけで彼の体を撫で続けた。そう、あの時も二人は闇の中で手探りでたがいの体をまさぐりあったのだ——右手は落ち着いたまま拳銃をポケットからとり出し、顔からマフラーをはがしそれを包みこんだ。「一体何故そんな電話がかかってきたんだ、説明してくれ」ハンス・ゲムリヒは最後にもう一度そう尋ねた。まるで彼女ならどんな質問の答えも知っているかのように。本当にそんな電話がかかってきたなら彼女にだってどんな説明もできはしないのに。彼女は一瞬のためらいもなく引き金に指をかけると同時にそれを引いた。音は小さかった。彼は悲鳴をあげず、ただ「何故」とだけ呟いた。さっきの質問の続きだったのか、突然の銃声の理由を尋ねたのかわからなかった。それでも声だけで彼が微笑しようとしているのがわかった。それがただの冗談だと信じたがっているように。彼の顔が彼女の肩に落ち、体はゆっくりと崩れ落ち、聞きとれないほどの声で「マルト」と呟いた。最後まで彼は間違えたのだった。それが彼の人生の最後の間違いであり、最初の間違いはおそらく遠い昔、自分の気の弱さを信じようとせず夢の中の自分の方を信じてSSの軍服を着た時だったのだろう。彼の斜めに落ちた肩にナチの軍服は似合わなかったのだし、もしそれを着ることがなければ、それから五十年後、こんな冷たい雪の上に倒れることはなかっただろう。彼の体は橋の下にも厚く降り積もった雪の上に倒れ、最後に右手が彼女の脇腹をくすぐるようにすべり落ちていき、そしてその瞬間、彼女はこの弟のような男とたった一度だけ愛の一瞬を作ったあの時のことを思い出したのだった。敗戦の年、ガウアーから国境まで逃げのび、その国境の村の納屋に潜んで、黒い泥土に似た汚れきった闇と湿った干し草の異臭の中で外套を着たまま体を交わらせたことを。あと一時間もすれば村は寝しずまるだろう、それを待って村に火を放つはずになっていた。納屋にかかっていたランプの油はつきていて、彼女はマッチを擦り、それまでのあいだ体を横たえる場所を探そうとした。彼女はその時までハンス・ゲムリヒを一人の男として見たことはなかった。彼女の命令を守る一匹の犬であり、時に人間らしい感情が起こることがあっても、それは気弱な弟に姉が感じる多少の憐れみでしかなかった。それなのにマッチの小さな炎がハンスの横顔を浮かびあがらせた時、その顔がベルリンにいる一人の男と瓜二つに見えたのだった。彼女が生涯でたった一人愛した男と。実際にはハンスとその男とは似ても似つかなかったのだが、あの五分後の運命さえわからない暗闇の中ではどんな男でもベルリンのあの人と似て見えただろう。彼女は続けざまにあと二本マッチを擦り、ハンスの顔をさぐった。童話の中の少女のように、ベルリンとあの人とを六百キロはへだてているこの夜のかたすみにもまだ夢が残っていることを確かめようとして。彼女の夢見た帝国は今や瓦礫と化そうとしていたし、ユダヤ人のようにこそこそと逃げまわり溝鼠《どぶねずみ》のように闇の隅にひそんでいる自分が赦せなかった。鉄釘のマルトはこの時もためらわなかった。三本目のマッチが燃えつきるまでに彼女の方から誘い、ハンスはこの時も素直に肯いた。たぶんそれが鉄釘のマルトの命令だったから。一時間後には村を包む火に焼かれてマルト・リビーは死に、彼女は別の女に生まれ変わることになっていた。彼女は今自分を閉ざしているすべての闇から逃れたかったし、自分を葬り去り、忘れ去るためには四本目のマッチが必要なだけだと自分に言い訳した。信じられないことだったがハンスはすでに女を知っていた。それもおそらく何人もの女を。外套ごしに彼女の痩せた胸をつかもうとした手でそれがわかった。彼女の手が外套ごしにまさぐった体はすでにあの当時も老人のように枯れ果てていた。そしてあっけなくそれは終わった。彼女はすぐにハンスの体を突き放し、すぐに、マッチの火よりも心細い火をつかの間燃やしただけのその瞬間を忘れた。

それから四十何年かが過ぎ、ハンスと再会した時でさえ思い出すことのなかった一夜の短い出来事が、何故射殺したその瞬間になって蘇ったのかわからないまま、降りしきる雪の中で彼女はぼんやり、ハンスにとってあの時私は何人目の女だったのだろうと考えていた。そしてあの時二人が燃やし合ったつかの間の火のために今日まで二ヵ月間ハンスを殺すのをためらい続けてしまったのだと。だがその考えは、激しい雪の中で垣間見た幻のように数秒、頭を掠めただけだった。彼は彼女の足もとに倒れ、息絶え、意味もなく伸ばした手の先でセーヌは黒く流れていた。彼女はハンスの口から流れ出した血でその額にダビデの星を描き、すぐに死体から離れ、やはり六分かけて部屋に戻り、拳銃や血のついたマフラーを処分する前にまず窓辺に立って自分が今犯した罪の現場を確かめようとした。だが雪は白い鎧戸になって窓を閉ざして何も見えず、時おりそれでもまだ点っている街の灯りが、風が雪を巻きあげるすき間を狙って飾り物のように小さく燦くだけだった。

それから今日までの一ヵ月間、彼女はその窓辺から何度か刑事らしい男が犯行現場の河岸をうろつきまわるのを見た。ついさっきも雨に霞む前に二人の男が立ち何かを語り合っていた。その場所からもこの窓が見えるはずだが無数の窓の一つから犯人が毎日現場を見守っているとは想いもつかないだろう。それに死んでしまったハンスこそが、ハンスと彼女とを結びつけられる唯一の証人だったのだから。彼女が死体の額にユダヤの王ダビデの星を描いたのは、どのみちいつか偽造パスポートや顔の整形手術の痕から殺された男が元SS隊員だったことはばれてしまうだろうし、その時まで待つよりいっそ最初から警察の目をナチ狩りの組織にそらしておいた方がいいと考えたからだった。これは計算どおりになった。半月後、新聞はセーヌ右岸で殺害された老人が元SS隊員のハンス・ゲムリヒであるらしいこと、警察ではナチ狩りの組織に殺された可能性が強いと考えていることを小さな記事にして報道した。ナチ狩りなどという実体のつかめない得体のしれない組織が相手だとわかって、結局、警察は近々に事件を放棄するだろう。もう何も心配することはないのだ。リュクサンブール公園でハンスと別れて以来四十数年、胸の隅にささっていた刺《とげ》をぬくことができたのだ。これで永久に私はマルト・リビーという名とあの時代から解放される——

それなのに、そのはずだったのに一体何が自分の中に起こったのだろう。

自分をマルトと呼ぶ最後の人間がこの世界から消えた瞬間から、まるである一時期の記憶だけを回復した記憶喪失者のように、あの時代が懐しさと呼ぶには激しすぎる感情の嵐となって襲いかかってくるようになった。殺戮に明け暮れたガウアー時代、指一本の動きで何百人ぶんの生命を操れた日々、彼らのおびえた目、私の小さな細い体に黄金の水のように溢れた彼らの泣き声、呻き声、叫び声。その前のベルリン時代、町中に鉤十字の軍旗が赤く翻っていたあの時代、彼女が将校服を、黒のビロードに金銀の刺繡がほどこされた華麗な夜会服のように着こなしていた日々、全国党大会でのあの人の力強い演説の声、オリンピックのファンファーレ、国立競技場を埋めたドイツ国民の歓声、国民全員が一人の巨人となってふくれあがり、あの人の名を連呼した声、そして国立歌劇場を満たしたワーグナー、さらにそれよりずっと以前、私がまだ党機関紙の一記者に過ぎなかった頃の一夜。あの人が私の書いた記事が面白いと言って私を食事に誘った一九三一年十月のあの夜。ベルリンが秋の枯葉色に染まりかけていたあの夜、私が前年第二党へと躍進したナチがドイツを制覇するためにはどうすればいいか自分なりの考えを語ると、あの人は感嘆の目で私を見たのだった。私がまだ二十三歳だということが、女だということが信じられないように。でもそれはほんの一瞬だった。あの晩ドイツの理想について熱っぽく喋り続けたのは私の方だった。あの人はむしろ日頃の弁舌の才とは別人のようなぎごちない喋り方をし、時々無言の悲しそうな目を私に向けた。ちょうどあの人が可愛がっていた姪が理由のわからないピストル自殺を遂げて間もない頃で、あの人が荒れているという噂を聞いていたから、私はあの人がその目とともに狂っていくのかもしれないと考えた。何かの拍子にあの人が、今君の言ったとおりにすればナチはドイツを握れるねと言ったので私は彼がほとんど私の話など何も聞いていないのを知った。「今、私が喋ったことはみんなあなたがこの前の演説で喋ったことだわ」あの人は少し当惑した顔をし、そして不意に涙のように目に欲望を滲ませ、上《うわ》の空の声のままホテルへ誘った。「私でいいのか」私はそう尋ねた。私は男にそんな目で見つめられるだけのものを、体のどこにももっていなかったのだ。あの人はもう自分が誘ったことも忘れてしまったかのように何も答えず、私は数秒考えてから肯いた。その数秒間は私の生涯での最も長いためらいだった。私は、この人は死んだ姪の身代わりのために私を抱くだけだがそれでもいいのか、と自分に尋ねていたのだった。——そう、あの晩のすべてを彼女は昨日のことのように思い出せる。最後の酒を盃につぎながらもう一度自分の欲望を確認するように彼女を見つめた男の目、狂いだしたとしてもおかしくなかったその悲しげな目。ラーゲル湖のほとりの古い石のホテル。少し耳障りな音で軋《きし》んだベッド、男の小柄な体の上で彼女が初めて確かめた自分の体の小ささ。黒い葡萄酒のように濃密だった夜が終わり、窓に迫っていた灰色の夜明け。

その夜から始まった無数の日々が、こんな風に窓辺に立ち、ハンスを殺した現場を見おろすだけで奔流となって彼女の体へと流れこんでくる。赤ん坊の泣き声と共に。ガウアー時代の最後の日々を飾るあの泣き声と共に——いや、現実にも赤ん坊の泣き声が聞こえている。

驚いてふり向くと、いつの間にか嫁のニコルが買い物から帰ってきていて居間の入口に立ち、不思議そうな顔で彼女を見ていた。その腕の中でしきりに赤ん坊が泣き騒いでいる。

彼女は反射的に微笑を作り、窓を離れ、赤ん坊を自分の腕に抱き、やっと生えそろった髪を撫でた。

「どうしてそうむずかっているの。お前は雨が嫌いなのかい。雨の日はいつもこんな風に泣くのだね」

優しい声をかけたが、いつものように赤ん坊は泣き声を激しくしただけだった。三ヵ月がすぎたのに、赤ん坊はいっこうに彼女になつこうとしない。この子もあの赤ん坊のように私の恐ろしさを知っているのだ。私の腕が鋼でできていていつでも凶器に変わりうることを知っているのだ……

「眠いんでしょう。寝かせつけてきますわ」

ニコルは赤ん坊を彼女の腕から自分の腕に移し居間を出ていこうとして何かを思い出したらしくふり返った。

「ギャラリー・ラファイエットでディズィエ夫人と会いましたわ。今年の春はロレーヌの孤児院を訪れるつもりだけど、お義母《かあ》様も行っていただけるかって」

「そう、だったら後で電話をしてみるわ」

彼女は結婚して院長夫人におさまって以来、病院関係者の夫人を集めて慈善活動を続けている。多額の寄付も年二回の慈善施設の訪問も彼女には何の興味もないことだったが、自分をマリー・ルグレーズに塗り変えるには効果的な化粧法の一つだと思えたのだった。慈善という言葉ほど鉄釘のマルトと無縁なものはなかったのだから。五年前からディズィエ外科部長夫人にすべてを任せて自分は何も口をはさまないようにしているが、春と秋の小旅行を兼ねた施設訪問にはできるだけつき合うようにしている。

赤ん坊はやっと寝ついてくれたらしい、静かになった居間にニコルが戻ってきた。

「お義母様、今夜オペラ座には何時に出かけましょうか」

「おや、今夜だったかしら、オペラは」

彼女はわざと忘れたふりをした。

「ええ。間違いなく今夜ですわ。子守りを何時に来させればいいのかと思って」

「そのテーブルの抽き出しに切符があるから見て頂戴」

今夜、オペラ座へワーグナーの歌劇を見にいくことになっている。彼女はこの部屋で一人いる時以外にはできるだけワーグナーを聞かないようにしている。ワーグナーを聞く際の恍惚とした表情は温和なルグレーズ未亡人には似合わないのだから。だが今度のオペラ座の公演だけは別だった。ベルリンから歌劇団がやってきて「神々の黄昏《たそがれ》」を上演している。それは一九四一年のあの夜、ベルリン国立歌劇場であの人のすぐ隣りに座って彼女が聞いた曲だったのだから。

ニコルが入場券を調べ、子守りに午後四時に来てくれるように電話を入れ、寝室へ戻っていくと、彼女はまた窓辺に寄った。あの晩、ベルリン歌劇場の玄関に並べて飾られていた鉤十字の旗を思い出すために。

あれはすでにドイツ軍がパリ無血入城を果たし第三帝国がもう世界を制覇したかのような一夜だった。夜は幾重もの黄金の鎧戸であの旗とあの人を護り、劇場中がナチの軍服で埋まり、ところどころに迷いこんだ孔雀《くじやく》のように女たちが衣裳の華麗な翼を広げていた。あの人が二階の正面の桟敷《さじき》に入っていくと全員が立ちあがり、片腕を大きくあげて、あの人の名を讃えた。それは歴史が、過去から未来へと流れ続く時間のすべてが彼の前にひれ伏し、必死に彼の歓心を買おうとしているかのようだった。そして歴史が完璧な美の一瞬をもちうるなら、あの夜のワーグナーこそがそれだった。全世界を押し流すほどの音の洪水が、あの夜、ただ一人あの人のためだけに奏でられたのだ。ワーグナーはあの人が二十年後にこの世に生を得ることを予想してあの凱旋行進曲を書いたに違いなかった。神々の黄昏——なんとあの一夜にふさわしい曲名だっただろう。あの人の威光の前で神も世界もワーグナーもその光を翳らせていたのだから。凱旋行進曲が奏でられた時、勝利のファンファーレが鳴り響いた時、私はジークフリートではなくあの人が黄金の鎧の代わりに軍服を着て、黄金の舟の代わりに戦車に乗って凱旋する姿をはっきりとこの目で見た。あの人の右隣りにはあの晩の一番美しい孔雀が白に薔薇色をにじませた衣裳の羽を閉じて座り、左隣りには軍服を着た私が座っていた。……あの人は音楽が激しい波をうち寄せてくるたびに感動にむせるように喘いで救いを求めるように隣りの美しい娘を見つめ、十回に一度は思い出したように私をふり返り私の手を握りしめた。短い幕間にあの人は右隣りの娘の耳に愛の言葉を囁き、私の耳には「今夜この劇場の玄関に飾られた旗の三分の二は君の物だ」と囁いた。私は、孔雀のように美しいその娘に嫉妬したことはなかった。私はその娘のためにあの人に棄てられたのではなく、私はもうあの頃将校服をまとって、あの人の理想のために、第三帝国の夢のためにだけ生きようとしていたのだから。あの人は私が女としてよりも政策の助言者としてずっと役立つことを知っていたのだし、助言を求められるたびに私が答えてきた「はい《ヤー》」か「い《ナ》いえ《イン》」が第三帝国を間違いなく大きくしてきたことを知っていたのだし、私自身もまたあの頃の痩せた鋼のような体が女としてよりあの人の忠実な部下としての方がずっと魅力的に見えることを知っていたのだから。そう、だからあの華麗な一夜から一年後、あの人が、「マルト。君はガウアーへ行ってくれないだろうか。あの収容所にはアウシュヴィッツも敵《かな》わないような優秀な医師たちを集めて、ある実験をさせている。ところが所長のシュヴァインが頼りない男でね、君が行ってくれたら医師たちもどれぐらい心強いかわからないよ」そう言った時、それがヒムラーやゲーリングやゲッベルスやあの人の重臣たちが私の存在を煙たがり私をあの人から遠ざけようとしてあの人を丸めこんだのがわかっていながら、ためらうことなく「わかりました」と答えたのだった。「でももちろん時々ベルリンに戻ってきてくれたらと思う。君がいないベルリンなど三分の二は無意味な都だからね」あの人はあの夜歌劇場で美しい娘に愛を囁いたのと同じ声でそうも言った。そして三年が過ぎガウアーを冬が暗い扉で閉ざそうとしていたあの日、あの人はベルリンから電話をかけてきて同じ声でこう言ったのだ。——「君をガウアーなどに行かせたのが間違いだった。今、君がすぐ傍らにいて、『ヤー』か『ナイン』を答えてくれるのならと思うよ。ただ一つだけ頼みを聞いてくれるだろうね。ある手術を一人の赤ん坊に施してもらいたいんだ。たとえ第三帝国が滅びることがあっても第四帝国として蘇るためのある秘密をその体に残してほしいんだ——いや、大丈夫だ。たとえその赤ん坊が敵の手に渡ってもまさかその小さな体の中にそんな大それた秘密が隠されているなどと思うものか。東洋人の汚れた黄色の体の中にね」私はあの人の最後の命令に「ヤー」「ヤー」と何度も答えながら、何故間もなくガウアーに送りこまれてくる東洋人が産む赤ん坊にそんな手術をしなければならないのかと考えるより、遠いベルリンからの電話の雑音に混ざったあの人の声があの歌劇場での一夜、右隣りの美しい娘に愛を囁いた声に似ていると考えていた。そう、あの晩、大粒の真珠を飾りハイネの詩の中の貝殻よりも美しかった娘の耳にこう囁いた声と似ていると——「今夜の君の美しさは第三帝国よりも価値があるよ、エヴァ、私の最愛のエヴァ・ブラウン」

　あの人は本当に久しぶりに私が、エヴァ・ブラウンと同じ一人の女だということを思い出したのだった。だから私には、第三帝国が滅びようとしているのがわかった。今ベルリンで電話を握っているその手の指のすきまから世界はこぼれ落ちようとしていた。

「大丈夫だ。第三帝国は滅びない」私が何も尋ねないのに彼は何度も必死にそう叫んだ。あの鞭をうちつけるような激しい声で。私は「ヤー」「ヤー」と答えながら、それがベルリンからの、あの人からの最後の電話になるだろうと思っていた。そして今ベルリンの総統府の一室では遠い昔の一人の女に電話で永遠の別れを告げているあの人のすぐそばにやはりエヴァ・ブラウンが柔らかく美しい体を横たえているのだろうと——あの人の最後の気休めのために。

「ナチの残党が先月パリで殺された話を知っているか《ディド・ユー・ノウ・ザ・リメインズ・オブ・ナチ・ワー・キルド・イン・パリス・ラスト・マンス》」

パール・デュ駅の改札口に迎えに来ていたマイク・カールソンに連れられて川のすぐ近くのホテルに入り、小さなベッドがおかれただけの部屋に通されると、すぐに青木はそう尋ねた。再会の挨拶は車の中で済ませてある。長い脚をもてあまし気味に組んでベッドに座っていたマイクは、青木のたどたどしい英語が聞きとれなかったかのように眉をひそめた。それでも唇だけは自分が陽気なヤンキーだということを忘れずに笑っていた。部屋には赤いペンキを粗く塗った小さな木の椅子があった。それに腰をおろし、煙草に火をつけながら青木がもう一度同じ質問を口にしようとした時、

「新聞で読んだのですか《ディド・ユー・リード・イット・イン・ペイパーズ》」

マイクはそう尋ね返してきた。青木は首をふり、パリの十数年前の知人と一緒に食事をした際、偶然聞かされたのだと嘘を言った。警察の名は出さない方がいい気がしたのだ。

「その人に、あなたがパリへ来た本当の理由を話さなかったでしょうね」

青木は「話さなかった」と答え、「もちろん」とつけ加えた。

「警察ではナチ狩りに殺されたと考えているらしいが、君たちが殺したんじゃないだろうね」

「ノー」

マイクは大袈裟に肩をすくめて否定し、「何故そんな風に考えるのか」と尋ねてき

た。

「殺された男が、ガウアーにいてマルト・リビーの部下だったと聞いたからだ。私の体に何かの手術を施したと君たちが考えているマルト・リビーの」

「ハンス・ゲムリヒはほんの小物です。我々の組織だって、他の組織だって無視している男です。もし彼がナチの残党として殺されたのなら、収容所で彼に虐げられたユダヤ人が個人的に恨みを晴らしただけでしょう。——それに我々がハンス・ゲムリヒを見つけ出したのなら、彼を殺すような馬鹿な真似はしません。彼はガウアーでの最後の一ヵ月、日本人母子に何が起こったかを知っている貴重な証人ですからね。それを聞き出し、モサドに引き渡しますよ」

「君は事件が起こった時、どこにいたんだ。ニューヨークか西ベルリンか」

「ニューヨークです」

「ニューヨークでどうやって事件を知ったんだ」

「ニューヨークの新聞でです。ニューヨークにはたくさんのユダヤ人がいます。世界のどこででもナチの残党が殺されたとなれば新聞は報道します。たとえそれがハンス・ゲムリヒのような小物であっても——ミスター・アオキ。あなたは私の言葉を疑っているのですか」

「いや、そうではないが。もう一つだけ質問がある。ルーヴルでは何故あんな面倒な方法で切符を渡してきたんだ。君はいっさい危険はないといったが、あれではスパイ小説の主人公のように私の生命が危険にさらされているとしか思えなかった」

「万一のための用心です。ネオナチの連中が我々の動きを警戒していることはお話ししたでしょう。あなたの生命は保障しますが、多少の危険は覚悟してもらわなければなりません」

「多少の危険？　君は日本では危険は全くないと言ったはずだ」

マイクは青木を見つめ、しばらく無言でいた。自分もすぐ隣りに部屋をとってあると言い、その鍵を言葉のかわりにベッドの端にうちつけて金属音を響かせていたが、やがて「わかりました」と言った。

「ヨコハマでの言葉は訂正しましょう。今度のことについては多少の危険がともなっています」

「それが、いつ大きな危険という言葉に変わるのかね」

青木の皮肉に、マイクは笑顔を作った。

「あなたがその危険を恐れるというのなら、いつこの話から手をひいて下さっても構いません。ただちにニホンへの航空券を用意しましょう。二年もかけたこの計画が台無しになるのは我々にとっては残念ですが、仕方がありません。また別の人間を捜しますよ」

アメリカ青年の笑顔は、青木がこのリヨンまで来て話からおりるはずがないことを見ぬいていた。エルザから報告を受けて、青木がそのもの静かな外見からは想像もできない大胆さをもっていることも知っているはずだった。二月初めの冷たい雨が降る晩、東京のホテルのベッドの上でエルザがふとこう尋ねてきたことがある。「あなたはどんな性格をしているの？」そして青木が無言で尋ね返した目にむけて、「仲間に一応あなたがどんな性格をしているかを報告しなければならないの。あなたが第二のアンネ・フランクにふさわしい人物かどうかを仲間は知りたがってるわ」と言った。青木は面倒だったから、「君はどう思うんだ。君が感じとったままを報告してくれればいい」と答えると、「そうね、まず、あなたは私が知っているどのニホン人とも違うわ」と言った。「当然だろう。半分は日本人ではないのだから」「そうではないわ。国籍は無関係だわ。ケイコはあなたが優しくて孤独で自分に対して厳しすぎる人だと言ったけれど、私はそれとは違う考えをもっているの。ケイコはあなたの表面しか見たがらなかったの。あの夜、あなたに初めて逢った瞬間から私はあなたが冷たい残忍な性格をしているのを見ぬいていたわ。あなたは私の体を愛してはいても私を生涯愛することはないわ。私だけでなく誰をも愛することはないわ。あなたは他人に対して燃えることはないわ。あなたが燃えるのは自分のためだけだわ。芸術家はみんなそうかもしれないけれど……正確に言うなら、あなたは私の体だって愛していないわ。私の体に燃える自分を愛しているだけよ。ケイコだってあなたと一度抱き合えば簡単にそれがわかったと思うけれど」そう言ってから、「いいえ、あなたが自分の他に愛してる人間がひとりだけいるのを忘れていたわ」とつけ加えた。

「誰なんだ、それは」

「お母さんよ。あなたは母親のためか自分のためならどんなことでもする人だわ。たとえそれがどんな危険なことでも。いいえ、むしろ危険を自分から望んでいるわ。あなたは危険なものが好きだわ。私はあなたが二つのものに情熱を燃やしているのを知っているけれど、その二つはともにとても危険なものだわ」

「二つのものって？」

「絵と、私の体よ」

エルザは冗談めかして言い、その唇に浮かんだ微笑を青木は自分の唇で吸いとった。

青木には自分の性格などどうでもよかったし他人事《ひとごと》のようにエルザの言ったことは全部正しいだろうと考えただけだが、おそらくエルザはその後、国際電話かエアメールで、青木に言った言葉をそのままマイクにも伝えているだろう。エルザ——青木は彼女が無事に帰国したかどうかを知りたかったが、彼女の二番目の男だったかもしれないマイクの前でその名を出すのはためらわれた。

青木は首を振り、マイクに日本に帰る気持ちはないことを伝えた。マイク・カールソンは、空腹ではないかと尋ねてきて、もしそうならこの近くにまだ開いているカフェがあるから簡単に食事でもしようかと言ったが、青木は長い時間列車に揺られて疲れているからと言って断った。今日の午後西ベルリンを発ち青木より一足先にこのリヨンに到着したというマイクもその笑顔にわずかだが疲労をにじませている。

「だったら明朝一緒に食事をしましょう。ソフィを十時に訪ねる約束になっていますから八時頃に起こしに来ます」

マイクはドアをノックする仕草をして、部屋を出ていった。隣りの部屋のドアが開く音がし、しばらく花模様の壁紙を貼った壁ごしにかすかな物音が聞こえていたが、やがて寝についたのか静かになった。青木は窓に近寄った。

ソーヌ川と呼ばれる川が眼下を、夜の深い眠りについたようにゆったりと流れている。すぐ近くに橋があり、橋の灯を時々気まぐれに川の流れが掬《すく》いとる。眠りについた川がその周辺でだけ何か美しい夢を見ているかのようだった。川に漂うその光には光沢があり、青木はリヨンが絹織物で名高い町であることを思い出した。パリに次ぐフランス第二の都市だが、川にも夜影にも地方都市の匂いがした。対岸はなだらかな斜面になっているらしい。所々にまだ点っている灯でそれがわかった。対岸の方が闇が濃かった。

窓を離れようとした時である。窓のすぐ下は細い石畳の舗道でホテルの前から河岸へとおりる石段があるのだが、そこに街灯が一本立っている、その街灯に男が一人寄りかかってホテルの玄関を監視でもしているように見えた。男だということとかなり長身だということ以外は何もわからないが煙草を吸っているようだった。片方の腕が時々顔へと動く。それ以外は銅像が立っているように動かない。

青木はカーテンを閉め、部屋の電気を消し、カーテンの隅から覗いてみた。依然それは動かない。石畳に長く伸びた影もじっとしている。その影へと近づいてきた野良猫が一匹、人間の気配を感じとったのだろう、不意に跳びのいて逃げ去った。

刑事だろうか。ロスタン警部は青木がリヨンに来ていることを知っている。元ナチ党員が殺された事件と自分は何も関係がないという青木の釈明を警部は信用したように見えたが、やはりまだ疑惑を残していて誰かに尾行を命じてこのリヨンまで追いかけてきたのか。それともマイク・カールソンの組織と敵対するネオナチグループの一員なのか。パール・デュ駅へ迎えにきたマイクはこのホテルに着くまでにタクシーの後窓から二、三度心配そうに背後をふり返っている——

いや、ただタクシーが通りかかるのを待っていただけだったのだろう。何分かしてタクシーの二つのライトが流れてくると、男は手をあげ、そのタクシーで走り去ったのだ。ただそれだけのことだと青木は考えることにした。タクシーに乗りこむ時、足をふらつかせていたからただの酔っ払いだったのだろう。長旅の疲れが出たので面倒なことは何も考えたくなかった。脱いだ服を椅子に放り投げ、青木はベッドへと倒れこんだ。

翌朝マイクのノックで目をさました。マイクは既にすぐにでも出かけられそうな服装だった。青とグレーの混ざったコートを着ていた。コートの襟もとから赤いネクタイが覗いていた。一階に小さな食堂があるからそこで待っていると言ったが、青木がシャワーを浴びてすぐに行くと言うと気持ちを変えたらしい、部屋に入ってくると青木に「悪いがシャツを脱いでもらえないか」と言った。

青木が意味がわからずにとまどっていると、安心させるように笑い、何かを言った。「手術《オペレーション》」という単語しかわからなかったが、どうやら胸の手術の痕を見せてほしいということらしい。青木が言われたとおりにすると、マイクはブルーの瞳を青木の胸に絞った。青木を窓辺に連れていき、射しこんでくる朝の光の中で観察を続けた。光をきらめかせ、瞳は青の着色をしたレンズに似ていた。

「痛むことは？」

「ノー。今まで痛みを感じたことは一度もない」

「あなたを育てた伯母さんはこの痕について何か言っていませんでしたか」

「何も」

ただ——小学校の時虫垂炎の手術をした際である。横浜の市立病院の医師が、その痕に興味をもったらしくつき添っていた伯母に一体いつどこでどんな手術を受けたのかをしきりに尋ねていた。伯母は肋膜炎の手術だということ以外何も知らないと答えたが、医師はその答えでは納得しなかった様子で、伯母のいない時間を狙うようにして他の医師をかわるがわる連れてきては少年の胸の手術痕を見せた。中でも一人、院長ではなかったかと思うが、白髪の老人が眼鏡のレンズ越しに視線を固定させていたのを青木は今でもよく憶えている。視線と同じ冷たい指で何度もその痕をなぞり、青木はその指がメスとなり再び胸を切り開きそうな気がして怯えたものだ。

もっともこれだけの話を英語で説明できるかどうか自信がなかったのでマイクには何も言わなかった。マイクはあの老医師のように指でその痕をなぞった。当時、左胸の心臓の下のあたりを赤黒く十字に割っていたその痕も、今ではかすかな紫味を帯びた淡《うす》い灰色に変わり、消えかかったそれは目には見えない十字架の首飾りが影を落としているように見える。

マイクはわからないと言うように何度も首を振り、「これが何の手術痕か今日ソフィと会って分かればいいのだが」と言い、それから部屋を出る前に、

「今日は英語とフランス語を話せるニホン人の留学生が一人つき添うから言葉の問題は何も心配ない。ただし彼は組織の人間ではないから今度の話については彼の前ではいっさい沈黙を守ってほしい。彼には青木がヨーロッパへ母親を探しにきてその行方を知っているらしい女性と会うことになっていると話してあるから」と言った。

「しかし、ソフィ・クレメールが喋りだしたら?」

「大丈夫です。後で彼には私から適当に誤魔化しますので」

マイクはそう言って部屋を出た。

十五分後、青木が食堂におりていくとマイクは既にその通訳の日本人青年と一緒だった。マイクの隣りにいるせいかひどく小柄で子供っぽく見えたが、二十四歳で三年前からリヨンの大学に留学してフランス文学を勉強しているという。日本の若者にしては表情が豊かで、青木の名はよく知っているし青木の絵も好きだと言い、この異国で青木に会えたことにひどく感激している様子だった。日本人としても童顔のほうらしく、笑うと十六、七の少年の顔になる。三上隆二という名だった。

朝食が終わった後、タクシーで問題の聖クレルモン病院へと向かう途中、青木はこの

リヨンが横浜と姉妹都市であることを教えられた。長く横浜に住んでいながら、それを知らずにいた青木は、結ばれた二つの都市に別れて住んでいた自分とソフィ・クレメールがこんな風に今から対面しようということにやはり不思議な運命を感じた。いったいその対面劇はどんな風に行われるのだろう。これが単なる母親探しのドラマなら青木には既に結末はわかっている。母親はもうすでにこの世にはいないのだ。青木はいったいマイクたちがその母親探しのドラマにどんな裏のドラマを仕掛けているか、それを一観客として見に行こうとしているだけだった。

車中、マイクは二度後窓をふり返った。青木も何気なくふり返って見たが、尾いてくる車はない。ホテルを出るとすぐにソーヌ川を渡り、寝る前に窓から眺めた対岸の斜面を車は縫うように上っていく。細い石畳の道をはさんで古い煉瓦や木の家並が続いている。繊維工業で名高い町に似合ってショーウィンドウに生地や洋服を飾った店が目立った。ソーヌ川のこちら側が旧市街であり、ホテルのあった側は戦後発展した新市街だと三上が説明した。どちらかというと時代の発展にとり残されてしまった街なのだろう。よそから訪れた者にはその古さの方が美しく映るのだが、空から降り注ぐ朝の光をよせつけようとせず、セピアの古色の中に逃げこんだ老いた街並にはやはり一抹《いちまつ》の淋しさがあった。確かに横浜の外人墓地をとりまく石畳の道を連想させるものがある。

街並をぬけるとしばらく坂道は林の中にまぎれこみ、やがて前方の木々をかすめて白い建物が見えてきた。パリとは違い春めいた暖そうな陽の光が木々の葉を印象派風の緑色に見せている。坂道の蛇行に合わせて木もれ陽は金色のきらめきをさまざまな方向へと流し続ける。その流れの中に漂うように浮かんだ白亜の建物は幻のように見えたのだが、林を突きぬけて近寄ると意外と現実的な建物だった。日本の病院のような殺風景な五階建てのビルで、壁面の白の清潔さだけが装飾だった。以前はキリスト教の教会が慈善事業としてやっていた小さな、日本で言う老人ホームのようなものだったらしいが、六年前リヨン市が福祉事業として金を出し今のビルに建て直し、今では六百人の寝たきり老人や身寄りのない老人を収容しているという。その話を玄関に出迎えた副院長から聞かされた。青木たちは三階にあるその副院長の個室にまず通された。

依然教会としての機能も果たしているらしい。中庭には十六世紀に建てられたという古い礼拝堂があり、庭でかなりの人数の老人たちが日光を浴びていたが、その世話をする看護婦たちに混ざってシスターたちの姿も見える。

院長は今、パリに出かけているのでと言い、五十過ぎの副院長は柔和な笑顔で、青木がわざわざ日本から訪ねてきた労をねぎらった。青木たちが通されて五分もすると、二人の男が入ってきた。一人は白衣を着たまだ三十前後の青年であり、ソフィ・クレメールをずっと担当してきたこの病院のルロワ医師だと紹介され、もう一人、背広を着こんだ青木と同年齢ぐらいの男は、リヨン最大の総合病院の外科医だと言われた。ルディエと名乗ったその男は背広を着てはいるが、眼鏡ごしの冷たい目と細く尖った顎とがいかにも医師らしい風貌である。モジリアーニの絵を想わせる細長い顔だった。この男が何故自分に紹介されたか、青木にはわからなかった。マイクは副院長とも二人の医師とも親しげに英語で喋り合っていたが、彼らがマイクの組織とどんな関係にあるかもわからなかった。青木にわかったのはともかくソフィ・クレメールに会うという義務が自分に課せられていることだけだった。三上青年は巧みに英語、フランス語、日本語を使いわけて自分の役目を果たしている。

「この数日のソフィはとても元気がよく、あなたの来るのを楽しみに待っていました。あなたのことはすでに話してあります。きっとあなたと会うことでさらにいい成果がでるでしょう」

若いルロワ医師は、医師というより神学生といった方が似合いそうな温和な顔を微笑でさらに穏やかにして言った。あのインタヴュー後しばらくはいっさいの言葉を拒否し続けたソフィ・クレメールも治療の甲斐があって日常生活に困らない程度の言葉は回復したのだが、依然過去については頑強な無言を通しているという。

「ただ今朝、もしニホンから彼が来たら約束どおり何もかも話してくれるねと尋ねると、黙って肯きましたから、大丈夫ですよ、きっと」

ルロワ医師はそう言うと、三上がそれを訳し終えるのを待って青木に向けて微笑した。青木はフランス語でも内容は大体理解できたが、すべてを三上にまかせた。

マイクも笑顔を絶やさなかった。劇的な瞬間を待つという緊張はどこにもなく、むしろパーティの控え室にでもいるような和《なご》やかな空気が、朝の清浄な光とともにその部屋を満たしている。しばらくしてルロワ医師はその微笑のまま腕時計を見ると「そろそろ行きましょうか」と言って立ちあがった。

副院長とルディエと名乗った医師とをその部屋に残し、三人はルロワ医師につき添われ、二階の集会室に行った。ソフィは四階の個室に入っているのだが、その部屋では狭すぎるので、患者たちがパーティをやったり医師たちが会議をしたりするのに使う集会室の方で待たせてあるという。エレベーターで二階におり、長い金属でできたような殺風景な廊下を端まで歩き、ルロワ医師はドアの一つを開いた。

広い部屋にはテーブルと椅子が並び、壁にはゴルゴダの丘で祈るキリストの絵がかかっていた。若い看護婦につき添われ、一人の小柄な老女が入口に背を向け、窓から庭を見おろしている。白髪と曲がった背に老いた者特有の化石のような静かさが漂っている。灰褐色のカーディガンを着ていた。ルロワ医師が近寄って何度か呼びかけたが、その背はじっとしている。何度目かに、自分の名がひどく遠くで呼ばれたかのように老女はゆっくりとふり返った。皺を深く刻んではいたが、想像していたよりは若かった。エルザから見せられた病床の時の写真では痩せこけ死の影を濃くしみつかせていたが、頬にうっすらと浮かんだ薔薇色がこの七十近くになる老女にもまだ生命が残っていることを語っていた。ただ目だけは虚ろだった。ふり返り目の前にいるルロワ医師を認めるまでにかなりの時間を要した。

顔にやっと微笑が浮かび、それからその虚ろな目をルロワのすぐ背後にいた青木へと向け、同じように三十秒近くが過ぎてから微笑みかけてきた。ルロワ医師が、「ソフィ、あなたが四十数年前その手で抱いた赤ん坊がこんなに成長したんだよ」と言ったが、その声が耳に届いたかはわからなかった。ソフィ・クレメールは杖をついていたが、空いているほうの左手を青木に向けてさし出し、青木がその手を握ると、「あなたに会えて嬉しいです」と儀礼的な挨拶をした。そして小学生の子供が暗誦した台詞を意味もわからないまま口にするような調子で、「いつフランスに来たのですか」「このリヨンではどこのホテルに泊っているのですか」と尋ねてきた。

「ホテル・ヴィエンヌです。ソーヌ川の岸に建っている――」

「そう。あのホテルならよく知ってます」

ゆっくりとそんなことを喋っているうちにやっと目の前に立った男が何のために自分を訪ねてきたか理解したらしい。不意にそれまで面のように無表情だった顔に人間らしいものが滲み出し、左手を青木の腕へと伸ばしてくると、青木の体が本当にそこにあるかを必死に確かめるように何度もその腕をさすった。

「あなたなのね」

ソフィは二度そう言った。

「あの赤ん坊があなたになったのね」

声にそれまでなかった感情が溢れている。死人が蘇ったかのように、濁っていた目に小さな生命の光が宿り、その光はすぐに涙となって頰に刻まれた皺を伝い落ちていった。

声や唇のふるえは喜びを表現しようとするのだが、皺にしみついた暗い翳りがむしろその顔を深い悲しみに沈みこんでいるように見せた。青木はその小柄な体から長い人生と一つの歴史をはっきりと読みとった。

「そう、あなただわ。あなたがあのニホン人女性《ラ・ジャポネーズ》の子供なんだわ」

ソフィの手は青木の顔を撫で続けた。その顔から四十数年前の赤児の顔を探り当てようとするかのように。皺でひび割れた手には不思議な優しさがあって、青木は実際にその手に抱かれた赤ん坊の頃の記憶が蘇ってくるような気さえした。朝の光が平和の象徴のように周囲に溢れている。この平和が四十数年前の大きな傷の上に築かれているのだと青木は実感した。

全員がただソフィの次の言葉だけを待っている張りつめた静寂を破って、ソフィの杖が床に落ちる音がした。崩れかかった体を青木は抱きとめた。その体は今にも破片に砕けて崩れ落ちそうにぶるぶると震えている。感情が嵐となって小柄な体を壊そうとしていた。何度も何か言いたげに唇を開いたが、その嵐が言葉を飲みこんでしまう。

医師と看護婦がソフィを椅子に座らせ、交互に興奮をしずめるための優しい言葉をかけ、いくらか体の震えがおさまるのを待って、

「ソフィ。この人はお母さんのことを知りたくてわざわざ遠いニホンからやってきたのです。あなたは知っていることを話す義務があります」

ルロワ医師が微笑とともにそう言った。今度はソフィはすぐに大きく肯き、青木の顔

を見あげた。そしてすぐにまたその目を伏せ、力なく首を振った。「可哀相《ポーヴル》に……可哀《ポー》相《ヴル》に……」何度もそう呟き、「彼女は死んでしまったんだわ」目を伏せたまま青木の靴に語りかけるように言った。

青木はその言葉を三上が訳す前に理解し、咄嗟に近くに立っているマイク・カールソンの顔を見た。マイクの方でも青木をふり向いた。ソフィの暗灰色の目を見続けていた青木にはこの時のマイクの目が青く澄みすぎて、人間のもののようには思えなかった。マイクは当惑したような表情を浮かべた。すぐにまたソフィは言葉を続けた。

「死んでしまったの。連合軍があの収容所を解放する直前に……彼女は最後の息で私に赤ん坊の命を守ってくれるように頼み、私は何度も肯いたわ。赤ん坊は――あなたは母親の死が理解できるかのように、私の腕の中で悲しそうに目を伏せていた」

「死んだ理由がわかりますか」医師が尋ねた。

「……飢えと寒さと……それに赤ん坊を産んで体が弱っていて……」

そこまでは静かに言葉をつないできたソフィが、そこで突然、「いいえ」と鋭い声を放った。

「ノン。彼女は殺されたんだわ。あの収容所で死んだ人たちはみんな殺されたのよ」

悲鳴のような声とともにソフィの体を再び痙攣が襲った。

「殺されたというのはどういう意味ですか」

医師の質問に彼女は激しく首を振った。

「殺されたというのは誰に？」

医師が重ねた質問に、呻き声を返し、ソフィは顔をあげた。目が怯えている。いやただの怯えではない、恐怖のひと色に目は染まっている。その目は追いつめられた小動物のように自分をとり巻いている者たちの顔を次々と見回した。

「殺されたというのは誰に？」

同じ言葉を医師はくり返した。ソフィは何かを答えようとして唇を開いた。だが震える唇ともつれた舌がそれを声にさせない。何度も唇を開いたが吐き出されるのは激しい息だけだった。そのたびに皺を刻んだ喉がふくれあがり、吐き出せない言葉が体の中で暴れまわっているのがわかった。誰にも見えない巨大な手に揺ぶられているように、小柄な体が、左右に、上下に震動した。やっと唇が声を吐き出したが、それはただの叫び声のようだった。叫び声は朝の光を一瞬のうちに破りつくした。その間《かん》わずか数秒のことである。

「刺激が強すぎたようです。むこうで休ませましょう」

医師は早口に言い、看護婦に手伝わせ両側から抱きかかえるようにしてソフィを部屋の外へ連れ出した。ソフィは医師たちの腕に抵抗し悲鳴をあげ続けた。

「あなたたちはここにいて下さい」

マイクは青木と三上にそう言うと、後を追うように部屋を出ていった。三上が「何か大変なことになったようですね」同情の声を向けてきた。青木は「君には無関係なことだから何も心配しなくていい」と言って窓辺に立った。廊下からも聞こえていたソフィの叫び声がとぎれ、不意にまた部屋に静寂が戻った。その静寂に浸り、中庭では老人たちが憩っている。太陽の光をきらめかせた緑の芝生と看護婦やシスターたちの白い清潔な服装。それは老人たちが死を迎える前からもう天国の楽園に憩っているような慈愛にみちた光景だったが、そのどこかに青木は暗い腐臭をかぎとった。まだソフィ・クレメールの叫び声が耳に残っていて、静寂の底に、鉄の鎖でも引きずるような重苦しい耳障りな音となって残響している。それが青木をいら立たせた。

そのいら立ちは十五分も過ぎ、やっとマイクが戻ってきた時も、まだ続いていた。

「予想もできなかった事態になってしまいました。彼女が二年前の証言をくつがえすようなことを言うなどとは考えてもいなかったのです……あなたのお母さんが死んだなどと……」

マイクは青木が初めて見る沈痛な顔をしている。三上が訳し終えるのを待って、

「あのインタヴューでは間違いなくその日本人女性は生きていると言ったんですね」

青木はそう尋ね、反応を見るためにさりげなく視線をマイクへと流した。

「そうです。間違いなく……それなのに……もし今日ソフィが言ったことの方が正しくてあなたのお母さんが死んでしまっているのなら、我々は今日まで二年間、全く無駄な努力をしてきたことになる。いや、何よりあなたに無駄な時間を費させてしまったことになります……」

マイクは気が動転してどうしたらいいかわからなくなったと言いたげに意味もなく歩き回っている。青木はさりげない視線で観察し続けた。問題の日本人女性が死んでいることを知っていたはずだから、マイクは今動転した芝居をしているだけなのだが、それがわかっていても騙されそうになるほどマイクの困り果てた表情には完璧な自然さがあった。

「ともかくソフィは今鎮静剤で眠っています。もし目がさめても今日はこれ以上の質問は避けた方がいいと医師は言っていますから、明日もう一度出直しましょう。僕はまだしばらくここに残りますが、あなたはこの三上君にリヨンの町を案内してもらってはどうでしょうか。この町にもあなたの興味を惹く美術館がありますから」

マイクはそう言い、三上に同意を求めた。

青木は疲労がたまっているしホテルに帰って眠りたかったからそれを断ろうかと思ったのだが、すぐに思い直して、「そうしてもらおうか」と三上に言った。

「ただあと一時間だけ時間をいただけませんか」

マイクはそう尋ねてきて青木が肯くと、三上には、一時間ほどこの周辺を散歩してくるように言った。

「それでは一時間したら、玄関で待っています」

三上がそう言って部屋を出ていくと、マイクは、「さっき紹介したルディエ医師に診察室で胸の手術痕を見せてほしい。彼は外科医としてはフランスでも有数の権威者であり、いったいあなたの胸にどんな手術が行われたのか、彼にならわかるかもしれない」
ゆっくりと青木にも理解できる言葉を選んでそう言うと、青木を一階の診察室に連れていった。

無機質な医療器具や器械の並んだ白く乾いた部屋にルディエ医師は人体の模型のような冷たさで突っ立っていた。もう一人、この病院の医師らしい四十前後の白衣の男がいた。二人は青木を早速に診察用の丸い回転椅子に座らせ、その胸を調べ始めた。ルディエの細長い間のびしたような顔は無表情で何を考えているかわからない。眼鏡のガラス越しに青木の胸へと注がれた目は金属のように冷たく、固まった蠟《ろう》のように動かない。もう一人の医師の顔には、この病院に似合った宗教的な柔和さがあったが、その目も青木の手術痕を見た瞬間、不意に冷たくなった。二人は、二言三言、言葉を交わしただけで、五分近くも交互に青木の胸を改めていたが、やがてルディエの方はマイク・カールソンと診察室を出ていき、その後、一時間以上もかけてもう一人の医師から、脈搏や心電図やレントゲンや、さまざまな検査を受けた。隅の簡易ベッドに老人が一人横たわり点滴を受けていた。老人は死んでしまったような虚ろな目をただ天井に向け、時々自分が生きていることを思い出したようにふり向き、青木を不思議そうに眺めた。老人の痩せた肉のない体を朝の光が棺となって閉ざしていた。

やっと検査から解放され、廊下で待っていたマイク・カールソンに送られて玄関へ行くと、既に三上が待っていた。マイクは胸の診察の結果については何も言わず、ただ、

「夜七時にホテルへ戻ります。その後一緒に晩御飯を食べながらゆっくり話しましょう。魚のおいしい店を知っていますから、そこへお連れします」と言い、待たせてあったタクシーに二人の日本人を乗せると、車が離れる間際、笑顔になって小さく手を振った。

「どこを案内しますか」

三上の言葉に、青木は、「一度ホテルに戻って食事をしよう。それからどこか人気《ひとけ》のない静かな所へ連れていってほしい」と答えた。青木が疲れた体をホテルで休めるより市内観光の方を選んだのは、まだ深夜、ホテルの窓から見た人影にこだわっていたからだった。誰かが本当に自分を尾行しているなら、その人物はまた必ずどこかからその影を現わすにちがいない。人の少ない場所なら尾行がついているかどうかを確かめやすいと考えたからだった。

三上は「わかりました」と答え、それから何かを青木に言いたそうな素振りを見せたが、青木が顔を車窓へと向けたので、開きかけた口を閉じてしまった。青木は三上のことなどに構っていられなかった。ソフィが「あのニホン人女性は死んだ」と言った瞬間から、青木の頭には疑問が渦巻いている。何故、母親の死はああもあっけなく青木の耳に伝えられたのだろう。青木は漠然とだが、まだしばらくの間はマイクたちが母親の死を青木から隠しておくだろうと考えていた。どのみちいつかはばれることであり、この母親捜索劇は第一幕だけで終わることはわかっていたが、ソフィとの対面とともに第一幕の幕があがった瞬間に、その幕がおりてしまったのである。マイクがソフィの「ニホン人女性は死んだ」という言葉に動転したのはただの芝居だ。それは確信している。だがその芝居の目的は何なのだろう。マイクは明日出直そうと言った。明日もう一度ソフィと会えば何かが鮮明になるのだろうか。疑問は青木を混乱させるだけだったが、それでもこの時、一つだけある考えが厚い謎のヴェールを破って小さな光のように頭をかすめ通った。自分がこのヨーロッパに呼ばれたのには、第二のアンネ・フランクを作り出す以外のいくつかの目的が彼らにはある。その目的の一つはソフィの口を開かせることではなかったのか。ソフィが唇の裏に閉ざし続けた、あの収容所に関する何かを彼らは聞き出したかったのではないか。ソフィはニホン人女性の死や収容所で生まれた赤ん坊のこと以外の何かをまだ知っている。青木に会うことで彼女が口を開けば、その何かについても聞き出せると彼らは考えていたのではないか。彼らはただソフィの口を開かせるために今日の対面劇を仕組んだのではないか……何か？　一体それは何なのだろう。

　ゆっくりと目を開く。何かが燃えている。最初そう思った。壁に炎の赤い影がゆらめいていた。炎の舌は壁の隅々まで嘗めつくそうとしている。濁った意識の中に揺れるその炎色の影を、ソフィ・クレメールはまだ自分が目をさましたこともわからないまま、深い眠りの沼の底にたゆたっている夢の影だと思っていた。自分がいつもの病室のベッドに横たわっていることやその炎の色が窓の白いカーテン越しに流れこんだ夕映えの色であることに気づくまでに長い時間がかかった。窓がかすかに開いていて忍びこむ風がカーテンを揺らし、夕映えの影を揺らしているのだった。いや、それは本当に夕焼けの色なのか。あの朝焼けなのだ。次々と鳴り響く号令代わりの笛の音、鞭のしなる音、銃声と悲鳴。そう、私は走りだそうとしている。死のハードルの彼方に広がった、赤く焼けただれた夜明けの空にむかって。私は高い方のハードルの列に並んでいる。私は間違えていた。私は脚に自信はあったが死にたくなかったので最初に低いハードルを選んだのだ……私の前にあと五人の女が並んでいる、私と同じように生と死の分れ道に立たされて。また銃声。一人が走りだしてハードルを倒した。これであと四人。もうすぐ私の番がくる……そう、私はまだあそこにいる。あの収容所に……GAU《ガウ》……GAU《ガウ》……私はその名を胸の中でさえ呟くことができない。あの収容所の名を、それからあの収容所にいた一人の女の名を。髪に花の飾りをつけると若者たちが競いあって声をかけてくるほど可愛かったひとりのユダヤ人の娘から、その二つの名が薔薇色の将来を奪い、あの赤く暗く焼けただれた過去を代わりに与えたのだった。GAU《ガウ》……GAU《ガウ》……駄目だ。思い出してはいけない。思い出せば、さっきのように私の体は私のものではないみたいに激しく震動し、またあの人たちが注射を射ちにくる。私を闇の果てしなく遠くへと葬るために。

　さっきのように？　それはいつのことだったのだろう。一年前か、一時間前か。もう思い出せない。ただあの時、収容所にいたあの鉄の釘そっくりの体をした女の名を口にしようとして私の体はまた痙攣を起こしたのだ。そうして……だが、それはいつのことだったのだろう。私はどれぐらい眠っていたのだろう。違う。眠ってなどいない。私はまだあのハードルの前に並んでいる。私の肌はこんなにも朝焼けの色に染まっているのだから。あと三人。また一人死んだ。私は四番目だ……笛の音が聞こえる。いら立ってあの女が叫ぶ。「次、早く」それでも私の三人前に立っている女が震えあがり動こうとしないので、あの女は私たちに銃を突きつけて立っている兵士の一人の名を呼ぶ。「アオキ」……アオキ？　そうではない。あの女ではなく誰かがその名を私の耳もとで何度もくり返した。アオキ……誰の名前だったのだろう。アオキ、ムッシュー・アオキ……こちらがムッシュー・アオキです、あなたに逢いに来た——そう、あの赤ん坊の名前だ。私の腕の中でひ弱そうな泣き声をあげていたあの赤ん坊が、生きていてあんなにも大きく成長して私に逢いに来てくれたのだった。ニホンからはるばると。死以外の確かなものは何もなかった場所で生まれながら、私が見あげなければならないほど大きくなり、あんな酷たらしい手術を受けながらも何一つ健康を損なわれた気配もなくああも逞《たくま》しくなって私に逢いに来てくれたのだ。その姿を見たとき、私はあの朝焼け色に焼けただれた今日までの人生が幾らか酬《むく》われた気がして泣いた。私の知らない遠い国で、私が護ってやった小さな生命は生き延び、私の死んだも同然の人生にも小さな幸福があったことを伝えにやって来たのだった。アオキは、そして私のことを憶えてくれていたかのように懐しそうな目で私を見ていた。私の言葉の一言一言に熱心に耳を傾けていた。お母さんがどうなったかを知りたがっていたのだ。そのためにはるばる遠い異国からやってきた。それなのに私は、ただ彼女が死んでしまったことだけを伝え、それ以外の何も教えてやらなかった。あのニホン人女性のことではもっとたくさんのことを知っていたのに……アオキはきっと落胆して帰っていっただろう。もうこのリヨンを離れてしまったのだろうか。確かホテルの名を聞いた。ホテル・ブリストル、ホテル・ルーズヴェルト――いや、確か、ホテル・ヴィエンヌ、あのソーヌ川の河畔に建った古びた可愛らしいホテルだった。そこにまだいるかもしれない。今から手紙を書いて、お母さんのことをもう少し詳しく教えてやったらどうだろう。手紙を書いて、いつも私の世話をしてくれる優しいクリスティーヌにホテルへ届けさせたらどうだろう。そう、それがいいわ。あの子はこれで少しはリヨンへ来た甲斐があったと思うだろうし、その手紙を故国へもち運び生涯の宝物の一つとして大事にしてくれるだろう。私が死んだ後もあの子がその手紙をとり出してはお母さんのことを懐しく思い出せるようにバラの花を赤い鉛筆《クレヨン》で便箋に描いてあげよう。いいえ、それとももっと可憐な花の方がいいかしら。あのニホン人女性は最後の頃には窶《やつ》れはて死の青い影が顔を壊してしまっていたけれど、それでも萎《しお》れていく小さな花に似た、淋しい美しさをもっていたのだから……

「今、美術館で誰かが尾行してるような気配を感じなかったか」

リヨン美術館を見回った後、テロー広場と呼ばれる公園のような広場の前のカフェに入り、青木は三上にそう尋ねた。十七世紀に修道院として建てられたという建物の中で彫刻や絵を見回っていた時、中庭でロダンの名高い彫刻を見ていた時、いやその前に行った世界各国のさまざまな織物を展示した織物歴史美術館でも、カルノ広場でも青木はやはり誰かの視線を感じ続けていた。特にリヨン美術館の中庭でロダンの「亡霊」を見ていた時である。歳月におかされた銅の肌を夕陽が赤く流れ落ちていく。それを見守りながら、青木はそんな自分をまた彫像のように見つめている誰かの視線をただの気配とは違う確かな濃密さで感じとったのだった。ふり返り見回しても、だが庭を埋めつくした樹々が目に入るだけだった。そのところどころに他の彫刻が人影のように立っている。それらの彫刻の視線なのかとも考えたが、決してそれだけではない、もっと具体的な目を背中は感じとるのだった。ロダンの「亡霊」は、死の世界から苦痛と悲しみだけを引きずって一瞬の生身の影をこの世へと浮かびあがらせている。その名作を鑑賞するふりで、青木はさり気なく周囲を観察し続けた。やはり誰もいない。だが、樹々や彫刻の陰に潜んで誰かが二つの目を、獲物を狙う野獣のように光らせているのを、青木はどうしてもはっきりと感じとってしまう——

「さあ」

三上は首をかしげ、「美術館では足音が響くからそう感じただけではないですか」と言った。

「そうだろうね。疲れているからつまらないことを考えてしまうようだ」

青木は周囲を見回した。石畳の道に夕陽が先刻より弱くなったとはいえまだかすかな赤みを残して落ちている。青木たちは戸外の路上に並んだテーブルの一つについていたが、他には若い男女のカップルと本を読んでいる中年男が一人いるだけだった。店の前の広場にも街並にも、暗赤色の帳《とばり》が薄くおりている。人が何人か歩いているが、ただの通行人にすぎないようだ。尾行者らしい姿はどこにもない。だが、建物の陰か窓の一つに潜んで誰かがじっとこちらへ視線を向けている気がする。ポプラの落葉が一枚、風に乗って青木たちのテーブルに流れてきた。

「先生はいつパリに戻られるんですか」

「さあね。そう長くここに滞在するつもりはないが。どうしてだね」

「いや、別に。ただこの仕事が終わったら僕も久しぶりにパリに行ってみようかと思ってるものですから」

青木は「そうか」とだけ答えた。短いうちに夕陽の色が消え果て、もの憂い灰色の靄《もや》が街を、青木を包んでいる。夜が始まろうとしていた。無彩の夕暮れの中で、青木はいっそうはっきりと誰かの視線を感じとる。青木は目を閉じた。瞼の裏にはまだ美術館の中庭に燃えあがっていた夕陽の色が残っていて、目を閉じた闇は赤い。その中にロダンの「亡霊」が残像の影を黒く浮かびあがらせている。それが彫刻ではなく、今どこかから自分を見張っている、見えない監視者の影のように思えた――亡霊？　あれは絶対に亡霊などではなかった。あれは生きていた。血の通った手を伸ばしてきて私の手を握り、優しく包みこんだ。あの収容所での最後の時のように。亡霊などではなかった。そう絶対に……唇から吐き出した自分の声に驚いてソフィは我に返った。深い闇が体に粘りついていて、自分が我に返ったこともソフィにはもうほとんどわからない。薄っぺらな皮膚から闇は体の中まで忍びこみ、意識を飲みこもうとする。何のことを考えていたのだろう。誰のことを考えていたのだろう。アオキ？　私はアオキに手紙を書いただろうか。ああ、間違いなく書いたのだわ。クリスティーヌが「ええ、大丈夫です。今夜中に私がホテルへ届けます」と言ってくれた優しい声を思い出せるのだから。今夜中？　今は夜なのだろうか。私はいったいどこにいるのだろう。闇は四方から私を閉じこめている。闇だけでなく、壁や扉にも閉ざされているのだ。大丈夫だ。何も心配ない。私は今病院の中にいて、この闇や壁は私を守ってくれているのだ。あの時代はもう終わっている。あれから四十何年か、私はこの病院で、神とキリストのすぐ隣りで、その慈愛の眼差しに守られて生きてきたのだ。いや、そうだろうか。私は間違えているだけではないのか。私はまだあの時代にいる。あの収容所にいて、死のハードルに向けて走り出そうとしている。あと二人、私は三番目だ。数秒後に迫った死の恐怖から逃れるために、私はただ必死に夢見ているだけではないのか。最後の夢を……夢の中では一瞬のうちに四十数年間だって生きられるだろうから。

闇のどこかでかすかな音が聞こえた。金属の冷たい音だ。意識より先に体が反応し、彼女は立ちあがった。闇が光の細い線で四角く切りとられ、一瞬、扉の影を浮かびあがらせ、だがすぐにそれは消え、再び深い闇だけが残った。「誰なの」彼女は続けざまに二回そう尋ねた。闇は何も答えない。だが確かにそこに誰かがいる。人の気配と押し殺した息遣いを彼女ははっきりと感じとっている。誰かがドアを開けて部屋に入ってきたのだ。「誰なの」もう一度尋ねた時、闇が動いた。動くはずのない闇が動き、それはゆっくりと彼女に近づいてくる。もう彼女は「誰なの」とは尋ねない。彼女にはそれが誰なのかわかっている。とうとう来たのだ。あの女がいつかこんな風に鉄の扉を開き、最後の命令を下すためにやって来るのを私は知っていた。亡霊ではない。あの女は生きていたのだ。手が伸びてきて私の手を握ろうとする。これで三度目だった。そして前の二度と変わりなく、その手は優しさに溢れている。二度とも私はその手を拒んだ。だが、今度こそ、私はその手を自分の方からも握り返すだろう。私はその手をしっかりと握り返す。手を離そうとした時、その手から何かが私に渡される。細長い何か……紐のような……私の耳を命令が満たしている。早く、何を愚図愚図しているの、早く。私はその紐が何のための紐か知っている。私はそれを自分の手で首に巻きつける。凄じい力をふくんだ紐はすぐに私の首を締めつけ始める。痛みも苦しみもない。私はひどく安らいでいる。とうとうその時が来たのだ。それなのに心臓が破裂しそうにふくれあがり、体を震わしている。最後の生命の息が喉から押し戻され、体中に暴れまわっている。「早く、次、早く」そう、やはり私は間違えていたのだった。私はやっと四十数年間の夢から解き放たれ、今、夜明けの収容所に、死の順番を待って立っていることを思い出す。あと一人……いや、もうその一人は走りだしている。むきだしの足で泥濘《ぬかるみ》を蹴って。泥が私の腿《もも》へと浴びせられる。何かが倒れる音。悲鳴。銃声。そして笑い声。地獄の哄笑。もうその人の姿は見えない。穴が死体となったその人を飲みこんだのだ。兵士が倒れたハードルを起こす。私の番が来た。恐がっていてはいけない。あの程度のハードルなら楽に跳び越せる。それなのに全身が崖っぷちで今にも落ちようとしている岩のように揺れている。心臓の動悸が喉を突きあげる。「早く、次、早く」私に残った生命はあと三秒と二十メートルの距離だ。走りださなければ、この場で射ち殺されるだろう。「早く、何をしてるの、早く」あの女が叫んでいる。あの女……マルト・リビー……私は一歩を踏み出す。泥が私の足を飲みこむ。そして私は走りだす。死のハードルに向けて。赤いまま燃えつきようとしている夜明けの空に向けて。

午後七時ちょうどにマイク・カールソンはドアを叩いてきた。青木は窓を離れ、ドアを開けた。マイクは微笑とともに、「すぐに出かけましょうか。死ぬほど腹が空いているのです」と言い、青木は首を振った。

「悪いが、疲れているから、よそには出かけたくない。このホテルの食堂で軽く済ませてできるだけ早く寝たいのだが」

「そうですか。それは残念です。おそらく世界で一番美味しいレストランですが。でも明日がまだありますからね」

マイクはそう言うと、レストランに入れてある予約を電話でとり消してくるから先に食堂におりていていてほしいと告げ、自分の部屋に戻っていった。

　青木が言われたとおり食堂におりて待っていると、五分もしてマイクは簡単な服装に着がえて入ってきた。通訳の三上とはテロー広場近くの地下鉄の駅で別れている。三上がいるのならともかく、慣れない英語でマイクと会話をするのが面倒だった。それほど青木は疲れていた。できれば一人で簡単に食事を済ませたい、そう思っていたのだが、その希望は意外な形で叶えられた。対《むか》い合った席についたマイクが、「さあ、何を食べましょうか」そう言ってメニューを開くと同時に、正装した支配人らしい男が近づいてきて、マイクに電話がかかっていると告げたのだった。

「ちょっと失礼」

　笑顔で立ちあがり食堂を出ていったマイクは、一分もすると別人のような険しい顔に変わって戻ってきた。

「予想もしなかったことが起こりました」

　それだけを言い、しばらくは信じられないと言うように首を振り続け、「彼女が死んだのです。彼女が……自殺しました」唐突に言った。

「誰が？」

　思わずそう尋ねた。青木の心臓に冷たい雫が落ちた。反射的にエルザの顔を思い浮かべたのだ。

「……エルザが？」

マイクは首を振った。

「いいえ、ソフィ・クレメールです。まだ十五分ほど前に……今、病院からそのことで電話が入って。すみません。僕は今からまた病院へ戻らなければなりません」

「私は行かなくてもいいのか」

「僕ひとりの方がいいでしょう。先生は何も心配しなくてもいいです。これで完全に計画が狂ってしまったことに僕は動転していますが、先生には何も関係ないことですから」

マイクは唇を咬み、もう一度首を振ると「できるだけ早く帰ってくるつもりですが、もしかしたら遅くなるかもしれません。部屋で寝ていて下さい」そう言い、慌ただしく食堂を出ていった。

マイクが戻ってきたのはそれから三時間後だった。執拗なノックの音で青木は目をさまし、反射的に腕時計を見ると針は十時二十分をさしていた。食事の際飲んだ葡萄酒が日本を発ってからのこの三日間の疲労を体の底から掘りおこし、突然のソフィの死についても何も考えられず服を着たままベッドに倒れこんで眠ってしまったのだった。部屋の灯も点けっ放しだった。

ドアを開けるとマイクが、今まで一度も見たことのない暗い顔で立っていた。わずか三時間のうちに、幾夜も徹夜したかのような疲労が顔に出ている。目の下の隈《くま》に飲みこまれ、青い瞳は灰色に翳っていた。

「一時間後に出る列車でパリに戻って下さい。これはその切符です」

マイクは部屋に入ってくるとベッドに腰をおろし、上着のポケットからとり出した列車の乗車券を青木へとさし出した。

「疲れている所を申し訳ないのですが」

「何か私がリヨンにいては不都合なことが起こったのか」

マイクは首を振った。笑おうとしたが、顔の翳が中途でその微笑を壊した。

「念のためです。ソフィの死は病死として処理することになりました。自殺だったことを知っているのは病院の一部の人間と僕、それにあなただけです。もっとも病死というのは嘘だとは言いきれません。ソフィは精神的には病人でしたし、精神の錯乱が彼女を自殺に追いやったんでしょうから。ただあなたがリヨンを訪れたこととソフィの死をできるだけ早く切り離しておきたいんです。既に病院内では今朝のあなたの訪問とソフィの自殺を関連づけて考える者もでてきているでしょうから」

「実際に関連があったのかね。つまり私が訪ねていったためにソフィが死んだということだが」

「あなたと会ったことは確かにソフィには刺激が強すぎたでしょう。しかし、たとえそうだとしてもそれはあなたの責任ではなく我々の責任です。ソフィにとっては忘れていなければ生きていけない過去を我々が無理矢理思い出させてしまったのですから。ただソフィはあなたの顔を見てあんな嬉しそうな顔をしました。あなたはむしろ、彼女の残酷な生涯の最後に小さな光を点したのだと考えるべきでしょう」

ソフィが死んだのは午後六時頃、三時に一度眠りからさめ、この時看護婦が短時間応対したのだが虚ろな目をして意味のわからない言葉を口にしそのまままた眠りに落ちた、五時頃看護婦が病室を覗いた時はまだ眠っていた、七時にその看護婦がもう一度病室を覗いて死体を発見したという。ガウンのベルトを、ベッド用のカーテンのパイプにくくりつけて縊死《いし》したらしい——

マイクはそう説明して腕時計を見た。

「パリに帰って下さいというのは、これでもうリヨンには何の用もなくなってしまったからでもあるのです。私も明朝の飛行機でベルリンに帰るつもりです。我々が二年かけて企てた計画もこれですべて無駄になってしまいました——」

「それはもう君たちには私が必要なくなったという意味かね」

「いや、決してそうではありません。あなたの母親捜しについては我々はもう諦めなければなりませんし、あなたにも諦めてもらわなければならないでしょうが、あなたは依然我々にとっては重要な資料なのです」

資料という言葉が理解できず、青木は三度尋ね直した。

「今日の診察の結果で一つ尋ねたいことがあります。あなたは今までにも何度かレントゲン撮影を受けていると思いますが、その時医師から何か言われたことは？」

青木は首を振った。

「今日の撮影で肺のすぐ近くに不思議な影が発見されたのです。小さな、これぐらいの球か輪のような形をした」

マイクは指で直径一センチほどの小さな円を作った。

「それが一体何なのかはわかりませんが、もしかしたらそれが胸の手術と密接な関係があるかもしれないと医師は言っています。その何かをあなたの体に埋めこむために手術がなされた可能性もあると。今日の検査の結果でもあなたの体には他に何の異常も発見されていないのです」

「胸の手術痕については医師たちは何と言っていた？」

「新生児にこれだけの手術をするのは今なら不可能ではないが、当時としては奇蹟的なことだったと言っています」

青木は子供の頃、横浜の病院の医師たちが胸の手術痕に見せた好奇の目を思い出した。

マイクはもう一度腕時計を見ると立ちあがった。青木が英語での会話が不得手なので、これだけの会話でもすでに十五分近くが経過している。

「二、三日中にはパリのホテルにベルリンから連絡を入れます。ベルリンの僕の部屋の電話番号は知っていましたね。何かあれば国際電話で連絡して下さい」

マイクは、さらに、自分は今からまた病院へ戻るが、すぐに準備をして駅へ向かって下さいと言うと部屋を出ていった。準備といっても大きな荷物はパリのホテルに残してあるし、小さなスーツケースをもってきただけである。

五分後にはコートを着こみ、部屋を出ようとしたのだが、その時ドアがノックされた。マイクがまた戻ってきたのだ、そう思いながらドアを開けたが、廊下に立っていたのは見知らぬ若い娘である。栗色の髪を後ろで束ね、地味な灰色のコートに白いマフラーを巻いている。

「ムッシュー・アオキですか」

娘はそう言うとポケットから四角い封筒をとり出し、青木へとさし出した。

「ソフィ・クレメールから預ってきました。もっと早く届けたかったのですが、街で他の用事を済ませていたものですから」

そう言ってから自分は病院でソフィの世話をしているものだと言い、クリスティーヌ・ムニエだと名乗った。フランスの娘にしては珍らしい愛敬のある微笑を見せている。

青木は顔をしかめた。

「これを君がソフィから受けとったのは何時だ」

娘は早口で答えたが、五時半という言葉ははっきりと聞きとれた。五時半に彼女が病院を出る前にソフィの部屋に寄って頼まれたらしい。

「それなら、君はまだソフィの死を知らないのではないか」

「死？　ソフィが死んだのですか」

青木が肯くと、娘は両手で顔の下半分を覆い、信じられないと言うように首を振った。

「何故？」

「私にも理由はわからない」

娘は数秒茫然と青木の顔を見つめていたが、それから、「すぐに病院へ行かないと」と言った。

青木は娘と一緒にエレベーターに乗り一階におりた。エレベーターの中で封を開くと便箋二枚に何かがぎっしりと書きこまれている。何かが——青木は咄嗟の判断で、娘にこの手紙のことを病院内の他の誰も知らないなら、黙っていてほしいと頼んだ。

「つまり、ソフィは私にだけ最後の言葉を遺したのだから」

青木はそんな自分でもよくわからない理由をつけ、娘は不思議そうな顔で事情が飲みこめないまま、肯いた。

ホテルの前には運よく二台タクシーがとまっている。娘を先に乗せ、青木は次の車に乗り、「パール・デュ駅まで急いで」と運転手に言った。開いた封筒を手にもったままだったが、タクシーの中では暗くて読めず、結局青木がそれを読んだのは三十分後、パール・デュ駅に着き、発車間際に列車に乗りこみ、その列車が出発してからだった。二等客室は意外な混雑を見せている。青木はやっと一つ空席を見つけたが、他の客は眠っており、灯が落とされている。青木はスーツケースをおき、通路に出ると窓によりかかった。その肩を深夜の闇がすくいとるように流れた。

「今朝の非礼をまずお詫びします。わざわざニホンから訪ねて下さったのに、あなたにあれだけの言葉しかさしあげられなかったことをひどく恥じております」

手紙はそんな言葉で始まっている。いかにも死を前にした細い弱々しい字だが、字の形ははっきりとしていた。

「あなたを一目見た瞬間の嬉しさを私はあなたにうまく伝えることができたでしょうか。私は自分の不運な人生に、最後にこんな美しい奇跡ともいえる瞬間が与えられたことを神に感謝しました。赤ん坊の時しか知らない私の目にああも大きくなったあなたは幻のように見えました。あなたの顔や肩、腕や胸、一本一本の線が、あの朝の澄んだ光の中に神の慈しみの手がつかのまつくりあげた作品でした。私の無益だった四十数年間が、あなたの体の中に豊かに実っていました。愚かにも私はあの時代のことを忘れるためだけに今日まで生きてきて、あなたのことを思い出すこともあなたがどんな風に成長したかを想像することもなかったのです。それに連合軍の手にあなたをゆだねた時、あなたは本当に小さく、腕などは鉛筆のように細く、生き存《なが》えることはできないように見えましたから。あなたの体の大きさの中に私は私の戦後を、四十数年間の歳月を見つけ出すことができました。私はそれを神に感謝したのです。そう、不思議なことに、私はあの収容所での地獄の一年間を経験した後も、たくさんの罪のない人々が次々に殺されていくのを毎日のように眺めながらも、また収容所の煙突から噴き出した煙が、真冬の雲よりも黒く空を覆いつくすのを見たにもかかわらず、神を棄てなかったのです。私はあなたの生命をこうも大きく実らせるために、神があの時ひと月間、私の腕を借りたのだと思いました。最後の頃、あなたのママンはもうあなたを抱くことができなかったので、私はそのぶんまで私の腕に愛情をこめてあなたを抱きました。監視兵に見つからないよう私が小声で子守り唄を歌うと、あなたはどんなに激しく泣いている時でもおとなしくなり、やがて静かな眠りに落ちました。『眠れ、わが子、私の腕と神の腕に包まれて。葡萄の葉が夜風にそよぐ音を聞きながら、その小さな瞳で明日の朝の光を夢見て……』私の生まれたドイツ南部の小さな村に伝わる子守唄です。あなたはもちろん憶えていないでしょう。でもあなたの大きくなった体の奥底に今もその子守唄が響いているのだと考えることは私にはこの上ない幸福なのです」

そこまで読んだ時、すぐ背後に人の気配を感じとって青木はふり返った。一瞬動悸が全身に響きわたったが、立っていたのは車掌である。切符の検札だった。ポケットからとり出した乗車券を車掌に渡そうとして、この時また心臓が冷たい音をたてた。青木が立っていたのは通路のちょうど真ん中あたりだが、通路の後方の端にある洗面所からはみ出していた人影が慌てて引っこむように消えたのだった。

車掌が去っていった後も青木はその洗面所から視線をはずさなかった。長い時間が経ったが、洗面所から伝わってくるのは人気ない静寂だけである。人影を見たと思ったのは錯覚だったのか、青木はそう思い、洗面所を改めに行こうとして、すぐにその足をとめた。不意に物音がし、洗面所から若い男が出てきた。顔は見えない。男は洗面所を出ると青木の方をふり返ることなく、連結部のドアに向かい、後方の車輌へと消えたのだった。後ろ姿のダッフルコートと背の高さと髪の長さから若い男だと感じただけだった。

ただトイレに立っただけらしかった。片方の肩をひどく落とした奇妙な歩き方をする若者だと思ったが、それも灯の光の錯覚だったのだろうと考え、青木はふたたび便箋の文字に視線を戻した。

「あなたのママンについて私はもっと話すべきでした。あなたのママンが気分のよい時収容所の小屋の窓から柵のむこうに広がる森を眺めていた眼差しや、母乳の出が悪いので私が自分のぶんの食事も与えようとすると何度も首を振りながら、それでも赤ん坊のためにはそうした方がいいと考えたのでしょう、私の食事の半分だけをとって何度も申し訳なさそうに、『ごめんなさい』と呟いた声、将校が入ってくるたびに全身を震わせあなたを守ろうとした手。あなたのママンは私がここに名も記したくない一人の女性将校があなたを死へと奪い去っていくのではないかと絶えずおびえていましたし、事実、生まれてからしばらくの間、あなたは日に数時間、その女性将校にどこへともなく連れていかれていたのです。そのたびあなたのママンが流した悲しみの涙や、何をされたのかあなたが火のついたような泣き声をあげて連れ戻されてくると、あなたのママンが流した喜びの涙——私はそれらのすべてをもっともっと詳しくここに書きたいのですが、残念なことにそれができません。私がこうも意識がはっきりしていて、自分が自分だと信じられるのは珍らしいことなのです。いつまた深い混乱の闇が私に襲いかかり、私が自分であることも忘れてしまう時が来るかもしれないのです。この手紙を書き終えるまでにそれが襲いかかってこないともかぎらないのです。それにルロワ医師から既にあなたには私の手記やインタヴューを通してママンのことで私の知っていることは全部伝わっていると聞いています。だから、私はただあなたのママンが黒い髪と黒い大きな瞳をもった、人形のように美しく可憐な女性だったこと、どんなに窶《やつ》れ果てた瞬間でも、どんなに悲しみに顔を歪めた瞬間でもその美しさが消えることはなかったこと、それからあの収容所では生まれてきたあなたのためだけに生きていたことだけをここに書いておきます。最後のころ、あなたのママンは深すぎる悲しみのために神経を壊されて、今の私のように自分が誰であるかも忘れたように一日中ぼんやりとしていましたが、それでもあなたのことだけは忘れることがありませんでした——結局、私はあなたにただ一つの名前を告げるためにだけこの手紙を書き始めたのです。あなたのママンは実際人形のようにいつも唇を静かに閉じ無口でした。気分のいい時にはニホンのことを話してくれましたが、ニホンで自分が何をしていたか、どうしてヨーロッパに渡ってきたか、自分の過去についてはいっさい触れようとしませんでした。私が聞かされたのはただ、ベルリンで彼女がユダヤ人の画家と結婚していたこと、逮捕され収容所に送られてくる直前まで夫と共にレジスタンス運動を続けていたことだけです。ただ、彼女がまだ神経をおかされる前に、彼女から私はベルリンに住んでいるという一人の男の名を聞いています。ベルリンのベルク街に住むという人物の名です。ユリアン・エルメリヒ。あなたのママンは自分も子供もこの収容所からはぬけだせないだろうけれど、いつか私がぬけだせる日が来たなら、その人を訪ねるように言ったのです。彼はナチ党員だが、裏でユダヤ人のためにさまざまな便宜をはかってくれ、自分たち夫婦も逮捕される直前までその人にはずいぶん世話になった、そう聞きました。確かあなたのパパの友人だとも——私は愚かにもあなたのママンの名さえ忘れてしまったのにそのユリアン・エルメリヒという名だけは呪文か何かのようにはっきりと憶えています。私は解放後、ベルリンもドイツも棄てましたから、その人が生きているかどうかは知りません。生きているとしてもおそらく私が聞いたベルク街にはもう住んでいないでしょう。ただエルメリヒというのは珍らしい名ですし、もし生きているのなら、今もベルリンのどこかに住んでいる可能性はあります。その名を手懸りにしてその人を捜し出せるかもしれません。そうすればあなたのママンの過去やパパについても知ることができるでしょう。私は今日までその名を誰にも告げずに来ました。病院の医師たちにも。あなたに会って私の口からあなたに教えてあげたかったのです。それなのに今朝も、突然私の意識は中断して、闇がその名さえも飲みこんでしまいました。この手紙があなたに届くかどうかも私にはわかりません。あなたは私の不躾《ぶしつ》けな態度に怒ってもうこの町を去ってしまったかもしれませんから。でももしこの手紙があなたの手に届くのなら、私は今朝あなたがくれた幸福のお礼に、その名を小さな贈り物としてさしあげられるのです。この手紙が無事にあなたの手に届き、あなたがその人を見つけ出し、両親のことを詳しく知ることができるように祈っています。もう私は疲れ果て、これ以上書くことができなくなりました。私は間もなく死ぬでしょう。でもニホンへ帰ったら時々は私のことを思い出して下さい。あなたは私の人生のたった一つの意味なのですから。そしてあなたのママンが自分の生命と引き換えにあなたに与えた生命をこれからも大切にして幸福になって下さい。さようなら——追伸。あなたのママンの顔をよく憶えているのでできればその顔をここに描いてあげたいのですが、私は絵が不得意なので、その代わりにあなたのママンを見るたびに私が思い出した一つの小さな花を描いておきます」

文字はそこで終わり最後の余白に赤い鉛筆で小さな花が描かれていた。その花と一つの名を遺してソフィ・クレメールは、不幸な意味でだけ劇的だった生涯を閉じたのだった。既に死を決意し、遺書のつもりで書いたとしか思えない手紙だった。だがその手紙の意味やソフィの死について彼は何も考えたくなかった。ホテルで二時間だけ眠ったために逆に疲労が重くなっている。客室《コンパートメント》に入りすぐにも眠りたかったが、その一歩の動きさえ体はゆるさなかった。よりかかった窓に、パリへとつながる長い夜が流れ続けている。彼はため息をつき目を閉じた。瞼の裏の闇も列車の振動音とともに流れ続けている。その流れの中に小さな花の絵がそこだけ赤い色彩を帯びて浮かんだ。その花に重なって母親の顔が浮かんでくる。実際に見た顔ではない、肖像画として描いたことのある、想像の顔である。ただの偶然とは思えなかった。ソフィの描いた花の絵は、拙《つた》ないものだったがそれでも青木が肖像画の題名に選んだ花、ひなげしの花だということはすぐにわかった。

青木はこの時も運命という言葉を感じていた。自分の意志を失ったような列車の振動のままに揺れている体が、列車ではなく運命にどこかへと運ばれているような気がしている。どこへ？　その答えを青木は知っている。何も考えられなかったが、その答えだけはわかっていた。――この運命の列車が行きつくところは、パリではなくベルリンに違いない。


その日は予想以上に早く来た。パリに戻った翌日の夕方、青木がパリ警視庁からサンジェルマンのホテルへ帰ってきた直後にベルリンから電話がかかってきた。

「母親捜しの話を、我々は断念しました。あなたにも諦めてもらう他ありません。今、あなたに今後どう協力してもらうかを考えています。次の連絡を入れるまでしばらくパリを楽しんでいて下さい」

そう言ってきたマイクに、青木が、

「これ以上私がパリにいる必要はあるのかね。もしそれがないなら、明日にでもそちらへ行きたいのだが」

と言うと、マイクはしばらく沈黙した後、

「その方が我々にも好都合です。実は我々はレントゲン撮影がとらえたあなたの胸の輪の影に興味をもっています。手術してそれが何であるか見てみたいとも思っていますが、もちろん、それはあなたが合意した上でのことです。あなたが嫌なら我々も強制はしません。そのことについても話し合いたいと思いますし。もし来られるのなら、実際、すぐの方がいいでしょう。僕もあまり長くはベルリンにはおられませんから」

青木をベルリンへと呼び寄せているのはソフィの手紙にあったユリアン・エルメリヒの名だけではない。それ以上に強い鎖となってもう一つの名が青木の体をたぐり寄せようとしている。ただ青木は自分からその名を口にしたくなかったのだが、彼の胸中を読みとったかのようにマイクの方からその名を出した。

「さっき東ベルリンに行ってエルザに会いました。エルザは、僕が先生に連絡をとるならよろしく伝えてほしいと言っていました。もしベルリンへ来て下さるなら彼女も喜ぶでしょう。西ドイツだけでなく東ドイツのビザもニホンでとってますね」

青木が「イエス」と答えると、マイクは西ベルリンのホテル・クラインに予約を入れておくから、明日そのホテルに着いたら部屋の方に電話をほしいと言った。

「ホテル・クラインだね」

「そうです。有名なホテルだから、タクシーの運転手なら誰でも知っています」

電話を切った後、青木はすぐにフロントに電話を入れ、明日午後のベルリン行きの飛行機の切符を手配してくれるように頼み、それから窓辺に立った。雨でも降りそうな暗い暮色に包まれた細い通りに人がうごめいている。彼はパリに帰ってからも何度か誰かの監視の目と尾行の気配を感じたが、今、眼下の通りを往来する人の流れの中にそれらしい人影は見つからなかった。刑事ではない。ロスタン警部から、リヨンから戻ってきたら一度連絡がほしいと言われていたので、今しがた散歩のついでにパリ警視庁に寄り、じかにロスタン警部に逢ってきたのだった。警部は何か他の事件で忙しいらしく、彼の訪問にむしろ迷惑げな様子だった。

「リヨンから戻ったが、また近いうちにパリを離れることになるかもしれない」

彼がそう言うと、

「どこへでも自由に出かけてもらって構いません。あなたが事件と無関係なことはもうはっきりしましたから。先日のことはお詫びしますよ」

警部はそれだけを答え、さっさとまた自分の部屋へと戻っていったのだった。

刑事ではない、それなら誰が自分を尾行しているのか——

青木は窓を閉め、ベッドに横たわり第三帝国に関する本を開いた。フランス語の難解な活字を追っているうちに、いつの間にか眠りに落ち目をさますと既に八時をまわっている。青木はカルチェ・ラタンに食事に行き、食事が済むと地下鉄でサン・ドニに出た。名高い石の門が雨の気配をふくんで湿った夜の中に青い光に照らされて浮かんでいる。

青木はその、パリでも一番下町らしい匂いを残した街に、パリに到着した第一夜と同じ目的でやってきたのだった。裏通りに行くと、小さなカフェの壁に沿って女たちが厚化粧の顔を並べて立っている。彼はその顔の中にあの晩と同じブロンドの髪の女を探した。その時は見つからなかったが、カフェでワインを飲み、十五分ほどしてもう一度外に出たとき、女の方から声をかけてきた。彼のことをよく憶えていたらしい、喫っていた煙草の煙を彼の顔へと吹きかけ、女はひどく媚びた笑顔を作った。

近くの女のアパルトマンに行き、前と同じ黒ずんだ壁に囲まれた乱雑な埃くさい部屋で青木はその女を抱いた。二、三日中には再びエルザを抱けるかもしれない、そう思ったが、それが逆にパリの最後の晩の欲望を忍耐の限界まで追いつめていた。マイクからの電話を切った時から、エルザの名が体中に反響している。その飢えをいくらかでもまぎらすために青木はその女のブロンドの髪を必要としたのだった。青木は前の時以上に激しい指でその髪をまさぐり続けたのだが、一度だけその手をとめた。「おや」と思った。余裕ある表情で快楽を装ったその娼婦の顔が誰かに似ていると感じたのだった。エルザか？　いや——桂子か？　そうでもない。誰だろう、自分のよく知っている女の顔だが……よく見ると、女は化粧が薄いほうで綺麗な顔だちをしている、その顔が確かに誰かに似ている……

「どうしたの《ケスキリア》」女の声で彼は我に返り、欲望の火はたちまちのうちにその小さな疑問を飲みこみ、一時間後、女の部屋を出た時にはもう完全に忘れてしまっていた。

　その時刻から雨が降りだし、雨は一晩パリを濡らし、翌日の正午すぎにやんだ。彼がホテルを引き払う少し前だった。雨がやむと同時に雲の切れ間から光が溢れ落ち、まだ街に残っている雨の雫をいっせいに燦《きらめ》かせた。彼はタクシーでシャルル・ドゴール空港に向かい、そうして二時間後には雨音の残響の中に光がざわめくパリを発ったのだが、その二時間のうちに二つの事が起こっている。

一つは搭乗手続を済ませ、まだ残っている一時間近くをどう潰《つぶ》そうかと空港のロビーをぶらついていた時だった。

「青木先生――」

突然声がかかり、ふり向くと意外な顔があった。

「偶然ですね。僕は今着いた飛行機でリヨンから来たのです。先生は?」

リヨンで通訳を務めた三上が笑顔でそう話しかけてきたのだった。

「いや、ちょっとベルリンに行こうかと思って」

「ベルリンの美術館めぐりですか」

「まあ、そんな所だ」

青木はそれだけで手をあげ離れようとしたが、三上がもう一度呼びとめてきた。何か言いたいことがあるらしい。呼びとめながら、三上はしばらくためらっていたが、やがて決心したように口を開いた。

「時間がありませんか。ちょうどいい。先生の耳に入れておいた方がいいかもしれないと思っていたことがあるんです。あの日には言うきっかけが見つからなくて、翌日また会った時にでも話そうと思っていたら、カールソンさんから電話がかかってきて、先生が急用でパリに戻ってしまったというので……いや、先生には重要なことではないのかもしれませんが、あれからずっと気になっていて」

青木は病院を出た直後、三上が何かを言いたげだったことを思い出した。

二人が立っていたすぐそばに喫茶室がある。青木は三上をそこに連れていき、三上はテーブルにつきコーヒーを注文するとすぐに、「いや、やっぱり大したことではないのかもしれませんが」そう前置いて喋りだした。

「あの時ソフィ・クレメールが発作をおこして、十五分ほど部屋に待たされた後、カールソンさんが入ってきましたね。彼はその時『ソフィは鎮静剤をうって今眠っている』と言いましたね」

青木が肯くと、

「その後、僕は散歩に行くようにと言われて部屋を出ました。憶えていますか。部屋を出たあと僕はエレベーターに乗って一階におりようとしたんですが、ボタンを押し間違えたのか、ぼんやりしていて三階に行ってしまったんです。そこを一階だと思って廊下を歩き始めたんですが、最初に通された副院長の部屋のドアがあったので間違いに気づいて……すぐにまたエレベーターに戻ろうとしたんですが……そのドアから意外な声が聞こえてきたので……」

「――誰の声だね」

青木は三上の目を見つめ、ゆっくりとそう尋ねた。

「ソフィの声です。間違いありません。ひどく興奮した声で夢中で喋っていました。眠っているはずの彼女がです」

「つまり、マイク・カールソンが私たちに嘘を言ったということか？」

「そうです。もしかしたら先生がカールソンさんに何か騙されてることがあるのではないかと……それが気になっていたものですから」

　青木は何気なさを装い、煙草に火を点け、「彼が嘘をついているということではないと思うが」そう言ってから、

「ただちょっと知りたいんだが、その時ソフィが何を喋っていたか聞かなかったか」

と尋ねた。三上は少し苦笑いになった。

「好奇心が動いたので、一分近く立ち聞きしていました。人が来るまで——ひどく興奮した早口だったのでよくわかりませんでしたが、ただ、『それは死だった《セテ・モルト》』とか『彼女は死んでいる《エレ・モルト》』とか逆に『彼女は生きている《エレ・ヴィヴァント》』とか、そういう言葉だけはひどく大きな声で何度も叫ばれたので聞きとれました。いや、最初そう聞こえたのですが、すぐにおかしいと思ったんです。『それは死だ《セテ・モルト》』というのなら『死』という言葉の前に定冠詞の『la《ラ》』がつくべきで『セテ・ラ・モール』となるはずですから——よく聞いているうちに、『モルト』ではなく『マルト』と言っているんではないかと……」

「マルト？」

「そうです。人の——女性の名前らしいんです。『それはマルトだった』とか『彼女はマルトだった』とか……僕がもう一つ聞いた『彼女は生きている』という言葉はそのマルトという女性が生きているという意味だと思うんですが」

「他に聞きとれた言葉は？」

　三上は首を振り、「間もなく看護婦が他の部屋から出てきたもので、僕はそのドアを

2007年
10月の新刊 文春文庫

対岸の彼女

角田光代

画・根本有華

丸谷才一
ゴシップ的日本語論

昭和天皇の話し方から日本語の問題を、そして悪口の言い方から文章論を考察。他、鏡花、折口、源氏を論じて納得の講演・対談集

●620円
978-4-16-713819-6

出久根達郎
セピア色の言葉辞典

ノスタルジーをさそう言葉集。日常の品や習慣、文化、逸話を短く紹介。「お膝送り」「さつまの守」「トッポイ」など精選八十六

●660円
978-4-16-757510-6

土本亜理子
ふつうの生、ふつうの死
緩和ケア病棟「花の谷」の人びと

好きなときに家に帰れて、積極医療を受けたければ病院に通え、緩和医療も受けられる理想のホスピスを長期取材で描いた医療ルポ

●660円
978-4-16-771749-0

マイケル・スレイド
メフィストの牢獄
夏来健次訳

冷酷な殺人を繰り返す怪人メフィスト。謎のメールを送り捜査官を翻弄する奴の真の狙いは何か？ミステリ界待望の新作、遂に刊行

●1030円
978-4-16-770556-5

文春文庫PLUS

飴《あめ》屋《や》法《のり》水《みず》
キミは珍獣《ケダモノ》と暮らせるか？

伝説の珍獣ショップ「動物堂」店主としてあまたの動物を扱ってきた著者による、洞察に満ちたかつてない珍獣選び・育成指南の書

●550円
978-4-16-771319-5

ご注文について

◎新刊の紹介文下の数字はISBNコードです。書店にご注文の際、ご利用ください。

◎お近くの書店にない場合は、小社直接販売部へご注文ください。価格についてのお問い合わせも直接販売部までお願いいたします。フリーダイヤル 0120-877-325

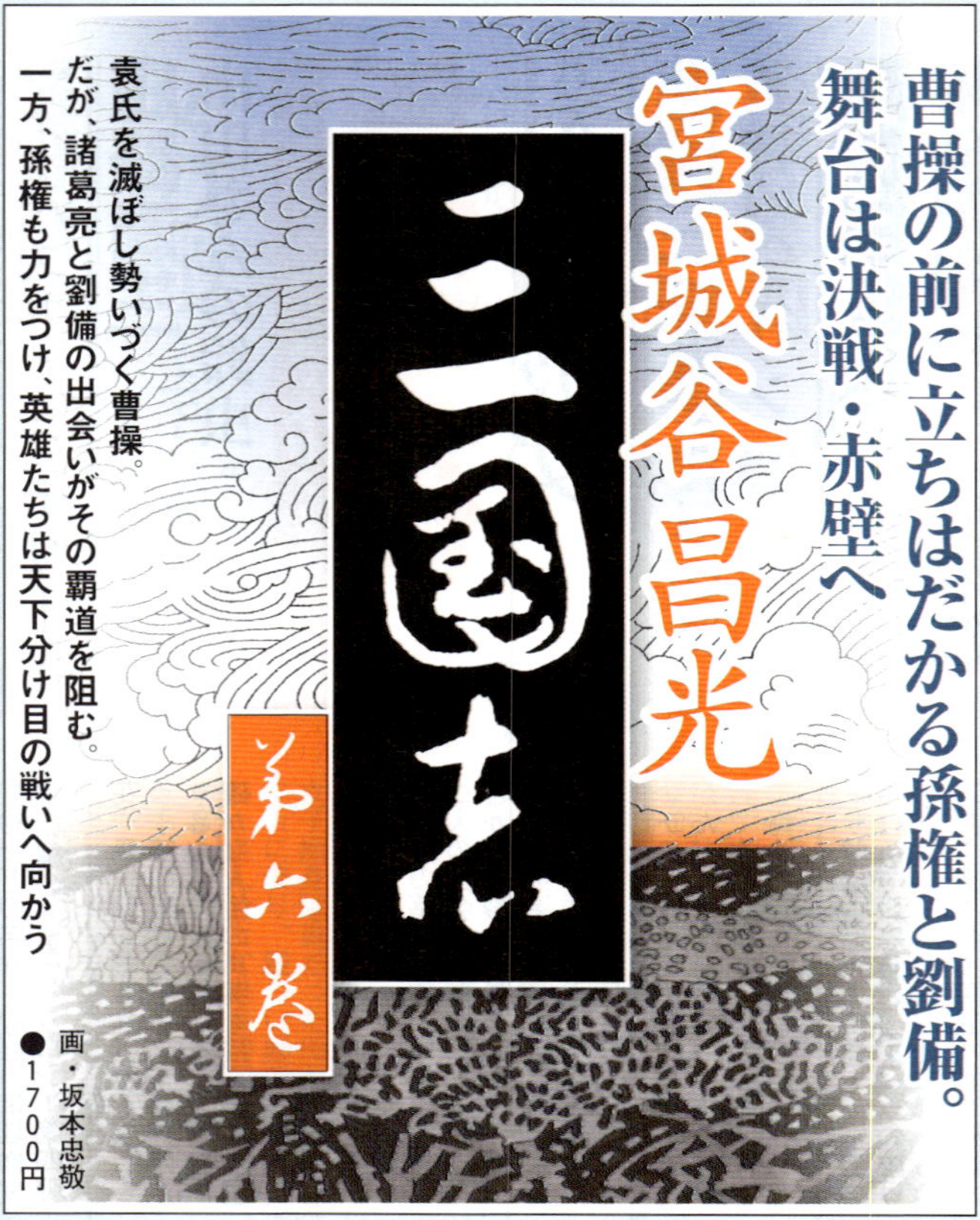
曹操の前に立ちはだかる孫権と劉備。
舞台は決戦・赤壁へ
宮城谷昌光
三國志
第六巻
袁氏を滅ぼし勢いづく曹操。
だが、諸葛亮と劉備の出会いがその覇道を阻む。
一方、孫権も力をつけ、英雄たちは天下分け目の戦いへ向かう
画・坂本忠敬
●1700円

離れましたから」と言った。

「その部屋にはソフィの他に誰かいたかね」

「おそらく副院長とか他の医師とか――複数の男の声が小声で次々に何かを彼女に質問し、彼女がそれに答えている様子でした」

青木はしばらく黙って煙草を喫っていたが、やがて笑顔を作り、「君の聞いたことは大したことではないんだよ。ただ心配してくれて有難う。礼を言うよ。あれからまた病院へは行ったかね」そう尋ねた。

三上は首を振った。ソフィの死については知らずにいるらしい。そのことには触れず、五分ほど他の会話をしてから、青木は時計を見て立ちあがった。

喫茶室を出たところで三上と別れ、税関へと向かって歩きだしながら、青木は夢中で考えをめぐらしていた。「彼女は生きている」三上の言った言葉が頭をかけめぐっている。それがソフィの嗄《しわが》れた声になった。エルザと初めて逢った晩、テープでソフィが同じ言葉を叫ぶのを聞いている。「彼女はまだ生きている」エルザやマイクはそれを青木に母親のことだと思わせようとしたのだが、それが三上の言ったとおりマルトという名の女性だったとしたら？　……マルト・リビー。死んだはずのマルト・リビー、全世界が死んだと信じているマルト・リビー、彼女がもし生きているとしたら？　そしてそれをソフィだけが知っていたとしたら？　青木には少しずつ今度の馬鹿げた母親探しのドラマのからくりがわかってきた。エルザがあの最初の晩テープをたくみに操作して、

「彼女は生きている」という言葉を青木に「母親が生きている」と思いこませた。そして母親探しのドラマを餌に青木をヨーロッパに呼び、ソフィの口を開かせようとした。そう、青木がこのヨーロッパに呼ばれたのは、頑なに閉ざされてしまったソフィの口を開かせ、その口からソフィだけが知っているあの時代の何かを引き出すためだったのだ。それはもちろん青木の母親のことではない。彼らの狙いは第二のアンネ・フランクの物語などでは決してなかった。彼らナチ狩りの連中の狙いはもっと大きな獲物だった。死んだと思われているナチの戦犯、生きているナチの亡霊——何故こんな簡単なことにもっと早く気づかなかったのか。ソフィはあのテープに録音されたインタヴューでは二人の女のことしか喋っていない。日本人女性とナチ戦犯女性と。「彼女は生きている」の彼女が日本人女性でないのなら、それはナチ戦犯の女のことだったのだと。そうしてまたもっと早く気づくべきだったのだ。ナチ狩りの連中の獲物である戦犯として、彼女がいかに大物であるかはマイク自身の口から聞いていたのだから——

青木は足をとめてさらに考えようとした。その時である。背後を歩いていた男が、彼を追いこした。ソフィは何かを知っていた、彼女の生存についての何かを……青木はおやと思った。今自分を追いこして前方へと歩いていくその背に見憶えがあった。ダッフルコートと若者らしい背の高さとそれから片方の肩を極端に落とした奇妙な歩き方に。あのリヨンからの夜行列車の中で手洗所から出てきた若者。その若者はまるでもう一度青木が自分を追いこしてくれるのを望むようにひどくゆっくりと歩いている。まるで今まで青木を尾行していたのだが、青木が不意に立ちどまったので尾行を気どられないよう仕方なく追いこしたのだというように……

青木はその背の奇妙な歩き方の理由がやっとわかった。若者は右の足をかすかに引きずっていた。

その時刻、彼女はいつものように窓からセーヌとその橋のたもとを眺めていた。雨あがりのセーヌは川というよりパリの白い肌を這う金色の首飾りだった。春の匂いのする光は、彼女があの夜一人の愚者の血を流した場所をこよなく美しい場所に見せている。そう、ハンスは本当に愚かだった。「誰かが電話をかけてきたのよ。お前がマルト・リビーだろうって。ハンス、あなたのことも知ってたのよ」そんなでたらめの口実を信じてあの場所へとやってきたのだから。そんな電話がかかってくるはずはないのに。そんな電話をかけてこられるのは、私をマルト・リビーだと知っているのはこの世の中でただ一人ハンス自身だけだというのに……

馬鹿なハンス。口に出したその呟きを部屋に響きわたっているワーグナーがかき消した。オペラ座に出かけて以来、彼女は一日中ワーグナーに浸り続けている。もう何の邪魔もなく何の不安もなくあの時代を回想し懐しむことができるのだ。懐しむ？　あの時代は本当にもう遠い昔に終わってしまったのだろうか。あの血の葡萄酒を浴びるように飲んだ日々、人々が巨大な一つの声に固まって歓呼を叫び続けた日々、鉤十字の旗が空を占領して翻った日々。あの時代はもう二度と来ないのだろうか。今、新しいナチの連中がこのヨーロッパの方々で烽火《のろし》をあげかけていると聞く。その中から第二のあの人が現われて、この腐り落ちようとしている世界を救おうとしてくれないだろうか。窓から見おろす通りには人々が歩いている。自由や平和と引き換えに生命のたぎりも生きる目標も失ってさ迷い歩くしかない人たち、いつ壊れるのか不安におののきながら平和を今日一日むさぼるより他ない人たち、平和の生ぬるい温床で細菌として繁殖するしかない人たち、そしてこの白い廃墟に似たパリ、東西に分かれて苦しんでいるベルリン、このヨーロッパの大地にはびこった馬鹿げた平和をもう一度軍靴で踏みにじり、このヨーロッパの大空の意味のない白さをもう一度あの赤い旗で塗りかえる日は来ないだろうか。人々は今みんな統一を望んでいる。ただ第二のあの人が現われないから、みんなそれを望んでいないふりをしているだけだ。あの人が失敗した夢をひきついで、今度こそ本当に世界を一つの帝国に変えてくれる人が現われないだろうか。その時代が来るなら、私は余生の全部を棄てて力を貸すというのに……あの時代、私は死を恐れていた。でももう今はそることなくしてやれるというのに……あの時代にできなかったことを死を恐れれを恐れていない……私は何も恐れていない……このワーグナーの音の洪水が全世界を飲みこむ日が本当に来るのなら……

そのワーグナーに突然雑音がまじった。嫁のニコルが突然ドアを開け、何かを喋った。彼女は微笑みながらステレオの音量をさげた。

「お義母さま。電話がかかってます」

「誰から？」

「さあ」とニコルが首をかしげる。「いいわ、こちらに切り換えて」ニコルがドアを閉める。彼女はのっそりと電話機に近づき、ソファに巨体を沈めながら、受話器をとりあげる。「アロー、アロー」乾いた単調な声が耳に流れこむ。そして次の瞬間、彼女は「ノン」と叫んでいた。「いいえ、違うわ。誰なの、あなたは」受話器の男の声は前ともう一度同じ言葉を同じ単調さでくり返す。「ノン」「ノン」彼女のくずおれそうな体をソファの柔らかさとその言葉だけが支えている。「いいえ、違うわ」「いいえ、違うわ」受話器の声は、つい今まで酔いしれていた夢の世界から突然奈落の底へと彼女を突き落としたのだった。そんな電話がかかってくるはずはないのに。そんな電話をかけてこられるのは私がこの手で殺したハンスだけだというのに。受話器から流れだす声は執拗に同じ言葉をくり返している。

「お前はマルト・リビーだろう。私はそれを知っている。ハンスを殺したのがお前だということも——」

四章　第三のベルリン

彼は国境線になるその白い線をいつもと変わりない足どりで越えた。その一歩で、彼は西ベルリンを離れ、東ベルリンに入っている。ベルリン市民にとっては生死にも関わる貴重な一歩だが、彼のような旅行客には何気ない、ただの一歩にすぎなかった。

しかし、その一歩で彼が東ベルリンを歩きまわる自由を得たわけではない。彼と一緒に並んでいる人々は十人ずつに区切られて入国審査のために鉄の柵に入れられる。彼も同行者とともにその柵に入れられ、パスポートを入国審査官の厳しい顔をした男に渡した。

「大丈夫ですよ。簡単に済みます」

同行者が言う。事実、柵の扉はすぐに開き、審査官がパスポートを皆に返した。ただその審査官は彼にパスポートを渡す時だけ、その手をとめ、観察の目を向けてきた。何かをドイツ語で話しかけてくる。彼にはドイツ語がわからないが、その冷たい目だけで審査官が訊きたいことの意味がわかった。審査官の目にも、彼の顔がパスポートに記してある日本人とは見えないのだ。同行者が彼のかわりに早口のドイツ語で何かを説明し、彼の手にやっとパスポートが返ってきた。

「本当に日本人かと訊いてきたんでしょう」

　手荷物の検閲所で、簡単に身体検査を受けた後、彼がそう尋ねると、同行者はただ「ええ」とだけ答え微笑した。おそらく彼が混血であることを審査官に説明してくれたのだろうが、そのことは口にしなかった。彼は同行者とともに歩きだし、すぐに足をとめ、背後をふり返った。西ベルリンが、国境線が、チェックポイント・チャーリーと呼ばれる外国人のための検問所が、そしてベルリンの壁がすでに背後になっている。西ベルリンのフリードリッヒ通りをまっすぐに歩いてきて、今、その壁の下をくぐる恰好で、彼は東ベルリンに入ってきたのだ。

「ここから先もフリードリッヒ通りというんですか」

　検問所で切断されながらも、その通りはさらに前方へと、東ベルリン市街を割って伸びている。「もちろんですよ。道路は一つですからね。もっとも正確にいえばここから先は東ベルリンのフリードリッヒ通りなんですが」同行者はそう言うと、

「東ではタクシーは拾いにくいのです。地下鉄で行きましょう」と続け、慣れた足どりで歩きだした。壁を通過しただけで、同じ通りが広く見えた。北の都の冬はまだ終わっていないが、淡《うす》い陽の光が空にある。西ベルリンの空と同じ光のはずなのにそれが、いっそう淡くさびしく見える。道路の両側の建物に色がないからだった。

　地下鉄の乗客たちの服装も無彩だった。二人の前に座っている老婦人が、ネッカチー

フに包みこんだ顔の灰色の表情のない目をじっと彼の顔に向けている。その隣りに若者が座っていたが、その顔にも老人のような無表情がある。共産圏に足を踏み入れたのだという実感がやっと彼に迫ってきた。エルザがよく見せる冷たいものうげな目が、その謎めいた目がこの町の匂いから生まれたものだというのがよくわかった。

六つ目か七つ目の駅でおり、地上にあがると、それでも想像していたより賑やかな街路が広がっている。西ベルリンのような高層ビルはないが、東京よりは近代的なビルが並び、自由圏の都市と変わりない車の洪水がある。ただ車もどことなく実用本位だし、ビルもほとんど装飾がなく厳めしさが目立った。壁を越えただけで確かにそこは空気の匂いの違う別世界だった。

同行者は地図を見ながら何度も歩道を往ったり戻ったりしたが、やがて道路を渡り、しばらく街角のビルに貼りつけてあるプレートを確認しながら歩き続け、ある角で立ちどまり、「ここですね」と言った。角に、煉瓦のビルの下端を切りとった恰好で、古美術商らしい店がある。その角を曲がると路地をはさんで五、六階の建物が短く連なっていた。くすんだ煉瓦の色のせいか、それともちょうどその時雲に陽が隠れ、路地に影が走ったせいか、その一画だけが彼の目には時代の陰になってとり残されているように見えた。実際、ベルリンを壊滅させた爆撃でも焼け残った地区だというから、古い建物に戦前の匂いをしみつかせているのだろう。

建物には番地を記した小さなプレートがついている。それを一つ一つ確かめながら歩いていた同行者はその路地もつきる最後の建物の前に立ちどまり、もう一度、「ここです」と言った。入口は重々しい鉄の扉で閉ざされ訪問者を頑なに拒絶しているように見える。その隅に小さな通用口が四角く切りとられている。その通用口も閉ざされていたが、手で押すと案外簡単に開いた。彼は、同行者に続いてその通用口をくぐりぬけた。

夜の闇を残したような暗い通路が短く続き、その先に石畳の中庭が広がっている。中庭をとり囲んで煉瓦の壁と部屋の窓があった。中庭の真ん中に、天使たちが水瓶を背負った彫刻をほどこした噴水がある。古い彫刻で噴水の水は涸《か》れていた。周囲が大理石のベンチになっているが、そこに座って子供を遊ばせている女がいた。同行者は、不審を買わないためだろう、明るい笑顔を作ってその女に「グーテンターク」と声をかけた。ドイツ語のやりとりが続き、女が中庭を横切った先の小さな入口を指さした。同行者は礼を言って、「こっちです」彼にそう告げ、その方へと歩いていった。女が自分たち東洋人にいつまでも視線を粘りつかせているのが背中で感じとれた。同行者はその入口から続く石段を二階まで上がり、上がってすぐ右側のドアを見ると、「ここです、間違いありません」と声を落として言った。黒ずんだ木のドアに名を記したプレートがかかっている。「やはり先に電話をかけてくるべきだったでしょうか」同行者はそう言い、彼は、「そうだね」と答えると、「でも、エルレルトの紹介状をもっているから中には入れてもらえるでしょう」そう言って笑顔になり、その紹介状をコートのポケットからとり出した。彼は腕時計を見た。午後一時二十七分。こうして今青木はパリを発ってほぼ二十四時間後、通訳としてつき添ってくれた山崎という同行者とともに、ソフィ・クレメールの手紙に書かれていたベルク街の一つの部屋の前に、エルメリヒと記されたドアの前に立ったのだった。山崎がブザーを押した。

前日の夕方、西ベルリンの指定されたホテルに着き部屋に落ち着いてから青木は二つのことをした。

一つはマイク・カールソンへの連絡である。二度電話を入れてもマイクは留守だったが、三十分もするとマイクの方から電話をかけてきた。「今夜は急な仕事ができて会えなくなりました。明晩会いましょう。ある人を紹介したいし重要な話があるのです。それまではベルリンを楽しんでいて下さい」「それなら明日の午後のうちにでも東ベルリンに行ってきたいのだが」ホテルにチェックインした際、フロントで尋ねるとソフィの最後の手紙に書かれていたベルク街というのは東ベルリンだと聞かされていた。

「エルザに逢うためですか」マイクは尋ねてきた。

「いや、昔から東ベルリンの国立美術館にあるルーベンスの絵を見たいと思っていた。ベルリンに来た大きな理由の一つだからね」

考えておいた嘘を言ってから、「ただもし逢えるならエルザにも逢いたいが……」とつけ加えると、マイクは、

「今日、仲間の一人が東に行ってエルザと接触して、あなたがベルリンに来ることは伝

えました。彼女はとても喜んでいるし一日も早く逢いたいと言ってるのですが、二、三日はまだニホンから帰ってきたばかりで難しいということです。数日待った方がいいでしょう。ただあなたあての手紙を預っているので明日お渡しします」

残念そうな声で言った。

「東ベルリンに行かれるなら通訳を一人用意しましょうか。西ベルリンと違ってドイツ語しか通じませんからね」

「いや、その必要はない。西ベルリンに知り合いが一人いるから」

彼はしばらく沈黙していたが、

「その知り合いには、我々との関係やヨーロッパに来た本当の理由は黙っていて下さい。それから、東ベルリンのエルザの住所を知ってますね。明日東に行ってもその住所や大学には近づかないで下さい。エルザと逢うのはこちらの指示を待ってほしいのです。数日のうちには何とかしますから。東ベルリンを普通の町と同じようには考えないで下さい。ただの旅行者にも監視の目が光っていると思ってほしいのです。我々もエルザとの接触には細心の用心をしているのです」

「それはわかっている」

次の日の夜六時三十分にホテルを出た通りの角で待つことをとり決め、電話を切った後、青木は日本へ国際電話を入れた。彼が講師を務めている美術大学の助教授から、従兄《いとこ》が十年前作曲の勉強に西ベルリンに行ってすっかり気に入り、結局今は住みついてしまっているという話を聞いたことがある。青木は友人と呼べるほどの者をほとんどもっていない男だが、その森河という助教授とは、彼が青木の絵を高く評価してくれているこどもあってまずまず親しくしていた。日本はちょうど深夜の一時ごろである。森河の自宅に電話を入れ、まだ起きていたという森河に従兄を紹介してくれないかと頼むと、

「わかりました。今からすぐ国際電話を入れてみます。山崎三郎というんですが、その山崎からじかにホテルへ電話を入れさせます」森河はそう答えた。そして三十分も経たないうちにその山崎から電話が入ったのだった。山崎は、「今は暇で困っているからいくらでもつき合いますよ」と言う。早速その晩からつき合ってもらうことにし、二時間後、ホテルに迎えに来てくれた山崎に連れられてシラー劇場という劇場の近くの、地下にあるレストランに行き食事をとった。山崎は森河と似た彫りの深い顔だちで、青木より一つ年上だというが、結婚もせず外国で自由気ままな暮しをしているせいか青木より若く見えた。そのレストランの近くにある芸術大学で月一度東洋の音楽についての授業をもちながら、自宅で近所の子供たちにピアノを教えて暮しをたてていると言う。青木は音楽に関しては無知だが、山崎の方は美術には詳しく青木の絵もよく知ってくれていた。

「これは今まで誰にも話したことはないのですが」

青木はそう前置いて、自分の母親がナチの収容所で死んだという可能性があること、その母親が逮捕されるまでベルリンに住んでいたらしいこと、自分がその収容所で生ま

れたかもしれないことなど、マイク・カールソンとの関わり合いやソフィ・クレメールの名はいっさい出さず大体の事情を話し、ベルリン時代の母親のことを当時ベルク街に住んでいたという若いナチ党員が詳しく知っているかもしれないという情報が入ったのでそのベルク街を訪ねるためにベルリンへは来たのだと言った。

「そういう事情があったんですか」

山崎は感慨深げな顔になった。

「ベルク街というと東ベルリンですね」

「そうです。その人が生きているかまだそこに住んでいるかも、ベルク街のどこに住んでいたかも何もわからないのですが、明日そこに出かけてみたいと思っています。できれば同行してもらいたいんですが」

「ベルク街というのは確か戦災には遭っていないはずですから、その人が生きているとすればまだそこに住み続けている可能性はありますが――そういう事情があるなら日本の大使館に話を通して調べてもらった方がいいかもしれません。人を探して東ベルリンをうろつきまわるというのは日本人でもある程度危険が伴ないますから。私は、よく国立歌劇場に行くので東ベルリンにはまずまず詳しいのですが」

そう言っていた山崎はユリアン・エルメリヒという名を聞くと、「おや」という顔になった。

「エルメリヒという名は珍らしいですね。それはもしかしたら……」

何かに思い当たった風で、「ちょっと待っていて下さい」と言って席を立った。十分もして山崎は戻ってくると、

「大使館に頼む必要はないようです。今、東ベルリンの国立歌劇団のオーケストラでバイオリンを弾いていた知り合いに電話をかけてきたんです。エルレルト・ギンクといって私がベルリンに住みついた頃、壁を越えてこちらへと逃げてきた男ですが、彼がいたそのオーケストラに、ペーター・エルメリヒというチェロ奏者がいるんです。今ギンクに電話して尋ねてみたら、そのエルメリヒは確かにベルク街に住んでいるそうです。両親の時代から、つまり戦前から——」

「その男の年齢は」

「四十代半ばでしょう。つまり彼の父親があなたの捜している人物かもしれないのですが、ただその父親は既に死んでいるはずだとギンクは言うんです」

「死んでるんですか」

「ええ。でも息子のペーターが何かを父親から聞いている可能性もありますし、明日一緒に訪ねてみましょう。ギンクはベルク街の部屋を一度訪ねたことがあって、住所を詳しく教えてくれると言ってますし、紹介状を書いてもいいと言ってるんです。残念ながら彼は亡命者ですから一緒に行くわけにはいきませんが」

そう言って、山崎は今日の午後十二時半、まだ一時間前にそのギンクの紹介状をもってホテルを訪ねてきたのだった。

ドアが開き、四十前後の女が顔を出した。細く尖った顎をし、外国人にしては起伏のない顔をしている。山崎が渡した紹介状を読むと、冷たい目で青木を一瞥し、奥に姿を消した。

半開きになったドアからチェロの音が聞こえてくる。その音がやみ、しばらくして女は戻ってくると二人を中に入れ、薄暗い廊下の一番手前に開いているドアの中へと通した。絨氈も家具も変色し、長い歳月の流れをしみつかせた部屋だった。壁を、ベートーヴェンやドヴォルザークや歴代の作曲家の肖像画が埋めつくし、窓際におかれた机には楽譜がうず高く積みあげられている。曇ったガラスごしの淡《うす》い陽にかすかに埃が舞っている。楽譜台の前に座っていた男が、チェロを横におき、立ちあがった。青木たちと大して年齢差はないはずなのに、頭は禿げあがっている。分厚いセーターを着ているせいかひどく肥って見え、脂肪で丸くなった顔に金属のふちの眼鏡をかけている。握手をしながら、その眼鏡ごしの目は用心深げに突然の訪問客を観察した。

父親が死んでいるとしても青木は必ずこの息子から何かが聞き出せるはずだと確信していた。昨夜思いがけなく簡単に山崎の口からエルメリヒという男の身元がわかったのを、青木はただの偶然とは考えていなかった。死んだソフィの意志が運命の糸を操り、そのエルメリヒの息子と自分とを引き合わせようとしている、青木はそう感じとったのだった。だから自分は必ずこの男から母親に関して何かを聞き出せる――

それが、しかし間違いだったことがすぐにわかった。

山崎が父親の名はユリアン・エルメリヒといわないかと尋ねると、チェリストは「ヤー」と肯いたが、さらに続けて山崎が昨夜青木から聞いたとおりの事情を話し、「お父さんからその日本人女性について何かを聞いていませんか」と尋ねると、「ナイン」厳しい声ではっきりとそう否定した。それどころか、「父が死んだのは私が十歳の時です。私は戦中に生まれていますが、もちろんその当時父が何をしていたかは知りません」

そう言うと不意に不機嫌さを露骨に顔に出し、「今、チェロの練習がちょうど乗ってきた所だったのです。申し訳ないが」と言い立ちあがった。「帰れ」という催促である。この男の妻らしい、先刻の女がドア近くに立ち、やはり帰るのを促すような冷たい目を向けている。山崎が、それでも食いさがってくれた。

「お母さんは生きてらっしゃるのでしょう。お母さんなら何か知っているかもしれませんから尋ねてもらえませんか」

「母は今体を悪くしていて誰とも会えません」

「あなたのお父さんは戦中ナチ党員でありながらユダヤ人を助けていたという話ですが」

「私は何も知らないと言いました」

不機嫌さは既に怒りに変わっている。エルメリヒは激しく首を振り何度も「ナイン」と吐き棄てるように言った。

「アオキはあなたに会うためにわざわざニホンから来たのです」

「それは私には関係のないことだ」

この最後の会話は日本語に訳している余裕がなかったので青木がそれを聞かされたのは追い出されるように部屋を出て、路地に戻ってからだった。

「残念ですね。ああも頑なではどうしようもない。やはり一度大使館に働きかけてみた方がいいかもしれません」

と言い、「ただし」と続けた。

「いや、何でもありません」

山崎はそう言い直したが、青木には山崎が何を考えているかわかる気がした。今のペーター・エルメリヒの唐突な激昂や非礼すぎる態度にはどこか不自然なものが感じとれたのだった。彼が「ナイン」と首を振るたびにむしろ青木は何かを知っていて隠しているのだという印象を抱いたのだが、かと言ってこれ以上どうするわけにもいかない。この件はこれで諦めるより他なかった。

大通りに出たところで二人は足をとめた。

山崎が「せっかく時間があるのだからどこかご案内しましょう」と言ったが、青木は返事を忘れた。先刻は無視したが、角にある古美術商らしい店の、すすけたショーウィンドウの中に何枚かの絵や壺や花瓶の、時代がかった美術品がおかれていて、気を奪われたのだった。

青木の目をひいたのは絵よりも額の方である。どの額も細密な彫刻がほどこされ、それ自体が芸術品のように見える。しかも決して古い物ではないようだった。エルメリヒの部屋にあった作曲家たちの肖像画の額とよく似ている。もしかしたらあれはこの店で買ったものかもしれない――

「入ってみましょうか。画材道具なんかもおいてあるようです」

山崎が青木の視線に気づき、店の中を覗きこむようにして言ったが、「いや」と青木は断った。

「それより国立美術館を案内してもらえませんか。それと大学を――」そう言ってから、「大学は外から眺めるだけでいいのですが」とつけ加えた。


午後六時半、青木はホテルを出ると指定されていたその街角に立った。一分もすると青いボルボが一台、既に濃密におりた夜の帳《とばり》を二つの灯で裂いて近づいてきて駐まり、窓からマイクが顔を覗かせ、乗るように指で合図した。乗りこむと同時に車はスタートした。

マイクはリヨンで見せた最後の顔からは想像もできなかった陽気なアメリカ青年の顔に戻っていて、再会の喜びを伝え、昨夜つき合えなかった詫びを言い、それから、「東ベルリンはいかがでしたか」と尋ねてきた。

「やはり淋しい町だね。美術館の絵は想像以上に素晴らしかったが」

青木が適当な返事で質問を逃げた時、

「日本語で喋って下さって構いません。私が通訳しますから」

突然、運転席から日本語が聞こえてきた。運転していた男はそう言い、一瞬後部座席の青木をふり返った。日本人である。

「ニシオカです。こちらにある日本商社に勤務していますが、彼らの仕事に協力しています。事情はわかっていますから、何でも気兼ねなく話してもらって結構です」そう言ってから、「私とこういう形で会ったことは誰にも話さないでもらいたいのですが」と言ってもう一度ふり向き小さく頭をさげた。三十代半ばの、いかにも商社マンらしい営業的な匂いを身につけた男である。口髭をはやしていたが、それが逆にその顔を東洋人らしい顔に見せた。

「今からどこへ行くんですか」

「ある人に先生を紹介することになっています。間もなくわかるでしょう」

日本語の会話を裂いて、マイクが英語で語りかけてきた。

「西ベルリンはトウキョウやニューヨークと変わりないでしょう。この町にいるとよくニューヨークと錯覚してしまいます。僕はこの町を小さなニューヨークと呼んでるんですが」

その小さなニューヨークの夜がネオンの商店街や公園の柵やビル街や暗い森や、さまざまな姿に変わって車窓を流れた。青木の目にしたかぎりでは、東京やニューヨークの煩雑さはなくネオンの色も澄んでいて、いかにも欧州らしい気品のある夜である。まだ六時半だというのに既に夜は深かった。ただそれは黒く、というより青く濃密だった。白夜の国が近いせいか、午後の青ざめたような空の色を残し、黄昏色のままの闇は濃くなっている。

「昨日は空港で大変だったのではありませんか」

ニシオカがそう尋ねてきた。

「昨日の朝、爆弾が仕掛けられて数人が負傷したんですよ」

「そういえば、警戒が厳重だったし、荷物のチェックも厳しかったな。いや、ベルリンというのはいつもそうかと思っていたのだが」

「ネオナチのグループの仕業だと言われているんですよ」

「そんなに彼らの動きは活発なのか」

「ええ、ネオナチと称している若者たちだけでなく極右翼の連中はかなりの暴力事件を起こしています。まあ、昨日の爆破はおそらく数人の小グループの、我々も無視しているような連中がやったことでしょうが」

川を渡ると、迷路に入りこむように車は次々に角を曲がり、やがてマッチ箱を薄く空へと伸ばしたような近代的なビルの前に駐まった。昼間東ベルリンを見回った目には、確かにそれは文化を得意げに誇っているように見える。窓が無数に並んでいる。青木は車をおり、二人についてエレベーターに乗り、五分後にはその窓の一つの部屋に入っていた。ビル全体から想像したよりは狭い部屋だが、それでも日本のホテルのロイヤルル

ームほどの広さはある。ベージュの絨毯と赤いソファが無機質なビルの一部屋だという
ことを忘れさせた。青木たちが部屋に入るとすぐに一つのドアからガウン姿の老人が姿
を現わした。まっ白な髪と顔に刻まれた深い皺と青木を見ると同時に握手を求めてきて
「よくいらっしゃった。少し今日は体の調子が悪いのでこんな格好で失礼させてもらい
ますよ」と挨拶をした嗄《しわが》れた声で七十はとうに過ぎていることがわかった。
「ホルスト・ギュンター氏です」
ニシオカがそう紹介した。青木の肩にやっと届くほどのひどく小柄な老人だが、青木
と向かいあい一人用の革張りの椅子に座ると、不意にその体が大きくなったように見え
た。座った姿勢に威厳と貫禄があり、それが体の小柄さを忘れさせるのだった。老人は
青木の隣りに座ったニシオカにドイツ語で喋りかけ、ニシオカが青木へと顔を向けた。
「ギュンター氏は以前東ドイツの国家民主党で要職についていた人です。十五年前に引
退しましたが、その後も東の政治の陰の要《かなめ》として活躍していて、数年前から我々とつな
がりをもつようになったのです。壁に引き離された非常に困難な接触でしたが、それで
も彼は陰ながらさまざまな形で我々を支援してくれたのです。我々と主義を同じくして
いますから。彼は戦争中ナチ党員でしたが、ユダヤ人や政治犯のために陰で援助を惜し
まなかった人です」
この時、青木が眉根に皺を集めたので、「どうかしましたか」ニシオカがそう尋ねて
きた。青木は「いや、何でもない」と首を振ったが、戦争中ユダヤ人を助けていたナチ

党員という言葉に引っ掛かるものがあったのだった。

「我々が一昨年の春の始めからたてた計画にも力を貸してくれました。さっきも話に出たとおりネオナチの若い連中は過激な行動を引き起こして、今の時代の不安にあの時代を濃密に蘇らせようとしています。それだけでなく旧ナチの亡霊たちは依然第三帝国の復活を執拗に夢見て、今の時代にあの時代の影を根深く残しています。今のところまだ若いネオナチの連中の大半と旧ナチとは、同じ鉤十字を夢見ながらもその背景にあるものは全く別ですから両者が結託することは考えられないのですが……ただですね、二、三年前から旧ナチの大物がそういった若い連中をも勢力下において今まで以上の力をもとうと企んでいるのです。いやその概略については既にカールソンから聞いているでしょうが……実はこういった動きは西ベルリンだけでなく東でも、もちろん規模はこちらほど大きくはありませんが見られるのです。ご存知のように東ドイツはファシズムを徹底的に排斥した共産圏の国ですから、その活動が表面に出ることはないのですが、そのナチの小物たちで小さな席ではあっても東の政治に自分の席をもっている者もいたりしますからね、そういった陰の陰で暗躍している連中が、ギュンター氏が隠し通してきたナチ党員だったという過去を摑んで、ギュンター氏を自分たちの味方に引きずりこもうとしたんです。ギュンター氏は終戦とともにそういう過去を恥じ、その過去を棄てて、東の政治界の大物になった人ですからね。もちろんギュンター氏は彼らの申し出を拒否したのですが、そうすると彼らは、もし自分たちに協力しないのならその過去を暴露すると脅迫を始め、それでもギュンター氏が首を縦に振らないとわかると今度は、邪魔になった氏の生命をつけ狙いだしたのです。それで氏は去年の末、大変な危険を伴なった思いきった方法で壁を突破し、こちらへと逃げて来たのです。ギュンター氏ほどの地位があれば何らかのもっと安全な方法で西へ亡命することはできたのですが、その頃には彼らが四六時中、氏を監視していましたからね。そういった事情で何とか亡命に成功し、今では我々の組織の大きな核として働いてもらっています」

ニシオカは説明を終えると、ギュンターの方に向き直り、肯いた。ギュンターが話し始めた。

「私のことはわかってもらえましたね。実は今日あなたを呼んだのは、あなたの援助に対してお礼を言いたかったからです。それと、我々の方の謝罪と——あなたはもちろん自分がどんな形で我々を援助してくれたかはご存知ないでしょうが、今からそれを話します。いやその前にまず我々があなたに一つ大きな嘘をついていたことを詫びなければなりません」

ニシオカがそのドイツ語を訳し終えると同時にギュンターの横に護衛のように立っていたマイクが、「その点については僕の方から話します」そう言い、青木に向かって、「我々はあなたをある意味で欺いてこのヨーロッパへと来させたのです。あなたは何も知らなかったでしょうが」

ニシオカを通してその言葉を聞いた青木は首を振り、「母親のことですね」と言った。

マイクの瞳が一瞬、静止した。

「あのソフィのインタヴューで生きているというのが別の女のことだというのは最初からわかっていました」

「その別の女というのがマルト・リビーだということも?」

マイクの驚いた声に青木は肯いた。昨日パリを発つ直前にわかったのだということは言う必要はないと思った。マイクとギュンターは顔を見合わせ、それから先にギュンターが笑った。「騙されていたのは我々の方だな」

マイクは肯いた。

「ソフィがニホン女性の死を告げた時、僕があああも驚いた芝居をする必要などなかったわけです。それなら、しかし話は簡単です。ソフィはマルトが生きていることを知っていた、我々はそれについて知りたかったのですが、ソフィは我々にマルトが生きていることを告げると同時にあの時代の記憶とマルトの名に拒否反応を起こしてしまったのです。それどころか、実際、あの時代の記憶とマルトが生きているという事実に押し潰され、いつ自殺してもおかしくない心理状態におちいっていました。我々は何とか彼女に生きる希望をもたせ、その口からマルトのことを聞き出さなければなりませんでした。ソフィは収容所で生まれた赤ん坊に会いたがっていました。それで彼女に、我々がその赤ん坊を見つけ出し会わせることを条件にマルトについて知っていることを話す約束をさせたのです。——そしてあの日リヨンで我々は彼女の口を開かせることに成功したのです。もちろんあなたに嘘をついた理由はそれだけではありません。我々は同時にあなたを必要としてもいたのです。マルト・リビーを逮捕することができた時、あなたは彼女の罪をあばく最も大きな証拠となりますから。あなたをどうしてもこのヨーロッパに呼びたかった。そのために馬鹿げた嘘を言ったことを謝罪しますし、それと同時にお礼を言います。あなたのお陰で我々は最後に残った大物戦犯の一人が今も生きていること、そしてどんな変名でどこに住んでいるかも知ることができたのですから」

「それでマルト・リビーはどうなったんですか」

青木の質問にマイクは腕時計を見ると、「ちょうど今頃、パリで我々の仲間の手で彼女は捕まっているはずです」と言った。青木もつられて腕時計を見た。午後六時五十二分。パリとベルリンでは時差がないから、今、パリも同時刻のはずだった。――六時五十二分。あと八分しかない。昨日の電話の声は、「七時」と言ったのだ。「明日の夜七時まで待とう。あなたにも四十数年の幸福な生活をしめくくるために一日ぐらいの余裕はほしいでしょう。ただし逃亡は無駄です。すでにあなたの部屋は監視に囲まれていますから。明日七時になったらその部屋を出てあなたがハンスを殺した場所に向かいなさい。もし出てこなければ我々の方で部屋に踏みこみます。そうなったらあなたの家族に何か迷惑をかけることになりかねません。明日七時に必ず」彼女の「ノン」という言葉を無視して声は一方的に喋り続け、電話を切った。電話をおくと同時に彼女はためらうことなく逃げる決心をした。今の生活のすべてを棄てて。しかし窓辺に行って下を見るとアパルトマンの入口に先刻まではいなかった二人の男が立っている。彼女は部屋のドアをそっと開けて透き間から廊下を覗いた。やはりエレベーターの横にも男が一人立っている。

電話の声は我々と言った。ナチ狩りの私的グループかモサドか。どちらにしろかなり大きな組織だ。彼女を罠に追いこむ準備は万端整っているにちがいない。逃げられる可能性がゼロだとわかった時、彼女は別の決心をした。この時もためらわなかった。ドアを閉める一秒間のうちに決めた。それから何故、最後の証人を殺したはずなのに、彼らに鉄釘のマルトが生きていることがわかったのだろうと考えた。四分間考えたが答えがわからなかったので彼女は考えるのをやめた。結論の出ないことを考え意味もなく時間を費やすのが彼女は嫌いだった。そしてその時からついさっきまで三十時間近くをいつもと変わりなく過ごした。夜は安らかに眠ったし、今日の午後もワーグナーを聞き続けた。あと五分——

彼女は机に向かい短い手紙を書いた。「長い旅に出かけます。決して私を探そうとしないように。それから何が起こっても私のために悲しんだりしないように。あなたたち家族に囲まれて私はいつも幸福でした」そう走り書きし、最後にこの四十数年間使っていた名前で署名し、嫁のニコルが好きだと言っていたシラーの本の中にそれを挟んで机の上においた。二時間もすれば子供を連れて友人の家に遊びに行っているニコルが帰ってきてそれを見つけるだろう。それから彼女はコートを着て、宝石箱の中に隠しておいた拳銃をとり出しポケットに入れ、三分後に部屋を出た。その三分のあいだ何も考えなかった。その部屋で、四十数年間の最後の自由な三分間に彼女がしたことは、煙草を一本喫うことだけだった。――七時二分に青木はマイクとニシオカといっしょにその部屋を出た。部屋を出る時、ギュンターは、「また近々お目にかかることになるでしょう」と言い、握手のかわりに自分より二回りも大きい青木の体を両腕で必死に包みこむように抱き、短い言葉をドイツ語で二度くり返した。ニシオカには聞きとれなかったのか、その言葉は訳されなかった。そのビルを出て車がスタートすると同時に、マイクは、「食事がまだなら、一緒にしましょう。あなたにもまだ聞きたいことがたくさん残っているでしょうし」と言った。――彼女はセーヌの河岸への最後の石段をおりた。アパルトマンを出てから彼女は一度も背後をふり返らなかったが、数人の男が尾行しているのはわかった。そして彼女が二月末にハンスを殺害したその現場に立った時、彼らは彼女をとり囲んだ。一羽の黒い鳥が不意に四つの翼に散って、彼女を包みこもうとするように。顔は闇でよくわからなかった。あの時もハンスの目に私の顔はこんな黒い影として映っていたのだろう。ただあの時と違いパリの夜には春の訪れを告げる優しい香りがした。「動かないで」彼女は言い放ち、同時にポケットから拳銃をとり出して自分のこめかみに当てた。最後の決着のつけ方を彼女はよく知っていた。自分の人生との別れ方を、それから、最後の時がこんな風に突然やってくることを。だが正確に言うと彼女は銃をこめかみに当てようとしただけだった。銃口がこめかみに触れる直前の一瞬、三つの影が彼女に襲いかかり、彼女の体を、腕を、手首をおさえつけてきた。彼女は全身の力で抵抗した。生涯で彼女が何かに抵抗しようとしたのはこの一瞬だけである。すべてを彼女は自分の意志で決めてきたのだ。それなのに、今、彼女は男たちの力に屈服し、他人の意志に自分の人生をまかせなければならなくなっていた。男たちに体をおさえつけられ、彼女は憎しみをこめて目の前に立った一番背の高い男に唾を吐きかけた。男は動じなかった。彼女の手から石畳へと落ちた拳銃をゆっくりと拾いあげ男はこう言った。

「そう簡単に死なせるわけにはいきません、マルト・リビー」

「マルト・リビーを逮捕したらどうするつもりなんだね」

ホテルが近くなった所で車をとめ、パブ風のレストランに入り、最初の料理が運ばれてきてから青木はそう尋ねた。騒がしいロックが流れる若者むきの店で、三人は一番奥のテーブルについたのだが、カウンターにはパンクの若者たちがたむろしている。奇抜な黒い衣裳がこの町の夜の裏側を青木の目に覗かせた。そのうちの一人が体に鎖を巻きつけ、ナチの鉤十字の腕章をしている。その腕章を冷たい目で一瞥したマイクは、青木の質問にニシオカが答えようとするのを制して、ドイツ語で喋りだした。ギュンターの部屋でもマイクはドイツ語で通していた。青木の耳にもドイツ人と区別のつかない巧みなドイツ語だとわかったが、ただ軍隊用語のようなこの国の言葉の響きと、マイクのいかにもヤンキーらしい顔とは不釣り合いだった。

「もちろん国際警察の手に渡して裁判にかけます」マイクはそう答えた。「ただその前に、我々は彼女の口から聞き出したいことがあります。特にあなたの体にどんな手術を施したのかについてね。あのあなたの体に埋まった球形の影が何であるかを……」

マイクの言葉を訳し終え、ニシオカが、

「ただ明日、私が会社の昼休みの時間につき添いますから、病院に行ってもう一度診察とレントゲン撮影とを受けてもらいたいのですが」

そう言った。

「あなたの手術痕をもう一度切開するかどうかは、マルトの答えを待ってからにしましょう」マイクはそう言ってから、「あなたはもちろん、ソフィが何故マルトの生存を知ったかに興味があるでしょうね」と尋ねてきた。

青木は肯いた。

「二年前の一月のことです。それがすべての発端でした」マイクは次の料理が運ばれてきてから感慨深げに話し始めた。

「二年前の一月に、ソフィのいたあの病院をある慈善団体の婦人たちが慰問のために訪れました。多額の寄付金とそれから衣類やお菓子をもって。団体といってもパリの病院の医師の妻たちが作っている数人のグループですが、その中に前の院長夫人でそのグループを作った高齢の女がいました。その女がソフィにも優しい声をかけ、彼女が胸の上に組んでいた両手へと優しい手を伸ばしてきた時、ソフィにはわかったんです。ソフィがテープで、マルトが収容所を去る最後の時、彼女に握手を求めてきた話をしていましたが、憶えていますか。ソフィはその時に、マルトの爪の形を生涯忘れえないものとして記憶に残したのです」

「爪？」

「そうです。マルトは逆三角形のひどく特殊な形の爪をしていたのです。およそ四十年後、慈善家としてその病院を訪れたマルトは昔の面影をすべて棄てていました。牛のように肥り、背までもが高く見えました。もちろん顔も。それから声までも。ただ一つ、その爪の形だけがその慈善家を四十年前のマルト・リビーにつなげていたんです。おそらく慈善はマルトの隠れ蓑《みの》だったのでしょうが、それが命とりになったのですよ。ソフィは爪に気づいてその女をじっくりと観察しました。すると優しい微笑とたるむほどの頬の肉とに小さく隠れてしまった目にも子供のような可憐な声にも、わずかに一片だけ残っていたマルトの面影が見ぬけたのです。その一分近くの間、ソフィは冷静でした。恐慌はそのあとにきました。彼女は自分がつかんだ真実を何とか世間に報らせたいと考えました。しかしそれと同時に彼女の中にあのマルトが自分を殺すために今日まで生きのび、殺す準備のために自分を訪ねてきたのだという恐怖が起こっていたのです。理性ではそんな馬鹿なことはないとわかっていても、歪んだ神経から生じたその恐怖を彼女はどうすることもできなかったのです。それでまず手始めに自分の収容所体験だけを書いた手記を出版社に送って世間の目を少しだけひこうと考えました」

その手記をマイクの組織が幸運な偶然で手に入れた。この段階では組織が興味をもったのはそこに書かれている赤ん坊のことだけだったが、ソフィのインタヴューで、彼女は最後にとんでもないことを喋りだしたのだった。「マルト・リビーはまだ生きている。私はその証拠をしっかりと摑んでいる」もちろん組織はそれを嘘か妄想ではないかと疑ったが、彼女は「絶対に確かだ。私が何故そんな嘘をつかなければならないのか」と言い、マルトが今どんな風に顔や体を変貌させたかを詳細に語った。その言葉を組織は信じた。いや少なくともその可能性に賭けてみるだけの価値はあると考える程度に信じた。

だが、それではマルト・リビーが今どんな名を使い、どこに住み何をしているかについて聞き出そうとする時になって、彼女を突然恐怖が襲ったのだった。

「以後のことはもうあなたもご存知の通りです」マイクはそこまで語り継いで、そう言い、

「我々はソフィの混乱のために二年を空費したのですが、それも仕方のないことです。ソフィの異常な混乱はあの時代とあの収容所を経験した者にしかわからないでしょう。それにその二年のうちに我々はあなたをこうして手に入れることができたのですし」

と続け、ため息をついた。

「ソフィの死は我々にとって大きな損失です。あの突然の自殺にああもとり乱したことまでが僕の芝居だとは考えていないでしょうね。ソフィはマルト・リビー裁判が始まった場合の最大の証人でしたからね。あなたはまだ当時新生児だったのですから、裁判の

重要な証拠ではありますが証人にはなりえませんからね」

マイクはそこでやっとフォークとナイフをとりじゃがいもとソーセージの料理に手をつけ、「他に質問はありますか？」と尋ねてきた。青木は首を振った。これでマイクとの関係の障害になっていた一つの嘘はとり除かれたことになる。ソフィの最後の手紙についてて話そうかと一瞬考えたが、結局あの手紙は何の訳にも立たなかったのだから言っても無駄だろうと思い直した。

食事が終わり、コーヒーが運ばれてきて青木が煙草に火を点けたとき、ニシオカがトイレに立ち、マイクは思い出したようにポケットから小さな白い封筒をとり出した。

「エルザから預っていた手紙です」

青木はそれを受けとり上着の内ポケットに入れながら、「いや、まだ一つ質問が残っていた」と何気なく切りだした。

「君とエルザの関係を聞かせてほしい。特に君がエルザをどう思っているか」

そう口にした瞬間、青木を不意に激情のような一つの感情が襲った。それは鋭い痛みで体をつかの間貫き通りすぎた。一瞬ののち青木は冷たい目でマイクを観察していた。マイクが意外な方向から浴びせかけられた質問にとまどっているのがはっきりとわかる。煙草をとり出したが火を点けず、マッチの軸を意味もなく折った。一本、もう一本、さらに一本……何か考え事をしている時の癖らしい。同じ癖を横浜でもリヨンでも見ている。マイクは箱の中のマッチをほとんど折りつくすまで無言だった。

「返答に困るような質問なのか」

「いいえ」マイクは顔をあげ笑った。

「どう答えれば誤解が起こらないか考えていたのです。たとえ真実を話しても信じてもらえない気がしたのです。――ただこれだけははっきりと言っておきます。彼女が今、愛しているのはあなただけです。僕と彼女の間に何があったとしてもそれは過去のことですし、少なくとも僕にとってそれはビジネスにすぎませんでしたから」

マイクは最後に残った一本のマッチで煙草に火を点けた。

「組織での仕事を僕はビジネスと考えています。ただしそれは清涼飲料水の方のビジネスと違って僕の生涯のビジネスです。彼女との関係もそのためのものにすぎませんでした。それからあなたのことを資料とか証拠とか呼ぶのもそのためです。赦して下さい」

マイクがそこまで答えた時、ニシオカが戻ってきた。三人で外に出た後、青木はマイクに「ホテルが近いようだから、そこまで一緒に歩かないか。二人だけでもう一つ話がある」と言った。マイクは少しためらってから肯き、ニシオカは「それじゃ、明日午後零時三十分にまた今日と同じ場所で待っています」と言い一人だけ車で帰っていった。

「何の話ですか」

マイクは歩き始めてすぐにそう尋ねてきたが、青木は「しばらく黙って歩くように」とだけ答えた。すでに四月に入っていたがベルリンの夜は冷たかった。東京より澄んだ風が、ネオンを色のついた霜の結晶に変えて吹きぬけていく。ネオンがとぎれると静かなビル街が続いた。青木の内ポケットの手紙とともに、胸に小さな火が燃えている。先刻の一瞬の激情がまだそんな弱い火の形で執拗に胸にくすぶっている。それが嫉妬だということを青木はもう認める他なかった。自分が今肩を並べて歩いているアメリカの若者に対して嫉妬しているなどとは信じたくなかったのでその感情を押し殺してきたが、先刻今までずっと尋ねたいと思っていたことをやっと口にした時、それは堰《せき》を切ったように青木の体に溢れ、一瞬激しい痛みを与えてきたのだった。マイクもエルザも現在の関係を否定しているが、青木はそれを信じていなかった。いや、たとえ信じるとしてもそれは青木がエルザの過去までを手に入れられないことを意味していた。青木はエルザのすべてが欲しかった。その過去をも。だがこの男がいるかぎり、青木はエルザの過去だけは自分の物にできないのだった。夜風の中を若者とともに無言で歩きながら、青木は自分がこの男と戦うためにこのベルリンへ来たような気さえしていた。二人の間の嘘はとり除かれたが、それでも自分がエルザを愛し続けるかぎり、この若者との間にはベルリンの壁以上に厚い壁がたち塞がっている。その、言いがかりのようなマイクへの嫉妬は、だが、今エルザを自分がどれだけ求めているかの証拠でもあった。すぐにでも逢えると思っていたエルザに簡単には逢えないとわかった瞬間から、まだベルリンに来て一日しか経っていないというのにこんな風に突然自分とは思えないほどの狂おしさでエルザを求めてしまう瞬間が何度も襲いかかってきている。実際エルザを知ってからの自分は以前の自分とは別人のような気がしていた。自分の中にこうも激しく愛情や嫉妬が燃えあがるとは信じられなかった。いや、本当にそうだろうか、自分の中に昔からこの激しさはあったのだが、そういう自分を信じまいとしていただけなのではないか――

青木はマイクに「絶対に後ろをふり返るな」と小声で注意してから「誰かが、今私たちを尾行している」と言った。

マイクは立ちどまりかけたが、そのまま何とか青木と歩調を合わせて歩き続けた。確かに通りが静かになってから背後に、一つの足音が響き続けている。それは普通の足音ではなかった。足音のリズムがわずかだが乱れている。片方の足を引きずるように――

「リヨンから一人の若者に尾行されていた。昨日の飛行機の中でもずっと……右足を怪我している若者だ。心当たりはないか」

マイクは全くないと答えてから、「確かに誰かが尾行している」と言った。

「私はもしかしたら君たちの仲間が私を監視しているのかとも考えたが、そうではなかったようだ」

「このためですか。一緒に歩こうと言ったのは」

青木は肯いた。交差点のむこうにもうホテルが迫っている。

「ホテルの前で別れましょう。その後、僕を尾行するかどうか確かめてみます」

マイクは信号を渡り終えるとそう言い、一分後、二人はホテルの回転扉の前で何気なく握手を交わして別れた。さらに一分後、青木は部屋へとあがるエレベーターの中で、エルザからの手紙を開いた。三ヵ月の間に見慣れた拙ない日本の文字でエルザはこう語っていた。「センセイと会わなくなってまだ一週間しかたっていないのが信じられません。帰国したその日、私は生まれて初めてベルリンに壁があることを憎みました。私は組織を棄て、この国も棄て、日本でセンセイと生きる人生をえらぶべきでした。今ではセンセイが私のすべてですから。でももうすぐ会えると思います。連絡を待って下さい。一日も早く、一時間も早く会える機会がくるのを私も待っているのです。E」――確かに、一つの足音が、おそらくは十メートルほど距離をおいて執拗に追い続けてくる。マイク・カールソンはアオキと別れた後、ホテルの前の通りを横ぎり、人気《ひとけ》ないビル街を歩きながら、それを確かめた。アオキがホテルに入ったので、尾行者はもう一人のアメリカ人の追跡を選んだのだ。いや、そうではなく、最初から尾行者は俺の方を追っていたのかもしれない。いつから？　きっとそれは四日前ベルリンを発ちリヨンへと向かった時からだ。尾行者は俺を追いかけているうちにリヨンで奇妙なニホン人との接触を知り、そのニホン人に興味をもってリヨンからパリへと尾行を続け、ベルリンに舞い戻ってきたに違いない。連なった街灯がマイクの影を何重もの複雑な形に壊し続け、その時刻、その一画はベルリンの恥部のように夜の静寂の中に隠れこんでいる。時おり思い出したように車の灯が通り過ぎ、ビルの灯の消えた窓は死者の無数の目のように虚ろに通りを見おろしている。交差点が近づいた。角に銀行が建っている。その角を曲がり、マイクはその銀行と隣りのビルとの間に流れる細い路地に入ると、銀行の壁に体を貼りつけた。尾行者の足音は銀行の角で停まった。マイクの姿が不意に消えたのを不思議がっているのだ。マイクが身を潜めた場所とその角とは十メートルも離れていない。三十秒近くが静寂の中に過ぎていった。車の通り過ぎる音だけが聞こえた。マイクも静止し、息を殺している。歩いている時より夜の風は冷たく体にしみてくる。ゆっくりと足音が近づいてくる。マイクが尾行に気づいてどこかに隠れたのではないかと疑っている。それがわかる用心深い足音だった。路地の近くに建った街灯が銀行の壁の影でマイクを黒く包みこんでいる。歩道に尾行者の影が流れた。影がとまった。街灯の光を逆光に浴びてその顔は黒いストッキングに包みこまれてでもいるように見える。その顔が路地を覗きこんだ。二人の顔は半メートルも離れていない。マイクは完全に息をとめ、その顔がさらに深く路地を覗きこもうとして近づいてきた時、肩を抱きすくめるような恰好で襲いかかった。瞬間何が起こったのかわからなかったのだろう、影の顔はひきつったような呻き声をあげた。尾行者は咄嗟に格闘するよりも逃げる方を選んだ。かなり背の高い若者だが、マイクの方が十センチは高かったし、足の怪我を考えれば、それは正しい選択だった。だがマイクは逃げようとするその体をつかまえ、押えこみ、壁へと押しつけた。影は全身の力で抵抗してくる。マイクはそのために二度その顔を殴らなければならなかった。力をぬいたつもりだったが、その顔がぐらりと揺れた。そのすきを狙って、マイクはその体を街灯の光の中へ引きずりだした。夜の光の中に灰色に翳って金髪がきらめいた。目は痛みとしびれを残したままマイクの顔を見あげた。その目には憎しみが溢れている。唇が切れ、血が流れ出していた。去年、エルザの部屋につながる階段ですれ違った時より、その顔は逆に幼なくなったように見えた。

「ブルーノ・ハウゼンだね」若者はまだ逃げようとし、押えこんでいるマイクの手を必死にふりほどこうとした。

「逃げる必要はない。こっちも一度ゆっくり君と話し合いたいと思っていた。もちろんエルザのことをね――」

一時間後、ベロストル通りに面したマイク・カールソンの部屋で、唇の傷口にタオルを押し当て、ブルーノは自分からエルザを奪ったアメリカ人が一方的に喋り続けるのを、黙秘権を行使した犯罪者のように黙って聞き続けた。喋るといっても、カールソンは、この部屋に入ってから十分間、ただ同じ質問を向けてくるだけだった。「何故自分を尾行していたのか、この四日間の尾行のうちに何を知ったのか」そうして、「この尾行は君一人の意志でやっていたものか」という質問にブルーノがあまりに早く肯いてしまった時から、さらにもう一つの質問が加わった。「いったい、誰に頼まれたんだ？　君一人の意志でベルリン、リヨン、パリ、ベルリンと一巡したこんな大がかりな尾行ができるはずがない」

カールソンが疑うのも無理はなかった。四日前ベルリンを離れる際、ブルーノはヘルカーに電話を入れ、「エルザのことは諦めたし、この西ベルリンに伯母が住んでいるからしばらくはその家に泊りに行って将来のことを相談してくる」と嘘を言ったのだった。

その嘘はヘルカーからこのアメリカ人にも伝わっているに違いない。カールソンは笑顔だったが、頑なブルーノの沈黙にいら立っているのがマッチ箱のマッチを折り続けている指でわかった。ブルーノは、だがたとえどんな酷い拷問を受けても口を閉ざし続ける覚悟だった。こんな唇の傷よりももっとひどい傷を自分はこのアメリカ人とエルザに負わされたのだった。二人の裏ぎりへの報復は、今、唇を鉄の錠のように重く閉ざし、無言の目で憎しみを伝えることだけだった。カールソンはウィスキーをなめていた。ブルーノの前にもグラスがおかれているが、もちろん口をつける気にはなれなかった。喉は死ぬほど渇いていたし空腹だったが、酒の琥珀《こはく》色は毒で濁っているように見えた。

「エルザの話をする約束だったね」

マッチを全部折るとマイクは突然話題を切りかえ、「どうだろう、ある方法を使って君をエルザに逢わせてやると言ったら、今までの質問に全部答えてくれるか」と尋ねてきた。

「どうやって？　彼女が壁を越えてこちらへと逃げて来るとでも言うのか」

やっとブルーノが口を開いたことに満足そうに微笑しながら、「いや、君の方から逢いに行くんだ」と言った。

ブルーノはまだ血の出ている唇の端にかすかな苦笑いを浮かべただけだった。

「そんなことは不可能だと言いたいのかな」

「当然だろ、君たちに騙されて俺は壁を突破してこちらへと逃げて来てしまった。今、東ベルリンに戻れば直ちに逮捕され投獄される。それとももう一度危険を冒して壁を突破しろと言うのか」

カールソンが口を割らせるために出鱈目《でたらめ》を言っているとしか思えなかった。

「いや、正規のルートでだ。何の危険もない。君はその方法さえ使えば、簡単にエルザに逢いに行き戻ってこられる」

「そんな方法があるはずがない。そんな簡単な方法があるなら何故去年の末ギュンターを俺に手伝わせあんな危険な方法で脱出させた？」

カールソンは数秒微笑をふくんだ目でブルーノを見続け、それから、「やはりそうか」と呟いた。「やはり誰かが君の陰にいるな。そうでなければ、どうしてギュンターと僕につながりがあることがわかったんだ。一体、誰が君にそれを教えた？」

ブルーノは口を滑らせたことを誤魔化すだけの言葉が見つからず、もう二度と口を開かない覚悟で唇を閉ざしたが、カールソンはギュンターの問題についてはそれ以上関心を示さなかった。

「君が、エルザに逢えるかどうかは、君が今の僕の言葉を信じるかどうかにかかっている」

そう言ってから、「君が信じないのも無理はないが、このベルリンには西とも東とも違うもう一つのベルリンがある。もちろんそれは僕と僕の仲間だけしか知らないことだが――」ブルーノには意味のわからない言葉を口にした。

「それと今あんたが言ったベルリンの壁を簡単に通りぬける方法と何か関係があるのか」

ブルーノの言葉にマイク・カールソンはゆっくりと肯いた。確信にみちた肯き方だった。

「ところで君は東ベルリンのエルザの部屋を憶えているか」

カールソンの質問にブルーノは肯いた。忘れるはずがない。花柄の黄色い紙を貼った壁、空と隣の建物のコンクリートの壁しか見えない窓、エルザの瞳と同じ水色のカーテン、木製のベッド、古いランプ型のスタンドをおいたテーブル、そのテーブルには以前はこの俺の写真が飾られていたのだ。

カールソンはブルーノの目を覗きこむように真面目な目で見つめていたが、やがてその顔にまた微笑を広げこう口にした。

「さっき言った第三のベルリンというのはそのエルザの部屋のことだよ」

浴槽にお湯を入れようと蛇口をひねった時、電話が鳴った。電話は山崎からだった。

「明日の晩東ベルリンの国立歌劇場でワーグナーをやるから観に行きませんか。急に都合の悪くなった友人から切符を二枚貰いうけたのです」と言う。

青木はちょっと考えてから誘いを受けることにした。オーケストラボックスにエルメリヒがいる可能性がある。しかしそのことより万が一にもエルザが歌劇場に来ているかもしれないという思いに動かされた。今夜一晩またもエルザのいない夜をどう過ごしたらいいかわからずにいる青木には、そのほとんどありえない可能性にもすがりたい気持ちがある。

明日三時にホテルの方へ来てもらうよう決め、電話を切ろうとして、「一つ訊きたいことがありました。ドイツ語の〝ゾーン〟というのは〝息子〟という意味ではありませんか」と尋ねた。

「そうです」

「その言葉が親子でも何でもない関係の二人のあいだで口にされることがありますか。たとえば英語では息子でもない者に老人が親しみの情をこめて、〝マイ・サン〟と呼ぶことがありますが」

「それはドイツ語でもあります。マイン・ゾーンと言います。それが何か?」

「いや、大したことではありません」

青木はそう言って電話を切った。実際大したことではないのだろう。ただ青木は三時間前ホルスト・ギュンターの部屋を出る時、あの小柄な老人が青木を抱いて二度呟いた言葉がわずかに気持ちに引っ掛かっていた。二、三語の連なった言葉のうち〝ゾーン〟という単語だけが何とか聞きとれた。正確にはただマイン・ゾーンとだけ言われたのではなく、もっと長い言葉だったはずだが、その時も〝私の息子〟と呼ばれたような気がしたのだった。マイン・ゾーン、マイン・ゾーン……いや、実際何の意味もないことだろう。あの老人の高齢からすれば青木は息子ほどの年齢なのだ。おそらくマイクやニシオカのことも同じように呼んでいるに違いない。青木はため息をつくと、浴室から響いてくる湯音を思い出し、電話機を離れた。——結局、ブルーノは「エルザ」の名前に負けた。アメリカ人の口にした「第三のベルリン」という言葉の意味はわからない。ただ、カールソンが、「その言葉の意味は、君があの部屋に行きエルザにもう一度逢えばわかるだろう」と言った時、その謎めいた言葉に賭けてみようと思った。その言葉は、この卑劣なアメリカ人がブルーノに口を割らせるための罠なのかもしれない。だが、もう一度だけエルザに逢える可能性があるなら、その罠にかかってもいいと思った。もう一度だけエルザに逢い、しなければならないことが一つだけある。その一つと自分の人生を引き換えにする決心はついている。決心？　自分はエルザのために今日まで何度決心をしただろう。初めてエルザと出逢ったその日にこの娘と必ず結婚することを決意し、エルザが去っていったその瞬間に、生命を賭して壁を越える決心をし、五日前、エルザの裏ぎりを知った時はその報復のために、あの鉤鼻をしたユダヤ人のエディに加担することを決め、そして今、またエルザのためにそのエディ・ジョシュアを裏ぎろうとしている。エルザの嘘に騙されて意味もなく壁を突破し、今また単なる罠にすぎない言葉を信じて壁を越え東ベルリンに戻ろうとしている。それは実際、この、自分の生まれるずっと前に一人の狂人に熱中し、その狂気の道づれにされて壊滅し、立ち直る前に二つに分かたれてしまったベルリンの町と同じくらい馬鹿げたことだった。たった一人の娘を追いかけて自分はこのベルリンのようにさ迷っているのだった。エルザ——もうその名前しか、この馬鹿げた無意味な人生には残っていない。

「いつ逢わせてくれるんだ？」

ブルーノはそう尋ねていた。カールソンはゆっくりと肯いてから「もちろん、今すぐというわけにはいかない。ただ——そうだな、一週間以内には必ず逢わせると約束する」と言った。ブルーノが一瞬とはいえこの男の全部を信じてもいいと思えるほど真面目な目と声だった。ブルーノは目の前の酒のグラスをつかみ一気にそれを飲みほし、

「あんたはエディ・ジョシュアというユダヤ人を知っているね。ただこのことは知らないだろう。彼は今このベルリンに来ている。もちろん、あんたの行動を探るためにだ」と言った。アメリカ人の顔に灰色の風が吹きつけたようにさっと影が走った。——エディが？　あのユダヤ人のエディが俺を裏ぎっていた？　俺が生涯を賭けて救おうとしているユダヤ人の一人が？　胸の中でそう呟くと同時に思わず顔に出た狼狽《ろうばい》を慌てて無表情の中に包みこみ、それから十五分間のうちにブルーノの、血がやっと黒く乾きだした唇からこの数日間の全部を聞き出していた。エディに代わってブルーノがリヨンへとマイクの尾行を続けたこと、リヨンでマイクが奇妙なニホン人と接触したことを西ベルリンのエディに国際電話で報告し、そのニホン人の方を追うように指令を受けてパリへと尾けたこと。ただブルーノは、マイクとそのニホン人がリヨンに着いた翌日、車で病院を訪れたことまでは知らなかった。途中までタクシーで追いかけたのだが、一本道にな

り感づかれる心配があったのでマイクたちが泊っているホテルへと引き返し、二時間後戻ってきた二人のニホン人を尾行したと言う。もちろんソフィの死についてもマルト・リビーについてもまだ何も知らないらしい。そのニホン人についてもホテルのフロントでアオキという名前だけは知ったが、何故マイクがその混血のニホン人と接触したか、その理由まではブルーノもエディも知らずにいる。

「そのアオキについて君に言っておかなければならないことがある」

マイクは話を聞き終えると立ちあがり、青いカーテンで閉ざされた窓辺に近寄った。もちろんカーテンは開けなかった。今、ブルーノの口から、エディが真向かいのビルの窓の一つからいつもこの部屋を監視していると聞かされたばかりだった。この窓が建物の裏に面していること、連れこんだブルーノを窓から一番遠い椅子に座らせたこと、二つの幸運を信じてもいない神に感謝したい気持ちだった。マイクがブルーノと共に玄関へと入ってきたこと、この部屋にブルーノがいることを監視者は知らないのだ。今、その監視者の目はこの青いカーテンにマイク一人の影を見ているはずだった。カーテンごしに、マイクにはエディのあの小山羊に似た気弱そうな目が見てとれる気がした。あのユダヤ人が？　俺が救ってやろうとしているユダヤ人の一人が俺を裏ぎっていた？　マイクはブルーノに背を向けたまま言った。「君はエルザのことで僕を憎んでいるかもしれないが、今の僕は君と同じ立場だ。エルザは僕のために君を棄てた。それは事実だ。だが同じように彼女はアオキのために僕を棄てた。今、エルザが愛しているのは君でも僕でもない、そのニホン人だ」――カーテンを開くとベルリンの夜空が広がっている。どこかに目ではとらえきれない青みを感じさせるその空の下で、町は湖底深くに沈んだ遠い昔の町のように見える。光が化石の破片のように散らばっている。この夜空が、今ヨーロッパ全土に広がり、湯あがりに白いガウンをはおって窓辺に立っている青木をパリのマルト・リビーに、東ベルリンのエルザにつなげている。そしてまたこの夜空だけが、こんなにも美しく光の都として復活したベルリンを、歴史の一頁になってしまったあの第二次世界大戦の時代へとつなげている。浴槽の栓の穴へと吸いこまれていく湯の音が聞こえてくる。それが一つの呟きに変わって青木の耳に響いている。マイン・ゾーン、マイン・ゾーン……

翌日の午後二時、ニシオカに連れて行かれた病院からホテルへ戻ってくると、青木はまずシャワーを浴びた。病院というより動物園の裏手に建った古いビルの一画の私設医院だった。エーテルの匂いが診察室に充満し、その匂いが体にしみついてしまったような気がしたのだった。

シャワーを浴びた後、青木は浴室の鏡に上半身を映してみた。診察ではやはり体に何の異常も発見されなかったが、汚れた白衣を着た年寄りの医師が見せてくれたレントゲン写真には確かに右肺の近くに小さな球状の異物が見えた。輪のようにも見える。そうとすれば指環を連想させる大きさだった。マイクが言っていたよりくっきりとした影でそれは写っていた。今肉眼で見る胸の手術痕のほうがはるかに淡《うす》い影だった。青木は指でその十字架の形をした傷をなぞってみた。一体、自分の体の中に何を埋めこむためにこの手術がなされたのか。この淡い灰色の十字架は何を隠しているのか――鏡が湯気に曇って胸の十字架の影をとかしこむように消した時チャイムが鳴った。

ガウンをまとってドアを開けるとホテルのボーイが立っていた。早口のドイツ語で何かを言い、薄茶色の封筒を渡してきた。フロントに誰かが届けたものらしい。青木はそれを受けとり二マルクのチップを渡し、ドアを閉めると早速にそれを開いた。同じ薄茶色の便箋に書かれているドイツ語は一言も読めなかったが、最後に書いてあるサインだけは何とかわかった。エルメリヒ――

三時ちょうどにチャイムを鳴らした山崎に青木がまずそれを読ませると、山崎はちょっと驚いた顔になった。「エルメリヒの奥さんからです。今日か明日の午後四時にもう一度訪ねてきて下さいと言っています。エルメリヒの母親があなたの尋ねていた日本女性について知っていることを話してくれるそうです」

「彼女が自分で東ベルリンからその手紙を届けに来たのだろうか」

「いいえ、知り合いが今日西ベルリンの家族を訪ねるというので届けてもらうことにしたと書いてあります。――昨日このホテルの名を教えておいてよかったですね。今からすぐ出かければ四時にはつけるでしょう。傘をもっていますか」

青木は肯いた。歌劇場に行くせいで昨日とは違い背広姿に整えた山崎は傘をもっている。朝から空はずっと曇っていたがとうとう降りだしたらしい。

「雨が降ってますからね、今日は国電で東に入りましょう」

山崎はそう言い、十分後には二人はホテルの近くの駅から電車に乗りこんだ。

五つ目のフリードリッヒシュトラッセという駅で青木は山崎についてホームに降りた。

「ここはもう東ベルリンの中ですよ」

途中で一度、電車が壁を越えたので、青木にもそれはわかったが、電車ならこうも簡単に東に入ってしまえるのが不思議だった。いや、西から東に入るのはどこの検問所でもさほど難しくはないらしいのだが、これだとこの駅さえ使えば東からも簡単に西へと脱出できそうに思える。

「いや、そうは簡単にいきません」

山崎はホームに沿って築きあげられたコンクリートの壁を示し、その壁が駅を二つに切断し、こちら側のホームだけが小さな孤島として西ベルリンに所属しているのだと説明した。壁のむこうに東ベルリン側のホームがあり、そちらへ出るために壁を通りぬけるには他よりも厳しい検問を受けなければならない。「ちょっとしたスリルですよ」山崎はそう言った。冬の色を残した灰色の雨がコンクリートの壁で二つの別世界に分けられて降っている。二人の乗ってきた電車は、さらに先へと進み再び国境を越えて西ベルリンへと入っていくと言う。それまではもちろんどの駅にも停車しない。このフリードリッヒシュトラッセ駅が、西ベルリンの電車や地下鉄が東ベルリン内で停まる唯一の駅である。国境の壁を築いても、以前からあった線路まで作り直すわけにはいかず、西ベルリンの三本の国電路線と二本の地下鉄路線がこんな風に、短い区間、東ベルリン内に迷いこむ形をとっていると言う。

山崎の言ったとおり駅を二つに割ったコンクリートの壁を通りぬける道には監視兵が有刺鉄線の代わりを務めるようにずらりと並び、厳しい目と冷たい銃口を向けている。それでも検問そのものは前日の検問所と変わりなく簡単に済み、二人は、雨のためにもう既に濃く暮色のおりた東ベルリンの街に出た。夜の気配と冷たい雨とが昨日以上にその街をくすんだ、もの哀しい色に見せている。

地下鉄に乗り三十分後、手紙に指定されていた四時より五分早く、二人はその部屋のチャイムを鳴らした。昨日と同じドアの前に立ち、青木は昨日と同じ想いを反芻していた。やはり、これは死んだソフィの力だったのだ、ソフィが昔、自分がその腕に抱いた赤ん坊に母親のことを教えてくれようとしている――

ドアが開きエルメリヒの妻が昨日と同じ無表情な顔を出し、二人をすぐに居間に通した。

「義母《はは》は奥で横になっています。今、ご案内します」

そう言ってから、昨日の夫の非礼を詫びた。

「夫は父親のことを憎んでいるのです。だから夫の留守に内緒であなた方を呼ぶ他ありませんでした。ですから、どうか今日のことは誰にも話さないで下さい。夫は今日と明日は歌劇場の公演があって出かけていますので」

山崎が、今夜この後で自分たちも歌劇場に行くつもりだと言うと、「それは素敵ですね。私も行きたいのですが、去年の末から義母がずっと患《わずら》っているので部屋を空けられないのです」と言った。無表情なだけでむしろ人の好い女性らしい。昨日二人が帰ってから義母にこっそり話を告げると義母がそのニホン女性のことをよく憶えていたからあの手紙を今日友人に託したのだという。

「ただ、義母からも逢う前に一つ断っておいてほしいと言われていることがあります。あなたはもしかしてお母さんについて知らない方がいい事を知ることになるかもしれません。どんな話でも聞く準備がありますか」

山崎が訳し終えるのを待って青木がゆっくりと肯くと、「それなら」と言って立ちあがり、ふと思い出したように壁の作曲家たちの肖像画に目を流し、「夫のペーターが音楽をやり始めたのは義父《ちち》への反発もあったのです。義父は絵を描くのが好きで子供のペーターも画家にしようとしたのです。以前はこれらの額に義父の絵が入っていました」と言った。

「この額は、この路地の角にある店に売っている額と似ていますね」青木が尋ねると、

「それは当然ですわ。ペーターの祖父が作ったもので、かなりたくさん残っていたのですが、ペーターがここにあるだけを残し、後は全部あの店に売ってしまったのです。そう、あなたも画家だったのですね。だったらあの店で奥の部屋にある絵を見せてほしい

と言ってごらんなさい。とても興味深い絵がたくさんありますから」

そう答えた。この会話に青木はある引っ掛かりを覚えたのだが、その時はそれに構っている余裕がなかった。夫人が「こちらへどうぞ」と言って母親の部屋へ案内したからである。夫人は一番奥の部屋のドアを開いた。ドアの外からも部屋にもう夜がおりているのがわかった。ランプのような古めかしい侘《わび》しい光でスタンドの灯が闇ににじんでいる。「どうぞ」青木はわずかにためらってからそのペーター・エルメリヒの老母の部屋へと、彼が生まれる以前の闇に包まれた一つの過去を解き明かすはずの部屋へと足を踏み入れた――

二時間後、静かに開始された前奏曲が、やがて波のざわめきのように揺れながら高まり、東ベルリン国立歌劇場の幕はあがった。青い薄明りが舞台の空間を越え果てのないような印象で広がっている。前奏曲は実際に波のざわめきを象徴していたのだろう。そのオペラの第一場がライン川の水底から始まると山崎に聞かされていた。水の精のような一人の若い乙女が水底を泳ぎまわりながら唄い始め、次にまた一人、さらに一人、全部で三人の乙女が登場した。

青木は二階の中ほどの席に山崎と並んで舞台を見ていた。舞台もそれをとり囲む客席もこれから始まろうとする神々と人間たちの長大なドラマにふさわしく、重みと華麗さを備え合わせていた。改装されてさほど歳月は経っていないらしい。その重みと華麗さは、パリのオペラ座のような古い風格とは違う現代性を感じさせたが、それでもドイツらしい硬質さがあってそれが別の風格になっている。共産圏はソ連もそうだが、伝統芸術には力を注いでいてそのためには惜しみなく金を使うと言う。特にドイツはバッハをモーツァルトをベートーヴェンを、そしてこのワーグナーを産み出した国である。

だが青木はこの劇場の豪華さにもこれから舞台の上でくり広げられようとしている壮大な物語にも関心が向かなかった。関心があるとすれば、それは今から始まる「ラインの黄金」というオペラが、大掛かりな四部構成をもった「ニーベルングの指環」と題された長大なドラマの第一部にあたるということだけだった。「ニーベルングの指環」は通称「指環」と省略されて呼ばれている。しかしそういったことも音楽に無知な青木は、この席に座りオーケストラボックスに団員が入ってくるまでの三十分近くの間に山崎から教えてもらったことだった。エルザを知るまでの四十余年、彼はただ絵だけに情熱を燃やして生きてきた。視覚の邪魔をする音楽はむしろ憎むべき芸術として無視してきた。ワーグナーについても人並み以下の知識しかなく「指環」の四部構成がこの「ラインの黄金」から「ワルキューレ」さらに「ジークフリート」「神々の黄昏」と続き、つまり全部を上演するのに四晩がかかることも今夜初めて知ったのだった。この歌劇場では今夜と明晩と二夜にわたり、そのうちの「ラインの黄金」と「神々の黄昏」とが上演されるという。

「さまざまな神々と人間たち、さらに巨人や小人が複雑にからみ合った物語ですからね、簡単に話すわけにはいきませんが一言で言うなら、愛の力を棄てた者だけが作ることを許された指環をめぐって神々と人間たちが争うドラマなのです。その指環をもつ者には無限の権力が与えられるので、神々と人間たちが、神同士が、人間同士がそれを自分のものとするために永劫《えいごう》とも呼べるような闘争をくり返すのです。この『ラインの黄金』はその第一部にあたっていて、小人族の一人の男が指環を作る黄金の秘密をラインの乙女たちから聞かされて、それを盗みとる所から始まり……」

指環？ あれは、あの影は、この体に眠っている小さな環はやはり指環なのではないか？ 舞台にはその小人族らしい一人の男が現われ、三人の乙女と歌声を競い合い、やがて青い闇を貫いて陽の光がさしこみ、ひときわ高い岩の陰から別の太陽が隠れてでもいるように金色の光が輝きわたった。問題の指環を作るための黄金らしい。

荘厳な前奏曲から続いている、初めてとも言えるワーグナーの音の流れに体は押し流され震えるほどに酔っている。だが頭の中には別のものが渦巻いていた。指環という言葉、それから二時間前、あの部屋で今オーケストラボックスの暗い光の中にいるはずのペーター・エルメリヒの老母から聞かされた言葉――彼女は心臓を悪くした肥りすぎた体をベッドに横たえたまま、こう言ったのだった。「あなたの母親だというニホン人女性が私の知っているニホン人女性と別人であることを願ってますよ。何故なら彼女はこのベルリンで恥かしい仕事をしていたからです」

どんな話でも聞く覚悟があると言った青木を、彼女はしばらくその目でみつめていたが、やがて意を決したように、「彼女はこの街で生きていくためにあるナチ党員に体を売っていたのです」と言った。

「私たちは彼女のことを七月《ユーリ》と呼んでいました。本当の名前は忘れてしまいましたが、彼女が自分は七月《ユーリ》生まれだし、ニホン語にちょうどそれに似た響きの花の名前があるのでそう呼んでくれと言ったのです。そう、四十年以上も昔のことなのにはっきりと憶えています。彼女がニホンの七月はベルリンとは較べものにならないほど暑いと言ったことも——彼女はニホンの大使の秘書として戦争の始まる前の年にこのベルリンへ来ました。とてもドイツ語を巧みに喋りましたよ。少女のような声で。顔も十六、七の娘のようでした。大粒の黒真珠のような美しい瞳をしていて。でもその容姿からは想像もできない激しい情熱を彼女はその小柄な体の中に隠しもっていたのです。ベルリンに来てすぐ、以前からニホン大使館に勤めていた若いニホン男性と彼女は恋に落ちたのです。シマムラ、そう、そういう名の男性と。シマムラはすぐ下の階に住んでいて私たち夫婦とは仲が良くて、私たちは彼からユーリを紹介されたのです。私たちがシマムラの部屋に遊びにいくと彼女が来ていて、それからまたシマムラが彼女を連れて私たちの部屋に遊びに来て。その頃が二人にとって一番幸福な日々だったでしょう。薔薇色に輝いた……二人だけでなくドイツにとっても、私たちにとっても。でも薔薇は褪《あ》せました。一年が過ぎ、ドイツ軍がポーランドへの侵略を開始し、後になって第二次世界大戦と呼ばれるようになった戦争が始まったその日、シマムラはピストル自殺をしたのです。ベッドの上で血まみれになって……アパートの皆が拳銃の音を聞きつけてその部屋に駆けつけた時、死体のそばのラジオから開戦のニュースが騒がしく流れていて……遺書がなく自殺の動機はわかりませんでしたが、彼は大使館員だったし皆がその死と開戦とが何か関連があるに違いないと考えたようです。でも私は、そうではないこと、彼女が原因だったことを、その後間もなくに彼女がそのシマムラの部屋へと移り住んできて知ったのです。彼女は私の貸した黒い喪服をまだ脱がないうちに、あるナチの将校をその部屋へと引き入れたのです。たぶん、シマムラの血の匂いがまだ残っているベッドへと——彼女は私に向けて涙をいっぱいに目に溜めてこう言いました。『私はシマムラが死んだこの国に生涯を埋める決心をしました。帰国したら死んだシマムラが淋しがるでしょう。私は彼の思い出と共に残る長い一生を生き続けます。ただそのために、私はあるドイツ人の援助を受けなければならなくなりました』事実その時にはもう彼女は大使館をやめ、この国の永住許可をとっていたんです。ただ、今でも忘れることができませんが、それから間もないある晩、彼女が喪服を脱ぎすてその将校が買ってきたドレスに着がえて食事に出かけた時、私は彼女の言葉の嘘を悟りました。実際、迎えに来た将校の車に乗りこむ瞬間の彼女は、ベルリンの夜をその華やかなドレスの水色に変えてまとい……紅いリボンが長く垂れた帽子や三重に巻いた真珠のネックレスや……幸福にきらめいて美しかったのです。愛する者を失った悲しみの翳りなどどこにもなくて、私はそのドレスや真珠のために彼女がシマムラを裏ぎったこと、そのために彼が自殺したこと、そしてそのきらびやかな幸せな生活のために彼女がベルリンに永住する決心をしたことを知ってしまったのです。事実それからも将校は何度も彼女を迎えにきて、そのたびに彼女は別のドレスに着がえて出かけていきました」

ペーター・エルメリヒの老母の目に一瞬蔑《さげす》みのような憎しみのような暗い感情が走ったが、彼女はすぐに首を振り、それを消した。

「でもとても可愛い人なつっこい性格をしていて、私は彼女の嘘を信じたふりをして彼女をずっと可愛がり続けました。それに彼女は六年後、自分の犯した過ちをああも酷い形で償ったのですから。あなたは彼女が戦争の終わる二ヵ月前に強制収容所に送られたことを知っているのでしたね」

青木が肯くと病床の老女は深いため息をついた。「可哀相に。やはり、彼女があなたのお母さんなんだわ。あの時、彼女のお腹の中にいたのがあなたなんだわ……」

「でも私は、そのニホン人女性がレジスタンス運動をしていたユダヤ人と結婚していてそのために秘密警察に逮捕されたのだと聞いていますが」

「それは、こういうことなのです。彼女とその将校の関係は六年続きました。彼がどんな地位の男かは知りませんが、前線には行かずずっとベルリンにいましたから」

戦争が激しくなり、やがてドイツ軍の敗色も濃くなり始めた頃、彼女は妊娠しその将校に結婚を迫った。もちろん彼はそれを受けいれることができなかった。彼には妻子がいたからである。彼は彼女に堕胎を勧めたが彼女は産む決心をした。そして当然のことが起こった、男はあれほどその異国の女の美しさに夢中だったにもかかわらず、彼女を邪魔に思い始めた、それで彼女があるレジスタンス運動をしていたユダヤ人とちょっとした関わり合いがあったのを口実に、彼女をゲシュタポに逮捕させた――

「そのユダヤ人もこのアパートにドイツ人と偽って住んでいたのです。でも彼がお腹の子の父親であるわけがありません。彼はユーリが妊娠する半年前に逮捕され、おそらくはどこかの収容所のガス室で死んでいたでしょうから」

「それなら……私はその将校の……」

青木の質問にエルメリヒ老夫人は黙した目に憐れみをにじませて答え、ずいぶんと経ってから、「それはわかりません。彼女はシマムラが死んだ後その将校以外の男も何人か部屋に入れていましたから。ユダヤ人も確かに一度は彼女の部屋のドアをノックしたはずです。それから他の軍服を着た男や、見知らぬ若者……その将校との関係はただお金のためだけで、彼女はそういった若い男たちと……」老夫人は首を振り、「これ以上残酷なことは言わせないで」苦痛に襲われたように顔を歪めたが、すぐにまた首を振り直すと、

「いいえ、私が間違っていたのかもしれません。あなたを傷つけないために言っておきますが、彼女は私に嘘をついたのではなく、本当にシマムラを忘れることができなかったのでしょう。彼女の部屋に入っていく若い男たちはみんなどこかシマムラに似ていましたから。――おそらくお腹の子の父親はその人たちの一人で、それを彼女はその将校

の子だと偽っていたに違いありません。だから私がはっきりと言えるのは、その子の父親がドイツ人だということだけです……ゲシュタポが逮捕に来た朝、彼女がどんな服装をしどんな顔をしていたかはわかりません。彼女と関わり合いがあると知られるのを恐れてアパート中が固く扉を閉ざしていました。私もそうでした。私が知っているのは、階下からこの部屋のドア越しに響いてきた階段をおりていく足音だけです。ゲシュタポの冷たい足音に混ざって彼女の静かな足音が聞こえ、それが遠ざかり……二ヵ月後、ベルリンは壊滅し、戦争は終わりました」

老夫人は、自分が知っているのはそれだけだが、ニホンに帰って当時この町のニホン大使館にいた人を探し出せばもっと彼女について詳しい話がわかるはずだと言い、それから、「もし私の話があなたを傷つけたのなら嘘だと考えていい。私にもそれが本当に真実かどうか断言はできないから」とつけ加えた。青木は首を振り、礼を言った。事実、青木は傷つけられることもなく、その話を冷静に聞き通し、むしろそんな自分を自分の想像以上に冷たすぎる人間ではないかと考えていたのだった。自分が四十年間抱き続けてきた母親の幻を壊されたはずなのに、それがこの時もやはり実感として迫ってこなかった。

彼が冷静さを失くしたのは、最後に病床の老夫人が、「あの写真を見せておあげ」若いエルメリヒ夫人にそう言い、抽出しの中からとり出され渡されたその写真を見た時だった。間違いなかった。そのセピア色にくすんだ写真に写っている女の顔にも着ている着物にも記憶がある。今年の始まった日の深夜、東京のホテルでエルザから見せられた肖像画の女と顔も着物も同じだった。ガウアーの収容所で見つかった赤ん坊がボロ着と一緒にまとっていたというその肖像画と――さらにその直後だった。「これがその将校でしょうか」山崎が覗きこんで写真の日本人女性の横に立った一人の男を指さし、それに対し、病床の老女は「いいえ、それは私の夫です」そう答えた。

青木は日本人女性より、その男の顔に目を奪われた。日本人女性よりわずかに背が高いだけの、外国人としてはひどく小柄な男だった。その小柄さにもその顔にも、青木はやはり記憶がある――確かにそれとよく似た顔と体格の男を自分は知っている……

「あなたのご主人も軍人だったのですか」

「いいえ。でも、ナチの党員の一人ではありました」

「ご主人は陰でユダヤ人を助けていたと聞きましたが……」

その言葉には一瞬憎悪に燃えたぎるような激しい目を返しただけで、直接には何も答えず、「でもユーリを救うことは不可能だったんです。ゲシュタポに逮捕された者を救うだけの力はまだ若い夫にはありませんでした」とだけ言った。青木が聞きたいのはそんなことではなかった。そんなことはどうでも良かった。青木が尋ねたいことはただ一つだけだった。「彼は……死んだと聞きましたが、本当はまだ生きているのではありませんか」青木はそう尋ねた。一瞬老夫人の顔と目が凍りつく。「どうして、そんなことを？」声が震える、「あなたのご主人だというこの人に似た老人と最近会ったからです」

皺を刻んだその顔ばかりでなく、若い方のエルメリヒ夫人も慌てた様子を見せる、老夫人は首を振り続ける、だが最後に彼女は敗北を認めたように肯く、「戦争が終わって八年目に彼は私と息子を棄ててこの部屋を出ていきました。いいえ私たちが彼を棄てたのです。私たちと夫とは思想が違いすぎたんです、生きていく上での思想が……」彼女の声が苦しそうになる。さっき、ユーリと呼ばれるニホン人女のもとへと若い男たちが通ってきた話をした時、彼女は、「私にこれ以上残酷なことを言わせないで」と訴えた。青木にとって残酷なことではなくそれが彼女自身にとって残酷なことだったとすれば……何故そう考えてはいけないのか。この写真を写した頃の彼女の夫もまだ若い男だったのだから……「ご主人はあなた方と別れた後、エルメリヒとは別の名を名乗っていたのではありませんか」彼女は肯く、だがそれが最後だった。「私たちは……息子も私も……彼が死んだものと考えているのです。これ以上は何も言いたくありません。あなたの母親の話と彼のことは何も関係ないのだし」本当に何の関係もないのか？　だが青木はそれ以上追及しなかった。老夫人は苦しみ始め、若い方の夫人が「すみません。居間の方で待っていて下さい」と言ったのだった。青木と山崎が居間で待っていると夫人は出てきて、「義母は落ち着きましたがこれ以上はお許し下さい。それから私も戦争の頃のことは何も知りませんので」と言い、青木は素直にそれに従った。青木が、その、自分の母親かもしれない女が四十数年前何度も訪れたという部屋で最後にしたことは、「あなたの義理のお父さんが描いた絵を見せてもらうわけにはいきませんか」と尋ねることだった。彼女は首を振った。「この部屋にはもう一枚も残っていません。でもそこの角の店にならまだあるかもしれません。額と一緒に義父の描いた絵も売ってしまいましたから」二人は部屋を出た。四十数年前一人の日本女性が最後の足音を残したはずのその古い石の階段をおりながら、山崎が言った。「あなたは気づきましたか。あの老婦人の寝ていたすぐ近くのマントルピースの上に鉤十字の勲章が飾られていたのに」青木は首を振る。「大切そうに真紅のヴェルヴェットの上にのせられて――彼女も息子ももしかしたら依然ナチの信奉者かもしれませんね。いまだにドイツには第三帝国の過去の夢にすがって帝国の復活する日を待っている人間がいるんです。彼女の夫がユダヤ人の援助をしていたかとあなたが尋ねた時、恐ろしい目を返しましたね、夫とは思想の違いで別れたと言いましたが、それは彼女が戦後もナチに執着し続けたせいかもしれませんね。ドイツが敗れナチが滅びたことで逆に一部の愛国者たちは戦中以上にナチズムに執着したところがあるのです」皺でも消すことのできなかった彼女の顔の厳しい線には確かに山崎の言葉を裏づけるものがあったが、青木にはそんなことはどうでもよかった。彼女の夫は戦中ナチでありながらユダヤ人を助けていた――そして青木はごく最近もある男に関して全く同じ言葉を聞かされている。青木は、だが、この時もまだ冷静さを残していた。青木が本当の衝撃を受けたのは、路地と通りの角に建ったその店で一枚の絵を見た時だった。

店はショーウィンドウから想像した通り陶製の器や人形、鉄の刀剣、ステンドグラスのランプやガラスの盃、古さを誇った品々で埋まっていた。画材道具も売られているが、パレットや筆洗いも年代物らしく、どれも埃をかぶっていた。壁に絵もいくつかかかっていたが、皆有名な画家の複製だった。それらの品々に埋まり、肥った主人がいる。白髪が埃のように見え、陶器のひびわれたような頬をし、自分自身も大きな骨董品のような男だった。

「ユリアン・エルメリヒさんの絵はありませんか」

青木の質問を山崎が訳し終えると、それまで用心深そうだった目が不意に愛想よくなり、「こちらにありますよ。どうぞ」と言い、二人をカーテンの奥の部屋に通した。小さな画廊になった部屋である。殺風景な壁に二十ばかりの絵が並んでいる。ホルバインの絵やロートレックの小さなデッサンがある。こちらの方は本物らしかった。「エルメリヒさんの知り合いですか」「ええ、ちょっとした用で今エルメリヒの息子さんの方を訪ねたのです」「こちらにある絵は私の個人的な収集で売り物ではありません。名高い画家の絵もあれば、エルメリヒさんのような無名の人の絵もありますが、みんな私の好きな絵ばかりです」店の主人の言葉を青木に訳しながら山崎が青木より先にその絵に気づいた。ロートレックのデッサンの隣りにかけられたその絵を見た瞬間、山崎の顔に驚きの表情が浮かんだ。

「いや、びっくりしました。青木さんの絵がかかっているのかと思いましたから」

山崎が間違えるのも無理はなかった。青木自身が一瞬、自分の描いた絵ではないかと感じたほど筆づかいや色彩が似ている。主人がその絵を描いた男の名を教えてくれた。山崎が再び驚いたように目を瞠《みは》りながらそれを訳した。だが青木はその声をひどく遠くに聞いていた。吸いこむほどの強い力でその絵が青木の視線を引っ張っていた――歌劇場の客席を覆った闇は音楽と歌声の奔流と化している。ワーグナーの壮麗な音は、すべての客を飲みこみ、歌劇場を破壊してベルリン中の夜へと流れ出していくかのようだった。音は青木の耳の鼓膜を破り、体の中へと凄じい勢いで流れこんでくる。舞台では一人の男と三人の乙女が絶叫のような歌声をもつれさせながら何かを言い争っている。だが青木は舞台の何も見ていない。音の洪水に押し流されながら、頭の中に渦巻いている一枚の絵だけを見ていた。

それはライン河とそこにかかった巨大な城塞のような石の橋を描いた絵だった。五号ほどのさして大きな絵でもなく、一見多少の腕があれば誰でも描けそうな平凡な風景画に見えるが、その線にある繊細さと緻密さを、埋もれた一人の画家の素晴らしい才能を青木の目ははっきりと見てとった。何故ならそれは自分とそっくりの線だったのだから。青木を世に出した線と同じ線の中にこの絵を描いた男の方は才能を埋もれさせたのだった。青木の若い頃の絵の中にセーヌと石の橋を描いた絵がある。既に誰か人手に渡った絵だが、一瞬その絵が今また目の前にあると思ったのだった。実際、別の男が描いた絵だとわかっても、自分のセーヌの水の色がそのままこの絵のライン河へと繋がって流れこんでいるようにしか思えなかった。長い歳月を通りぬけてこの古い絵の河へと――いや、この絵のライン河の流れが長い歳月を経て青木の描いたセーヌへと流れこんだのだ。第二次世界大戦も末期へと崩れ落ちようとするある夜、このベルリンで……一人の男の血が、その画才とともに一人の女の腹の中に宿った生命へと流れこんだのだ……この絵を描いた男とエルザから写真で見せられた日本人女性の肖像画を描いた男とは同一人物だ。それはもう間違いない。だが同じように間違いなくその肖像画と青木の「ひなげし」の肖像画ともまたある絆《きずな》で結びつけることができる。青木はそう確信した。この絵のライン河と青木のセーヌ河とも……ある絆……血の絆……

どれだけの時間その絵を見ていたのか。この寒さの中で脂汗をかいている自分の顔を山崎と店の主人が不思議そうに見ていることに気づき、もう一度その絵を描いた男の名を確かめると唐突に店内に戻り、さっき目に入った、ブローチになりそうな小さな木彫りの蝶々を買った。それを買って手紙をつけず、ただそれだけを日本にいる桂子に送ろう。青木は桂子のことを考えようとした。他の誰のことも考えたくなかった。今会ってきたエルメリヒ夫人のことも、マイクのことも、昨夜マイクから紹介された一人の老人のことも……エルザのことさえも。店を出ると、山崎が眉をひそめ何かを問いたげな顔を見せた。青木は質問させないために、自分は音楽にもワーグナーにも詳しくないから今から見に行くオペラの説明をしてくれないかと頼んだ。そしてこの劇場の椅子に座り、オーケストラボックスで指揮者が棒をふりおろし、序奏が始まるまで山崎から「ニーベルングの指環」の話を聞き続けたのだった。それなのにその話の中で青木が憶えているのは二つの言葉だけだった。「愛を棄てた者だけがその黄金からすべての権力を手にすることのできる指環を作ることができる」それともう一つの言葉。山崎がこう言った言葉。

「この長大なドラマの第三部にあたるジークフリートの名ぐらいは知ってるでしょう？竜を刀剣で退治した恐れを知らない、ドイツの伝説上でも一番有名な英雄ですからね。そのジークフリートは、今夜の第一部『ラインの黄金』に出てくる一人の神と一人の人間の女との間に生まれた双児の片割れがまた産んだ子供なんです」一人の神と一人の人間の女との間に生まれた……その言葉が別の言葉となってワーグナーの音楽とともに青木の体に溢れている。一人のドイツ人と一人の日本の女の間に生まれた赤ん坊……指環。その赤ん坊の体の中に埋められたのはやはり指環だったのではないか。青木はあの男の手に、あの男の指に指環があったかどうかを思い出そうとした。顔はすぐに思い出せた。今すぐ絵に描けるほどはっきりと思い出せる。だがその手はどうしても記憶に蘇ってこない。見たはずだ、顔と同じようにその手も……それなのにどうしても思い出せない。いや思い出せないのに、その手の形が、指の形がはっきりと頭に浮かんでくる。自分と同じ手の形、同じ指の形として。同じ形をした手から同じ絵の線が生まれたのだ……青木はその男の顔の次に自分の顔を思い出そうとした。必死に思い出そうとした。だが、どうしても一番見慣れたはずの自分の顔が蘇ってこない。いや見慣れてなどいない。今日まで四十年以上自分は、鏡の中で自分の顔を、本当の日本人ではないその顔を見た瞬間、目をそむけ続けてきたのだから。――突然旋律が短調に崩れた。それは悲劇的な暗鬱な調べとなって劇場内を閉ざす。自分はその闇の中にいる。生まれる前の闇の中にいる。戦時下のベルリンの一夜にいる。一人のドイツ人が一人の日本人の女に自分の生命と血の一かけらを与えた一夜の中にいる。……オーケストラボックスが淡い光の中に浮かんでいる。その中にエルメリヒの息子がいるはずだった。私の息子、マイン・ゾーン、マイン・ゾーン……暗い旋律がそんな声となって青木の体の中に荒れ狂う。青木は必死に自分の顔を思い出そうとした。その男の顔と似ているかどうかを確かめるために。だが、どうしても思い出せない。自分の顔のすべてを闇が覆いつくしている。その男の手が自分へと伸びてきて抱こうとする、マイン・ゾーン、マイン・ゾーン、体の中で荒れ狂うその声は、再び脂汗となって全身の皮膚から流れ出す。青木は吐き気を覚えた。

「気分が悪いので外に出ています」

青木は山崎に言った。

「もうすぐ第一場が終わります。我慢できませんか」

青木は首を振り、立ちあがった。突然立ちあがった彼に周囲の客はひどく驚いたらしかったがそれに構ってはいられなかった。もう一秒も我慢できない気がした。やっと客席の列から出て出口の扉へと向かう段になった通路で青木は二度転びかけた。やっと二階のロビーに出ると、青木はソファの上に崩れるように座った。激しい嘔吐が一度襲ったが、朝から何も食べていなかったせいか、黄色い汁がかすかに喉を突きあげ、慌てて口もとを押さえたハンカチを小さなしみで汚しただけだった。ロビーは静かだったが青木の体にはまだワーグナーとそのドイツ語が反響している。マイン・ゾーン……

すぐ後を追ってきたらしい、「大丈夫ですか」、山崎が心配そうに顔を覗きこんできた。汗と共に血が流れ出したかのように顔が白くなっているのが自分でもわかった。「悪いですが、一人だけ先に帰らせてもらいます」「いや、私も帰ります。心配ですから」「しかし、それではせっかくのオペラが」「いや大丈夫です。もう飽きるほど聞いた曲ですから」五分後二人は歌劇場を出ると三十分後、再び、フリードリッヒシュトラッセ駅を分かつ壁を通過した。西から東へ入った者は西へ帰る際、同じ検問所を通らなければならないからもう一度監視兵の目と銃口にさらされることになった。戦争はまだ終わっていない、そうまだ自分はあの夜のベルリンにいる、ガウアーと呼ばれた収容所の一隅で生まれる十ヵ月近く前、恐らくは夏の暑さに燃えていたベルリンの一夜に……フリードリッヒシュトラッセ駅のホームから再び電車に乗った。電車が国境の壁を越えると激しくなった雨に夜空のどこかから叩き落とされたように自由の灯がさまざまな色彩で散らばっている。四時間前に乗りこんだ駅で降り、駅を出た所でホテルまで送って行くという山崎の申し出を断り、青木はひとり歩きだした。傘をもっていたがささなかった。この雨の激しさに体の中に粘りついて離れないその声を流し落としてもらいたかった。マイン・ゾーン、マイン・ゾーン。フロントの男は部屋の鍵を渡す際、ギョッとした顔になった。青木が全身ずぶ濡れになっていたからではなく、その顔がわずか四時間の外出のうちに別人のように老け、瘦せ、数分後に死んでもおかしくないほど白く褪せていたからだった。青木は部屋に入ると、まっすぐ浴室に足を踏みいれ鏡の前に立った。今日もその鏡の前に立った時、ただ胸の傷跡を見ただけで顔を見なかった。青木は目を閉じ、しばらく続いた闇にも疲れて目を開いた。鏡の中に一人の男の顔が映っている。自分の顔ではなく他人の顔のように思えた。今日までも鏡に映る顔を青木は他人としか感じられずにきたが、この時それは今までとは全く別の意味をもっていた。それは自分の顔というよりあの男の顔だったのだ。

いつ鏡の前を離れたかはわからない。気がつくと窓辺に立っていた。ガラスを崩れ落ちていく雨で窓の外は見えない。だが雨の、その厚いカーテン越しに彼にははっきりとその夜が見える。彼は実際疲れ果てている。今日の四時間の外出で、四十数年をさかのぼって生きたのだった。そうして今、自分の生まれる十ヵ月前の一夜に、あるドイツ人がある日本人女の体に一つの生命を与えた夜にいる。はっきりとそれが見える。ナチの軍服を着た男と日本のキモノを着た女、男は絵筆をとってその女の肖像画を描いている、その手が女の体へと伸びる──青木は窓を離れ、マイク・カールソンに電話を入れた。

「スケッチ帳と鉛筆がほしい、それと消しゴム。すぐに届けてくれないか。それからある本がほしい。日本語に訳された本だ。手に入らないか」

マイクは何かを感じとったのだろう、「すぐに用意します」と言い慌ただしく電話を切る。そして二十分後にはもうドアがノックされ、ニシオカが頼んだ物をもって立っていた。ニシオカは青木が憔悴しきった様子なのをしきりに心配した。

「出てってくれ」礼も言わず、青木はそれだけを言った。それでも心配そうな色を顔に浮かべてためらっているニシオカを青木は殴りかかるようにして追い出し、ドアを叩きつけるように閉めた。生まれて初めて狂暴さをむきだしにしたその手が自分の手だとは信じられなかった。いやこの狂暴さこそが本当の自分なのだろう。それを今までカンヴァスに叩きつけることでごまかし続けてきただけだ。彼は本当の自分を知らない。ついさっきまで自分の本当の顔を知らなかったように……彼はすぐにスケッチブックと鉛筆を手にしてさっき鏡の中で生まれて初めてじっくりと観察した自分の顔を描き始めた。その絵が自分の顔そっくりになるまでずいぶん苦労し時間がかかった。だが記憶に残ったあの男の顔を描くのは簡単に済んだ。完成した自分の顔の何ヵ所かを消しゴムで少しだけ訂正すればそれで良かった、そうほんの少しだけ。そんな風にして出来あがったその顔を彼は見続ける。絵ではなく鏡を見ているような気がする。それほど二人は似ている。

それは証拠にはならない。今のところ証拠はただ一つ、東ベルリンのあの骨董品店で見た一枚の絵だけだった。二人の男の顔の相似をただの偶然と片づけるとしてもその絵と自分の絵の相似だけは偶然だと割り切るわけにはいかなかった。いやそれも偶然だ、それぐらいの偶然はいくらでも起こりうる。彼は否定しようとする。だが何かが彼の中ではっきりと呟く。偶然ではない、何時間か前あの埃まみれの殺風景な画廊で、自分は一枚の絵とではなく父親と対面したのだ——そう、何故これが母親探しのドラマではないとわかった瞬間にこう考えなかったのだろう、だったらこれは父親探しのドラマではなかったのかと。あの母親のことなどどうでも良かったのだ。ソフィ・クレメールが可憐な優しい女性と表現し、老エルメリヒ夫人が娼婦のように語った一人の日本女のことなどどうでもよかったのだ。少なくとも彼らにとっては、マイク・カールソンたちにとってはその日本女のことなど大した意味などなかったのだ。収容所で彼の母親となって死んでいった日本女は、ただ彼が父親を探し当てるための手懸りにすぎなかったのだ。そして今、今年の始まる午前零時、奇妙な母親探しとして一幕目の幕をあけ、あっけなく幕をおろしたドラマは、第二幕を迎え、ベルリンに舞台を移し、突然父親探しのドラマと変わってその幕をおろそうとしている——青木はそれからニシオカがもってきた一冊の本を手にとった。彼は頁をぎっしりと埋めた日本語を読んだ。夢中でそこに書かれた無数の言葉を読み続けた。

我に返った時は眠りからさめた時だった。いつの間にかベッドに倒れこみ、その本を読みながら眠りに落ちたらしい。窓に白く夜明けが迫っている。雨は既にやんだらしかった。窓から、激しい雨に色彩を全部流し落とされたほの白いベルリンが見えた。静かな夜明けだった。だが彼の体の中ではまだワーグナーと共にその声が響き残っている。マイン・ゾーン、マイン・ゾーン、その父親の声を眠りの中でも聞き続けていた。青木は電話の受話器をとり、もう一度マイク・カールソンの部屋の番号をまわした。マイクはまだベッドの中だったらしい、眠りの断ち切れない半端な声を出した。

「今すぐここへ来てくれないか」

マイクは沈黙する。青木の感情の高ぶりをあらわにした声の意味をさぐっているのだ。

「わかりました。今から二時間後、八時半にそちらへ行きます」

「今すぐと言った。一秒も余分には待てない。君たちは昨日、いや一昨日の晩、一つの嘘を私に謝罪した。だがもっと大きな嘘をついていた。そのことを今すぐ謝罪してもらいたい」

マイクはただ「わかりました」とだけ答え電話を切る。

三十分後、ドアが叩かれた。青木があけるとマイクがニシオカと並んで立っていた。マイクの髪とコートの肩が濡れていたのでまだ雨がやんでいないことがわかった。マイクは部屋に入るとテーブルの上のスケッチを見つけ、即座にすべてを理解したようだった。マイクは微笑した。ふり向き、その微笑が背後に立ったニシオカの顔に伝わる。

「本当なのか。この絵の男が、本当に私の父親なのか」

マイクはゆっくりと手を叩く。青木が真相にたどり着いたことを祝福するように。

「驚きましたね」陽気なヤンキーのドイツ語をニシオカが訳して青木に伝えてきた。ニシオカの方はスケッチ帳に描かれた一人の男の顔にさほど感動している様子はなくまだ睡《ねむ》そうな目をしている。

「あなたはベルリンに来てまだ三日も経たないうちにそれを見つけたのです。賞賛に価しますよ。我々はまだ数日はかかると思っていました。ソフィ・クレメールのあの遺書をあなたが手にしてから半月はかかると思っていましたから」

「やはりあのソフィの手紙は君たちが仕掛けた罠だったのか」

「そうです。ただソフィは死ぬ前に確かに自分でもあなたへの手紙を書いたのです。錯乱状態のわけのわからない手紙でしたが、必死にあなたにあなたの母親の優しさを教えようとしていました。その内容の一部と筆蹟とそれからあの花の絵を倣《まね》て我々はあの手紙を書き、クリスティーヌに届けさせたのです。ソフィの書いた手紙にもあの花の絵は描かれていました。我々はそのソフィの最後の遺志を尊重してできるだけその絵に似せて花を描きました」

「ペーター・エルメリヒやその妻や母親もグルだったのか」

「いいえ、それは違います。もう気づいているでしょうが、あの三人はホルスト・ギュンター氏の家族です。ギュンター氏は三十数年前、思想の違いから家族を棄て、自分の思想に生きたのです。名前を変えた理由はまた後で説明します。ただ彼は、自分が戦中に世話をした日本人女性のことをよく憶えていましたし、彼の奥さんももちろんよく憶えていたから、我々はソフィの手紙と偽ってあなたをあの東ベルリンの彼が三十数年前まで住んでいた部屋へ導けば良かったのです。我々の計画どおり、あなたはあの部屋で彼の奥さん、正確に言えば以前奥さんだった女性から、あなたの母親の話を聞くことができたでしょう？　あなたの母親について彼女が言ったことは全部真実なのですが」

青木は肯く。

「それから母親の話だけでなく、父親に関して若干の手懸りを？」

青木は再び肯く。

「でも、我々の本当の目的はあなたをあの部屋に導くことよりも、あの部屋のすぐ近くにある小さな店に導くことの方にあったんです。あの店に置かれた一枚の絵に——あなたは画家だし当然、エルメリヒ家への行き帰りに嫌でも目につくあの店に興味をもって一度は店の中に入るだろうと我々は計算したのです。そしてあの絵を見つけるだろうと。我々はそのためにあの絵をひと月前、あの店に売っておいたのです。もっともあの絵だけであなたが自分の父親が誰かを確信するとは思えなかったので、他にもまだこの数日中にあなたが真相に近づくための手懸りを用意しておいたのです。それらは不必要になりました。あなたはその絵だけで一挙に真相をつかんでくれたのですから。実際これは驚くべきことです。こうも簡単にあなたが彼が父親だと気づいてくれるとは考えていなかったのです。昨夜あなたが電話をかけてきて、この本を要求した時、もしかしたらと思いましたが、今この絵を見るまでは信じられない気持ちでした」

マイクはテーブルの上に投げ出されていたその本をとりあげ頁をパラパラとめくった。

「何故こんな面倒なことをした。最初からどうして彼が父親だと教えなかった？」

マイクは大袈裟に目を瞠った。青い瞳が青木をからかうような微笑をふくませる。

「こんなとんでもない事実を最初からあなたに告げてもあなたは信じたでしょうか」

マイクは首を振った。

「日本で生まれ育っていると思いこんでいたあなたは絶対信じなかったでしょう。それで我々はまず母親の話をあなたに与えることから始めたのです。あなたがより信じてくれそうな話から。そうして同時にあなたに嘘も与え、あなたが試行錯誤をくり返しながら、自分の手で真相をつかむように仕向けたのです。あなたがその真相をつかんだ瞬間にそれを確信できるように。もっともこうも複雑な罠を仕掛けたのは、ただそのためだけではありません。昨夜、いや一昨日の晩、我々が謝罪したとおり、我々にはマルト・リビーという大きな獲物を見つけ出す目的もあったのです。それに、あなたが彼を父親だと確信するだけでなく、我々の側でもあなたを彼の息子だと確信する必要があったのです。あなたが彼の息子かどうか、我々は確信していたわけではありませんから。それで我々はあなたに嘘をつき、あなたのリアクションを見、あなたを観察し続けていたのです。そして今は我々もあなたが彼の息子だと確信しています。あなたがこのとんでもない事実を受け入れ、彼を父親だと確信しているように」

青木は首を振った。「とんでもない事実だって?」彼のあげた声は叫び声か怒声に似ていたが、本当は笑いだしたい気持ちだった。

「とんでもない事実だって?　たかが大戦末期の晩、このベルリンで一人のドイツ人が一人の日本人の女に子供を身籠らせただけの話じゃないか」

マイクの顔から微笑が消える。彼は冷たい灰色に変わった目をテーブルの上の絵の顔に向ける。「あなたは本当に彼をただの一人のドイツ人だと言うんですか」

「そうだ。ただの一人のドイツ人、ただのナチだった男に過ぎない」

その絵の男が青木へと手を伸ばしてくる。青木の体を抱こうとする。マイン・ゾーン、私の息子よ。マイン・ゾーン、マイン・ゾーン……その声をこの時突然体の中に蘇り溢れた昨夜のワーグナーが消し去る。そうあの男は一人の神だった。その神と一人の人間の女の間に一人の子供が生まれた……青木は首を振る。マイクは間違っている。青木はそれが自分の父親だと確信はしていたが、同時にまだ何も信じられずにいる。マイクも首を振った、青木より激しく。マイクは冷やかな目を絵の男から手にしたその一冊の本へと移す。そして怒りをこめた声でこう言う。

「本当にこの絵の男を単なる一人のドイツ人に過ぎないと言うのですか。歴史を動かしたこの本、『わが闘争』を書いたアドルフ・ヒトラーを――あなたの父親を」

五章　黄昏から夜へ

ホルスト・ギュンターは今でも四十年以上も昔のあの夜を、ユーリが喪服を棄てて純白の服に着飾ったあの夜を鮮やかに思い出せる。初秋の一夜だった。その夜の他のことはすべて忘れてしまったのに、彼女の美しさとその純白の服に翳《かげ》りを与えていた夜の光だけはよく憶えている。その昔彼の妻だった女はその夜のユーリが水色の衣裳をまとっていたと言い張ったものだが、妻よりも彼の記憶の方が正しいはずだった。妻はまたあの夜のユーリが幸福に満ち溢れ、シマムラのことなど忘れてしまっていたと言ってきかなかったが、その点でも妻は間違えていた。妻は自分の信じこんだものしか認めない愚かな女だった。彼女は一つの信念にしか生きられなかった。それがどんなに歪んだ、間違った信念であるか、教えようとしても無駄だった。だから、彼はその妻を棄てたのだ。当時まだ十歳の少年でありながら妻そっくりの信念をもっていた愚かな息子のペーターと共に――

あの夜のユーリはその異国人の黄色い肌と黒い瞳に、ドレスの襞《ひだ》に宿っていたのと同じ淋しい翳と夜の憂愁とをしみつかせていたのだ。彼女はあの晩、不幸だった。なぜならその夜、迎えにきたリンゲルというSSが自分をどこへ連れて行こうとしているのか知っていたのだから。そしてそこで愛するシマムラの面影を彼女に忘れさせるためのどんな儀式が待ち受けているかを知っていたのだから。

それは当時まだ神と呼ばれ崇められていた一人の男の命令だった。ドイツ中が、いや全世界がその言葉に従おうとしていた一人の男の命令だったのだ。ユーリはシマムラが自殺する少し前に大使の秘書としてその男の開いたパーティに出席しその男に見初められた。その瞬間、彼女の運命は決まった。なぜならその男は自分の掌中に欲しい物はすべて握ってしまう男だったし、全世界の運命さえ変える力をもっていた男だったのだから。シマムラはそのために自殺した。恋仇が一人の神では、一大使館員の彼にどう太刀打ちできるものでもなかっただろう。そしてシマムラが死んで半月も経たぬうちに最初の命令とあの純白のドレスがリンゲルの手で届けられたのだった。もちろん妻はその事情を知らなかった。彼、ホルスト・ギュンター、当時まだユリアン・エルメリヒと名乗りナチ党員だった彼だけがリンゲルから事情を聞かされ、そのための協力を頼まれていた。ユーリを説得することと、彼女がどこへ、誰のもとへ連れられて行くのかを周囲から隠すこと、そうして彼女を監視すること——この三つの命令への忠誠をリンゲルから誓わされた。彼の愚かな妻はユーリ自身がついた嘘と彼がついた嘘をすぐに信じこみ、ユーリの相手をリンゲルだと考えていたのだが……もちろんそれが秘密裡に運ばれたのは一人の神の威信に関わっていたからだ。ドイツはニホンと同盟を結んでいたから、神の相手がニホン人であることはさほど問題にはならなかったが、神がその女を掌中に握るために一人の男を自殺に追いつめたことは隠しておくべきだったのだ。いや、当時その男を神と讃えていたドイツ国民は神がたとえどんな不始末をしでかしたとしても、自分たちの信じたいものを信じ依然彼を崇《あが》め続けたことだろう。しかし、ともかくそれはドイツ中にはためき、ヨーロッパ中にはためこうとしていた鉤十字の旗の陰でこっそりと続いた幾つかの夜だった。それはまた当時の愛人であり最後には神と結婚してその死につき合ったエヴァ・ブラウンからも隠されてくり返された夜だっただろう。いや戦後になって、エヴァが神との十三年近い交際期間中二度も自殺未遂を図っていたことを知ったが、その自殺未遂と神がニホン人の女とも夜をもっていたこととは何かの関係があったのかもしれない。ともあれ、神と一人のニホン人の女との間にもたれた夜について知っているのは神の側近やSSのごく一部だけであり、恐らくそれ以外の人間で知っていたのは彼だけだっただろう。もっとも彼も、最初の夜以降の詳しい事情は知らない。彼にわかっていたのはリンゲルが新しい衣裳をもってあのアパートに迎えに来るたびにそれらの夜が神と人間の女のあいだでくり返されたことだけだった。彼女がそれらの夜や神についてどんな想いを抱いていたかもよくはわからない。彼女は大概のときはその東洋人特有の無表情と無口の中に自分の心を包み隠していたのだから。ただ彼女が死んだシマムラを忘れずにいたことだけは確かだった。リンゲルが迎えに来る夜はせいぜい月に一、二度だったし、それ以外の夜は自由だったから、彼女はそのうちに男たちを自分の部屋に連れこむようになった。だが、それは彼の妻がののしっていたほど頻繁ではなかったはずだし、彼が実際に目撃したのは二人の男だけだった。二人ともがシマムラに似ていた。だから彼は彼女を不憫《ふびん》に思い、リンゲルに誓わされた三つのことのうちの一つ、彼女を監視する役目をわざと怠って、リンゲルにそのことは話さず、代わりに彼女に、「他の男と関わりをもつことがリンゲルに見つかったら君の命だって危険だからやめるように」と忠告した。彼女は口では「ええ。気をつけるわ」と答えたが、目を無関心に逸らし自分の命なんてどうでもいいという顔をした——

彼の嫉妬深い妻は夫とユーリの関係も疑っていたようだが、もちろんそんなわけだから彼はユーリに指一本触れていない。ただ彼女が美しかったことは事実だし、一度だけ自分の画材になるよう頼んだことがある。快くそれを引き受けた彼女は、しかし、彼がデッサンを描き始めてすぐ、「もうやめて」と言ったのだった。「絵を描く時ってみんな同じ目をするのね。あの男の目を思い出すわ」と言い、「私がキモノを着て総統府に出かける時は、あの男の絵のモデルをしている時よ」とも言い、さらに彼のデッサンを覗きこみ、「絵はあの男の方がずっと巧いわ。私は知らなかったけれど、あの男は画家としても一流の腕をもっているらしいわね」と言った。彼女はドイツ中が神と崇めていた男を「あの男」と呼んでいたし、そう呼ぶ時、感情をほとんど声に出さない彼女の声に蔑みの響きがまじった——ドイツ軍がこれまでの攻撃から守備にまわり苦戦を強いられ始めた頃、彼女は妊娠した。彼と妻とがそれに気づいたとき、すでに彼女の腹の中の生命は五ヵ月を過ぎていた。彼は最初、それをあの神の子だと考えた。もちろん妻にはそれがリンゲルの子供のように思わせようとしたのだが、妻は一言「リンゲルの子供ですって？」そう言い皮肉な微笑を浮かべた。妻はユーリのもとに通っている他の男の子供だと考えていたのだった。そして三ヵ月後、妻の方が正しかったことがわかる。三ヵ月後のある晩、彼がユーリに呼ばれてその部屋に行くと、ユーリは、「明日の朝、私は秘密警察に逮捕されるわ」突然そんなことを言い出したのだった。その夜のことを、彼はユーリが着飾って総統府に出かけた最初の晩と同じようにはっきりと思い出せる。「仕方がないのよ。お腹の子があの男の子ではないことを知られてしまったのだから。この子が生命となったのは、去年、ベルリンがアメリカ軍の空襲を受けていた頃で、私とあの男の間には何もなかったのだから。リンゲルに問いつめられて他の男をこの部屋に入れていたことを告白したわ。もちろん、あなたは大丈夫よ。迷惑をかけたくないから、あなたは何も知らないことにしてあるわ。私はお腹の子供と一緒にアウシュヴィッツかダッハウにでも送られて死ぬんだわ」彼女は微笑すら浮かべてそう言ったのだった。

「ただあなたの奥さんには私がリンゲルに結婚を迫って、そのために追い払われるんだと言っておいて。私は悪い女だと思われたほうが安心できるのよ。あなたの優しい目より奥さんの意地悪い目の方が好きだったわ」

「そう言っておくよ。彼女は愚かだからその通りを信じるだろう」

ランプにはレースのシェードがかかっていて、その影が喪のヴェールのように彼女の顔を覆っていた。本当に美しかったし、本当に幸福そうだった。彼は他に慰めの言葉を見つけることができず、「今夜の君は最高にきれいだ」と言い、彼女は笑いながら首を振った。

「でももし私がきれいだとしたらシマムラが今でも私を見つめているからだわ。私が生きているかぎり、シマムラも生きていて私を見つめ続けるのよ。そんなに悲しい顔をしないで。私はこれで幸福なのだから」

「少しでも生きのびることを考えた方がいい。ドイツは間もなく滅びるだろう。ベルリンは今、一かけらだけ残った生命にしがみついている。あと何ヵ月か――せいぜいあと一、二ヵ月も生きのびられれば、君はまたここに戻ってこられる」

彼女はもう無言でただ首を振り、もう一度、むしろ彼を慰めるように微笑した。そしてそれが最後だった。翌日の朝、臨月も近くなったお腹の子とおそらくはトランク一つだけをもって死の収容所へと旅立っていき、それから間もなく彼の予想どおり、ベルリンと二人の神とに最後の日が訪れたのだった。

彼女は誰が父親かわからないお腹の子供と共にどこかで果てたのだろう、その後ずっと彼はそう信じていた。長い歳月、つい一昨年、彼の関わった組織が、偶然ガウアーの収容所の生存者が書いた手記を手に入れるまで。そう、実際それは四十年近くの長い歳月だった。彼はその間に家族を棄て、名前を変え、戦後間もなく秘書としてついた国家民主党の議員が死ぬとその後を継ぎ、東西に分かたれたドイツの、ベルリンの混乱の中で何度も生命の崖っぷちに立たされながらも自分の地位を築きあげた。それ自体一冊の本に値する波乱のドラマだったが、二年前ガウアーの生存者の手記を読んだ時、その中に自分の生涯よりもっと劇的な物語を発見したのだった。少なくともそれは彼の余生を賭ける価値のある魅力的な物語だった。奇跡としか呼びようのない偶然から、彼はそのソフィ・クレメールという女の手記の中で、終戦の二ヵ月前に別れた一人のニホン人女性と再会したのだった。間違いなくそれはあのユーリだった。ソフィがその腕に抱いたという赤ん坊は間違いなくあの最後の時、ほっそりとしたユーリの体をふくらませていた赤ん坊なのだ。ユーリは死んだらしいのだが、それでもひと月近くは生き続けたのだし、お腹の赤ん坊の方は無事にこの世に生を得て、生きのびたらしいのだ。それもまた奇跡としか呼びようのない出来事だった。何故なら、ダッハウにしろソビボーにしろどの死の収容所でも妊婦と乳幼児はまっ先に汚らわしいものとして処刑されるはずだったのだから。そしてソフィの手記の中に、ニホン人女性が夫の描いた肖像画をもっていたという一文を見つけた時、彼はやっとその奇跡の謎を解き明かしたのだった。それとともにユーリが最後の晩見せた余裕のある微笑の理由を——その赤ん坊はやはり、ユーリが「あの男」と呼んでいた男の子供だったのだ。

彼の記憶は四十年近く前の一夜へと逆流し、ユーリが微笑で別れを告げたあの夜の陰画を陽画へと焼きつけた。ユーリは初めてあの男に抱かれた晩と同じように、あの男の命令で収容所へと向かおうとしていた。彼女は男の命令に従った。自分の生命ではなく赤ん坊の生命を守るために。彼女はリンゲルから聞かされて、その収容所で自分とお腹の子供を待ち受けているものが何であるかを既に知っていた。だからああも落ち着いた微笑を見せていたのだ。それは死を約束された収容所ではなく、彼女にとっては生が、少なくともお腹の赤ん坊の生命が約束された場所だった。あの時代、六百万人のユダヤ人がすべて家畜運搬用の列車に乗せられ死を約束されて収容所へと旅立ったのと違い、ただ一人、お腹の中のその赤ん坊だけが生を約束されて収容所の一つへと旅立っていったのだった。

恐らく彼女はユダヤ人たちと一緒の列車につめこまれてガウアーへ向かったのではない。何千キロもの距離を幾夜もかかり闇に閉ざされて走る家畜用の列車は、戦争末期のそのころチフスが蔓延《まんえん》し、動くガス室と化していたと聞いたことがある。彼女は、他の四人たちとは違い、もっと安全な列車でガウアーへ向かったはずだ。

あの男はそれからほぼ二ヵ月後、四月三十日、ピストルで頭部を射ちぬき自ら果てた。その死は彼にまつわる多くの謎を生みだしたが、その謎の一部分だけは解明されたと感じた。

ドイツは敗滅の奈落の果てしない底へととどまることなく転がり落ち始め、一人の神は地上へとさらに地の底深くへと引きずりおろされようとしていた。ナチの軍旗はボロ布と化し、全ドイツがその残片の一きれにすがりついていた。ドイツそのものだった「あの男」もまた——彼はナチス・ドイツの終焉とともに自分に死が迫っていることをひしひしと感じている。彼が数百万のユダヤ人に与えた死を、今度は自分が与えられるのだった。彼が握ろうとした世界は指の間から砂となってこぼれ落ち、彼はもう自分の生命をもその手に握ることは赦されなくなっていた。彼は〝今〟のすべてを自分の手から棄て、そのかわりにその手で未来を握ろうとする。二ヵ月後自害のためのピストルを握ることになる手で、彼が握れるものが残っているとすれば、それは未来と自分の血を受け継ぐ赤ん坊の生命しかなかったのだから。だがその赤ん坊にも彼と同じ危険が迫っている。彼は何万ものユダヤ人の赤ん坊を殺したのだ。何のためらいもなく自分の信念のために。それが彼の子供だとわかってしまえば、奴らの報復の手はその子供にも伸びるだろう。何とかまだ一人の女の胎内にいるその子供を彼の子供だとは知れないようにして安全な場所へ逃がさなければならない。彼はそう考える。そしてその時代、ナチがい、ち、ば、ん、逃げこみ隠れられる一番安全な場所といえば、それは強制収容所の地獄の中だったのだ。ベルリンは危機に瀕している。いやドイツ中が危険にさらされている。ナチは袋小路に追いつめられどこにも逃げられない。逃げるとしても生命の危険をおかさなければならない。そのドイツに、だが、ナチにとって唯一安全な場所があった……

ホルスト・ギュンターはベッドから起きあがりソファに座った。三十分前、マイク・カールソンから電話が入り、「アオキから電話がかかってきました。今から会いにいきます。おそらく彼はゴールにたどり着いたと思います」と言った。その結果をマイクが再び電話で告げてくるのを待っているのだった。彼、ギュンターは医師に禁じられている煙草に火をつけながら、終戦までの最後のひと月間に起こった事に想いを馳せる。彼は当時一ナチ党員にすぎなかったから、もちろん「あの男」にもマルト・リビーにも会ったことはない。マルト・リビーという女がガウアーで猛腕をふるっていたこと、それ以前はベルリンで「あの男」の片腕としてたえず「あの男」のそばにいたことを知ったのは終戦からずっと経ってのことである。ガウアーについての資料は何も残されていない。ドイツばかりでなく世界各国の優秀な医師が集められ生体実験が行われていたというが、北部の僻地《へきち》に建てられた収容所ですべては極秘のうちに進められ、働いていた医師たちの名もわかっていない。医師もドイツ兵も解放前に全ての証拠を焼きつくして逃亡し、一人として逮捕されていないし、四百三十人近くいた生存者の誰もガウアーで何が行われていたか知る者はなかった。生存者が憶えているのは「鉄釘のマルト」と呼ばれた女のことだけだが、この女は逃亡後間もなくその死を確認されている。終戦後二十年を過ぎる頃から、やっとこの女についてもさまざまな物語が語られるようになった。それらはすべて憶測に過ぎなかったが、どの話にも共通していることが二点あった。ガウアーで彼女が見せた残忍性と、それ以前のベルリン時代一将校として絶えず陰の位置を守りながらも総統から一番信頼を受けていた人物らしいということ——ソフィの手記を読んだ時、彼、ホルスト・ギュンターはそれが単なる憶測ではないことを知った。

「あの男」は自分の血を受け継ぐ生命を、ユダヤ人の子供としてどこかの収容所へ送ればいいのだと考えた際、真っ先にガウアーとマルトの名を思い浮かべたに違いない。マルトなら必ず何とかしてくれるはずだ。そしてその命《めい》を受けたマルト・リビーは総統の子供のために最善を尽くす。

　ソフィ・クレメールはその手記の中で赤ん坊に残忍な実験が行われたと書いていた。「鉄釘のマルト」のために何万もの同胞を殺されたソフィがそう考えるのも無理はなかったし、事実マルトはソフィや他の囚人の前ではその母子に対しても残忍に振舞って見せていたのだろう。だがこう考えるべきだったのだ。手術というのはもともと人の生命を救うために行われるものだと——そして他の囚人たちの目を遮断したその手術室では、当時の最高技術をもった優秀な医師たちの手で、その赤ん坊の生命を救うために必死の手術が行われていたのだと。恐らく生まれた赤ん坊は体のどこかに欠陥をもっていたのだろう。放っておけば生命も危ない状態だという医師の言葉を聞いた時、マルトはためらうことなく決心した。かなりの危険が伴なうが、この赤ん坊に手術を受けさせようと。

　手術は成功した。赤ん坊のたてる激しい泣き声はソフィの耳が聞きとった意味とは正反対に、マルトや母親の耳には生命を保証する元気な泣き声として聞こえていただろう。手術は実際、完璧な成功をみたのだった。何故ならそれから四十年が過ぎ成長したその子供の体からは、どんな緻密な検査を施しても何一つ異常は発見されなかったのだから。その何の異常もない、健康な、生命を誇る体こそが、あのガウアーでの手術の目的だったのだ。「生まれた赤ん坊には肺に異常があったのよ。放っておけば死は目に見えていた。それで私は手術を受けさせる決心をした。ただその手術のとき私はもう一つ医師に頼んだことがあった」一昨日の晩、彼ホルスト・ギュンターの組織の手で捕えられたマルト・リビーはパリの、とある地下室でそう告白し、彼がソフィの手記を読んで得た推測が正しかったことを証明した。

「総統は、そのニホン人女とお腹の中の子と一枚の肖像画とともに自分の指環を私に送って寄越した。私にはその鉤十字を彫った指環の意味がすぐにわかったわ。総統はワーグナーを愛していたし、自分の指環をよく、これはニーベルングの指環だと言っていたから。すべての権力を手に握ることのできる指環だったのだから。ガウアーへかけてきた最後の電話で彼が言った、第三帝国が再び復活するための秘密というのがその指環だということを。それで私は手術の際、その指環を赤ん坊の体の中に埋められないかと医師に頼んだのよ。赤ん坊の生命に別条がないように——」だが、それがマルトが総統とその赤ん坊のためにしてやれた最後のことだった。総統が考えていた以上に、マルトが想像した以上に早く破滅の日は迫ってきた。既にベルリンとの音信はとだえていたし、ベルリンが最後の混乱に陥っていて、総統が唯一将来に夢をつないだその赤ん坊のことすらもう考えられないような状態におちいっているはずだということは容易に想像がついた。マルトはその赤ん坊の将来を自分で決定する他なかった。そしてためらうことなくその子供の生命だけを選んだ。生きていさえすればいつかこの子が体の中の指環に気づき、父親が誰であるかを知り、自分の血の意味に気づき、父親の夢を実現する日が来るかもしれないと。マルトは自分自身、ガウアーを一日も早く逃げだすことを決意していたし、もちろんその子供を連れて逃げることも考えたが、彼女と一緒にいることは赤ん坊にはこの上なく危険だった。総統は、その子が自分の子供だとわかった時、その子に約束されているのは死だけだと心配していたし、事実マルトは、それが誰の子供かを一番よく知っているはずの母親のニホン人女の存在すら邪魔に思っていた。彼女が出産の衰弱のために放っておいても間もなく死ぬだろうということがわかっていなければ、彼女のことも殺そうと決意しただろう。「それで私は、その子を囚人の中で一番信頼していたユダヤ人女の手に託すことにしたのよ。そう……憶えてるわ。最後の時私はその子供を彼女に渡し、彼女に確かに握手を求めた。口ではもちろん、『この子を守って』とは言えなかったから、私は微笑と握手とをその言葉の代わりにした。そう、彼女が握手を拒み憎悪の目を返しただけで私をとまどわせたことも憶えているわ。でも私はその憎悪と反抗心が必ずこの赤ん坊を守ってくれると考えて喜んでいた。ただそのユダヤ人の名前も顔も忘れてしまったわ。間もなく私は逃亡し、国境に近い村で死んだのだから。その日から過去を棄てたのだから。私は総統のことやその赤ん坊のことさえ忘れてしまったのだから」

こうして一ユダヤ人の女囚の手に託された子供はその後連合軍の手に渡り、難民キャンプへとさらに安全な病院へと運ばれ、あるドイツ人夫婦のもとに引きとられ、その子供に東洋人の血が混ざっているらしいと考えた夫婦は、戦前からベルリンに滞在し親しくしていたニホン人の男が帰国しようとした際、その子供を彼の手に委ねる。その間《かん》の事情の詳細は、ソフィの手記を入手し組織が子供の捜索に動きだした時点では既にドイツ人夫婦は死んでおり不明のままだが、彼らはそのニホン人の男が帰国の際申請し直した旅券の書類で、問題の子供らしい三歳の男児がニホンに渡ったことを知ったのだった。いや、その子供に間違いなかった。書類に貼られていた写真の顔を見た時、その幼ない顔の線に父親とそっくりの線を見つけ出すことができた。それはまた、昨年ニホンへと送ったエルザの調査でさらに確実となった。それが誰の子供かも知らぬままニホンへと連れ帰った男は、その子を知り合いのニホン人夫婦に預け、自分との関係を永久に断ち切る。何故ならその子供の手首に焼きつけられた四つの数字がユダヤ人の子供として恐らくは生後間もなくに収容所に入れられていたことを想像させたからだった。胸に残された当時まだ生々しかったに違いない手術痕もその生いたちに何か暗い影をまとわりつかせている。呪《のろ》わしい血として虐殺されたユダヤ人と東洋人の間に出来た子供……その男とニホン人夫婦の手で、手首の数字とともにその暗い過去は焼き棄てられた。こうしてその子供は、自分がどこで生まれたのか、自分の父親が誰であるのかも知らぬまま、自分に何故絵の天分がさずけられたのかも、自分の体に何が隠されているのかも知らぬまま、そして自分の体に日本人の血と混ざって流れている血にどんな意味があるのかも知らぬまま、生まれた地より一万キロメートルも離れた異国の地で成長したのだった。

「そう、彼はこうも立派に成長したのね」一昨日の夜、パリの地下室で全てを語り終えたマルト・リビーは一本の煙草を要求し、みじんも動じない顔で煙草を喫いながら、アオキの写真を見てそう一言だけ呟いた。彼女は今もまだその地下室に閉じこめられているが、明日にはこのベルリンに、彼女が四十数年前に棄てた祖国へと送られてくることになっている。

アドルフ・ヒトラーの子供とマルト・リビー、――一ユダヤ人女の手記と告白をもとに開始された二匹の大きな獲物の追跡計画も、いよいよ最後の幕を迎え、今日一日を残すのみとなった。窓から射しこむ白い夜明けの光が、雨が弱まったことを示している。この雨とともにベルリンの長かった冬も終わろうとしている。今日一日春の訪れを告げる美しい光がベルリン中に降り注ぐだろう。終戦後四十数年が過ぎ、あの黒い廃墟から奇跡のように復活したこの町と彼らがしとめた二匹の獲物を祝福するように――ホルスト・ギュンターの皺を縒《よ》りこんだ指の間で一本の煙草は灰と変わり尽きようとしている。マルト・リビーは一昨日の晩一本の煙草とともに、別の名と顔で生きた歳月を棄て、本来の自分に戻っただろう。ホルスト・ギュンターもドイツ煙草の褐色の香りとともに今日までの歳月を回想し、灰皿に落とした灰とともにその長かった歳月を棄てる。電話が鳴る。受話器をとるとマイク・カールソンの巧みなドイツ語が耳の中に流れこんでくる。

――「彼は見事にゴールにたどり着きました。今、ホテルの彼の部屋から電話をかけています。大丈夫です。彼にはドイツ語はわかりませんから。ただ彼は一昨日の晩あなたが口にした言葉の『ゾーン』という単語だけを聞きとって、短い間、あなたが父親ではないかと疑っていたらしいですね。ええ、でも、あの古美術商の主人がライン河の絵の作者の名を告げた時、彼はすべてを悟ったのですよ。我々の計画は、予想以上に早く成果をおさめたようです。何も心配は要りません。今、彼はまだいくらか混乱していて、信じたくないという気持ちの方が強いようですが、それでも充分冷静です」――青木はマイクがドイツ語で意味のわからない電話をかけている間、テーブルの上の、自分が描いた男の顔を見続けていた。その顔から、一番の特徴の髭を消し、眉と鼻と顎を少し細くするだけで自分の顔になるのだ。

同じようにその著書『わが闘争』の無数の語から想像しうるこの男の性格、自分以外の何も認めようとせず、傲慢であり、全てを自分の手に握らなければ満足せず、自分の信念だけにこり固まり、誇大妄想狂としか呼び様のないほど夢想癖が強く、自分の主義と夢に対してのみ貪欲であり、自分を愛する者のみを愛し、自分を認めない者、自分にわずかでも干渉してこようとする者はたとえ肉親であっても徹底的に排斥し、激しく、冷酷で、美と観念だけを信じ、その二つで世界を塗りかえようとし、狂っていった男の性格も、細く削り落とせば、そのまま自分の性格となって残るのだ――青木にはそう思えた。戦時中、全ドイツの聖書とされたその本で、青木は初めてこの男が画家になる夢を棄ててウィーン大学の建築科に入り建築家を志したことを知ったのだが、実際、すべてが確固たる揺るぎない直線で築きあげられていながら、同時にすべてが歪み狂っている不気味な建造物を想像させるこの男の人格、その設計図の線を、何ヵ所か変えるだけで自分の人格が出来あがるのではないか――『わが闘争』は少年期の回想から始まる。

その中に記された「自分にとって承服できない考えを拒むことにこり固まり、反抗的だった」「学校の勉強はこっけいなほどやさしかったので私は暇な時間、教室から外に出ていたずらばかりしていた」「私は自分の決心を変えることがなかった」「ある日、突然画家になろうということが自分にはっきりとした。私には確かな絵の才能があった」「私は画家として後に必要だと思うこと以外のすべてを徹底的になまけた」「私は自分の意志を曲げず、争いが好きな、反抗的な横着な少年といえた」という言葉は、まだ半月前、奈良へ旅した際桂子に子供の頃のことを問われるまま答えた言葉ではないか。今日まで自分が信じずに来た自分の本当の性格、本当の性格を信じたくなくて別の性格を夢見、その夢の方を信じこもうとした自分、桂子を諦めたのは桂子を自分一人のものにできないとわかっていたからだが、その裏に潜んでいた一人の人間の生命までも自分の手で握らなければ気の済まない凄《すさま》じい独占欲、彼女と別れてから東京駅までの車中、感じ続けていた自分の冷酷さ、エルザに対して突然火のように燃えあがった感情、愛情とも呼べないほどの燃焼で他人のもののように襲いかかってきた激情、その裏でマイク・カールソンに抱いたやはり自分のものとは思えない嫉妬の激しさ、憎悪、あの日ルーヴルを出た際ナチに対して抱いた共感、絵画と美に対して抱き続けた破滅的な執着、これらの自分の人格とは信じ難かった人格が、これまで触れることもなかったその書物の一言一言が自分の血の中であげ続けていた叫びだったのだとすれば……そしてまた何よりそんな風に本当の自分を信じようとせず、別の人格を夢見、その夢へと自分を塗りかえていったことこそ、この男の性格の特徴でもあったのだ。そう、自分の夢で、自分ばかりか世界をも歴史をも塗り替えようとした一人の男――

少なくともこの男と自分とは同じタイプの女に魅かれるのだ。この男が異常ともいえる執着を抱き続けたという姪のゲリと最後にこの男の妻となって死んでいったエヴァ・ブラウン。二人は共にエルザと同じ、金色の髪を眩ゆいほど美しく輝かせた女性だった。この男にとって姪のゲリは娘と呼べるほどの年齢だった。自分にとって、桂子もエルザも娘と呼べるほどの年齢だった。エルザの髪への自分の異常な執着、マイクへの説明し難い異常な嫉妬。四十年以上自分の体の中に隠れ続けていた、自分では説明することのできない激情……それを唯一説明しうるものが自分の体の中に流れている一人の男の血だとしたら――それだけではない。青木はエルザへの欲望の渇きを満たすためにパリのサン・ドニの薄汚ない部屋で二度抱いた娼婦の顔を思い出す。その顔が誰かに似ていると感じたが、今はそれが誰かはっきりとわかる。学生区の本屋で買った第三帝国の本の中に載っていたエヴァ・ブラウンの顔――金色の髪だけでなく、その顔にも魅かれて自分は二度もあの女の汚れた体を抱いたのではないか。パリに着いた最初の晩、深夜にもかかわらず娼婦を求めていかがわしい街へと車を駆ったその晩のことを青木は思い出す。彼は第三帝国の本の中にあったユダヤ人の死骸が山と築かれた写真を見ると同時に本を伏せ、その恐ろしい写真から逃れるようにホテルを出てサン・ドニへとタクシーを走らせた。あの時も本当は残酷な写真自体に恐怖を覚えたのではなく、その嘔吐をもよおすような残酷さの中に不思議な甘美さをもった死臭を嗅ぎとり、得体の知れぬ快感を感じとり、そんな自分が恐ろしくなって逃げだそうとしたのではなかったのか。

少なくともまたルーヴルに飾られたボッティチェリの聖母の顔はもう一つの証拠になりうる。その顔は二人の女の顔と似ている。この男が肖像画として描いた日本人女の顔とエルザの顔と——この男がエヴァ・ブラウン以外に愛したもう一人の女とエルザとが似ているのだ。そして自分がエルザにぶつけた激情を考える時だけ、青木には何故この男が、エルザとどこか似た東洋人の女を愛したかもわかる気がする。

いや、そうではないのだ。マイクはまだ私を騙そうとしている。俺の体の半分にこの男の血が流れているなど嘘に決まっている。その嘘を信じてこうも何もかもをこじつけて考えてしまってはいけない。信じて？　自分は少しでも信じようとしているのだろうか。この出鱈目を、このあり得るはずのない歴史の秘話を？　この男の子供であることなど信じることもできないし、信じたくもない。……しかし……だが、しかし……ある一つの点だけで自分はこの話を信じたがっている。自分が、滅びたとはいえ一時は歴史の中に神として君臨した一人の大いなる男の、少なくとも当時は英雄だった男の……その子供だと考えることは……あの死骸の山の一つに過ぎないユダヤ人の子供だと考えるより……歴史に何の名も残していない男の子供と考えるより、この男の子供と考えるほうが、多少……いやはるかに自分にふさわしいのではないか。この男と同じ傲慢さでそう考えている自分に気づいた。本当であるわけがない。この男の血が汚れた日本人の血に混ざってこの体の中に……汚れた日本人の血？　何故今、そう考えたのだろう。いや、今だけではない。子供の頃から今日までずっと自分はそんな風に黒い髪と黒い目と黄色い肌の彼らを蔑んできたのだ。今までそれを彼らが彼の褐色の混ざった髪と暗い碧色の目とに浴びせ続けた、好奇心と侮蔑をむき出しにした目への反発だと思っていた。だが……本当にそうなのだろうか。金髪碧眼の純血さをこそ人間の理想としていた一人の男の信念が、四十年以上前から自分のこの血の中でも叫び続けていたからではないのか。

青木は混乱し、何もわからなくなり、自分を見失おうとしていた。マイクが電話を切る。すぐに青木が彼へと浴びせかけた質問をニシオカがドイツ語に訳して彼に伝える。

「何故君たちはこの男の息子を捕える必要があったのだ。マルト・リビーと同じように。私はこの男や彼女のようなナチでもないし戦犯でもない。私には何の責任もない。それともこの男の血を受け継いでいるという理由だけで、この男が半世紀近くも昔に犯した罪を私に肩代わりさせようというのか。マルト・リビーと違って私を裁判にかけることなどできないはずだ。君たちは何の目的があって私を探し出したんだ」

マイクの顔に微笑が広がる。

「あなたは、これでやっと彼の息子だと認めてくれたわけですね」

青木は激しく首を振った。

「まだ信じてはいない。便宜上そう言ったまでだ。君たちは一体何の目的で――」

「我々の目的が第二のアンネ・フランクなどでなかったことについては既に一昨日の晩、

謝罪しましたね。僕が二度、第二のヒトラーという言葉を使ったことを憶えていますか。あなたは第二のアンネ・フランクなどではなくその第二のヒトラーです」

「それがどうしたのだ。君たちはその第二のヒトラーを抹殺しようというのか。その子供が父親と同じ真似をするのを恐れてでもいるのか」

青木は反感をむき出しにしてマイクの微笑から顔をそむけたが、マイクは少しも気にした様子はなかった。むしろ自分の手に握った小鼠があがくのを楽しむように笑っている。

「あなたはさっきギュンター氏が別れ際に呟いた言葉のうちのゾーンという単語だけを聞きとったと言いましたね。そう、ギュンター氏が呟いたその言葉こそ我々があなたに与えた真相にたどり着くための一番大きな手懸りだったんですよ。あなたがもし二度口にされたその言葉を正確に聞きとりドイツ語のわかる人に意味を聞いていれば、あの絵を見る前に既にわかったはずでした。何故なら、彼はあなたを抱きながら二度こう呟いたのですから。『マイネス・フューラース・ゾーン』と」

マイネス・フューラース・ゾーン。そう確かにそんな言葉だった。

「それはどういう意味なのだ」

青木はニシオカに尋ねる。ニシオカが無表情な顔と素っ気ない声で答える。

「私の総統の息子という意味です。あの時ギュンター氏はそう言ったのです。もちろん私はその言葉をあの場ですぐにあなたに訳すことはできませんでした」

「私の総統？　何故？　彼は……君たちはナチを憎んでいるはず」

青木はそこで言葉を切り、もう一度「何故？」とだけ呟いた。声が震えた。マイクはゆっくりと肯きながら、ソファに腰をおろし煙草をとり出した。マッチの箱をとり出したが、空になっている。ニシオカがさし出したライターの火で煙草に火を点け、その顔は唇から最初の煙を吐き出し満足げに微笑している。

「我々は再び謝罪しなければなりません。その点でも我々はあなたに大きな嘘をついていたのです。ソフィの遺書としてあなたに渡した手紙の中で、ユリアン・エルメリヒ、つまりギュンター氏のことをナチ党員でありながらユダヤ人を救っていたと書きましたが、それが何よりの嘘でした。彼は純粋なナチの信奉者です。戦前から戦中にかけて、いや戦後の四十数年間も、もちろん今も。彼は終戦後自分の名や過去や家族までも棄てて東での政治家としての地位を築きあげていったのですが、もちろん彼はそのファシズムが赦されることのない東の世界でもナチ復活の夢を秘かに抱き続けて来たのですよ。それで三年前、自分の方から我々の組織との接触を求めてきてくれたのです。彼が家族を棄てたのは夫人や子供がナチを憎み、戦争が終わった後もアドルフ・ヒトラーを〝私の総統〟と呼び続けていた彼を赦せなかったからでもあります。夫人は、夫が穢《けが》らわしい亡霊にとりつかれているのだと考えていたのです」

「しかし」青木は首を振った。「私は昨夜、夫人の寝室で、鉤十字の勲章を見た……大事な物として飾られていた……」

「そうですか。だったらそれは別れた夫の形見だったからでしょう。ギュンター氏は戦中ユダヤ人大量摘発の功績を認められて褒章を受けたと聞いたことがありますから、その褒章だったのでしょうね」青木はユダヤ人を助けていたという言葉に夫人が見せた憎悪の目を思い出した。「そうですか。そのことを伝えればギュンター氏も喜ぶでしょう。夫人は自分の思想を何一つ理解しようとせず自分を愛そうともしなかった愚か者だと言っていましたからね。夫人の方では彼に愛情を残していて、それだけは棄てずに残したのでしょうね。実際、鉤十字ほど今日までのホルスト・ギュンターの人生を象徴する物はありませんから。鉤十字もナチの軍旗もアドルフ・ヒトラーも彼の中では当時より確かな現実として生き残っているのです。もうこれでわかったでしょう。我々が何故彼に接触したか、何故彼が西へと亡命したか。実際に彼は、ナチ党員だった過去を、それからまた現在も第三帝国への夢を棄てずにいることが発覚しかけ、厳しい監視下におかれるようになったからです。東の政府は愚かにも彼の思想を異常と考えていて、彼の生命は実際危険にさらされていましたから」

マイクは自分の言葉に酔ったようにもう一度満足げに肯いた。ただその手の指だけはいつものマッチの軸がないことが不満なのか、いら立った動きを見せ続けている。

「つまり……このベルリンを中心にナチの亡霊たちがネオナチの連中を包括し第二のヒトラーを立てようという不穏な動きを見せているといったが……あれは君たち自身のことだったのか」

ニシオカがまず肯き、ドイツ語に訳された言葉にマイクが肯いた。

「東側の政界の一部に我々と思想を同じくする者たちがいるという話は事実です。ギュンター氏が秘密裡に関わり合っていた陰の陰の組織ですが、我々は三年ほど前からその組織とも接触をもつようになったのです。ただ我々が東に行って彼らと接触するのも、彼らが我々と接触するのも非常な危険と困難とを伴ないました。それで我々はその仲介をしてくれる我々とも彼らとも全く関係のない人物を物色していて、偶然エルザという逸材を手に入れたのです」

マイクはそこで不意に言葉を切ると腕時計を見た。

「その前にもう一つ話しておきたいことがありました。リヨンからパリ、さらにこのベルリンへとあなたを尾行し続けていた若者がいましたね。彼はニューヨークにある反ナチの組織の男から命令を受けていただけの素人同然の若者です。問題はその男ですが、この男ももう今頃、始末がついているはずです。ニューヨークにある反ナチ組織は、あるユダヤ人の富豪が趣味がわりにやっているようなとるに足りない組織ですが、困ったことに我々とあなたとの接触を唯一人、その男に気づかれてしまったのですよ。断っておきますが、反ナチ組織はまだ何も詳しくは知っていません。その点では我々は安心していましたし、尾行などがつくはずはないと考えていました」

「だが、君たちはルーヴルで、たったあれだけの接触のために大袈裟な方法をとったし、リヨンでも君は何度か尾行を心配する気配を見せた」

「だからそれもあなたに自分で真実をつかんでもらうために我々が仕掛けたゲームの一つですよ。あなたが我々の話を鵜呑みにして全部信じこんでいるだけではいけなかったのです。今度の話には何かの嘘があり、何かの危険がともなっている、あなたにまずそう思わせたかったのです。あなたがこのとんでもない真相にたどり着くために、何かとんでもない出来事に巻きこまれているのだという印象を与えておく必要がありました。あなたは今、ルーヴルで我々が大袈裟な方法をとったと言いましたが、その大袈裟な印象を与えることこそ、我々の目的だったんです。実際には尾行などがつくはずがないと安心していました。ところが本当に一人の男が現われ、あの若者にあなたを尾行させ、我々とあなたとの接触を知ってしまったのです。とるに足りないとはいえ反ナチの組織の男にです、僕は愕然としました」

マイクは煙草を灰皿に棄てると、最後の煙といっしょにため息を吐き出した。

「しかし、それももう大丈夫です。その男はもちろんまだあなたが何者かを知らないし、それを知る前に……」マイクはそこまで言うと腕時計をもう一度見た。——午前八時三分。エディは腕時計でその時刻を確認する。テーゲル空港のビルが、タクシーのフロントガラスに大きく迫ってきた。まだかすかに降り残っている雨とすでに雨雲を割って流れ落ちてくる朝の光とが、そのガラスに美しい重奏を響かせている。ポケットから財布をとり出し料金を支払う準備をしながら、エディ・ジョシュアはそれがこの世で最後に見る陽の光になるとは考えることもなかった。身の危険を感じていないわけではなかった。一昨日の晩、ブルーノは、「今、カールソンと二人のニホン人がレストランに入っていった」という電話をかけてきてから突然連絡を断った。昨日一日、無駄に連絡を待ち続けた後、彼は今日の朝一番のパンナムでベルリンを発つ決心をした。あの若者が尾行に失敗し捕まった可能性がある。だとすれば若者の口からエディがこのベルリンに来ていることをカールソンが聞き出すのも時間の問題だと思えた。一刻も早くベルリンを離れた方がいい、それはわかっていたが、あと一時間もすれば飛行機は出るのだし、ここまでくればさほど心配はないと思っていた。むしろあの若者をああも簡単に信用し尾行の仕事を手伝わせたことをまだ彼は後悔し続けている。その後悔とあの奇妙なニホン人は何者なのだろうという思いが頭を占領している。何があのニホン人と奴らとをつなげているのだろう。ニューヨークに戻ったら早速にそのニホン人の素性を洗うよう組織に頼んでみよう。名前もわかっているし、リヨンで隠し撮りした写真もある。だから一分後タクシーを降り、空港のロビーの入口へと向かいながら彼の頭にあったのは、その奇妙なニホン人の顔だけだった。その顔を以前にもどこかで見た記憶がある。いや、彼の知っている誰かとその顔は似ている。誰だったのだろう、誰か……自分がよく知っているはずの男の顔。彼の手がロビーのガラス扉の把手《とって》にかかった。その時、誰かが背後からぶつかってきた。一瞬である。次の瞬間には「すみません《ヘルツァイエン・ジー》」男の声が耳もとで聞こえ体は離れた。「どういたしまして」彼はそう答えようとしたが声にならなかった。何が起こったのか彼にはわからない。弾丸の音も聞こえなかったし、何の苦痛も襲ってこない。ただ体のどこかのネジが壊れた、そう感じただけだった。どこかに穴があき血が流れ出している。左手から鞄が落ち、体がガラス扉に貼りついた。ガラス越しにロビーが、旅行客の行き交う平穏な、朝のロビーが見えた。今は平和だ……こんなに平和だ……ロビーの誰ひとり、彼の死を、自分たちの将来を知らずにいる。極彩色の服を着た中年女が足をとめ、不思議そうに彼を見ていた。その目が恐怖に歪む。何かを大声で叫ぶ。彼も叫ぼうとする。危険だ、気をつけないと……亡霊たちがすぐそこに来ている。ナチの亡霊たちが……ナチ？　彼はやっとあのニホン人が誰に似ていたかを思い出す。あの気難しそうな表情に隠れた臆病そうな目を。自分とそっくりの目を。だから自分はあの写彼がハイスクール時代に西セントラル駅の待合室で見た一枚の写真を思い出す。あの気真の男を憎んだ。自分の人生を変えてしまうほど激しく。彼はあの瞬間、自分の中のユダヤ人の血を、彼が生まれる以前のユダヤ人の虐殺の歴史をはっきりと意識したのだった。そう、何故あの駅で、あの男の写真を見てしまったのだろう。あの一枚の写真さえ見なければ、自分は組織に入ることも、こんな風に突然、見知らぬ町の空港の一隅で息絶えることもなかっただろう。ベルリンは彼とは永遠に無関係な町になっていただろう

――「我々の本当の目的は、東西の統合です」マイクはやっと腕時計から顔をあげ、あらたに微笑を顔に浮かべてそう言った。

「世界の二大勢力が勝手に分割した二つのドイツを統一することです。ベルリンの壁を壊し、一つのベルリンに戻すことです。ドイツ国民のすべてがそれを望んでいるのです。

それなのになぜそれが実行されないのか。簡単です。それを実行しようとする指導者が現われないからです。彼らはその登場を待ち望んでいるのです。半世紀前、鉤十字の旗を翻して現われた神とも呼べる救世主が、もう一度現われ、この東西に切断された病めるドイツを救ってくれるのを、いや、ドイツばかりでなく、この明日すらも保障されていない脆弱《ぜいじゃく》な平和に病んでいる世界を救ってくれるのを。それを成し得るのは武力しかありません。もう一度この本が世界の真にあるべき姿を記した聖書として蘇るしかないのです」

マイクはその本をテーブルからとりあげ二度熱っぽく振った。

「これでもう我々がマルト・リビーとあなたを探そうとした理由はわかってもらえたでしょう。我々はもちろん彼女を国際警察の手に引き渡すつもりなどありません。我々は彼女の過去の業績と力とを必要としているのです。戦中、あなたのお父さんを陰で支えたその力を」

「この男をまだ父親だと認めたわけではない」

青木が吐き出した怒声を、マイクはその微笑で吸いとって無視した。

「我々はともかく第二のヒトラーになり得る男と鉄釘のマルトとを手に入れたのです。それが西ベルリンだけでなく東ベルリンにも多勢いる愛国者たちに知れれば彼らは喜んで我々と手を結ぼうとするでしょう。いや、ベルリンだけでなく、このドイツにまだたくさんいるあの時代の夢を抱き続け、真の意味でこの国を愛している人々のすべてを統合することも可能になるでしょう。マルト・リビーの身柄は今、パリのある地下室で我々の手で保護しています。彼女はもう既に真実を伝えられ、我々への協力を約束してくれました。彼女はあなたに会いたがっていますし、明日この西ベルリンへやってきます。我々はあなたにもこうやってすべてを話しました。改めて我々への協力を要請するために」

青木は笑った。笑うより他ない気持ちだった。「私に、ナチの亡霊たちの指導者になれというのか。この男と同じ真似をしろと」

青木は皮肉な視線を絵の中の顔に投げつけた。

「そうは言っていません。我々はあなたの頭脳にも腕にも何の期待もしていません。ただあなたはじっとしているだけでいいのです。我々がすべてをやります。我々が期待しているのはあなたの存在だけです。総統の血を受け継いだ人間がいること、それを我々が握っていること、それをネオナチグループや他の集団に誇示できればそれでいいのです。あなたは存在しているだけで充分すぎる価値があるのです。何しろあなたの中に流れている血は総統の最大の遺産ですからね。——それに協力への要請に対する返事は今すぐである必要はありません。今夜七時に、東ベルリンのエルザの部屋を訪ねて下さい。エルザからもう一度話を聞いてそれからゆっくりと考えて下さい。僕の言葉が信じられないとしてもエルザの言葉なら信じてもらえるでしょう」

「エルザに逢えるのか」

逆転し混乱した青木の頭の中に、窓から射しこみはじめた朝の光のようにその名だけがくっきりと流れこんできた。

「あなたが真相を知るまでエルザを待たせておいたのです。彼女の方でも逢いたがっていると言った一昨日の言葉は嘘ではありません。ただそれまでベッドに横になってゆっくり休まれた方がいいようです。あなたはひどく疲れた顔をしている」

青木はその言葉を無視し、立ちあがると窓辺に寄った。窓外の風景を見たかったからではなく、マイクに背を向けたかったからだった。何も考えられず、何も答えられず、背を向けることだけが、今、一人のアメリカ青年とその馬鹿げた集団に彼が答えられる言葉だった。彼らはただの一人の日本人として育ってきた男を、一匹の鼠として迷路に放ち、とんでもない出口から解放しようとしている。出口ではない、一匹の鼠は新たな袋小路に追いつめられあがいているだけだ。雨はやみ、陽光が昨夜の雨に負けない洪水のような勢いで空から溢れ落ちている、ベルリンはこうも美しく燦いている、それなのに窓一つ隔てたこの部屋では、世界の滅亡について語り合っているのだった。青木は何もかも忘れるためにただエルザの名を胸の中で呟き続けた。

「あなたは四十年以上何も知らずに生きてきたのです。この真実を納得するのには時間がかかるでしょう。ゆっくり考えて下さればいいのです。今月の二十日までに気持ちを決めてくれればいいのですよ。その日、我々は、ネオナチの中でも最も人数の多いグループとの会合を計画しています。四月二十日——総統の誕生日だったその日を我々は新しい時代の第一日にしたいのです」

「何故なんだ」

マイクの言葉を無視し、青木はやっとふり返った。「何故、最初から君たちがナチだと言わなかった。ネオナチなんてものじゃない。君たちはあの時代のナチそのものだ」

「残念なことに、世界の常識では我々の考えの方が間違っているのです。世界の人々は、本当は心底でナチの力を求めているにもかかわらず、あの戦争の悲劇にまだこだわっているのです。あの戦争に悲劇の一面があったとすれば、それは第三帝国が中途でその夢を放棄しなければならなくなったことだけです。その結果がどうなったと言うんです。世界が二つに分かれる別の悲劇が起こっただけです。あのベルリンの厚い頑丈な壁こそが、人々が享受している今の平和の象徴なんですよ。それは平和なんて呼べるものではない――そう、残念なことに、あなたは自分が誰の血を受け継いでいるかも知らぬまま、その間違った世界の常識の中で育ってしまっていたのです。最初からナチという言葉を切り出してあなたをおびえあがらせるより、我々はもっと巧妙な方法をとったまでです」

「あの言葉も――君が横浜で語った、子供の頃見た一枚のアウシュヴィッツの写真が、君の人生を変えたという話も」

マイクはただ黙って微笑を返してきた。その手の指だけが相変わらずいら立たしげにマッチの軸を折る仕草を続けている。

「私は、この前も言ったように君たちの言葉の嘘に最初から気づいていた。だがあの時の君の言葉や真剣な目だけは信じられる、そう思ったからヨーロッパに来ることを承知したのだ」

「あの言葉は真実です。僕はずいぶんとたくさんの嘘をあなたに言いましたが、あの言葉だけは真実です」

「しかし、君は……あの写真を見て、ユダヤ人を救わなければならない、そう決心してユダヤ人を守る組織に入ったと言ったはずだ」

青木は顔をしかめ、怒ることも忘れ呆然として言った。今のマイクの答え方が不思議だった。

「そうです。僕はユダヤ人を救わなければならないと決心してユダヤ人を救う組織に入ったのです。あの写真を見た時から今日まで、毎晩、神に祈りを捧げる代わりに、その決心を呟いていますよ」

「君は自分が何を言っているのかわかっているのか。君はさっきナチを礼讃したばかりじゃないか。矛盾していることがわからないのか」

マイクは、青木よりも不思議そうな顔で首を振った。

「それが何故矛盾なのです？　私はユダヤ人の救われる日を全世界の誰より、ユダヤ人たちよりも切に願っているのです。だから一日も早く彼らのすべてに死を与えてやりたいのです」

青木は、ニシオカが確かにそう訳した奇怪な言葉に今度ははっきりと顔を歪めた。マイクは青木の反応にいっそう不思議そうな顔をした。

「そうでしょう？　彼らをあの死骸の山から解放するには、もう一度死骸の山を我々の手で築いてやるしかないはずです。あなたにはわからないのですか、ソフィ・クレメールがあの時代の恐怖から逃れるためには死を選ぶしかなかった意味が——ソフィだけではありません。今、本当の意味での祖国ももたず世界にさ迷っているユダヤ人のすべてにアウシュヴィッツの恐怖が根ざしているのです。あの時代より後に生まれた者たちにまで。いつ自分たちが再びあのアウシュヴィッツの恐怖を味わうことになるかという不安が、彼らの体の奥底深くに、生まれついた際からもっている血と変わりなくあるのです。彼らは大昔からこの世界にさ迷っている流浪の民です。その流れつく果てにアウシュヴィッツがあるのかもしれないという恐怖に苦しみ続けているのです。……子供の頃、あの写真を見た晩、僕は発作を起こしました。僕はうなされてこう叫び続けたそうです。彼らを殺さなければいけない、彼らを……何度もそう叫んだのです。僕にはわかっていたのです。あの死骸の山を免れてまだ生き残っている人たちがいることが……彼らがいつ自分もまたあのBODIESの一つになるかもしれないという恐怖に胸をかきむしられ、自分よりもうなされ続けているに違いないことが——僕はあの写真の死骸の山を築きあげたナチを激しく憎みました。しかし僕は同時にあの時既に気づいていたのです。ナチこそが彼らを救う唯一つの方法を知っていたのだと……そして僕自身があの写真からこの体へと受けとってしまった恐怖を逃れるためにもその方法をとるしかないのだと……そう、僕はあの写真を見て間もなく、庭で嘴《くちばし》から血を垂らして死にかけている小さな鳥を見つけました。とても苦しがっていました。喉と羽とを震わせて……でもその鳥よりも僕の方が苦しんでいたのです。その鳥を救うために何かをしてやりたいと……まだ小さかった体がその鳥よりもぶるぶる震えていて……気がついた時、その鳥を絞め殺していました。そして不思議なことに僕の苦しみも終わっていたのです……」

青木の顔はさらに捩《よじ》れ歪んだ。だがマイク・カールソンはそんな青木の顔をただ不思議そうに、かすかな微笑を浮かべて見守っているだけだった。典型的な陽気なヤンキーの顔のまま。「狂っている」悲鳴に近い声が喉を突きあげたが、このヤンキーが子供の頃一羽の小鳥を絞めあげた手で青木の喉まで絞めあげたかのようにその声は押しとどめられた。狂っている、マイクだけでなく、傍らにいて同じ不思議そうな顔をしているニシオカも、「私の総統の息子」そう彼を呼び愛おしそうに手を回してきたホルスト・ギュンターも、まだ一度も会ったことがないこいつらの組織の全部の人間が……青木はその顔とまだいらいらと指を動かしているその手から目をそむけたかったが、それができなかった。マイク・カールソンは見えないマッチを折り続けている。いったい今までその指は、血色のいい若い白人の指はどれだけのマッチを折ってきたのだろう、無数のマッチ……いやマッチの軸などではない、無数の小鳥の首……そして無数の……

青木はただその顔と手を凝視し続けた。自分の顔や手よりもはるかにこの青年の顔と手のほうが一人の男に似ているのだと、アドルフ・ヒトラーの顔と手に似ているのだと感じながら――一時間後、自分の部屋に戻ったマイク・カールソンがソファに座りまっ先にしたことはテーブルの上に投げだされていたマッチ箱からマッチをとり出し一本ずつ折ることだった。一箱のマッチを空にしたところで、彼はやっと目の前のソファに座り一人の若者が不思議そうに自分を見守っていることに気づいた。二日間監視つきでこの部屋に閉じこもっていたために、髭が伸び肌の色は少し蒼くなり、金髪はかすかに輝きを失っている。指のいら立ちがしずまった代わりにマイクの声がいら立つ。「君がその目で何を尋ねたいかわかっているよ」マイクはそう言う。「いつエルザに逢えるか尋ねたいのだろう。心配しなくてもいい。今夜、君をエルザのもとに運ぶ。やっとその時が来た――」

その日、夜の帳《とばり》がおりてまもなくもう一つの帳がベルリンの街並を包んだ。霧は最初、その日の午後きらめきつづけた光が残した最後のため息のように淡《うす》かったが、青木がホテルを出る頃には夜が濃くなるのに合わせてそのヴェールを厚くしていた。

霧はネオンと街の灯だけを選びとって夜に浮かびあがらせる。ベルリンの夜は今夜も青みを秘めていて、霧も街灯の光も青白く見えた。そのせいかネオンは赤や黄よりも寒色のほうが目立った。日本人としての青木にはそれは依然はるか遠い異国の灯だった。

静かに髪を、肩を濡らす霧には今朝まで降り続いた雨の香りが残っていた。事実、それは、午後の光が消すことのできなかった雨の余韻を、夜の急激な冷えこみが結晶させたものなのだろう。雨の香りとともに、ベルリンの街の匂いが、パリにも東京にもおそらくはニューヨークにもロンドンにもないこの街だけの匂いが彼を濡らす。

四月のこの時季に霧が出るというのはこの街ではよくあることなのか、珍らしいことなのかわからなかった。山崎が一緒ならわかっただろうが青木はひとりだった。必ず一人で行くようにと厳重に言い渡されている。

街の灯をすくって霧が流れるたびに、ビルが巨船のようにゆっくりと動いて見える。霧の流れは、この街を歴史の遠い過去へと第二次世界大戦下の一夜へと運んでいくかのようだった。実際、彼は、自分が生まれる以前の遠く、ほの白く褪せたベルリンの街を歩いている気がしている。ベルリンは、今もまだ完結しない歴史の中に漂っているのだった。この街の匂いは、歴史の書物の中にある第二次世界大戦のかすれた写真の匂いと似ていた。

初めて東ベルリンに入った際の、チャーリー・ポイントと呼ばれる検問所を通り、東に入るとその匂いはいっそう強くなった。国境線、壁、そして西より淋しい街灯の光。霧とともに彼の体を厳重にとり囲んだ鉄の静寂は、銃声とサイレンの音がいつ響きだしてもおかしくない緊張をはらんでいる。彼はますます大戦下の街を歩いている錯覚にとらわれる。ふり返ると壁沿いの高架線を、電車が通過していく。車窓の灯の流れが、四十年をさかのぼって彼をその夜へと運び去ろうとしている——事実、壁があるかぎり、この街の戦争はまだ終わっていない。マイク・カールソンは狂っていた。子供の頃に見た一枚の写真のために人生ばかりでなく頭脳まで狂わせた青年だった。だがこの夜と霧とのどこかから聞こえてくる銃声と爆撃と悲鳴との残響が、今朝彼が言った一言、「東と西を統一しなければなりません」その一言だけは正しかったのだと思わせた。少なくともその一点だけでは、狂っているのは彼ではなく、一つの街を二つに切断していることの壁に慣れ、黙認している世界の方なのだと――

それだけではない。今朝、マイクたちが帰った後、彼はベッドに倒れこみ深い眠りに落ちた。実際彼はマイクが言ったように死ぬほど疲れていたのだ。今年が始まった日、その午前零時から出発したこの霧のような謎めいた長旅に疲れ果てていた。今朝その謎は解明された。だがそのとんでもない事実は彼をいっそう混乱させただけだった。マイクの顔にアドルフ・ヒトラーと同じ狂気を見た時、彼の混乱は限界に達した。突然、頭も体も空っぽになり何も考えられなくなり、わけもわからないままゴールを切って倒れこむことだけしか残っていないマラソン選手のようにベッドへと倒れこんだのだった。目がさめた時、まだ一日の最後の光が窓に残っていた。その光と長い休息から醒めた意識とが、今朝あのヤンキーが口にした言葉のすべてを、ただの馬鹿げた悪夢のように思わせた。その話は朝よりもいっそう馬鹿馬鹿しく思えた。すぐにもこのベルリンとあいつらから逃れなければならない――だが午後の光が急速に翳り、夜と霧とにすり替わると、少しずつそれが実感となってきた。少なくともその馬鹿げた話は、あのライン河の絵と彼のセーヌの絵との偶然とは思えないつながりを解き明かしたのだった。少なくとも自分が生まれてくるためにはかつて一人の女と一人の男とが存在しなければならなかった。それが七月《ユーリ》と呼ばれた日本女性であり神と呼ばれた男であって何故いけないのか。少なくとも収容所で彼が生まれたという馬鹿げた話は、彼の胸の謎めいた手術痕を解明してくれたのだった。一人の神の指環が体に埋められたという馬鹿げた話は少なくともあのレントゲン写真の不思議な影を説明してくれたのだった。強制収容所で一人の赤ん坊が誕生し他の赤ん坊のように殺されることなく奇跡的に生き延びたという話は、少なくともその子供が特別な子供だったことを意味している。そして自分を育ててくれた伯母夫婦が彼の出生について何も語りたがらなかったことは、少なくとも彼の物心つく以前の過去が普通ではなかったことを物語っていた。そしてまた、手首の火傷の痕は、少なくともそこに何か大人たちが彼から隠したがるものがあったことをほのめかしている──それなら何故、自分がアドルフ・ヒトラーの息子だと考えてはいけないのだろう。

午後の長い眠りの間も、その体がベルリンをきらめかせていた陽の光を吸い続けていたかのように、夜と霧が深く彼を包みこむほどに、彼の体の奥から小さな光がにじみ出してくる。その指環は、午後の間吸い続けた春の陽ざしを夜に返すように、光を放ちだしている。いや、四十年以上吸い続けた光を、父親だった一人の男に返すように……それを自分の人生に突然まぎれこんできた馬鹿げた異物だと思いながら、同時にその光を彼は美しいと思い始めている──いや。依然、彼は自分がその男の血を受け継いでいるという話の何も信じるわけにはいかなかった。

彼はただエルザに逢うためにだけ、東ベルリンの不気味な静かさの中を歩いているのだった。エルザとその話をするつもりはなかった。ただ何日ぶりかにエルザの体を自分の体で感じとり一時間でいいから何もかもを忘れたかった。ただそのためにだけ彼はその通りを歩いていた。

「チャーリー・ポイントを通りぬけて、まっすぐ通りを歩き続けると、ウンター・デン・リンデンという名の通りにぶつかります。名前どおりに菩提樹の並木がある通りです。正確に言えば検問所を出て十一本目にぶつかる通りです。大きな道としては二本目の道です。その交差点を左に曲がると、間もなく左手に大学の建物が見えてきます。その塀を左手に道路のむこう側を見ながら歩いていくと、右手に小さなレストランがあります。そこから三本目の道を右に曲がりさらに最初の角を左に曲がり……」

今朝、部屋を出る前にニシオカが何度も、地図を描いて教えたとおりに彼は歩き続けた。霧とともに流れる街灯のほの白い光に菩提樹の枝が浮かんでは消える。石の彫刻のような枝は、もう芽ぶいているのかもしれないが、霧のせいでまだ淋しい冬の中に置きざりにされているように見える。霧のヴェールごしに広い道の反対側を大学の塀らしい殺風景なコンクリートの塀が流れるのが見えた。レストランを通りすぎる。湯気で曇ったガラス越しにあたたかそうな灯が道路に落ちていた。何人かの人影とすれちがったが、皆帰路を急いでいるらしく、うつむいて足早に歩き過ぎ彼のことなど気にしようとはしない。教えられたとおりに二度角を曲がると車一台がやっと通りぬけられそうな細い路地に足を踏み入れていた。両側の倉庫のようなコンクリートのビルにはさまれ、霧は逃げ場を失ったように深くなっている。「左手の三つ目の建物です。建物の左端に入口もなく石の階段が始まっています」注意深く歩き、彼は、路地の石畳を最初の一段にしたように始まっているその階段を見つける。「二階まであがって下さい。階段の途中で住人の誰かとすれちがったら顔を隠して下さい」その心配はなかった。人が住んでいる証拠にかすかに物音や話し声がどこかから聞こえてくるが誰ともすれ違わずに済んだ。霧は階段を這いあがり、二階の廊下をも淡いヴェールで包んでいる。階段をあがってすぐのドア。その木のドアの把手に教えられたとおり、目印の赤いリボンが結ばれていた。「足音はできるだけたてないように。それからドアをノックする必要はありません。エルザに錠をはずしておくように言ってあります」彼は把手を握りそっと回す。そしてゆっくりとドアを開けた。

古めかしい陶製のランプがまず目に入った。白いレースのシェードごしの淡い灯がすぐそばのベッドの枕を浮かびあがらせている。それだけが部屋の明かりだった。黄色い花柄の壁紙、窓の冷たすぎる水色のカーテン。誰もいない。いや、部屋に足を踏み入れた時、人の気配を感じとった。奥に通じるドアが半分開いている。奥は台所らしい。エルザはそこにいるのか。違う。人の気配はもっと近く、彼のすぐそばだ。そう感じとった瞬間、音もなく何かが後頭部にぶつかってきた。鈍い重い衝撃だった。誰かがドアの陰に潜んでいて鈍器で襲いかかってきたのだ、それはエルザなのか。そう考えたのが最後の意識だった。衝撃が痛みに変わる前に体は床へと、闇の底へと落ちた。——七時六分。その時刻をカールソンは自分の腕時計で、ブルーノ・ハウゼンは壁の時計で確かめる。時計の横には大きな道化師の絵が飾られている。アメリカ人好みの赤い水玉の派手な衣裳をまとい、同じ赤い玉を鼻にくっつけ、ただふざけた顔をしたピエロだった。まる二日間、そのピエロと監視の男につき合わされ、ブルーノはうんざりしていた。だがそれももう終わるのだ。カールソンが立ちあがり、「そろそろ行く時間だ」と言い、背後に立っている二人の男をふり返ったのだった。一人はブルーノを監視し続けてきた痩せぎすの男で、今は運転手に変装している。もう一人は三十分前にやってきた男で肥った巨体を、襟に毛皮のついた豪勢なコートでいっそうふくらませている。いかにも富豪の男といった印象だが、それが地なのか変装なのかわからなかった。この二人といっしょに車で今からブルーノは東ベルリンに向かおうとしている。カールソンは第三のベルリンなどと謎めいた大袈裟な言い方をしたが、要は車の、この富豪の方が座る後席の中に潜んで検問所を通過するだけのありふれた手だった。「しかし、絶対の安全を保証するよ。君はエルザに逢い、再び無事に戻ってこられる」何度かブルーノに約束してきた言葉を、カールソンはドアの所まで見送り最後にもう一度くり返す。「心配は要らない。君は無事に戻ってこられる」そしてドアが閉じられ、一分後ブルーノはその二人とともに地下の駐車場におりた。駐車場は霧に包まれている。一台の青いボルボが駐まっている。運転手役の男がその後席をはずした。確かにカールソンの保証したとおり安全だった。後席のソファの下は車の部品で埋めつくされていて、子供さえ入りこめそうにない。だがそれが箱の蓋になっていて、開くと人一人がぎりぎり入りこめそうな空間が現われた。運転手役が目だけでそこに入るようブルーノに命じる。ブルーノは脚を抱えこむ恰好でそこに横たわる。同時に蓋が閉められ、ブルーノは外界と遮断され、窮屈な闇に閉じこめられる。ガソリンの匂いを固めたまっ黒な闇で、何も見えないし何の音も聞こえない。ただすぐにその闇ごと体が大きく揺れ、車がスタートしたのがわかった――マイクはホルスト・ギュンターの部屋に電話を入れた。電話に出たのはヘルカーで、いつもの事務員のような単調な声で、ギュンターは入浴中だと告げてきた。「ブルーノ・ハウゼンを第三のベルリンへ送りこみました。大丈夫です。この霧は神の救いとしか言い様がありませんね。神というのはもちろん我々の総統のことですが」マイクはそう言いながら、さっきから手にしていた一本のマッチの軸を血色のいい指で折る。いつものようにあっさりと。そして胸の中だけで呟く。あの若者は実際馬鹿だ。再び無事に戻ってこられるという言葉をああも簡単に信じた。再び戻ってこられるはずなどないというのに――あのヤンキーは俺が再び無事に戻ってくると信じているのだろうか。ブルーノは振動し続ける闇の中で呟く。俺がただエルザに逢って話をするだけだと思っているのか。ブルーノの手は上着の胸ポケットに潜めた拳銃に触れている。去年の最後の日、ホルスト・ギュンターの亡命を手伝い一芝居うった際使った拳銃、この拳銃をあれからいつももち歩き続けていたことをカールソンは知らずにいるのだった。エルザを捜しながら何故それをポケットに潜め続けてきたかも。カールソンは一度も彼の身体検査をしようとしなかった。馬鹿なヤンキーはあの絵のピエロのように何も知らない――マイクは電話に向けて喋り続ける。エルザの部屋で、「ええ、間違いなく拳銃をもって行きましたよ。彼は、第三のベルリンで、我々の期待どおりにそれを使ってくれるでしょう」

二十分後、一台の車がブランデンブルク門の検問所をあっけないほど簡単に通過しもう一つのベルリンの霧の中へと消え去った。

国境線は白くどこまでも続いている。コンクリートの道路に描かれたその一本の線は、すぐ先で深い霧にとけこんでしまっているのに、その線が永遠のように果てしなくどこまでも続いているのがわかる。それなのに彼はその果てまでも歩き続けようとしている。その果てに何があるのかわからない。だがいつか倒れこみ息絶えるまで、その線が続いているのはわかっているし、それまで自分が歩き続けるのもわかっている。やがて前方にかすかに人影がにじみ、鈴の音のような不思議な響きが伝わってきた。近寄るとそれが赤ん坊の泣き声だとわかった。街灯のような光に照らされながら、まだ乳白色の霧のヴェールに何重にも包まれて、ボッティチェリの聖母が神の子を抱き、絵と同じ憂いを秘めて目を伏せている……いや、それは老エルメリヒ夫人の寝室で見せられた写真の女だ、七月《ユーリ》と呼ばれた日本人の女がボッティチェリの聖母と同じ憂いに顔を閉ざし別の神の子を抱いている。さらに近づく。その顔はすぐ眼前にあるのに白い繭《まゆ》の中に潜んでいるかのようにはっきりとしない。赤ん坊の方も、泣き声は耳を引き裂くほど騒がしく聞こえるのに同じ純白の繭をかぶっている。彼は必死に手で霧を追い払うのだが、どんどん繭のヴェールは厚くなり顔を消していってしまう。彼にできることは夢中で霧を追い払うことだけだ。息苦しくなり彼は叫び声をあげる。その叫びで突然繭にひびがはいり、顔が現われた。マドンナでもユーリでもなく、それはエルザの顔だった——

「大丈夫ですか」

目を開いた青木にエルザは心配そうに尋ねてきた。聞き慣れたはずなのに、最後に聞いたのはまだ一週間前だと言うのに、もう何十年と聞いていなかったような懐しい声で。いつの間にか青木はコートを着たままその部屋のベッドに横たわり、ベッドの端に座ってエルザは青木の顔を見守っていた。その手で青木の手をしっかりと握っている。かなり前から握っていてくれたらしい。冷えきった体の中でその手だけが温かかった。

「一体何があったんだ」

青木は起きあがろうとしたが、後頭部を激しい痛みが襲った。手で押えてみたが、出血はない。

「私にもわからない。この霧で車をゆっくり走らせるしかなくて、帰りが遅れたの。そうしたら……あなたが倒れていて。ベッドまであげるの、大変だった。ごめんなさい、医者を呼ぶことができないわ」

青木は「大丈夫だ」と答えた。じっとしていれば痛みは感じない。「今何時だ」「八時近いわ」エルザは枕もとのテーブルの上に置かれた木製の時計を見た。八時六分、ドアを開けてから一時間近く経っている。そのテーブルの上のランプの灯にもベルリンの匂いがする。その匂いの中でエルザは日本にいた時よりいっそう美しく見えた。ランプの淡《うす》い光をヴェールのようにまとった顔は、まだ夢の中にあるようだった。意識が少しはっきりとした。夢ではなく、これは現実で、このベルリンにきてから壁に阻まれいっそう遠く感じられていたエルザが今、目の前にいるのだった。エルザも同じ気持ちらしい。ふり向くとしばらく目の前に青木がいることが信じられないような目をしていたが、やがて「もう逢えないかもしれないと思っていた」そう言いながら顔を青木の胸へと埋めてきた。

「マイクから話を聞いたでしょう。私はセンセイを騙してた。でもいつかセンセイが自分で真実をつかむために騙してただけだわ」

金色の髪が柔らかく青木の顎に触れる。この髪の柔らかさがあれば、それはもうどうでもいいことだった。いや、その話を忘れるために、エルザには逢いに来たのだ。その髪に指をすべりこませ、エルザの指もまた青木の胸を撫でた。その時、しかし、不意に青木は現実に引き戻された。青木はエルザの髪から首すじへと動こうとした手をとめ、慌ててコートの内ポケットをさぐった。

「どうしたの」

　エルザが上半身を起こした。「パスポートがなくなっている」わずかに体を起こして体中のポケットをさぐってみたが、財布や他の物はあるのにパスポートだけが消えていた。いや、パスポートだけではない。もう一つ、昨日の夕方あのベルク街の古美術品店で買ってそのままコートの外ポケットに入れておいた木細工の蝶々も消えていた。「蝶々の木細工？」「そう、ブローチのような……日本の桂子に送ろうと思って」青木がそう口にした瞬間、エルザの顔にさっと暗い翳が走った。――やっと狭い闇から解放され、ブルーノは車を降りた。その路地は深い霧に包まれているが、車から降りたブルーノの足もとのすぐ近くからかすかな灯りに浮かびあがって、その石の階段は始まっていた。「二時間経ったら迎えにくる」運転手の男はそんなブルーノにとって一番意味のないことを言い、車はすぐに走り去った。赤い尾灯を白い闇が飲みこむのを見送り、ブルーノはその階段の最初の段に足をかけた。一年間探し続けてきた女をやっとこの階段の十何段か上に追いつめたのだった。二段目に足をかけながら、胸の拳銃を外ポケットに移し、それをしっかりと握りしめた。――パスポートも木細工の蝶も床には落ちていない。「困ったことになったわ」エルザがそう呟く。この、侵入者への警戒の厳しい東ベルリンで、しかもこのエルザの部屋でパスポートを失くすことがどれほど厄介な問題を引き起こすかは青木にもわかった。失くしたのではない、先刻襲いかかってきた誰かが奪っていったのだ。何故襲われたのか、何故パスポートが奪われたのか、青木にはわからない。しかしそれ以上に、その誰かが何故あの蝶のブローチまで奪っていったかがわからない。「すぐにニホン大使館へ行く他はないわ」そう言い、同時にその言葉を打ち消すようにエルザは首を振った。青木がニホン大使館に行ってこの部屋でのことを話すわけにはいかない、エルザは青木との関わり合いが人に知れるのを恐れているのだ。困惑した表情でそれがわかった。その表情のままエルザは時計を見る。八時十分。——ブルーノの足は最後の段を上がった。うっすらと霧にかすんでそのドアが見える。近づくと把手にリボンが結ばれている。何故なんだろう、その疑問は、しかし、一瞬頭の隅をかすめただけだった。耳に貼りついている静寂に、自分の胸から湧きあがってくる動悸の音が、他人のもののようにはっきりと聞こえる。それでも自分が案外冷静でいるのにブルーノは驚いていた。ノックをする前にブルーノがしたことは、一度深く息を吸いこむことだけだ——エルザの困惑した表情が逆に青木に不審を抱かせた。エルザは情熱的な娘だが、それがわかるのは青木が抱く時に見せる激しさからだけで、いつもは白い肌にその激しさを隠しきっている。どんな時にも、微笑している時にさえ、顔から冷たさが消えることはなかった。エルザはまだ芝居をしているのではないか、青木の胸にそんな疑問がわいた。考えてみると青木がこの部屋に来ることを知っているのはあの組織の連中だけだ。自分の後頭部を殴ったのがエルザだという可能性はありうる、パスポートを奪ったのも。だが青木はそれ以上そのことを考えられなかった。突然ドアにノックの音が聞こえた。静かに二度。——何の返事もない。ブルーノはもう一度ノックしようとした手をとめ、その手で把手をつかんだ。錠はおりていない。——ドアのすき間から忍びこむように一人の男が入ってきた。顔をはっきりと見るのは初めてだったが、それが誰なのか青木にはすぐにわかった。リヨンからの列車の中やベルリンへの飛行機の中と同じ若者らしいコートを着ていた。今夜も自分を尾行し続けてここまで来たのか。青木は、だがそれが間違っているのにすぐに気づいた。若者は青木をちらりと見ただけで無視し、エルザを見つめたのだった。何か特別なものを含んだ目で。冷たさと熱さのいりまじった不思議な目で。——部屋は一年前までと何も変わっていない。黄色い花柄の壁紙、光よりも夜の影を浮かびあがらせる白いランプシェード、水色のカーテン、窓ぎわのベッド。変わったのは、そのベッドに座っている一人の女だけだった。エルザは立ちあがりブルーノを見つめてきた。別に驚いている様子はなかった。カールソンから既に連絡が入っていたのだろう。あの臆病そうな目をしたユダヤ人を裏ぎった代償にブルーノはこの一瞬を手に入れたのだった。この一年の間、再会するその一瞬エルザがどんな顔をするかを想像し続けてきたが、いつも一つの顔しか思い浮かばなかった。見知らぬ他人を見るような不思議そうな目。今、その想像したとおりの目でエルザが見つめてきたので、ブルーノは自分がまだ再会の一瞬を夢見ているだけだという気がした。ブルーノがこの瞬間、感じていたのは倒れこみたいほどの疲労感だけだった。急いですべてを済ませ、この部屋を出、警察に行きただ横になり眠りたかった。部屋の中で何かがかすかに動いた。エルザではない。この部屋にもう一人誰かがいるのだ。あの奇妙なニホン人？　ドアを開けた瞬間、その男がベッドにいるのを一度目にしただけで、すぐにその男のことなど忘れてしまった。その男のことなどどうでもよかった。たとえエルザが今はその男を愛しているのだとしてもどうでもよかった。ただブルーノの目の前にエルザの顔だけがあった。エルザの唇が動き、何かを言おうとしたので、ブルーノはポケットから拳銃をとり出した。指は既に引き金にかかっている。何も聞きたくなかったし、エルザにまだ彼に向けて何か語る言葉が残っているのが不思議だった。言い訳か、嘘か、どちらかしか残っていなかったのだし、そのどちらもエルザには似合わなかった。すべてが変わり、エルザはもう彼への愛情の片鱗ももっていないはずなのに、一年前までと少しも変わらず綺麗だった。彼にというより、銃口に向けて彼女は笑おうとした。これは馬鹿げた冗談なんでしょと言いたげに。エルザはそれから早口で何かを言った。何も聞きとれない。ドイツ語ではなかったのかもしれない。次に「ブルーノ、待って。話があるわ」そう口にした言葉ははっきりと聞こえた。彼の方では何の話もなかった。語る言葉が残っているとしたら、それは今から発射しようとしている弾丸だけだった。それなのに短く彼はためらった。――青木は素早く枕の下に手をさし入れた。今エルザは日本語で、「枕の下にピストルがあるわ」そう言ったのだった。エルザは背を向けていたが、それが自分に向けて言われた言葉だとすぐにわかった。ランプの光でその背の影が枕もとに落ち、青木はその若者に見つかることなく枕の下を探ることができた。どのみち、若者は青木の動きに気づかなかっただろう。若者の目はただエルザだけを見つめていたのだから。エルザを殺そうとしているのは、若者が銃をとり出す前からわかっていた。その目にあった冷たさと熱さは既にエルザを追いつめる弾丸以外の何ものでもなかったのだった。エルザとこの若者の関係を青木は知らない。もしかしたらエルザが言っていた一番目の男なのかもしれないという考えが脳裏をかすめたが、それを確認している余裕などなかった。枕の下をまさぐっている手が、冷たい金属の感触とぶつかる。青木は、何故絵筆をとるためだけに、エルザの柔らかい髪に触れるためにだけある自分の手がそんな異物を摑まなければならないのかわからなかった。拳銃の射ち方も知らないし、その銃に弾丸が入っているかもわからない。ただ、今、この瞬間のエルザを守るためにだけ、咄嗟に彼はその銃を握りしめた。——射てない。俺には射つことなどできない。エルザの唇が再び動き何かを言おうとしている、あなたを愛している、そう言おうとしているのだろう。何故ならその言葉だけが今の彼の指の動きをとめることができるのだから。それはエルザ以上に彼がわかっていることなのだから。もう一度愛しているると嘘を言うだろう。そしてそれが嘘だとわかっていながら、もう一度俺は騙されるだろう。ブルーノは引き金を引いた。炸裂音が部屋の空気を一瞬のうちに破壊し、次の瞬間起こったことがブルーノには信じられなかった。銃声の残響の中で、エルザはまだこれが冗談だと言いたげに微笑し、彼の体の方が床に崩れようとした。エルザに向けて発射した弾丸が自分の体のどこかをかすめたのだ。そう感じた。射たれたのは右腕だった。袖口から血が流れ出し、拳銃を握った指へと伝い落ちた。エルザの微笑は、一年前のあの日菩提樹通りで見せた微笑と同じだった。そしてあの時と変わりなく綺麗だった。だからその唇が何を言いたいかブルーノにはわかっている。さようなら《アウフビダゼン》。あの時口にしなかった言葉を、今度こそ彼女は言おうとしている。痛みの貫いた手で彼はもう一度引き金を引いた。今度も弾丸はエルザを倒すことなく、彼の体を一メートル背後に跳ばし床に倒しただけだった。――青木は震える指でもう一発射とうとした。エルザの手が伸びてきてそれをとめた。その手があまりに冷静だったので、一瞬これも芝居なのだという思いが頭をかすめる。これも罠なのだ、奴らはまだ俺を騙している、エルザはまだ嘘をついている、自分が射った二発の銃声の衝撃はその後に来た。突然、自分の方が射たれたかのように、彼の体へと空白が襲いかかってきた――横向きに倒れ、床に頬を押しつけ、ブルーノ・ハウゼンは何も知らずにいる。この部屋へ死を与えにきたのに、何故自分の方が死のうとしているのかも、自分がどこで死のうとしているのかも。そして数秒後にはそれを知ることも最早意味がなくなろうとしている。血が体からどんどん流れ出ていくことだけがわかる。あの菩提樹の道をエルザの背がどんどん遠ざかっていく。冬枯れているのに樹々は白い花をいっぱいに降らせている。銃を握ったままの指で、彼は、その人生の物語の最後の頁を開く。もうエルザの背も菩提樹の花もなく、ただ黒い闇だけの頁を。

青木が我に返ったのは、エルザが彼の指から拳銃をとろうとした時だった。エルザはその手に力をこめなければならなかった。衝撃が拳銃を握った青木の指を蠟のように固めてしまい、青木は自分の意志ではその指から銃を離せなくなっていた。エルザは青木の指を一本一本折るように力をこめて銃からはがした。

ブルーノの死骸は薄茶色の毛布に覆われている。

青木がベッドの上に半ば起きあがって茫然としている間にエルザがそうしたらしい。

エルザはこんな際にも表情を変えることなく、「いつか私が言った私の最初の恋人だわ。マイクのために彼を棄てたから、私を恨んでいたの。でもそれ以上のことは訊かないでください。こんな結果をむかえた以上、残酷すぎる話になってしまったから」

冷やかな声で言い、冷やかな視線を一度死体の方へ投げただけだった。衝撃がまだ体の芯を揺らしていて、自分が銃を射ち、一人の男を死に追いやったことはまだ実感になっていなかった。それとも自分は冷酷な人間なのだろうか。人を殺すことなど何とも思っていない、あの男のような……やっとわずかに感覚の戻ってきた手を青木はエルザの体にまわし、唇をそのうなじに落とそうとした。エルザはそれを拒み、かすかに首を振った。エルザの体も、先刻とは違い、青木の手を冷たく拒絶しているように思えた。青木はそれを自分の手がまだ麻痺しているせいだと思おうとした。エルザは死体に投げたのと同じ冷たい目で青木を見つめ、「センセイが自分を責めることはないわ。私を救おうとしただけのことだから」と言った。「ニホン語ではこういうことをどう言うのだったかしら……」

「正当防衛――」

「そう、そのセイトウボウエイだわ。ただ困ったことになった」

青木はため息をついた。自由の町で起こったことだとしても厄介な出来事なのに、ここは東ベルリンだった。

「どうしたらいい——」

「この事件を何とか、起こらなかったことにするしかないでしょう」

「しかし——」

我に返ってから青木が一つ不思議に感じていたことがある。銃声はこの建物中に響いたはずなのに何の騒ぎも起こっていない。廊下はただ静かだった。

「この建物には三組しか人が住んでいないの。もうすぐとり壊されるから。この階に住んでいる老夫婦は耳が遠いし、一階の家族までにはかすかな音しか伝わらなかったはずだわ」

エルザがその点をそう説明した。

「しかし、死体をこのまま放っておくわけにはいかない」

エルザはテーブルの上の時計を見た。「あと一時間もすればマイクたちが来ることになっているわ。あの人たちの指示に任せるしかないわ」

青木はゆっくりとベッドをおり、死体へと近づいた。衝撃がまだ残っているせいか、後頭部の痛みはなくなっている。その代わりに右肩から腕にかけて凍傷のような固い痛みが起こっている。青木は左手でわずかに死体を覆っている毛布をはいだ。銃を握ったままの血まみれの右手があらわれた。青木は血で自分の手を汚さないように用心して、その手から拳銃をとり、銃身をはずした。弾丸はあと二発残っている。「何をしてるの」エルザが尋ねてくる。冷静さがわずかに壊れた声で。その銃をもって青木はベッドに戻り、エルザの隣りに座った。

「何もしない方がいいわ。このままマイクたちの来るのを待った方が……彼らがきっと何とかして」

エルザの言葉がとぎれた。青木が銃口をエルザに向けたからだった。

「罠なんだろう、これは」

青木は静かな声で言った。エルザは返事の代わりに無言で見つめ返した。表情は何も変わらなかったが、その碧い瞳が奥底で小さく光ったのを青木は見逃さなかった。去年の最後の夜、彼の前に登場するなり彼を魅了したその小さな光を。

「君はまだ嘘を言っている」

「どういうことですか」

「彼のもっていたこの銃から発射された弾丸では君は死ぬはずがなかった。君はそれを知っていた。だから銃口を向けられても落ち着いていた。この銃の弾丸は空砲だったから」

「嘘だわ」

「この部屋に、本当に弾丸が残っているかどうか調べれば簡単にわかることだ。いや、その必要はない、今、私が引き金を引けばそれは簡単にわかる」

青木は引き金に指をかけた。エルザはやはり顔色を変えることなく碧色の視線だけで身構えた。銃口とエルザの顔とは数センチしか離れていない。青木は自分の想像に自信があったわけではない。今引き金を引けば、この目の前にある美しい顔が一瞬のうちに壊れてしまうかもしれない。そして彼女に出逢った瞬間から始まったこのドラマが最後の幕を唐突に、稚拙《ちせつ》におろしてしまうのかもしれない。

「いいわ、射っても」

エルザはただ青木の目を見つめ返している。青木は引き金にあてた指に力をこめた。

「もう一つだけ聞いておきたいことがある。君が俺を愛していると言ったのも嘘なのか」

エルザは唇を閉ざしたままだった。水色の目の奥底の光だけが、この光だけで自分の答えを読みとってほしいと訴えているようだった。「ヤー」か「ナイン」か、だが、彼にはその答えが読みとれない。彼はもう一度同じ質問をくり返す。

「そう、嘘だわ」

エルザは、はっきりとそう答えた。同時にその目の水色が蔑みの色に変わった。

「君はあのヤンキーを愛しているのか」

「そう、私の愛しているのはマイクだけだわ」

「彼は異常者だ。たとえそれが彼の責任ではないとしても、一枚の写真のために狂った男だ。そんな男の方を私より愛しているのか」

「そう、そんな男を愛しているわ。あなただって同じだわ。あなたを何度も裏ぎった酷《ひど》い女だとわかっていて、今も私を愛しているわ」

「最初の晩、東京のホテルでの晩から、さっき私の胸に顔を埋めてきた時まで、全部が嘘だったのか。君は……この死体になった若者と同じ価値でしか私を見ていなかったのか」

「そう、全部が嘘だったわ」

彼女はきっぱりとそう言った。だが次の瞬間、不意に目に溢れ、頰を伝い落ちたものがある。彼女があくまで落ち着いた、静かな冷やかな顔のままだったので、それが涙だとはすぐには彼にわからなかった。いや一瞬後にはその目は再び乾いていたので、彼にはそれがやはり自分の見た幻だとしか思えなかった。一瞬だけ彼女が流した涙は、瞳と同じ色に、水色に翳っていた。

「クウホウ——また難しいニホン語を一つ覚えたわ。そう、これはあなたの言うとおりクウホウだったわ」

彼女は彼の手から拳銃をとると、何事もなかったように冷静な物腰でそれを死体の手へと捨て、毛布をかけ直した。そして窓に近寄り、カーテンを開けた。見えるのは霧だけのはずだが、彼女は窓を見つめ続けた。

「あなたの言うとおり、これは罠だったわ。我々が仕組んだ最後の罠よ」

「何故こんなことをした？」

「このことの結果を考えれば簡単にわかるはずだわ。我々の目的が何なのか。あなたはこれでもうこの部屋から逃げられなくなるわ。このベルリンからも。マイクたちが来たらあなたにこう言うはずだわ。『あなたはこの東ベルリンでとんでもない事件を起こしたものです。たとえあなたの責任ではないとしても、これにどんな重大な意味があるかあなたにわかっているんですか。ともかくこうなったら、我々の手で無事に西ベルリンへ逃亡させる機会を作るまでこの部屋に閉じこもっている他ありませんね。その死体とともに。壁の検問所ではこの東ベルリンへと入ったはずのあなたが帰ってこないので今夜からでもあなたの捜索が開始されるでしょう。ただこの部屋から一歩も出なければ、あなたもこの事件も見つかる心配はないでしょう。エルザがそれまで完璧にあなたを匿《かく》まってくれるでしょうから。それまで死体と一緒にいることを我慢してさえくれればそして四月二十日の朝になって再びここへやって来て『やっとあなたを無事に西へ連れ戻せる機会が来ました』と言うわ。四月二十日に我々が計画していることは既に聞いたでしょう？　あなたは自分の父親が誰かを知った時、我々の組織の本当の目的を知った時、我々の依頼を断って逃げだす心配があった。いいえ必ずそうしたはずだわ」

「四月二十日まで私をここに監禁するためにこの一芝居を打ったというのか。最初から枕の下に拳銃を隠しておいて、私にそれを握らせ、この若者を殺させ――」

「ええ、でももちろんそれだけじゃないわ。四月二十日以後もずっと一生、あなたを我々の組織に縛りつけておくためよ。あなたはその日以降、別の男としてこのベルリンで暮すことになっているわ」

「別の男？」

「そう、我々はその日会合を開くだけでなく一つの行動に出るわ。西ベルリンにある平和運動の組織のビルに火事を起こして、それを我々の新しい第一歩の火にするつもりだわ」

烽火《のろし》――その言葉が青木の頭に浮かぶ。

「ニホンの画家のアオキはその火事に巻きこまれて死んで別の男に生まれ変わって一生をこのベルリンで暮すことになるわ。終戦の年マルト・リビーがそうしたように。あなたはそれを拒むことができない。この殺人事件の犯人になることから逃れるためには、我々の組織につく他はないわ」

「その火事で何人が死ぬことになっている」

「それはまだわからない。でもどのみちそれは、我々がこれから殺す人数にくらべれば、ほんのわずかの数だわ」

エルザは、別人のように熱っぽく喋っている。今朝のマイクの狂った声をまねるように。そう別人のようにだ。本当のエルザは今喋っている自分の言葉の一言でさえ信じていない。青木はエルザが喋っている間ベッドの端に座ったまますっと床を見つめ続けていたし、エルザは窓を見続けていた。東京のホテルで最初に抱きあった時から、青木は初めてエルザに背を向け、ただその声だけを聞いていた。そしてそんな風にして声だけを聞きながら、逆に初めてエルザがどんな女なのかわかった気がした。エルザは、今、自分の信じてもいない言葉を喋り、今までで一番大きな嘘をついている――

「私がもしこの事件の犯人になることを選ぶと言ったら？」

「あなたには選ぶ権利はないのよ。あなたはもう我々の手から逃れることはできないわ。どこにも」

青木は時計を見た。八時三十三分。

「まだマイクたちが来るまでに時間がある。今、私がこの部屋を出て大使館か警察に行ってすべてを話すと言ったら」

「私はあなたをこの場で射ち殺すわ。万が一の場合にはあなたを射殺してもいいという命令を受けているわ」

「この男のようにか？　君たちは総統の血をこの世界でただ一人受け継いでいる男をこの男のように簡単に殺せるのか」

青木は自嘲めいた声で笑い、やっとエルザをふり返った。エルザは窓へと向けた横顔のまま首を振った。

「あなたは間違ってるわ。あなたはその血を受け継いでいるただ一人の男ではない。あなたはまだ知らずにいるけれど、その血を受け継いでいるもう一人の男がいるわ」

青木は眉間に皺を寄せた。青木がその血を受け継いでいる唯一の男だからこそ、マイクたちは彼を必死に東洋の小さな島国にまで探し求めたのではないか。エルザは一度視線を青木に向けたが、すぐにまた横顔になった。

「あなたは、彼らが何故、私のようなまだ若い娘にこんな大きな任務を負わせてニホンへ送りこんだか不思議に思ったことはない？　私はニホン語ができるし、あなたの気持ちを魅きつけるほど美しいわ。でも、彼らが私をその任務に選んだ一番大きな理由は、私が若い女だったからよ」

またこうも言った。

「私があなたを愛してもいないのにあなたに抱かれたのは、マイクがいつも言っているビジネスだからだわ。でもそのビジネスにはあなたが考えているよりもっと大きな意味があった。私は、ただあなたの気持ちを魅きつけるためにニホンへ渡ったわけではないわ」

そして、青木の返事を待たず、横顔のまま、「私の体の中に今、あなたの子供がいるわ」と言った。ひとり言を呟くような声で。

「本当なのか」

「もうあなたに嘘を言いたくないわ。嘘はたくさんだわ」エルザはため息をついた。「いいえ、まだ一つだけ嘘をついていることがあるわ。でも私のお腹にあなたの赤ん坊がいることだけは真実だわ。三ヵ月になるし、特別な検査で既に男の子だということもわかっているわ。組織はもちろんあなたに期待しているわ。あなたが自らすすんで第二のヒトラーになってくれることを。今度の計画の三分の一は確かにあなたのためにあったわ。でも、それ以上にもっと大きな計画があった。組織はあなた以上に私のお腹の中の赤ん坊に期待しているのよ。この子供の方があなたより第二のヒトラーにふさわしい条件をもてるのだから。あなたは既に別の教育を受けて育ってしまったけれど、我々はこれから生まれる子供を我々の望むとおりに教育できるわ」

「しかし、それには……今から二十年以上も待たなければならない」

「ナチの残党たちは終戦の日から今日まで四十年以上も待ったのよ。ホルスト・ギュンターも。彼らは自分たちの帝国が復活する日を死後までも待ち続けているわ。マイクだけではなく、たくさんの若者たちがナチの復活を夢見ていて、新しい時代を築きあげていこうとしている。一つの時代を完璧に築きあげるためには二十年の歳月の犠牲は仕方のないことだわ」

エルザはそこで言葉を切り、自分の横顔を見守っている青木を見つめた。数秒、無言の視線で。そして言う。「だから、あなたが今この部屋から一歩でも出ると言うのなら、私はあなたを射殺するわ」

青木は首を振った。

「君にはそんな真似はできない」

「できるわ」

青木はベッドに投げ出されたままになっていた拳銃をとると立ちあがり、それをエルザの手に握らせた。

「まだ弾丸は残っているのだろう？　だったら今すぐ私を殺すしかない。私はこの部屋を出ていこうとしている」

青木にそのつもりはなかった。この部屋を出ていく時はこの女と一緒だ。そしてもし彼女がどうしてもこの部屋にとどまるというのなら青木もそうするつもりだった。ただ青木には、彼女が絶対に引き金を引くはずがないという確信があった。先刻、背中でエルザの本心を初めて見てとった時、青木は自分がこの娘を本当に愛しているのだと悟ったのだった。金色の髪や白く柔らかな体だけでなく、その全部を。今、拳銃を握り、ただ青木を見つめることしかできずにいるエルザが自分の子供といってもいいほどの年齢の娘であることを青木は思い出した。

「君はそんな女ではない。今喋り続けた言葉も全部嘘だ。君はナチなんかと同じ考えができる女じゃない。この若者を死に追いやったことだって後悔している。私のことだって殺せるはずがない。君はマイク・カールソンを愛しているただの一人の女だ。君が我々と言う時、君はただ自分とマイクのことだけを言っているはずだ。組織もアドルフ・ヒトラーも君には何の関係もない。君はマルト・リビーにはなれない。君自身が一番よくそれを知っている。君のお腹の子供があの男の血を受け継いでいるかどうかなど何の関係もない。君はただの一人の男の子供を産もうとしているだけだ。君はたしかに私のことなど愛していなかっただろう。だが、今はその子供の父親として私のことを愛し始めている」

エルザはその言葉よりも青木の目に本当の言葉を探そうとするかのように、ただじっと青木の目を見つめていた。

「それとも、これは、あの男と同じただの自惚《うぬぼ》れなんだろうか」

その目も顔も乾いていたが、青木には先刻の水色の涙が見える気がした。そう、それとも本当にそれはただの自惚れなのか。青木は手を伸ばしその体を抱こうとした。エルザはかすかに首を振った。

「ともかくこの部屋を出よう。あいつらが来る前に。日本領事館かどこかへ行って全部の事情を話そう」

青木は腕時計を見た。八時四十分。

「時間がない。すぐに決断してほしい。君は本当にお腹の子をナチの連中なんかに渡していいのか」

エルザはもう一度かすかに首を振り、窓に頭をもたせかけ、「一分だけ待って」呟くように言った。青木が何かを言おうとしたのを「一分だけ待って」同じ言葉で制した。

「私が選択するのに一分だけ待って」

エルザは眠るように目を閉じた。窓を霧が壁のように厚く覆っている。エルザの顔もさっきの夢と同じ霧に覆われているように見える。あの夢の中でエルザは一人の赤ん坊を抱いていた。それが青木の子供だったのだ。青木はその、偶然とは思えない夢の不思議を感じていた。遠い昔のルネサンス期、一人の画家が、今このエルザとお腹の中の子供をモデルにしてあの聖母とキリストの絵を描いたようにさえ思えた。自分の手で、それよりももっと素晴らしい母子像を描きたいと思った。エルザはあの絵の聖母そっくりの横顔で目を閉じている。その深い眠りに落ちたような顔の上を一分間が、永遠にも似た流れで通りすぎた。

「決断しなければならないのはあなたの方だわ」やがてエルザは言った。「あなたは私を今夜から二十年待てる？」眠りからさめたような目でエルザは食いいるように青木を見つめた。

「二十年間私に逢わなくても、私への愛情は変わらないというだけの自信がある？」

「二十年というのはお腹の子供が大きくなるまでという意味なのか？」

「いいえ、十年か三十年か、私にもわからない。でも私が組織から離れて安全に子供を産める場所は一ヵ所しかないの。あなたは組織の本当の恐ろしさを知らないわ。ソフィ・クレメールもマイクが殺したのよ。マルトの居所がわかって不要になったという理由だけで……世界中のどこへ逃げたとしても私たちは必ず捕まるわ。私が安全に逃げられる場所はそこしかないわ」

「どこなんだ！」

「刑務所の中。今の一分間のあいだ私はただユーリという女のことを考えていたの。あなたの母親の。私はあなたを産んだ女と同じ運命をたどってあなたの子供を産むことになるんだわ。壁に閉ざされた中で、囚人として。でもそこしか安全にこの子を産める場所はないわ」

「二十年も刑務所の中に入るというのか。この若者を殺したのは私だ。君は――」

「そうじゃないの。マイクたちはこの死体を始末して事件をもみ消してしまうわ。この事件のことじゃないの」

「だったらどうして」

「私は決断したわ。あなたと子供を選ぶ決心をした。この部屋から出て、壁を越えるわ」

「壁を越える？」

「そう、二人で壁を越えて――」

「それは無理だ。どうやってあの厳重な警戒の中を……」

「大丈夫よ。簡単に国境線を越えられるわ」

エルザは箪笥の中からとり出したパスポートを青木に渡した。

「あなたを殴ったのは組織の男だわ」

「そんなことはどうでもいい」

確かにこのパスポートが戻ってきたのだから、青木は簡単に西ベルリンへ戻れる。だがエルザの方はそう簡単には行かないはずだった。

「君の方はどうやって……」

「心配要らないわ。東から西へ出るのは難しくても西から東へ入るのは簡単だわ。ただ私は東へ入ったその瞬間に逮捕されることになるわ」

青木は首を振った。エルザの言葉の意味がわからなかった。

「何を言ってるんだ君は……君は今、こちら側にいるじゃないか、東ベルリンに」

エルザの目を見ながら思わずそう言い、言った瞬間、だが、青木は自信を失くした。

青木は顔を歪めた。

「違うのか。ここは東ベルリンじゃないのか」

「私は、あなたの子供ができた段階で祖国を棄てたわ。トウキョウで西ドイツの大使館に亡命して東ベルリンではなくこの西ベルリンへと戻ってきたわ。でも私は祖国を棄ててもう一つの祖国へと戻ってきただけよ」

「なぜ――」

「なぜならこの西ベルリンだって私のもう一つの祖国だからよ。私はニホンへ発つまで東から一度も出たことはなかったけれど、壁のむこうの西ベルリンも私の祖国の続きだと思っていたわ。私には、東でも西でもない、ドイツという一つの祖国があるだけよ。マイクが、今度のトリックのために東ベルリンにある私の部屋そっくりにもう一つこの西ベルリンにも部屋を作ろうと言いだした時、だから私はそれに賛成したんだわ。マイクたちは東にも西にもあるこの部屋を第三のベルリンと呼んでいたけれど、私はドイツにいる?」

「なぜと聞いたのはそのことじゃない。なぜ東ベルリンに入った私が、今、西ベルリンという唯一の私の祖国に一つの部屋があるだけだと考えていたわ」

いや、その理由はもう青木にもわかっている。エルザの部屋に入った瞬間に殴られ、意識を失わされたのはそのためだったのだ。意識を失った青木を何らかの方法で彼らは西ベルリンへと運び出し、西ベルリンのこの部屋へと連れてきたのだ。パスポートともに桂子に送るための木製の蝶がなくなっている時エルザが驚いたのを青木は思い出した。壁のむこうのもう一つの部屋から運び出される時、それは偶然、床にでも落ちてしまったのだろう。あの蝶の細工物がなくなっていることは、この部屋が、青木が最初に足を踏み入れた部屋とは違っていることを物語っていたのだった。

「意識を失ったあなたを、その直前に車で東ベルリンに入った組織の男がその車に乗せ検問所を通って連れ戻っただけよ」

「車のどこかに私を隠してか?」

「そう、私たちは、座席の下に人を隠せる車を二台もっているの」

「なぜ、そんな面倒なことをして私にここが東ベルリンだと思いこませた?」

「さっきその理由はもう話したわ。ここが不自由な東ベルリンなら、あなたはこんな事件を起こした以上、マイクたちの言うとおりに一歩も外に出ずにこの部屋に閉じこもっていなければならなくなったはずだわ。四月二十日まで」エルザは視線を床の死骸へと投げた。「彼もここが東ベルリンだと思いこんで死んでいったの。あなたを乗せた車と似た車の座席の下に隠されて、実際には検問所も通らなかったし壁も越えなかったけれど、そう思いこまされて。彼には私が二重に裏ぎったと思いこませておく必要があったの。私に拳銃を向けさせるために——細かい事情を話している時間はないけれど、私は彼を二重に裏ぎっていたの。そしてこれが最後の裏ぎりだったわ。私は彼の死を後悔してはいないわ。でもあなたの言うとおりよ。彼を殺してあなたをここへ閉じこめる計画をマイクから話された時、私はマイクへの愛のために、ためらいなく肯いたわ。そのことは今、後悔してるわ。私はマイクの愛を失うことだけを恐れていた。私はあなたの言うとおりの、ただの一人の女だわ。そういう自分を認めたくなかったことを後悔してるわ」

エルザは死体から時計へと視線を投げた。

「もう時間がないわ。だからすぐに決断して。今のあなたにとってこの西ベルリンの自由ほど危険なものはないわ。あなたをこの部屋に監禁することも、殺そうとすれば殺すことも、逃げれば追いかけることも、マイクたちには自由にできるんだわ。今、逃げる先は東しかないのよ。迷わずに選択して。二十年後の私をとるか、ナチをとるか——」

青木はためらわなかった。何も口にせず、ただエルザの手を強く握りしめた。「私の車があるわ」エルザはただちにそう口にした。八時五十分——パリの北駅の時計がその時刻を示している。彼女は四人の男たちに護衛されて、ホームに停まり出発の準備を急いでいるその列車に乗りこみ、男たちとともにコンパートメントの一つに入り窓際の席にその牛のような巨体を沈めた。彼女はこの三日間、男たちに一度も逆らわず、ただ肯き続けただけだったが、ベルリンへ飛行機で戻ると言われた時だけ首を振った。「列車にしてちょうだい。そう、列車がいいわ」四十年以上前に棄てた国に戻るために、自分の体がマルト・リビーであることを完全に思い出すために、一昼夜列車に揺られる必要があると思ったのだ。車窓を流れる野原が畑が森林が山々が、幾つかの町が、今日までの四十数年間を全く無意味な日々として過去へと押し流してくれるだろう。ホームは乗客と見送りの客でごった返している。窓のすぐ下で恋人たちが別れのための抱擁をしている。彼女はその一人一人に微笑を投げ、パリと四十数年の歳月に別れを告げる。そして間もなく列車は、ベルリンへと、四十数年前の彼女が一度死んでしまった日へと、第三帝国の夢へと向けて出発するだろう。軍旗は再び美しい暗雲のようにこのパリを、ヨーロッパを、世界を覆いつくすだろう。軍靴で世界の大地にワーグナーよりも壮厳な音が湧きおこるだろう。あの人がもう一度戻ってくる。私はもう一度あの人の所へ戻っていく。歴史はあの時代へと戻っていく。――車窓を霧とともにネオンの色が流れ続けている。確かに今、車は西ベルリンの市街を走っているのだった。八時五十七分。もう既にマイクたちはあの部屋に踏みこみ、二人が逃亡を図ったことに気づいているかもしれない。「私たちが逃げる先が東しかないことを彼らは知ってる。だからすぐに検問所の要所は彼らの手で押えられるわ。その前に壁にたどり着かないと」車をスタートさせて間もなくエルザはそう言い、それきり何も喋らなかった。車のライトは霧を剝がすことができず、霧は白い嵐となって凄じいスピードでフロントガラスを襲ってくる。それは、この霧の中では危険すぎるスピードを彼女が出していることの証明だった。他の車と何度もぶつかりそうになったが、彼女はためらわなかった。徐行運転をしている車のライトが次々にサイドガラスから後方へと流れ去り、霧にのみこまれて消えていく。

「この西ベルリンの警察に行って全てを話したらどうか」

エルザはつかの間ふり向き首を振った。

「駄目よ。警察にも組織の人間がいるわ」

今この西ベルリンの自由ほどあなたにとって危険なものはない、エルザの言った言葉の意味がフロントガラスに渦巻く霧とともに実感となって彼に迫ってくる。東ベルリンしか逃げ場はない。

だがそこへ逃げこんだ瞬間、エルザとは引き離されるのだった。先刻、エルザの手を握ったことを後悔する気持ちが彼に起こってきている。二十年後のエルザとナチとの選択ではなかった。二十年後のエルザと今この瞬間のエルザとの間でのそれは選択だった。今、自分があの狂ったナチに身柄を預けるだけでこの瞬間のエルザを自分のものにすることができるのだった。それはまた自分の人生とエルザとの間の選択でもあった。自分が、アドルフ・ヒトラーの息子だということを認めさえすれば、少なくとも今この瞬間のエルザをもう一度抱くことができる。青木はエルザの腿に手をおいた。エルザは前方を見つめたままだが、スカートの生地ごしにその体が、全身で青木の手を受け入れようとしている。二十年後まで待つことなどできないだろう。今この瞬間のエルザを自分は愛している。そしてそのためなら自分の人生など簡単に棄てられる、アドルフ・ヒトラーの息子という、とんでもない馬鹿げた人生さえ送れそうな気がする――

「着いたわ」

突然エルザが車を駐めた。霧に覆われ、壁は夜そのものとなって聳《そび》え、すぐ近くに迫っている。検問所や監視塔の灯が、真冬の中にあるように冷たく光っていた。九時七分。エルザはすぐに背後をふり返った。背後の霧はまだ静かだった。

「聞いて。あなたは一人で行って」

エルザは不意にそう言った。その顔が影に包まれて青木のすぐ目の前にあった。闇も、しかし、その瞳の色を消すことはできない。瞳は水色の炎となって激しく燃えあがっている。青木が何かを言おうとするのをエルザは首を振って制した。

「何も言わないで。時間がないわ。ただ私の言葉に肯いて。すぐに車を降りて国境線を越えて。そして東ベルリンに入って、東ドイツ政府かニホン大使館に身柄の保護を要求して。もし困ったことが起こったら、この名刺の男に連絡をとってもらって。フランツ・リッター。私を子供の頃から可愛がってくれた東の政界の大物だから。私の父を頼るわけにはいかないわ。私の亡命のことで、父は困った立場におかれているはずだから。私は父を裏ぎったの。そして今、父よりも大切だったあのアメリカ人も裏ぎった。フランツ・リッターに会ったら、私のことをすべて話せばいいわ。その後のことは彼にまかせればいいわ。そして私のこともお腹の中の子供のことも忘れて。私はやはりあなたとは一緒に行けないわ。車を運転している間、ずっとそう考えていたわ」

「なぜ？」

エルザは首を振った。もう一度背後を気にした。

「ただ肯いて車を降りて」

そう言うと、「行って！」大声で叫んだ。初めて聞く激しい声だった。青木の中にある混乱がその声に引きずられ、青木はただ小さく肯く他なかった。エルザは助手席のドアへと手を伸ばし、それを開けた。霧が流れこんだ。エルザはもう一度背後を気にし、「行って！」と叫んだ。青木はその声に押されて何も考えることができないまま体を動かした。だが体はまだ迷っている。

「何故だ。何故君は一緒に来ない」

「私は一緒に行っても同じことなの。どのみちあなたと別れなければならないわ」

青木は激しく首を振った。

「理由を聞いているんだ。何故君は西に残る」

「私が、お腹の子供を素直に彼らに渡せば、彼らはあなたを諦めるわ。そうでなければ、あなたをまたニホンにまで追いかけるかもしれない」

青木はもう一度首を振ったが、エルザはそれよりも激しく首を振った。

「早く行って！」

「一つだけ――」

青木の唇から自分でも意識せず、そんな言葉がこぼれ出した。

「もう一度だけ嘘を言ってほしい。私がアドルフ・ヒトラーの息子だなどと言うのは嘘だと言ってくれないか」

「いいわ。あなたはただのアオキよ。ヒトラーなんて関係ないわ。真実なんて何の関係もないのよ。人が生きるのは真実のためだけじゃないわ。あなたはただのアオキとして生きればいいの。私はそれを望んでいるわ」

「もう一つだけ――」

青木の唇は震えた。

「君が私を愛していると言ってくれないか」

エルザは激しく首を振った。

「嘘でいいんだ。君は私に嘘を言い続けた。最後の嘘を言ってほしい。そうすれば、君の言うとおり、車を降りる」

エルザはもう一度首を振った。「嘘を言う必要はないわ」言うと同時にエルザはその唇を青木の唇に押しあててきた。一瞬、青木の唇が感じ取ったのは熱さでも甘さでもなく、ただの痛みだけだった。エルザはすぐに唇を離して言った。

「嘘ではないの。さっきあの部屋で私は、自分が本当に愛しているのが誰なのかわかったわ。だから私には、自分も、お腹の中の子供も関係がなくなったの。私はあなたの人生だけを選ぶことにしたの。あの一分間で私が決意したのはそのことだったわ。あなたはアオキとして一人のニホン人として生きるべきだわ。この三ヵ月に起こったことをすべて忘れて。あなたはケイコと幸せに暮すべきだわ。ケイコはあなたが想っている以上にあなたを愛しているし、あなたも自分で想っている以上にケイコを愛しているわ。二人で幸福になってほしいの。あなたのためというより、私のために。すぐそこに国境線があるわ。それを越えればあなたにその人生が待ってるわ。行って！」

青木の迷っている体をエルザは押そうとして、後窓をふり返った。車のタイヤの音が響いたからだった。二つのライトが後窓の霧を切り分けて急速度で近づいてくる。できない、この娘と別れることはできない。「行って！」彼女はもう一度叫び、青木は車を降りた。同時にドアが閉められた。ガラスのむこうで霧に包みこまれた一人の娘の顔はもう一度、唇の形だけで「行って」と叫んだ。一瞬、背後に迫ったライトの光がエルザの金色の髪と水色の瞳とをきらめかせた。最後にもう一度だけ、たがいの目にある同じ色で二人は見つめ合った。背後の車はもう数メートル近くに迫ってきている。ケイコ――エルザの名ではなく何故その名が不意に脳裏をかすめたかわからなかった。わからないまま、青木は歩きだした。壁へと、国境線へと、東ベルリンへと向けて。背中を車の急ブレーキをかける音が打ったが彼はふり返らなかった。自分が走っているのかもゆっくりと歩いているのかもわからない。国境の手前に西ベルリン側の監視所がある。その灯に向けて彼はただ足を運んだ。監視灯の光が霧を白く浮かびあがらせて流れすぎ、監視兵の影が浮かんだ。背後に車のドアが開く音が響き、靴音がいり乱れた。やはりあいつらが追いかけてきたのだ。三歩、二歩、そして最後の一歩で彼の足は国境線を踏んだ。白い国境線はあの夢の中と変わりなく霧で短くとぎれている。ケイコ、もう一度体の中にその名がわきあがる。国境線を一歩踏みこえれば、そこにエルザが言ったとおりのケイコとの生活が待っているだろう。青木は背後をふり返った。霧にほとんどかき消されながらも数人の人影がエルザの車のライトをとり囲んでいるのが見えた。ドイツ語が荒々しくとびかっている。エルザの声はなかった。エルザ。その名がケイコの名とともに彼の中にわきあがっている。彼の足は国境線を踏んでいる。それが夢の中と同じように永遠にどこまでも伸びているのがわかる。彼の体の中にも同じ白い線で、それは永遠に続いている。彼の体を二つに分けて。その国境線を、だが、とうとう今、自分は越えようとしている。彼は一歩を踏み出した。その足を深く霧が包んでいる。ベルリン、午後九時十二分。

その時刻、リオデジャネイロでは夏の陽が赤く染まった夕空に崩れ落ちようとしている。一日だけでなく夏もまた終わろうとしている。原色と眩しい光とに彩られたひと夏の思い出を焼きつくし、夕陽は今、沈もうとしている。グワナバラ湾を望む小高い丘の斜面に植樹されたばかりの幼木の株のように無数の十字架が立っている。そのかた隅の、とりわけ小さな十字架にも夕陽は、この夏最後の原色ともいえるその赤い色彩を投げかけている。木の枝を組んだだけの間に合わせのその十字架の前に一人の少女が大きな人形を抱えてしゃがみこんでいる。少女が、来る途中の野辺でつんできた白い花がその墓碑名のない墓を飾っている。このひと夏少女が運んできた花々の残骸の中に。少女は今日も土の中で眠っている一人の女に何かを喋りに来たのだが、何を喋っていいのかわからない。少女はただ黙って土の中から、あのリタが昔どおり自分に語りかけてきてくれるのを待っているだけだ。少女はリタが夏の初めに一人の男のために死んでしまったことしか知らない。何故死んだリタがもう二度と少女に語りかけてくれないのか、あの男が誰だったのかも少女は知らない。少女は何も知らない。夕陽は山の端に沈む前に灰紫色の厚い雲の層に消えかかり、その町にも間もなく夜が訪れようとしている。

解説

戸川安宣

リオデジャネイロ、ニューヨーク、東京、パリ、ベルリン……と、世界の主要都市を結んで展開される国際謀略小説——海外のベストセラーと読み比べても遜色のない念入りに構成されたプロット、たくさんの街や登場人物を描き分ける筆力、豊富な情報量に裏打ちされたまさに十年に一度という傑作である。本書『黄昏のベルリン』は昭和六十三（一九八八）年八月、講談社の《推理特別書下ろし》の一冊として刊行された。そして同年の週刊文春における傑作ミステリーベスト10の国内部門第一位に輝いた。この年はまた『このミステリーがすごい！』（宝島社）と題するブックレット、通称「このミス」が刊行を開始した年でもあり、本書は日本編の第三位となった。週刊文春のベスト10が日本推理作家協会の会員を中心に選考されるのに対し、こちらは大学のミステリ研究会などにも投票を求めたため、両者の結果には微妙な相違が生じ、年の瀬に読み残した推理小説を買い込んで寝正月を極《き》め込もうという読者にはそこがまた楽しみなのだろう、両者を抱えて書店の棚を漁る姿が今や年中行事のようにさえなっている。

連城三紀彦は、昭和五十（一九七五）年二月創刊の探偵小説専門誌・幻影城主催の新人賞第三回において「変調二人羽織」で入選し、五十三年デビューを果たした。同新人賞からは佳作も含め、泡坂妻夫、李家豊（田中芳樹）、あるいは評論の佐藤貞雄（夏来健次）、中島梓（栗本薫）、友成純一など多士済々な面々が登場した。新人賞とは別に、中井英夫の推薦で同誌に「匣の中の失楽」を発表した竹本健治などもいる。幻影城は台湾出身の書誌学者、島崎博が創刊した雑誌で、「探偵小説専門誌」と銘打っているように、氏の膨大な蔵書を基に、初期には戦前、および終戦直後を中心にした探偵小説の復権を旗印にしていた。旧・宝石では氏の作成する著作リストが愛好家を喜ばせていた。探偵小説以外の氏の業績として思い出すのは新潮社版「三島由紀夫全集」の編集だろう。東京・白山にあった氏の事務所には戦前戦後の探偵小説の初版本がずらりと並んでいたが、その中にひときわ輝いていた三島全集の限定版が、ぼくには忘れられない。その島崎の書誌学者としての資質が、単に作品を復刻するのではなく、中島河太郎、大内茂男、権田萬治、二上洋一といった評論家、研究家による評価付けを行い、鮎川哲也などによる探訪エッセイなどを併載し、読者に提供するという編集方針に反映された。現在、島崎は台湾に帰り、日本の推理小説の移入に積極的な役割を果たしている。

「変調二人羽織」に始まる「花葬」シリーズは幻影城廃刊後、他誌に舞台を移し、他の短編を加え、村上芳正（昴）の統一した装幀で刊行された。連城三紀彦というとこの初期短編群のデカダン風な作風を思い出す読者も多いことだろう。それだけ印象の強いシリーズであった。週刊文春が昭和六十（一九八五）年、五〇八人から得たアンケート回答を基に選出した「東西ミステリーベスト100」（後に『東西ミステリーベスト100』のタイトルで文春文庫から上梓された）の日本篇の第九位に『戻り川心中』が選ばれていることもその証左であろう。

私事で恐縮だが、筆者と著者とはほぼ同時期にこの世に生を享《う》けたせいもあって、ぼくは連城を同時代作家として、常に畏敬の念を抱きながらその作品に接してきた。そして同じ幻影城という舞台で書かせてもらったことが誇りでもあった。顧みると、当時、新聞の書評などで何度か連城作品を採り上げてもいた。それを適宜引用しながら、当時の状況を振り返ってみようと思う。

戦後の推理界をざっと俯瞰してみると、第二次大戦によって活動休止状態に追い込まれていた日本の推理文壇は、終戦とともに海外からの復員組と地方への疎開組が東京に戻ってくるにつれて活気を取り戻し、やがて横溝正史の『本陣殺人事件』などを皮切りに堰《せき》を切ったように創作が相次いで発表され、それとともに鮎川哲也、山田風太郎、高木彬光、土屋隆夫など多くの新人が輩出した。これがわが国の第一次ミステリブームである。だがブームは模倣と類似作品の氾濫を招き、常に中心的存在として舞台を提供してきた宝石の部数が激減し、江戸川乱歩の梃子《てこ》入れによってようやく存続しているような状態になった。やがてその浮世離れした作品世界に対し、現実に立脚し、社会性にも目を向けた松本清張以下のいわゆる社会派と呼ばれる推理小説が、昭和三十年代に神吉晴夫のカッパ・ノベルスのベストセラー商戦とともに出版の世界を席巻した。だが、横溝流の謎解き小説が旧態たるものとして排斥される傾向に対する反発は、昭和四十年代の桃源社、三一書房などによる小栗虫太郎や夢野久作、久生十蘭などの再評価に始まり、戦前、終戦直後の作品の復権、ならびに角川春樹による文庫と映画化のブロックバスター戦略とも相俟《あいま》って横溝正史の復活という現象を生む。正史は旧作のリバイバルにとどまらず、新作を発表し、完全復活を遂げた。

幻影城は創刊時、そのロマン豊かな探偵小説復活の一環と捉えられていた。が、泡坂、連城の登場によって、単なる復古調から大きな一歩を踏み出したのだ。どの時代にも、時代を超越し、その流れに収まりきらない天才が存在する。戦後の山田風太郎がそうだし、昭和四十年代の都筑道夫がそうだった。連城はむしろ、そういう時代の枠からはみ出した作家ではなかったろうか。そして、泡坂、連城、竹本らは、それに続く島田荘司、笠井潔、さらには綾辻行人にはじまるいわゆる新本格ムーヴメントへと繫がってゆく。

よく連城三紀彦の作風はフランス・ミステリに譬《たと》えられることがある。それは肯《うなず》けないことはない。ほとんどの作品が男女の心理の機微を軸にしている点、そしてプロットのひねりに重点が置かれている構成から、あるいは若いころパリに遊学し、映画や演劇に興味を抱いていたといった点から、ボワロ&ナルスジャックやフレッド・カサック、ノエル・カレフ、ミッシェル・ルブラン、ユベール・モンテイエ、セバスチャン・ジャプリゾ……といった作家の作品が想起されるからだろう。だが、連城の作風はそれだけにとどまらない。もっと多彩だ。

たとえば昭和五十四(一九七九)年の長編第一作『暗色コメディ』である。この作品は衝撃的だった。当時、朝日新聞に寄せた書評から抜き出してみよう。「自分がもう一人いると信じ、ひたすらその影を追う女。自殺しようとするたびに、奇妙な幻覚を見る男。妻から、あなたは先週死んだといわれる夫。妻がいつの間にか別人と入れ替わってしまったと信じている夫——幻覚なのか、それとも現実なのか? だが、現実とすると、どうにも説明のつかない不可解な事件が連続して起こる。相次ぐ人間消失、そして殺人……。四組の人間が、とある精神科の病院を中心に織り成すドラマは、全編に不条理のムードを漂わせながら、一種独特の小説世界を構築していく。(中略)この風変わりな作品の魅力は、それぞれのエピソードが正気と狂気の境目で展開されるところから生じる不気味さにある、といえよう。ことに、もう死んでしまったのに成仏できずにいると妻からいわれ、自分が命を落としたという事故現場へ出かけてみる葬儀屋の店主の挿話などは、さながら落語の『粗忽長屋』を思わせるブラック・ユーモアの味わいがある」

五十八(一九八三)年刊の短編集『運命の八分休符』については、やはり朝日新聞のコラムで、ぼくはこう書いている。「『野暮というか無骨というか、まるで青田の案山子』という風情の軍平青年が、どういうはずみからか、毎回美女のお相手をしながら探偵役を演ずることになる、という趣向だ。(中略)盲点をついたアリバイ・トリックの『運命の八分休符』、誘拐ものの『邪悪な羊』、一人芝居の舞台上で起こる殺人をつづっ

た『観客はただ一人』……と読み進んでくると、ことにこの三つ目の話などは、まさし

くディクスン・カーではないか。いやいや、逆説に満ちたプロット展開は、G・K・チ

ェスタトン、といった方がより適切だろう。となると、この風采のあがらぬ主人公のキ

キャラクターは、日本版のブラウン神父ではないか、と思えてくる。案外、著者の狙いは

その辺りにあったのではあるまいか」

　連城三紀彦は本名を加藤甚吾といい、昭和二十三（一九四八）年一月十一日、名古屋市に生まれた。同学年の作家に、高橋克彦、山崎洋子、北方謙三、清水義範、野崎六助、藤原伊織、赤川次郎などがいる。愛知県立旭丘高校から早稲田大学政経学部へ進み、昭和四十七年卒業。在学中から映画や演劇に興味を持ち、シナリオ研究のためパリに遊学したという。この時期のヨーロッパ体験が、本書に活かされているに違いない。昭和五十六（一九八一）年、仁木悦子の「赤い猫」とともに「戻り川心中」で第三十四回日本推理作家協会賞短編部門賞を受賞、五十九年『宵待草夜情』で第五回吉川英治文学新人賞を、同年、『恋文』で第九十一回直木賞をダブル受賞した。平成八（一九九六）年には『隠れ菊』で第九回柴田錬三郎賞を受賞している。連城の家はおじいさんの代まで真宗の僧侶だった。家には大きな仏壇があって、朝早くから母が大きな声でお勤めをしていたという。連城自身も昭和六十年に出家し、智順という法名がある。

さて、本書『黄昏のベルリン』である。フレデリック・フォーサイスやロバート・ラドラムなどの国際謀略小説を思わせる作品の題材は、初期の「花葬」シリーズや恋愛小説風の連城作品になじんだ読者には衝撃だったかもしれない。しかし、『暗色コメディ』や『私という名の変奏曲』(昭和五十九年)、『どこまでも殺されて』(平成二年)など錯綜した謎の魅力に満ちた作品と親しんできた読者なら、さして違和感がないのではないか。いや、それは正しい言い方ではないだろう。なぜなら、著者はここでも読者を五里霧中の心境に陥れようと謀《はか》っている気がするからだ。長編においては殊に、著者は読者を不条理な世界へと誘《いざな》うことに悦びを感じている、とさえ思えるのである。小説作法、という点からみると、本書においては場面展開を、改行もなしに二倍ダッシ(——)だけで行う、という書き方をして、読者をいっそうの混沌へと突き落としている。

著者らしさ、と言えば、かつて幻影城の同級生とも言うべき田中芳樹が指摘した連城の色彩感覚は、本書においても遺憾なく発揮されている。

「パリにはいろいろな色彩の雨が降る。(中略)モンマルトルには白い雨が、ブローニュの森には季節ごとに緑や黄色や赤色に変わる雨が、今の季節なら冬枯れの褐色の雨が、セーヌには灰色の雨が降っているだろう。そして今窓の外の街路には家並みの煉瓦の色とセーヌから吹いてくる風の色とを混ぜ合わせて灰褐色の雨が降っている」

幻影城新人賞でスタートした連城は、デビュー六年後に吉川英治文学新人賞と直木賞を同時受賞した頃から、徐々に恋愛小説の方にシフトしていくかに見えた。しかし、例えば新婚旅行の夜から夫を裏切り続けた妻の失踪を追う音楽家を描く『花墜ちる』（昭和六十二年）にしても、読者を牽引していく強烈な謎と驚天動地の結末のひねりは健在である。推理小説とは、著者の周到に計算された構成に基づく企みの文学だというのが筆者の考えだが、そうだとすれば連城は終生変わらぬ推理作家なのである。

最近の著者は、地方紙数紙に最新作「造花の蜜」を連載し、一風変わった誘拐事件を描いている。開始に当たり、「現実にも起こりそうな、ありふれた、しかし絶対にフィクションでしかありえない悪夢の万華鏡のような連続事件を提供」すると宣言し、「事実より奇なる小説に挑戦」すると言い切り、「つくり物の花の、舌では味わえない蜜の味を楽しんでください」と結んでいる。推理作家連城三紀彦は未だ健在である。

（文中、敬称は略させていただきました）

以下に連城三紀彦の刊行リストを掲げる。著者にはこのほかに「女王」「虹のような黒」「悲体」といった未刊の長編がいくつかある。書名、初版刊行年、初版刊行本、現時点での最新刊行本の順に記した。中には現在絶版になっているものもあるので、留意していただきたい。また、短編集は文庫化に際し、収録作品に異同のあるものがあることを、お断りしておく。

1 暗色コメディ 一九七九 幻影城 文春文庫
2 戻り川心中 一九八〇 講談社 光文社文庫
3 変調二人羽織 一九八一 講談社 講談社文庫
4 密やかな喪服 一九八二 講談社 講談社文庫
5 運命の八分休符 一九八三 文藝春秋 文春文庫
6 夜よ鼠たちのために 一九八三 JOY NOVELS ハルキ文庫
7 宵待草夜情 一九八三 新潮社 ハルキ文庫
8 敗北への凱旋 一九八三 講談社ノベルス 講談社ノベルス
9 少女 一九八四 光文社 光文社文庫
10 恋文 一九八四 新潮社 新潮文庫
11 私という名の変奏曲 一九八四 双葉社 ハルキ文庫
12 瓦斯《ガス》灯 一九八四 講談社 講談社文庫
13 夕萩心中 一九八五 講談社 光文社文庫
14 日曜日と九つの短篇 一九八五 文藝春秋 コスミック出版（『棚の隅』と改題）
15 恋文のおんなたち 一九八五 名古屋タイムズ社 文春文庫
16 残紅 一九八五 講談社 講談社文庫
17 青き犠牲《いけにえ》 一九八六 文藝春秋 文春文庫
18 もうひとつの恋文 一九八六 新潮社 新潮文庫

19　離婚しない女　一九八六　文藝春秋　文春文庫
20　花墜ちる　一九八七　毎日新聞社　角川文庫
21　恋愛小説館　一九八七　文藝春秋　文春文庫
22　蛍草　一九八八　集英社　文春文庫
23　一夜の櫛　一九八八　新潮文庫
24　夢ごころ　一九八八　角川書店　角川文庫
25　黄昏のベルリン　一九八八　講談社　文春文庫（本書）
26　あじさい前線　一九八九　中央公論社　中公文庫
27　飾り火　一九八九　毎日新聞社　新潮文庫
28　たそがれ色の微笑　一九八九　新潮社　新潮文庫
29　萩の雨　一九八九　講談社　講談社文庫
30　一瞬の虹　一九九〇　佼成出版社　新潮文庫
31　どこまでも殺されて　一九九〇　双葉社　新潮文庫
32　夜のない窓　一九九〇　文藝春秋　文春文庫
33　褐色の祭り　一九九〇　日本経済新聞社　文春文庫
34　ため息の時間　一九九一　集英社　集英社文庫
35　新・恋愛小説館　一九九一　文藝春秋　文春文庫
36　美の神たちの叛乱　一九九二　朝日新聞社　新潮文庫

37 愛情の限界　一九九三　光文社　光文社文庫
38 落日の門　一九九三　新潮社
39 明日という過去に　一九九三　メディアパル　幻冬舎文庫
40 顔のない肖像画　一九九三　実業之日本社　新潮文庫
41 背中合わせ　一九九三　新潮文庫
42 牡牛の柔らかな肉　一九九三　文藝春秋　文春文庫
43 終章からの女　一九九四　双葉社　双葉文庫
44 花塵　一九九四　講談社　講談社文庫
45 紫の傷　一九九四　双葉社　双葉文庫
46 前夜祭　一九九四　文藝春秋　文春文庫
47 恋　一九九五　マガジンハウス　幻冬舎文庫
48 誰かヒロイン　一九九五　双葉社
49 隠れ菊　一九九六　新潮社　新潮文庫
50 虹の八番目の色　一九九六　幻冬舎　幻冬舎文庫
51 美女　一九九七　集英社　集英社文庫
52 年上の女　一九九七　中央公論社　中公文庫
53 火恋　一九九九　文藝春秋
54 愛へのたより　二〇〇〇　文化出版局

55　秘花　二〇〇〇　東京新聞出版局　新潮文庫
56　ゆきずりの唇　二〇〇〇　中央公論新社　中公文庫
57　夏の最後の薔薇　二〇〇一　文藝春秋　文春文庫（『嘘は罪』と改題）
58　白光　二〇〇二　朝日新聞社
59　人間動物園　二〇〇二　双葉社　双葉文庫
60　さざなみの家　二〇〇二　ハルキ文庫
61　流れ星と遊んだころ　二〇〇三　双葉社

（編集者）

単行本　一九八八年八月　講談社刊
一次文庫　一九九一年七月　講談社文庫刊

文春文庫

黄昏《たそがれ》のベルリン

定価はカバーに
表示してあります

2007年10月10日　第1刷

著　者　連《れん》城《じよう》三《み》紀《き》彦《ひこ》

発行者　村上和宏

発行所　株式会社　文藝春秋

東京都千代田区紀尾井町 3-23　〒102-8008
TEL　03・3265・1211
文藝春秋ホームページ　http://www.bunshun.co.jp
文春ウェブ文庫　http://www.bunshunplaza.com

落丁、乱丁本は、お手数ですが小社製作部宛お送り下さい。送料小社負担でお取替致します。

印刷・凸版印刷　製本・加藤製本

Printed in Japan
ISBN978-4-16-742016-1

（　）内は解説者。品切の節はご容赦下さい。

宮部みゆき
我らが隣人の犯罪
僕たち一家の悩みは隣家の犬の鳴き声。そこでワナをしかけたのだが、予想もつかぬ展開に……。他に豪華絢爛「この子誰の子」「祝・殺人」などユーモア推理の名篇四作の競演。（北村薫）
み-17-1

宮部みゆき
とり残されて
婚約者を自動車事故で喪った女性教師は「あそぼ」とささやく子供の幻にあう。そしてプールに変死体が……。他に「いつも二人で」「囁く」など心にしみいるミステリー全七篇。（北上次郎）
み-17-2

宮部みゆき
蒲生邸事件
二・二六事件で戒厳令下の帝都にタイムトリップ——。受験のため上京した孝史はホテル火災に見舞われ、謎の男に救助されたが、目の前には……。日本ＳＦ大賞受賞作！（関川夏央）
み-17-3

宮部みゆき
人質カノン
深夜のコンビニにピストル強盗！　そのとき、犯人が落とした意外な物とは？　街の片隅の小さな大事件と都会人の孤独な肖像を描いたよりすぐりの都市ミステリー七篇。（西上心太）
み-17-4

結城五郎
心室細動
二十年前の事件を暴く脅迫状。関係者は次々に心室細動を起こし急死する……。過去の罪に怯え、破滅へと向かう男のリアルな恐怖を描くサントリーミステリー大賞受賞作。（長部日出雄）
ゆ-6-1

横山秀夫
陰の季節
「全く新しい警察小説の誕生！」と選考委員の激賞を浴びた第五回松本清張賞受賞作「陰の季節」など、テレビ化で話題を呼んだ二渡が活躍するＤ県警シリーズ全四篇を収録。（北上次郎）
よ-18-1

文春文庫

東野圭吾の本

（　）内は解説者。品切の節はご容赦下さい。

秘密
東野圭吾
妻と娘を乗せたバスが崖から転落。妻の葬儀の夜、意識を取り戻した娘の体に宿っていたのは、死んだ筈の妻だった。推理作家協会賞受賞のロングセラー。（広末涼子・皆川博子）
ひ-13-1

探偵ガリレオ
東野圭吾
突然、燃え上がる若者の頭、心臓だけ腐った死体、幽体離脱した少年。奇怪な事件を携えて刑事は友人の大学助教授を訪れる。天才科学者が常識を超えた謎に挑む連作ミステリー。（佐野史郎）
ひ-13-2

予知夢
東野圭吾
十六歳の少女の部屋に男が侵入し、母親が猟銃を発砲。逮捕された男は、少女と結ばれる夢を十七年前に見たという。天才物理学者が事件を解明する、人気連作ミステリー第二弾。（三橋暁）
ひ-13-3

片想い
東野圭吾
哲朗は、十年ぶりに大学の部活の元マネージャー・美月と再会。彼女が性同一性障害で、現在、男として暮らしていると告白される。しかし、美月は他にも秘密を抱えていた。（吉野仁）
ひ-13-4

レイクサイド
東野圭吾
中学受験合宿のため湖畔の別荘に集った四組の家族。夫の愛人が殺され妻が犯行を告白、死体を湖に沈め事件を葬り去ろうとするが……。人間の狂気を描いた傑作ミステリー。（千街晶之）
ひ-13-5

手紙
東野圭吾
兄は強盗殺人の罪で服役中。弟のもとには月に一度、獄中から手紙が届く。だが、弟が幸せを摑もうとするたび苛酷な運命が立ちはだかる。爆発的ヒットを記録したベストセラー。（井上夢人）
ひ-13-6

（　）内は解説者。品切の節はご容赦下さい。

文春文庫

ミステリー

黄金色《きんいろ》の祈り
西澤保彦

他人の目を気にし、人をうらやみ、成功することばかり考えている「僕」は、人生の一発逆転を狙って作家になるが……。作者の実人生を思わせる、異色の青春ミステリ小説。（小野不由美）

に-13-1

神のロジック　人間《ひと》のマジック
西澤保彦

ここはどこ？　誰が、なぜ？　世界中から集められ、謎の〈学校〉に幽閉されたぼくたちは、真相をもとめて立ちあがった。驚愕と感嘆！　世界を震撼させた傑作ミステリー。（諸岡卓真）

に-13-2

無限連鎖
楡周平

全米各地で再び同時多発テロが起きた直後、今度はセレベス海で日本のタンカーが乗っ取られる。爆薬を積んだ船は東京湾へ。刻一刻と近づく危機に、日米首脳の決断は――。（郷原宏）

に-14-1

猪苗代マジック
二階堂黎人《れいと》

猪苗代の高級スキー・リゾートで十年前と同じ手口の連続殺人が発生。だが、十年前の犯人はすでに死刑になっていた。狡猾な模倣犯と名探偵・水乃サトルの息詰まる頭脳戦！（羽住典子）

に-16-1

神のふたつの貌《かお》
貫井徳郎

牧師の息子に生まれた少年の無垢な魂は、一途に神の存在を求めた。だが、それは恐ろしい悲劇をもたらすことに……。三幕の殺人劇の果てに明かされる驚くべき真相とは？（鷹城宏）

ぬ-1-1

紫蘭の花嫁
乃南アサ

謎の男から逃亡を続けるヒロイン、三田村夏季。同じ頃、神奈川県内で連続婦女暴行殺人事件が……。追う者と追われる者の心理が複雑に絡み合う、傑作長篇ミステリー。（谷崎光）

の-7-1

19. 11. 23 まのくにや

Ken